Angelika glaubt, dass Träume, Gedanken und Gefühle einen Menschen lenken. Jan ist sich sicher, dass die Gene einen Menschen bestimmen. Er ist Naturwissenschaftler und glaubt an Fakten. Sie gehört zu den Menschen, die auf der Suche sind. Er hat Angst vor ihrer Intuition, die er nicht greifen, nicht begreifen kann. Beide fürchten sich vor der großen Liebe, und davor, von ihren Gefühlen fortgerissen zu werden. Jan und Angelika könnten unterschiedlicher nicht sein, und doch wollen sie mit der ganzen Kraft ihrer Liebe zueinander finden.

»Selten gibt's so gute Unterhaltung und so viel Stoff zum Nachdenken.«
Für Sie

Marianne Fredriksson wurde 1927 in Göteborg geboren. Sie ist verheiratet und hat zwei Töchter. Lange arbeitete sie als Journalistin für große schwedische Zeitungen und Zeitschriften. Der Durchbruch als Bestsellerautorin gelang ihr mit dem Roman ›Hannas Töchter‹.
Im Fischer Taschenbuch Verlag sind lieferbar:
›Hannas Töchter‹ (Bd. 14486), ›Simon‹ (Bd. 14865), ›Maria Magdalena‹ (Bd. 14958), ›Inge und Mira‹ (Bd. 15236), ›Marcus und Eneides‹ (Bd. 14045), ›Eva‹ (Bd. 14041), ›Abels Bruder‹ (Bd. 14042), ›Noreas Geschichte‹ (Bd. 14043), ›Sintflut‹ (Bd. 14046), ›Sophia und Anders‹ (Bd. 15615), ›Lillemors Rätsel‹ (Bd. 14044) und ›Geliebte Tochter‹ (Bd. 15617).

Unsere Adresse im Internet: www.fischerverlage.de

Marianne Fredriksson

DIE JAHRE MIT JAN

Roman

Aus dem Schwedischen von
Senta Kapoun

Fischer
Taschenbuch
Verlag

Veröffentlicht im Fischer Taschenbuch Verlag,
einem Unternehmen der S. Fischer Verlag GmbH,
Frankfurt am Main, Juli 2006

Lizenzausgabe mit freundlicher Genehmigung des
Krüger Verlages, ein Verlag der S. Fischer Verlag GmbH,
Frankfurt am Main
Die Originalausgabe erschien 2004 unter dem Titel
›Skilda verkligheter‹ bei Piratförlaget, Stockholm

Published by agreement with Bengt Nordin Agency, Sweden

Druck und Einband: Clausen & Bosse, Leck
Printed in Germany
ISBN-13: 978-3-596-16387-X
ISBN-10: 3-596-16387-0

Niemand kann dir die Brücke bauen, auf der gerade du über den Fluss des Lebens schreiten musst, niemand außer dir allein … Es gibt in der Welt einen einzigen Weg, auf welchem niemand gehen kann außer dir …

Friedrich Nietzsche,
Unzeitgemäße Betrachtungen, Drittes Stück

DIE JAHRE MIT JAN

1.

Später würde er sagen, es sei ein Werk des Zufalls gewesen.

Es war ein Freitagnachmittag im Frühling. Ein düsterer Himmel hatte sich wie ein Dach über die Stadt gesenkt und drückte die Abgase aufs Pflaster.

Das Atmen fiel schwer.

In einer Bar in der Kungsgata spülte er einen Hamburger mit Leichtbier hinunter. In der Hamngata beschloss er dann, durch den Berzeliipark zu gehen, wo er einen Blick auf den Alten warf, der dort als Denkmal stand. Seiner Wirklichkeit und seiner Bedeutung für die Wissenschaft enthoben.

Von dem schönen und geheimnisvollen Bau fasziniert, blieb er kurz vor der Synagoge stehen. In diesem Augenblick öffnete der Himmel seine Schleusen und überflutete die Stadt.

Wie viele andere Schutz suchend, rannte er unter das ausladende Vordach des Tores zur großen Ausstellung. Dort wurde es bald eng, und als der gewaltige Regen die Straße unter Wasser setzte, waren Hosenbeine und Schuhe im Nu durchnässt.

»Das muss die Sintflut sein«, sagte ein älterer Mann im Gedränge.

Niemand lachte.

Da beschloss er, sich die Ausstellung moderner schwedischer Kunst anzusehen.

Er hieß Jan Antonsson und empfand, wie viele andere auch, moderne Kunst, also *modern art*, eher als Un-art. Unverständlich.

Um sich ein wenig trockenzuwischen, ging er zur Toilette und bediente sich ausgiebig an den Papierhandtüchern. Die größte Mühe bereiteten ihm seine Haare, sein roter Schopf wurde im nassen Zustand zum unmöglichen Krauskopf. Er verabscheute seine Haare, seine Sommersprossen und seine wasserblauen Augen. Das war schon immer so gewesen.

Er schlenderte an den Wänden der Ausstellung entlang und blieb vor einem Gemälde stehen: ein grenzenloses Meer, hohe Klippen und ein Abhang mit leuchtenden Lupinen.

Er war jetzt wieder drei Jahre alt. Es war einmal …

Oder auch nicht.

Das Meer umfasste alles Blau der Erde und des Himmels. Weit hinten, wo der Strand sich verlief, stand ein kleines weißes Haus. Unerschütterlich trotzte es den Stürmen vom offenen Meer. Dort wohnten freundliche Menschen, das sagte ihm sein Bauch. Es waren so viele Jahre vergangen, seit er etwas mit allen Sinnen erfasst hatte, dass er es schon gar nicht mehr wusste. Aber sein Körper erinnerte sich noch daran, dass es in seinem früheren Leben einmal so gewesen sein musste.

Jetzt konnte er sein Blut in den Ohren rauschen, sein Herz in der Brust schlagen hören. Er atmete tief ein, als müsste er seine Lungen mit mehr als der im Saal vorhandenen Luft füllen. Langsam wurde ihm die Unruhe um ihn herum bewusst. Und er merkte, dass andere Menschen auf ihn aufmerksam wurden, weil er wie versteinert sein Meer anstarrte. Er ging weiter, er sah andere Bilder, und sie gefielen ihm, obwohl er sie nicht verstand. Es gab vieles, was ihn in einer unverständlichen Sprache anrührte.

Schön.

Was immer schön bedeuten mochte.

Auf dem Rückweg blieb er noch einmal vor seinem Gemälde stehen. Sah sich das einfache weiße Haus am Meeresstrand an und wusste ohne den geringsten Zweifel, dass dort eine Mutter und ein Vater und mehrere Kinder wohnten, die viel miteinander sprachen und oft lachten.

Es regnete immer noch, als er die Ausstellung verließ, aber jetzt war es nur noch ein sanfter Nieselregen, der den Park nach Frühling duften ließ. Die Knospen an den Bäumen im Kungsträdgården sprossen. Es würde auch in diesem Jahr wieder Frühling werden. Doch das tröstete ihn nicht.

Er dachte an sein Bild und wunderte sich, dass er so betrübt war. Als trauerte er …

Es war ihm nicht anders ergangen als den meisten Menschen. In der Schule musste er alles, was auf Fakten basierte, widerwillig verstehen lernen. Seine Mutter stand natürlich auf der Seite der Schule. Lernen bedeutete für sie, wie sie sagte, dass man im wirklichen Leben festen Boden unter den Füßen hatte. Und diesen Boden konnte er nur durch Wissen erreichen.

Dann fügte sie, jede Silbe betonend, hinzu: Wissend, wahrhaftig und ehrlich zu sein, das ist das Wichtigste im Leben.

Er musste mit dem Lügen aufhören.

Das waren harte Worte für einen Siebenjährigen, der mit der gleichen Selbstverständlichkeit log, mit der ein Pferd trabt. Er war ein Mordskerl im Erfinden. Und er sparte nicht mit Effekten und grellen Farben, wenn er loslegte. So wurde er zum Clown der Schule.

Aber mit den Jahren änderte er sich. Das war vor allem Mutters Augen zuzuschreiben, die genau wussten, wann er log. Aber auch die Schule hatte daran ihren Anteil, denn die Gesetze der Mathematik und die Regeln der Grammatik begannen ihn zunehmend zu faszinieren. Es dauerte seine Zeit, bis er begriff, dass auch die Wahrheit viele Gesichter hat. Dass auch sie missbraucht werden, Vorteile verschaffen, Unsicherheit verschleiern … und die Dinge manipulieren konnte. Dazu bedurfte es nur weniger Worte:

»Gemäß den neuesten Erkenntnissen der Wissenschaft …« Und schon war man obenauf.

Zu Hause angekommen, wollte er gleich den Auktionator anrufen und ein Angebot für das Bild hinterlegen. Aber seine Hand wählte Angelikas Nummer wie von selbst.

»Ich muss mit dir reden«, sagte er.

»Nein, diesmal muss ich mit dir reden.«

»Um was geht's?«

»Um Liebe und Projektionen. Gestern hast du gesagt, dass das, was die Leute Liebe nennen, zum größten Teil Projektionen sind. Ich habe mir das durch den Kopf gehen lassen und möchte dir klar sagen, dass ich nicht der Spiegel für deine Träume sein will. Ich bin einzig und allein ich, hast du das verstanden?«

»Du weißt doch, dass ich öfters Mist daherrede.«

»Du redest eben überhaupt nicht, für dich sind immer alles gleich Fakten.«

Er schwieg.

Schließlich sagte er:

»Mir ist was passiert.«

»Was Schlimmes?«

»Nein, etwas Eigenartiges. Darf ich rüberkommen?«

»Klar.«

2.

Eine halbe Stunde nach dem überwältigenden Erlebnis der Kunstausstellung stand er in ihrer Diele. Er dachte, mein Gott, wie schön sie doch ist. Guter Gott! Habe ich sie denn noch nie richtig angesehen? Er starrte sie an, ihren großzügigen Mund in dem kleinen dreieckigen Gesicht mit den hohen Backenknochen. Das fast schwarze Haar, das so kurz geschnitten war, dass es die Kopfform betonte. Und dann die Augen, die so dunkelbraun waren, dass man die Pupillen nur ahnen konnte. Der in die Ferne schweifende Blick hatte ihn vom ersten Moment an fasziniert.

Sie lächelte, als sie sagte:

»Du starrst mich an, als hättest du mich noch nie gesehen.«

Er konnte ihr doch nicht sagen, wie es sich tatsächlich verhielt. Er wurde rot, und zu ihrem Schrecken fing er an zu weinen. Sie sagte, sie wolle Kaffee kochen, er solle sich zu ihr in die Küche setzen und erzählen.

Der starke Kaffee beruhigte ihn.

Er erzählte ihr von seinem langen Tag, wie ihm bei der Arbeit alles schief gelaufen war, sodass er um drei Uhr Schluss gemacht hatte. Er berichtete ihr von dem dürftigen Imbiss in dem kleinen Lokal in der Stadt.

»Ich bin durch den Park gegangen und vor der Synagoge stehen geblieben. Und da brach das Unwetter los.«

»Ja, ich habe es in Danderyd vom Fenster aus gesehen«, sagte sie. »Es sah so aus, als ob der Himmel geplatzt wäre.«
»Genau.« Er schüttelte den Kopf.
»Erzähl weiter«, sagte sie.
»Ich bin vor dem Regen in die Bukowski-Ausstellung geflüchtet, bin einfach so herumgegangen und habe mir komische Bilder angesehen.«
Er fand nur schwer die richtigen Worte, wurde aber sicherer, als er zu der Begegnung mit dem gewissen Bild kam. Und entdeckt hatte, dass er sich, wie ein Dreijähriger, mit allen Sinnen erinnern konnte.
»Das ist wirklich wahr«, sagte er. »Es klingt verrückt, aber ich weiß, dass ich die Wirklichkeit wahrgenommen habe. Es war ein großes Meer mit steilen Klippen und einem weißen Haus. Ich wusste, dass dort freundliche Menschen wohnen.«
Sie versuchte, ihn auf die Erde zurückzuholen.
»Vielleicht war es eine Kindheitserinnerung.«
»Das habe ich zunächst auch gedacht. Aber es war mehr als das, es war noch etwas anderes dabei.«

Sie grübelte schweigend vor sich hin und sagte dann:
»Kinder erfahren die Welt nun mal mit allen Sinnen und dem ganzen Körper, solange sie neu und voller Wunder ist. Später wiederholen sich die Bilder einfach, sie werden zur Gewohnheit, zu etwas ganz Alltäglichem. Das ist traurig, und darum stimmt einen der Anblick von etwas Schönem vielleicht manchmal so wehmütig, weil man weiß, dass es schön ist, es einen aber nicht wirklich berührt. Etwas ist verloren gegangen.«
»Es war etwas anderes«, sagte er hartnäckig.

Sie sagte: »Jetzt machen wir uns was zu essen.«
Das hatten sie schon viele Male getan, die gemeinsame Arbeit in der Küche war von schlichter Selbstverständlichkeit, die

Körper bewegten sich im sicheren Rhythmus, berührten sich bisweilen, sie tauschten ein Lächeln oder wechselten ein paar Worte, etwa wenn sie die Soße abschmeckten.

Gut.

Sie aßen ihre gebratenen Strömlinge mit Kartoffelbrei und beschlossen, zeitig schlafen zu gehen.

»Ich weiß so wenig von deiner Kindheit«, sagte sie. Es wurde eine lange Nacht.

Er begann mit dem Wal im Öresund.

Er war erst sechs Jahre alt, als er seinen Vater und dessen Kumpel auf dem jährlichen Segeltörn nach Kopenhagen begleiten durfte. Erinnerungen an die Großstadt hatte er nicht. Erinnerte sich nur an das Gefühl, dass sie ihm Angst gemacht hatte. Auf der Heimfahrt wurden sie auf der Höhe von Ven von einem Wal begleitet. Das riesige Tier tauchte plötzlich backbord auf und erschreckte ihn fast zu Tode. Dann sah er, dass sein Vater ganz gelb im Gesicht war und das Ruder so fest gepackt hatte, dass die Knöchel weiß hervortraten.

»Der macht uns mit einem einzigen Schlag der Schwanzflosse zu Kleinholz«, meinte er.

Der Wal begleitete das Boot bis zur Nordspitze von Jütland, wo der Riese dann auf westlichen Kurs Richtung Atlantik abtauchte. Jan lachte auf, bevor er weitersprach:

»Es war ein bemerkenswerter Wal, denn er wurde von Jahr zu Jahr größer. In Järnbott war er noch so groß wie ein vierstöckiges Haus gewesen, aber bald wuchs er mit den Wolkenkratzern von New York um die Wette. Die Begebenheit wurde Jahr für Jahr erzählt. Ich liebte sie, sie gehörte zur Tradition, wenn das Boot im Frühjahr seeklar gemacht wurde. Mutter verabscheute sie, genauso wie Vaters übrige Erzählungen.

Mein Vater stammte aus Värmland und aus einer Familie, in der jeder eine Geschichte auf Lager hat. Eine Sage, eine Geistergeschichte, ein Gedicht. Mutter verabscheute das. Lauter Angeber und Lügner, behauptete sie immer.

Sie stammte aus einem norrländischen Dorf, in dem man frühzeitig lernte, mit Worten sparsam umzugehen. Wer viele Worte machte, wollte sich hervortun. Und das war schäbig.«

Angelika musste laut lachen. Jan rollte sich auf den Rücken, musste mitlachen und sagte, es gibt in unserem Land noch ganz andere kulturelle Probleme als die, mit denen die Einwanderer sich herumschlagen.

Das übermütige Gelächter löste eine Lust in ihm aus, die seine Schläfen pochen und sein schamloses Glied sich unter der Decke wie ein Kanonenrohr aufrichten ließ.

»Ich verliere noch den Verstand!«, japste er.

»Gut«, sagte sie.

Danach überkam ihn die Angst. Vorsicht im Bett war sein eisernes Prinzip. Dieses Mal hatte er sich einfach treiben lassen. Er suchte ihren Blick. Und der erschien ihm erstaunlich zufrieden.

Jetzt bekamen sie Hunger und entschlossen sich für Käse, Brot und Obst. Auf dem Bettrand sitzend tranken sie Rotwein dazu. Aber trotz des Weines konnten sie nicht einschlafen.

»Erzähl weiter«, bat sie, und er kramte in seinen Erinnerungen und landete bei den Großeltern auf dem Bauernhof in Värmland. Den Eltern seines Vaters.

»In meinen ersten Sommerferien wurde ich nach Värmland geschickt. Großmutter und ich streiften durch den Wald. Wir nannten es Kühe hüten. Aber eigentlich kümmerten wir uns kaum um sie, wenn sie am Waldrand weideten.«

Angelika hatte das Gefühl, seine Stimme habe an Klang und Lebhaftigkeit gewonnen.

»Großmutter war besonders darauf aus, mir seltene Vögel und Blumen zu zeigen.«

Er verfiel in nachdenkliches Schweigen.
»Erzähl weiter«, forderte Angelika.

»So nach und nach zeigte Großmutter mir dann aber das kleine Volk, das unter den riesigen Bäumen der Wildmarken lebte. Sie schilderte, wie sie ihre Häuser unter der Erde bauten und die Wurzelfäden der Bäume zu kleinen Grotten flochten.«

Wieder lag er eine Weile schweigend da. Dann aber fand er doch Worte:

»Es dauerte nicht lange, und ich konnte sie auch sehen, ja, ich konnte sogar ihr Geschnatter hören. Schon damals wusste ich, dass ich meiner Mutter davon nie ein Wort erzählen würde. Und auch keinem anderen Menschen.

Mama lag im Krankenhaus. Es hieß, sie werde mir ein Brüderchen schenken. Aber irgendwann klingelte in aller Herrgottsfrühe das Telefon, und ich hörte Großmutter in den Hörer weinen. Als sie zu mir in die Kammer kam, sagte sie, aus dem Brüderchen sei nichts geworden.

Mehr habe ich nie erfahren.

Während meiner Studienjahre habe ich dann den Sommer in Värmland vergessen. Eines Abends aber ließ ich die Bücher Bücher sein und ging ins nächstbeste Kino. Es war reiner Zufall, dass dort ›Ronja Räubertochter‹ gezeigt wurde. Und da waren sie dann, die kleinen Trolle. Sie sahen genauso aus, wie ich sie in den Wäldern von Värmland gesehen hatte.«

Wieder schwieg er, um nach einer Pause fortzufahren:

»Gib zu, es war doch merkwürdig, dass Astrid Lindgren und ihr Regisseur Tage Danielsson die gleichen Trolle gesehen hatten wie Großmutter und ich.«

»Ich glaube, dass kleine Kinder und große Dichter sich in andere Wirklichkeiten versetzen können«, sagte Angelika.

»Wie kannst du so etwas glauben?«, fragte Jan.

»Ich bin selbst einmal ein Kind in einer erfundenen Wirklichkeit gewesen«, meinte sie, und ihre Stimme wurde ganz tief vor Verwunderung.

»Jetzt musst du aber erzählen«, sagte Jan.

»Nicht jetzt«, sagte sie. »Dies ist deine Nacht.«

Jan seufzte, fuhr aber fort:

»Ich war in körperlicher Hinsicht ein erbärmlich kleiner Junge und wuchs nicht wie andere Kinder. Erst als ich ins Gymnasium kam, schoss ich in die Höhe. Zu dieser Zeit hörte ich auch mit dem Lügen auf. Ich, der ich doch immer gelogen, immer Geschichten erfunden hatte. Vielleicht war das ein Erbe von Vater und seiner Familie. Aber viel eher glaube ich, dass ich mich hervortun musste, weil ich ansonsten eine Niete war. Während meiner Schulzeit war ich immer der Kleinste in der Klasse, ich war so klein, dass ich beim Sport nirgends mitmachen durfte. Ich hatte feuerrote Haare und Sommersprossen. Kurz gesagt: Ich war hässlich und ein Außenseiter. Heute würde man sagen, ich wurde gemobbt. In diesem Punkt aber hat Mutter mir den Kopf zurechtgestutzt.

›Habe ich dir nicht beigebracht, dass die einzige Möglichkeit, sich in der Welt zu behaupten, die ist, festen Boden unter die Füße zu bekommen‹, sagte sie. ›Und diesen Boden baut man nicht mit Phantastereien auf.‹

Sie hatte ein längeres Gespräch mit meiner Lehrerin geführt, die meinte, ich sei zwar begabt, aber faul. Aber Mama hatte ihr geantwortet, ich sei nicht faul, sondern ich langweilte mich.«

»Das hat deine Mutter gut gemacht«, sagte Angelika. »Aber ich finde, es hat ihr ... ein bisschen an ... Einfühlungsvermögen gefehlt. Alle Kinder phantasieren, das ist ein Geschenk der Götter an die Kinder.«

Er dachte eine Weile nach und sagte dann:

»Mag sein, aber du verstehst mich falsch. Ich habe fabuliert, um aufzufallen. Ich spielte eine Rolle, ich war der Klassenclown. Und bei bestimmten Gelegenheiten habe ich ganz bewusst gelogen.«

»Inwiefern?«

»Lass mich die Sache mit dem Fahrrad erzählen«, sagte er, und sie stellte erstaunt fest, dass er rot wurde und zögerte. Doch schließlich kam er zur Sache:

»Ich hatte ein altes, schweres Fahrrad, das eine Kusine mir vermacht hatte, die es ihrerseits von einer Tante geerbt hatte. Die Kette sprang immer wieder ab. Die Bremse war nicht ganz in Ordnung und blieb öfter hängen. Man könnte sagen, damit zu fahren war lebensgefährlich, aber daran habe ich nie gedacht. Das Schlimmste daran war, dass es ein Weiberrad war. Alle Jungen verspotteten mich, mein Gott, welch ein Hohn.«

Er zögerte ein weiteres Mal, holte dann tief Luft und fuhr fort: »Vater hatte kein Geld, um mir ein neues Rad zu kaufen, denn er hatte beim Segelmacher eine neue Fock bestellt. Eine Art Ballon, mit dem er alle Regatten des Sommers gewinnen wollte. An einem dunklen Winterabend hatte ich auf dem Heimweg eine Idee. Hinter der Kurve von Berghem, wo die Straßenbahn langsamer fahren musste, legte ich das Fahrrad auf die Gleise.

Ich versteckte mich hinter einer Fichtenhecke und hörte die Schienen kreischen, als der schwere Triebwagen abbremste. Dann kam ein Knirschen, als er das Fahrrad zu Schrott fuhr.

Ich rannte laut heulend nach Hause und erzählte, dass die Bremse mitten auf dem Gleis versagt hätte und dass ich nur mit dem Leben davongekommen sei, weil ich weggelaufen wäre.

Ich tat so, als wäre ich total von Sinnen, und zitterte am ganzen Leib. Mutter wurde leichenblass und Vater rot vor Scham. Ich selbst schämte mich überhaupt nicht. Es wurde ein großer

Sieg. Schon am nächsten Tag bekam ich ein neues Jungenfahrrad, und Vater sagte dem Segelmacher ab, er würde noch eine Saison mit der alten Fock zurechtkommen.«

Zu seiner Verwunderung hörte Jan Angelika laut ins Kissen lachen.

»Was für ein raffinierter kleiner Kerl«, keuchte sie.

Das Merkwürdige war, dass er in ihr Gelächter einstimmen konnte. Es war fast wie beim Anblick des Meeres auf dem Gemälde. Er begegnete einer anderen Wirklichkeit.

Er erwachte aus unruhigen Träumen, als die alte Standuhr fünfmal schlug. Angelika brachte ihm Kaffee ans Bett, süß und stark, wie er ihn mochte.

»Ich muss zur Arbeit«, sagte sie. »Ich habe Frühschicht, aber ich bin um vier Uhr wieder zurück. Da will ich dann etwas über das Mädchen hören, das Katarina hieß.«

Er widerstand dem Impuls, die Decke über den Kopf zu ziehen, sagte aber widerspenstig: »Ich will aber nicht. Und was, zum Teufel, weißt du von Katarina?«

»Nur, dass du den ganzen Morgen von ihr gefaselt hast.«

Jetzt flüsterte er:

»Ich bilde mir ein, dass ich sie getötet habe.«

»Und – hast du?«

»Nein, nicht im buchstäblichen Sinn. Aber … ich habe Lügen verbreitet, dass sie eine schreckliche Krankheit hätte. Dann hat sie diese Krankheit tatsächlich gekriegt und ist daran gestorben.«

Angelikas Augen weiteten sich vor Entsetzen.

Dann musste sie schleunigst zur U-Bahn und zu ihrem Job im Krankenhaus Danderyd.

3.

Jan nahm sich die Wohnung vor. Er begann in der Küche, wo sich noch die schmutzigen Teller, Tassen und Schälchen vom gestrigen Abend stapelten. Die Trinkgläser lagen im Spülbecken im schmutzigen Wasser. Er wusch ab, putzte Herd und Arbeitsflächen. Als Nächstes kam das Schlafzimmer dran, er lüftete, machte die Betten. Abschließend wanderte er mit dem Staubsauger durch die Zweizimmerwohnung. Immer wieder staunte er darüber, wie hell Angelikas Räume waren, weiße Wände, weiße Gardinen überall, und es standen nur wenige Ziergegenstände herum.

Dürftig, hatte er immer gefunden.

Einige Bilder von der Art, für die er kein Verständnis aufbringen konnte, hingen an den Wänden. Und es gab ein paar moderne Möbel, ein schreiend farbiges Sofa, in leuchtendem Orange bezogen, und viele, viele Kissen in Rosa und Grün. Vulgär hatte er das gefunden. Heute hatte er aber das Gefühl, dass das Sofa lachte.

Als er mit der Hausarbeit fertig war, ließ er sich in dem einzigen bequemen Sessel der Wohnung nieder, um die Zeitung zu lesen, merkte aber schnell, dass er nicht mitkriegte, was da stand. Die Augen folgten zwar den Zeilen, aber der Sinn ging ihm verloren. Ihn quälte die Angst vor dem, was ihm gestern passiert war, als Angelika ihm fast fremd erschienen war.

Wie so oft, wenn er Probleme hatte, kehrten seine Gedanken

zur Mutter zurück, und ihre Worte ertönten, wie nicht anders zu erwarten:

»Das bildest du dir ein!«

So erinnerte er sich daran, wie er eines Tages zu ihr in die Küche gestürmt war, um ihr jubelnd zu berichten, sein Abiturzeugnis sei so gut, dass er zum Medizinstudium zugelassen worden war.

»Begreifst du, Mama. In ein paar Jahren bin ich Doktor! Ein richtiger Arzt.«

Er hatte erwartet, dass sie sich freute.

Aber sie hatte gesagt:

»Was interessieren dich schon Menschen. Du beachtest sie doch überhaupt nicht!«

»Aber Mama, versteh doch. Heute geht es um Wissenschaften, um Biologie, Chemie oder Technik.«

Und sie hatte in ihrem überheblichsten Ton geantwortet:

»Bei so einem Doktor möchte ich nie landen.«

Jetzt, hier in Angelikas Sessel sitzend, überkam ihn ein großer Zorn. Was, zum Teufel, hatte seine Mutter ihm da angetan! Aber sie hatte ja Recht behalten. Schon nach wenigen Jahren, bei der Visite in der langen Schlange ganz hinten stehend, musste er sich eingestehen, dass Patienten und ihre Krankheiten ihn anödeten. Vor manchen ekelte er sich sogar.

Er schrieb seine Doktorarbeit, denn es war immer gut, auf ein Examen hinweisen zu können. Dann wurde ihm ein Stipendium zugesprochen, sodass er an der Universität in Stockholm Biochemie studieren konnte. Nach wenigen Jahren bekam er schließlich eine Stelle als wissenschaftlicher Mitarbeiter und spezialisierte sich auf Gentechnik.

Er hatte Erfolg. Es gefiel ihm. Er wurde nach Amerika eingeladen, wo er seine Kenntnisse in einem großen Laboratorium vertiefen konnte. Er schrieb an der Columbia University eine weitere Arbeit und erwarb damit noch einen Doktortitel. Aber etwas Wichtiges war ihm verloren gegangen.

Seine Gedanken kehrten zum gestrigen Tag zurück, an dem ihm bewusst geworden war, dass er Angelika nie richtig angesehen hatte. Obwohl er sie seit Monaten kannte und vom ersten Augenblick an geliebt hatte. Mit mir stimmt wirklich etwas nicht, dachte er. Er riss sich zusammen. Er musste etwas unternehmen.

Seine Mutter hatte in einem der Feinkostgeschäfte von Feskekörka in Göteborg Fisch verkauft. Er erinnerte sich, wie es dort nach Meer und Salz, nach Hummer und Krebsen gerochen hatte, die im Beisein der Kunden gekocht wurden. Krabben, Dill. Die Düfte waren durch seine Poren gedrungen, verlockend und sinnlich.

Hier in Stockholm gab es kein Feskekörka.

Er besorgte fangfrischen Heilbutt und große Westküstengarnelen in der Markthalle von Östermalm. Bündelweise Dill.

Vor den EU-Erdbeeren zögerte er, kaufte dann aber doch einen Karton.

Zu Hause beschloss er, Reis zu kochen, während der Heilbutt im Backofen schmorte. Er schälte die Krabben und kochte die Schalen in wenig Wasser auf. Dann versuchte er sich mit fein geschnittenem Dill, Gewürzen und Sahne an der Soße.

»Hier riecht es ja himmlisch!«, rief Angelika, die schnuppernd in der Tür stand.

»Ich bin der Meinung, wir haben allen Grund zum Feiern«, sagte er und nahm sie in die Arme. Merkte, dass er jede Geste wiedererkannte, jede Wandlung in den dunklen Augen. Alles war ihm wohlbekannt, sein Mund auf ihrem hatte heimgefunden, köstlich und geborgen.

4.

Angelika waren an diesem Tag auch viele Gedanken durch den Kopf gegangen. Nicht während der Arbeit, denn der Job forderte ihre ganze Aufmerksamkeit. Aber schon auf der Fahrt zum Krankenhaus war sie von düsterer Unruhe erfüllt gewesen. Die Bahn raste unter der Stadt dahin, und Angelika hatte sich schließlich eingestehen müssen, dass sie Angst hatte.

Wovor?

Dass sie ihn verlieren könnte?

Ja.

Würde sie so etwas ein zweites Mal überleben?

Das alte, abgeleierte Gebet kam ihr in den Sinn: Lieber Gott, nimm mir meine Mama nicht weg. Aber Gott hörte nicht zu, das wusste sie inzwischen.

Plötzlich fiel ihr wieder ein, was ihre Kollegin Helena über Jan gesagt hatte:

»Hüte dich. Er ist ein eiskalter Klotz.«

Sie hatten gestritten.

»Wer von uns kennt ihn besser, du oder ich?«

»Dann kannst du mir vielleicht mal erklären, warum er immer der Gescheitere sein muss. Und warum es ihm nichts ausmacht, wenn er andere verletzt.«

Helena hatte geseufzt:

»Du bist dermaßen verliebt, dass dir jede Urteilsfähigkeit abhanden gekommen ist.«

Sie trafen sich auch weiterhin, aßen in der Krankenhauskantine zusammen zu Mittag. Aber sie fanden nicht mehr zu der alten Vertrautheit zurück. Sie sprachen nie mehr von Jan.

Heute hätte ich ihr's heimzahlen können, dachte Angelika. Ich hätte ihr sagen können, dass er so ist, wie er ist, weil er als Kind gemobbt wurde. Aber sie hatte es nicht gesagt, weil sie wusste, dass diese Erklärung nicht ausreichte, bei weitem nicht.

Auf der Heimfahrt musste sie in der voll besetzten Bahn stehen. Die Vorortbewohner waren unterwegs in die Großstadt, um Besorgungen zu machen. Sie war müde, es war, wie immer am Wochenende, ein schwerer Tag gewesen. Und dann war da noch die Angst um Jan. Wir sind schrecklich verschieden, dachte sie.

Und im nächsten Moment: Ich weiß eigentlich nicht, wer er ist.

Sie musste an das denken, was Anna einmal gesagt hatte:

»In manchen Fällen hilft keine Therapie der Welt. Psychopathen kann man nicht heilen. Man dringt nicht ins Innere vor, es ist, als wären sie durch und durch verhärtet.«

Verhärtet. Vereist.

Anna war Psychologin und eine Freundin von Angelika. Sie könnte zu ihr gehen und mit ihr über Jan sprechen, aber nein, das würde sie nicht tun. Sie hatte schon frühzeitig gelernt, dass man immer einsam ist, wenn das Leben am schwierigsten ist.

Der Wagen schlingerte in einer Kurve, und plötzlich dachte sie an ihren Vater. Irgendwann würde sie ihn aufsuchen und ihm ihre Frage stellen müssen.

Auf dem Weg von der U-Bahn nach Hause hoffte sie auf einmal, dass Jan gegangen wäre. Auf dem Küchentisch würde ein Zettel mit ein paar hingekritzelten Worten liegen, dass er nach Hause gegangen war, weil er müde war und schlafen wollte.

Er und müde!

Im Fahrstuhl nach oben überkam sie dann der Zorn. Dieser verwünschte feige Kerl hatte sich gedrückt. Gut. Dann würde er eben nie erfahren, dass sie gern mehr über seine Kindheit gehört hätte. Nein. Das wollte sie auf gar keinen Fall. Sie hatte genug von seiner verdammten Mutter. Dieser Norrländerin, die auf jede Frage eine Antwort wusste. Sie würde ihn nicht anrufen. Und nicht ans Telefon gehen.

Schon als sie aus dem Lift stieg und dann ihre Wohnungstür aufschloss, nahm sie den Duft wahr. Feines Essen, Gewürze, Schalentiere, leckere Soße. Im nächsten Augenblick lag sie in seinen Armen, seinen Mund auf ihrem. Und ihr Körper entspannte sich. Auf den Körper ist mehr Verlass als auf die Gedanken, sagte Katta oft. Ich muss sie anrufen, dachte Angelika.

Jan kochte gern, der Heilbutt war erlesen, die Krabbensoße himmlisch und der Wein leicht und gut gekühlt.

O nein, so einfach kommst du mir nicht davon, dachte sie. Trotzdem musste sie zugeben, dass ihr Zorn im Wein untergegangen war. Aber der Schmerz hinterm Zwerchfell nagte weiter an ihr. Sie aßen, sie ließ es sich schmecken und versuchte sich zu erinnern, wann sie zuletzt etwas zu essen bekommen hatte. Das Mittagessen fiel ihr ein, zerkochte Kartoffeln, Fischstäbchen und eine triste Umgebung.

Und dazu Helena.

»Ich soll dich von meiner Kollegin grüßen, du weißt schon, von Helena, deiner Tischdame bei der Weihnachtsfeier im Krankenhaus.«

»Ja«, sagte er vorsichtig. »Sie war mir nicht besonders sympathisch.«

»Warum denn?«

»Sie hatte so ein beunruhigendes Lächeln. Freundlich und nachsichtig. Und es war wie hingekleistert.«

»Ja, sie versteckt sich hinter ihrem Lächeln«, sagte Angelika.

Und dachte, wenn zwei verängstigte Menschen sich begegnen, kann es leicht passieren, dass sie aufeinander losgehen. Denn sie kennen die empfindlichen Stellen ihres Gegenübers ganz genau. Also gelingt es ihnen oft genug, den anderen zu verletzen.

Sie schwiegen eine Weile. Jan brachte frische Teller und die Erdbeeren. Wie erwartet, schmeckten sie nach nichts.

Angelika goss den letzten Wein in ihr eigenes Glas und trank ihn, als wäre es Wasser.

»Ich kann mir gut vorstellen, wie du Helena fertig gemacht hast.«

»Nun, du kennst mich ja.«

Tu ich, dachte sie und versuchte, sich eine boshafte Bemerkung zu verkneifen. Aber es gelang nicht.

»Jedenfalls dem äußeren Erscheinungsbild nach«, sagte sie und schämte sich, als sie sah, wie blass er wurde. Schließlich fragte er:

»Glaubst du, dass mit mir wirklich etwas nicht stimmt?«

»Nein, dieses Bild in der Ausstellung hat dich irgendwie geschockt. Vielleicht war es so etwas wie eine Offenbarung. Es ist ja auch nicht einfach, plötzlich eine neue Wirklichkeitsebene zu erkennen.«

Er dachte daran, wie er heute Morgen beim Aufräumen der Wohnung endlich wahrgenommen hatte, wie schön es hier in aller Schlichtheit war.

»Ich mach Kaffee«, sagte er.

»Dann dusche ich inzwischen.«

Er machte den Kaffee stark, und seine Hände zitterten, als er alles aufs Tablett stellte und es hinaus ins Wohnzimmer trug.

Angelika setzte sich aufs Sofa, umgab sich mit einem Stapel aus grellbunten Kissen und legte sich das größte auf die Knie.

Sie baut Mauern, dachte er.

Dann ging sie zum Angriff über:

»Deine Mutter war mir in deiner Erzählung heute Nacht nicht sehr sympathisch.«

»Für mich war sie wie ein Fels. An dem man sich natürlich auch verletzen kann. Aber ohne sie wäre ich ein Schwächling geblieben.«

»Und vielleicht ein Dichter geworden. Oder zumindest ein Mensch, der seinen Gefühlen freien Lauf lassen kann.«

»Aber Angelika, jemand muss einem Kind, das Phantasie und Wirklichkeit nicht unterscheiden kann, doch Grenzen setzen.«

Sie sah an seiner Schläfe eine Ader pochen. Jetzt ärgert er sich, dachte sie.

Aber er war verwundert.

»Man findet sich doch nicht zurecht, ohne die Wirklichkeit zu verstehen. Und dazu braucht es einen gesunden Menschenverstand.«

Angelika lachte ihm frei ins Gesicht:

»Einstein sagt, dass der gesunde Menschenverstand aus nichts anderem als alten Vorurteilen besteht.«

»Was, zum Teufel, hat er damit gemeint?« Jan war verärgert, das Pochen an der Schläfe steigerte sich.

Teufel nochmal, dachte sie.

»Ich würde meinen, er wusste, dass Vorurteile und Vernunft im Leben Sicherheit vermitteln und Zugehörigkeit. Dass sie aber den freien Lauf der Gedanken und die Intuition blockieren. Die Kreativität.«

»Du meinst also, dass Fakten und Wissen von Übel sind?«

»Nein, natürlich nicht«, erwiderte sie. »Aber die so genannten unumstößlichen Tatsachen setzen unserem Weltbild Grenzen, die sich mit dem Zeitgeist verändern. Gegenwärtig dominiert eine naturwissenschaftliche Einstellung zum Leben und der Wirklichkeit. Sie will uns glauben machen, dass wir damit festen Boden unter den Füßen hätten.«

Jans blassblaue Augen blitzten plötzlich auf, und in sarkastischem Ton fragte er:

»Und was gibt es sonst noch? Nenn mir die Alternativen?«

»Intuition, Gefühl, Phantasie, Liebe, Kunst, Musik, Träume. O Jan, es gibt so vieles, was du nicht siehst. Oder womit du nicht rechnest.«

»Solche Gefühlsduselei kenne ich gar nicht an dir.«

Jetzt triefte seine Stimme vor Hohn.

»Aber vielleicht ist das nur deine Art, die Dinge zu sehen«, sagte Angelika. »Okay, vielleicht bin ich sentimental. Außerdem bin ich sehr müde nach einem Tag, an dem ich viel zugehört und getröstet habe und von Mitleid geplagt war. Und einen Menschen habe sterben und sein Kind vor Schmerz weinen sehen.«

»Ich dachte, in deinem Job geht es darum, Spritzen zu geben, Wunden zu verbinden und darauf zu achten, dass die Leute die richtigen Medikamente kriegen.«

»Das auch«, sagte sie. »Ich lege mich jetzt hin.«

Plötzlich sah er sie angstvoll an:

»Aber ich darf doch hier bleiben?«

»Du kannst auf dem Sofa schlafen.«

Sie holte Bettwäsche und die Reservedecke und verschwand dann ins Bad, um sich die Zähne zu putzen.

Als sie auf dem Weg zu ihrem Schlafzimmer durchs Wohnzimmer ging, sagte er:

»Angelika, du hast dich über meine Mutter geäußert, aber … üben nicht alle Mütter große Macht auf ihre Kinder aus?«

»Doch, ich glaube schon. Meine Mutter ist jetzt ein Engel im Himmel, aber sie hat auch heute noch großen Einfluss auf mein

Leben. Als ich neun war, ist sie an Krebs erkrankt, und als ich elf Jahre alt war, ist sie daran gestorben.«

Sie sah ihn nicht an und war samt ihrem in die Ferne schweifenden Blick verschwunden. Hatte gute Nacht gesagt und die Tür hinter sich geschlossen.

5.

Sie wusste, dass sie nicht würde einschlafen können. In der Hoffnung, dass die Muskeln sich dennoch entspannten, legte sie sich auf den Rücken und ließ ihren Erinnerungen freien Lauf.

Es begann wie immer bei der Auseinandersetzung ihres Vaters mit seinem Bruder Martin. Die beiden standen in der Küche, ohne zu wissen, dass Angelika nebenan in der Dienstmädchenkammer saß, zu der die Tür sich nie richtig schließen ließ.

Onkel Martin brüllte:

»Wie, zum Teufel, konntest du nur zwei Jahre lang übersehen, dass Margareta alle Symptome aufwies. Alles deutete doch auf Krebs hin. Hast du die Knoten in ihrer Brust denn nie untersucht? Wie konntest du gegen die Schmerzen Pyramidon einsetzen und Hustentropfen, als sie Atembeschwerden bekam? Schließlich bist du ein verdammter Arzt.«

In eisigem Ton fuhr er gemäßigter fort:

»Von Dorf zu Dorf spielst du den Herrgott für Waldarbeiter und Bauern. Du solltest dich in Grund und Boden schämen.«

Sie wollte ihren Papa verteidigen, hielt sich aber zurück bei dem Gedanken, dass sein Wartezimmer schon lange nicht mehr überfüllt war und sie in der Schule gehört hatte, dass man ihn Doktor Pyramidon nannte. Aber das hatte Ebba gesagt, und Ebba war boshaft wie eine Stechmücke, darin waren sich alle einig.

Papa schwieg in der Küche. Aber Onkel Martin betonte jedes Wort, als er schließlich das Schweigen brach.

»Hättest du sie zum Onkologen nach Umeå gebracht, hätten wir sofort operiert und eine wirksame Behandlung eingeleitet. Und ich kann dir garantieren, dass sie ein normales Leben mit ihrem Kind hätte führen können.«

Papa schwieg. Von diesem Tag an hatte sie ihn gehasst.

Das nächste Bild, an das sie sich erinnerte, war der Krankenwagen, in dem sie neben ihrer Mama saß und deren Hand hielt. Ihr gegenüber saß die Frau, die sie Katta nannten und die mit Onkel Martin verheiratet war. Über sie hatte Mama gesagt, sie stehe unter dem Einfluss einer bösen Fee.

In der Stadt hallte das Martinshorn durch Parks und Straßen. Aber nicht einmal die Sirenen konnten sie erschrecken, denn sie war zu einer aufziehbaren Puppe geworden.

Und die blieb sie lange.

Die Mutter brauchte zwei Monate zum Sterben. Tag für Tag saß das Kind an ihrem Bett und hielt ihre Hand. Es redete sich ein, dass das half.

Sie brauchte keine Schmerzen mehr zu erleiden und schrie nicht mehr, wie bisher zu Hause. Hier gab es eine Schwester mit einer Spritze und einen Doktor, der häufig kam und all die unheimlichen Apparate kontrollierte, an die sie angeschlossen war.

Onkel Martin war mit traurigem Gesicht jeden Tag da und versuchte Angelika zu überreden, mit ihm nach Hause zu Tante Katta zu kommen.

Sie weigerte sich. Zum Schluss stellte man ihr ein Bett ins Krankenzimmer, in dem sie sich ausstrecken konnte.

Später hatte sie versucht, sich die Zeit im Sterbezimmer wieder vorzustellen, aber die Erinnerung blieb aus. Ihr Kopf war leer, ohne Gedanken. Und sie hatte auch nichts gefühlt. In der Nacht, in der ihre Mutter starb, empfand sie weder Trauer noch Erleichterung.

Papa kam, aber sie konnte ihn nicht einmal hassen.

Dann kam Katta und sprach aus, wie es stand:

»Es gibt nichts, was du für deine Mama noch tun kannst. Jetzt kommst du mit nach Hause und wirst schlafen und dich erholen.«

Sie bekam ihr eigenes Zimmer in der großen Wohnung mitten in der Stadt, ein richtiges Jungmädchenzimmer mit weißen Gardinen, einem weichen Teppich, geblümtem Bettüberwurf und einer Menge weicher Kissen.

Katta sagte kein Wort, war einfach da.

Brachte Kuchen und Saft. Und vielleicht war eine Tablette im Saft, denn Angelika schlief sofort ein, schlief die ganze Nacht und den halben nächsten Tag durch.

Katta kam mit belegten Broten und heißer Schokolade. Und das Kind aß und trank.

Dann fanden die ersten Worte den Weg vom Kopf zum Mund.

»Du wirst niemals meine Mama werden.«

Katta nickte, als wäre das selbstverständlich.

Es dauerte seine Zeit, bis Angelika begriff, dass Katta sich von ihren Verpflichtungen an der Universität hatte beurlauben lassen, um sich ihr zu Hause ganz widmen zu können.

Sie spazierten durch die Stadt, durch die Parks, am Umefluss entlang.

Katta kaufte ihr neue Kleider, tolle Jeans, Miniröcke und hübsche Blusen. Sie zog nichts davon an.

Katta wollte, dass sie sich die langen ungepflegten Haare schneiden ließ, hinter denen Angelika sich wie hinter einem

Vorhang versteckte. Aber sie schrie vor Angst, wenn der Friseur nur erwähnt wurde.

Nach einigen Wochen kehrten in der Nacht die schrecklichen Träume wieder, laute Stimmen riefen nach ihr, und die Worte krallten sich in ihrem Bauch fest. Sie brauchte Hilfe. Papa hatte, wenn es ganz schlimm war, immer eine Tablette zur Hand gehabt. Sie tappte durch das große Zimmer zu Martins und Kattas Bett. Zitternd vor Kälte.

»Ich hab solche Schmerzen«, flüsterte sie. »Papa hat mir immer eine Pille gegeben.«

Aber Katta sagte, sie solle zu ihr ins Bett kriechen.

»Hierher zu mir«, sagte sie und nahm das Kind in die Arme und wärmte es mit ihrem Körper. Und es geschah, dass das Fürchterliche verschwand, als das Kind die Hände fühlte, die ihm Rücken und Brust massierten. Das kleine Mädchen drehte sich um, und nun massierten die Hände ihren Kopf. Um schließlich ihr das Gesicht zu streicheln. Und da, plötzlich, begann sie zu weinen. Und wie sie weinte, die halbe Nacht und den ganzen Vormittag. Schließlich musste sie eingeschlafen sein, denn erst als Onkel Martin mit Kaffee für sie und Katta kam, wachte sie auf.

»Ich muss aufs Klo«, flüsterte sie.

»Ich auch!«, rief Katta lachend.

»Erster im Klo«, sagte Onkel Martin. Sie liefen um die Wette, und Angelika gewann.

Dann tranken sie auf dem Bettrand sitzend Kaffee. Auch das Kind bekam einen Becher voll. Mit viel Milch in dem schwarzen Getränk.

An diesem Morgen setzte die Erholung ein.

Aber es kamen Rückfälle.

Der schlimmste kam, als Katta an einer Volkshochschule, wenige Meilen von Umeå entfernt, einen Sommerkurs halten sollte.

»Ich bleibe doch nur eine Woche weg«, sagte sie. »Aber unsre Oma wird kommen und dir Gesellschaft leisten.«

Zu spät bemerkte sie, dass das Mädchen erstarrte und blass wurde.

Und diesmal gelang ihr der Schrei:

»Nein!«

Dann bekam sie keine Luft mehr und konnte nur noch flüstern:

»Sie will mich erwürgen.«

»Aber sie ist doch so ein lieber Mensch und hat Kinder besonders gern«, sagte Martin erstaunt.

»Ihr kennt sie nicht. Sie ist im Irrenhaus und behauptet, dass ich ein unehelicher Bankert bin. Und sie hat Gott gelobt, dass sie ihm helfen wird, mich zu töten.«

»Jetzt hör mir mal zu.«

Das war Katta, und es klang zornig.

»Wir sprechen von meiner Mama, sie ist die Oma meiner Kinder. Nicht deine. Wir nennen sie Momma.«

Martin bekam es mit der Angst zu tun, zog sich Angelika auf die Knie, schaute ihr in die Augen und sagte:

»Deine Großmutter ist im Kopf sehr krank. Sie kann nicht gesund gemacht werden. Sie muss bis an ihr Lebensende in einer Anstalt gepflegt werden, die du dummerweise als Irrenhaus bezeichnest. Ist das klar?«

»Sie kann nicht herauskommen?«

»Nein, sie kann nicht herauskommen. Die meisten Kinder haben eine Oma, weißt du.«

»Es gibt also viele andere … Omamas?«

»Ja, und wenn du einmal Kinder kriegst, wird Katta ihre Omama.«

Angelika zeigte fast ein Lächeln.

Aber dann fragte Katta:

»Hast du sie etwa in diesem Irrenhaus besucht?«

»Ja«, schluchzte das Kind. »Sie wollte mich erwürgen.«

»Erzähl.«

Die Schreckensbilder tanzten wieder durch ihren Kopf.

»Sie ist aus dem Bett gesprungen und hat mir den Hals zugedrückt. Es hat furchtbar wehgetan. Aber ich habe mich gewehrt, und da musste sie loslassen.«

»Und was hat deine Mama gemacht?«

»Weiß ich nicht, ich bin dann nur noch gerannt und gerannt. Es gab viele lange Gänge und komische Zimmer, in denen andere schreiende Kranke saßen. Dann kam ich zu einer Treppe und bin wieder gerannt und gerannt, bis ich unten war. Im Keller. Dort habe ich mich hinter einem Berg von weißen Mänteln versteckt.

Dann wurde es irgendwie schwarz um mich, und ich erinnere mich an nichts mehr. Papa hat mich dann irgendwann aufgeweckt, um ihn herum standen eine Menge Leute in solchen weißen Mänteln. Ich hab gefroren, und Papa hat seinen Lodenmantel ausgezogen und mich damit zugedeckt. Dann hat er mich ins Auto getragen. Mama lag weinend auf dem Rücksitz. Dann kam ein wütender Doktor, der sagte, es sei verantwortungslos, ein Kind zu einer Patientin mitzunehmen, die jederzeit einen Anfall bekommen könnte. Aber Mama hat mir gesagt, dass Großmutter sie dauernd sehnsüchtig darum gebeten hatte, ihr einziges Enkelkind nur einmal sehen zu dürfen.«

Einige Tage später war Kattas Mutter gekommen. Und sie und Angelika hatten viel Spaß miteinander. Sie gingen jeden Nachmittag ins Kino und schauten sich die Filme von Astrid Lindgren an. Angelika lachte oft darüber und sogar ganz laut. Und als sie schließlich Pippi Langstrumpf kennen lernte, wusste sie, dass sie genau wie Pippi werden wollte.

Vormittags lasen sie sich gegenseitig Bücher von Astrid Lindgren vor. Wenn Mommas Augen müde wurden, musste Angelika lesen, holprig zwar, aber es ging von Tag zu Tag besser.

Ich war elf Jahre alt und bis dahin noch nie im Kino gewesen, hatte nie ein Buch gelesen. Und hatte nie jemanden gehabt, mit dem ich meine Erlebnisse teilen konnte, dachte sie, als sie jetzt so in ihrem Bett lag.

Dann sah sie Momma wieder vor sich.

Angelika entspannte sich, drehte sich auf die Seite und schlief ein.

6.

Auch Jan konnte nicht einschlafen. Er gab dem Sofa die Schuld, das ihm zu kurz war. Aber es war seine Mutter, die ihn wach hielt. Er versuchte sich zu erinnern, wie sie in seiner Kindheit gewesen war. Aber er fand keine Bilder. Für ihn hatte sie damals genauso ausgesehen wie heute. Felsen verändern sich nicht, dachte er.

Auch ihre Küche zu Hause war nach wie vor unverändert, unpraktisch und armselig. Aber seine Nase konnte sich erinnern. Bei Mama roch es immer gut. Nach frisch gebackenem Hefebrot und Fleischbrühe, die auf dem Herd kochte. Ab und zu auch nach Apfelmus oder Johannisbeergelee.

Er nahm den Geruch sauberer Wäsche wahr, die auf dem Küchentisch sortiert wurde. Und die Stärke roch nach Lavendel, wenn Mama die weißen Gardinen bügelte.

Alles, was sie tat, wurde als selbstverständlich hingenommen. Nichts war wichtiger als die Bootsausrüstung oder die Seekarten und Kompasse. Nichts ging auch über die Wichtigkeit der Landesnachrichten, die der Junge, bei Papa auf dem Fernsehsofa sitzend, mit ansehen durfte.

Bei ihm zu Hause ging es still zu. Das war ihm nie aufgefallen, aber im Alter von sieben Jahren begann er ins Nachbarhaus zu gehen. Dort war er gern gesehen, und es gab andere Kinder. Er hing dort in der Küche herum, wo viel geredet wurde, manchmal laut und aufgeregt. Und es wurde geschimpft und gestritten und herumgeschubst und gelacht.

Man trank viel Kaffee und Saft. Zu dieser Zeit begann er darüber nachzudenken, warum seine Eltern nie miteinander sprachen. Sie lachten auch nicht, zankten und stritten sich nicht. Wenn andere Leute kamen, stets Freunde von Papa, gab er immer seine Anekdoten zum Besten. Mama kochte Kaffee, bot Kuchen an. Dann verschwand sie wieder in der Küche.

Langsam dämmerte es dem Jungen, dass seine Eltern unglücklich waren. Warum sprachen sie nie miteinander? Wenn sie dann und wann ein Wort wechseln mussten, geschah das oft über ihn:

»Sag deinem Papa, dass du neue Sachen brauchst, wenn du im Herbst in die Hauptschule kommst.«

»Muss das sein, er wächst doch gar nicht.«

Der Junge musste immer öfter den Vermittler spielen:

»Kannst du deinem Vater vielleicht mitteilen, dass wir uns einen neuen Außenbordmotor im Moment nicht leisten können.«

Papa wandte sich an Jan:

»Alles, was ich verdiene, gebe ich deiner Mutter. Das Geld, für das ich schwer schufte, rinnt ihr durch die Finger.«

Mit der Zeit glaubte Jan, dass er am Unglück seiner Eltern schuld war. Die Schuldgefühle äußerten sich in ständigen Magenschmerzen. Er begriff, dass er aus diesem Grund auch nicht so wuchs wie die anderen Jungen. Das war die Strafe. Die Bauchschmerzen wurden schlimmer. Aber er sagte seiner Mutter nichts davon.

Doch dann wurde er eines Tages in der Schule grün im Gesicht und krümmte sich über der Bank. Die Lehrerin brachte ihn zur Schulschwester, die ihm auf dem Bauch herumdrückte und sagte, er müsse auf die Notfallstation.

»Rufen Sie seine Eltern an.«

Die Lehrerin nickte. Im Krankenhaus drückten sie etwas fester, und ein Arzt fragte, ob er einen Fußball verschluckt habe. Der Junge fand den Doktor albern. Dann wurde geröntgt, und er musste Schläuche schlucken. Es folgten Spülungen. Man nahm Blutproben ab. Schickte ihn nach Hause, sprach ein ernstes Wort mit seiner Mutter, die ihn abholen gekommen war. Und dann geschah das Unglaubliche. Mama fuhr mit ihm im Taxi nach Hause!

Sie brachte ihn ins Bett, wo er sofort einschlief. Am nächsten Morgen rief die Schulschwester an und sagte, die Untersuchungen hätten keine physischen Unregelmäßigkeiten ergeben. Der Arzt hatte sie in einem langen Gespräch gründlich informiert. Aber die Schwester sagte auch, sie wolle am nächsten Tag um drei Uhr mit den Eltern sprechen. Der Junge solle ein paar Tage im Bett bleiben.

Mama musste alleine gehen und, wie immer, war sie auf das Schlimmste gefasst. Aber es kam noch schlimmer, als sie es sich vorgestellt hatte. Die Schwester sagte zunächst einmal, dass es gut gewesen sei, dass eine richtige Untersuchung gemacht worden sei und dass man jetzt wisse, dass keine körperlichen Probleme vorlägen. Aber dann wurde sie ernst.

»Aber wir müssen untersuchen, warum er nicht wächst.«

»Ja?«

»Gibt es in der Familie Kleinwüchsige?«

»Nein«, sagte Mama und dachte an ihre Riesen von Brüdern. Und an den Vater und den Onkel des Jungen, die so lang waren wie die zum Aussamen auf den Kahlschlägen zurückgelassenen Kiefern.

»Es könnte ein Mangel an Wachstumshormonen vorliegen. Wir haben das untersucht, sodass wir nächste Woche mehr wissen«, sagte die Schwester.

Aber dann fuhr sie fort:

»Es kommt auch vor, dass unglückliche Kinder im Wachstum stehen bleiben.«

Es wurde so still in dem sonnigen Raum, dass man die Stäubchen zu Boden fallen hörte.

Schließlich sagte Mama:

»Er ist unser einziges Kind, und wir tun alles für ihn.«

»Sie sind also eine glückliche Familie?«

Mama gab darauf keine Antwort. Sie stand auf und ging.

Als sie nach Hause kam, wiederholte sie dem Jungen das Gespräch Wort für Wort. Sie hatte ein Gedächtnis, so umfassend und zuverlässig wie die Festplatte eines Computers. Aber sie gehörte auch zu der Sorte Menschen, die Beleidigungen über Jahre hinweg horten und sie dann hervorholen konnten, wenn die Verbitterung über sie hereinbrach. Dadurch gab jede Kränkung ihr die Kraft, zu Menschen jedweden Schlages Abstand zu halten.

Er solle bis Ende der Woche im Bett bleiben, hatte die Schwester gesagt. Das gab ihm Zeit zum Nachdenken. Langsam sah er ein, dass er an dem schlechten Verhältnis seiner Eltern unschuldig war. Er hatte keine Schuld. Diese Einsicht führte allmählich zu einer neuen Entdeckung: Er war das Opfer. Er war zu bedauern. Die neuen Gedanken bereiteten ihm einen gewissen Genuss. Aber nach einiger Zeit verging auch das.

Er begann in die Höhe zu schießen und beendete die Hauptschule mit ausgezeichneten Noten. Er bekam eine Prämie und ein großes, schönes Buch. Es war das erste eigene Buch seines Lebens. Verner von Heidenstam hatte es geschrieben. Ihm, der nie ein Märchen gehört hatte, gefiel es nicht, und er las es nicht aus.

Als die Sommerferien näher kamen, machte er endlich den Mund auf. Er wollte dieses Jahr nicht mit zum Segeln gehen.

Er wollte nicht segeln, weder nach Oslo noch nach Skagen. Aber vor allem wollte er nicht mit seinen Eltern in der engen Kajüte zusammen sein. Das sagte er aber nicht.

Du liebe Zeit, was wollte er denn den ganzen Sommer lang tun?

Papa stellte diese Frage.

»Ich will zu den Großeltern nach Värmland fahren«, sagte er.

Erstauntes Schweigen.

»Ich habe schon alles mit Großvater ausgemacht. Er hat mir eine Bahnfahrkarte nach Karlstad geschickt.«

Auf dem Bauernhof wurde er mit offenen Armen empfangen. Zu dritt setzten sie sich fast feierlich an den schönen Tisch im großen Zimmer, um sein Zeugnis eingehend und lange zu studieren.

Lachten laut vor Entzücken. Bewunderten seine schöne Prämie. »Heidenstam«, sagte Großmutter. »Das ist vom Feinsten. Er verstand sich auf die Kunst, Geschichten zu erzählen.«

Dann backte die Großmutter eine Torte, denn sie wollten ja richtig feiern. Während der Kuchen im Backofen stand, wurde Jan das erste Glas Wein seines Lebens eingeschenkt. Sie stießen auf seinen Erfolg an. Er kämpfte mit den Tränen.

In diesem Sommer durfte er auf dem Hof helfen. Er packte auf dem Kartoffelacker mit an, mähte die hohen Wiesen mit der Sense und erfuhr, wie wichtig es war, dass alle Blumen liegen blieben, damit sie sich durch die gebildeten Samen vermehren konnten. Er war dabei, als das Heu eingefahren wurde, und lernte, das Pferd zu führen. Dann ging er mit der Großmutter in die Wälder. Aber er konnte die kleinen Trolle zwischen den Wurzeln der großen Bäume nicht mehr sehen. Und er futterte wie ein Pferd, meinte der Großvater.

Der lange Sommer verging viel zu schnell. Das Leben ging wieder seinen gewohnten Gang, als er im Gymnasium anfing. Aber jetzt war er nicht mehr der Kleinste in der Klasse.

Hier hörten seine Erinnerungen auf. Jan konnte endlich schlafen.

7.

Sie schliefen am nächsten Morgen lange. Erst als die alte Standuhr in Angelikas Wohnzimmer zehnmal schlug, wachte Jan auf. Er öffnete die Schlafzimmertür einen Spalt. Angelika schlief fest wie ein Kind. Er liebte sie, aber war er vielleicht nahe daran, sie zu verlieren? Bei diesem Gedanken erschauerte er bis ins Mark.

Er brauchte eine Tasse Kaffee, ging in die Küche und schaltete den Kocher ein. Der Kaffeeduft verbreitete sich bis ins Schlafzimmer und weckte Angelika.

»Du bist heute dran mit Kaffee-ans-Bett-bringen!«, rief sie auf dem Weg zur Toilette.

»Kommt sofort! Käsebrot und Marmelade?«

»Ja, bitte.«

Aber der gute Alltagston hielt nicht, als sie auf ihrem Bett saßen. Sie erkannte es sofort, er hatte Angst. Und sie ebenfalls.

Sie sagte: »Ich habe mich gestern dumm benommen, ich war müde. Und verärgert. Habe eine Menge unnötig dummes Zeug von mir gegeben.«

»Nein, was du gesagt hast, war total in Ordnung. Ich habe mir heute Nacht alles nochmal durch den Kopf gehen lassen.«

»Mit welchem Ergebnis?«

»Dass ich ein Kindskopf bin, der seine Gefühle nie hat zeigen dürfen.«

Sie nickte:

»Das ist ein großer Nachteil.«

»Das weiß ich inzwischen auch. Das ist vielleicht auch der Grund dafür, dass ich mich dauernd wichtig machen muss. Ich habe so oft kein Verständnis für andere Menschen.«

»Und das darfst du nicht zeigen. Und auch nicht drüber sprechen.«

»Ja. Und jetzt habe ich Angst.«

»Wovor?«

»Dich zu verlieren.«

Sie schwiegen lange. Bis Jan mit einem erneuten Versuch ansetzte:

»Willst du dein Brot denn gar nicht essen?«

»Nein, im Moment nicht. The time has come to talk of many things, wie das Walross zu Alice im Wunderland sagt.«

Er wurde rot, schluckte und bekannte:

»Ich liebe dich.«

Es dauerte einige Zeit, bis er sich traute, sie anzusehen, um dann zu entdecken, dass sie vor Freude strahlte. Aber sie antwortete mit einer Alltagsfloskel:

»Ganz meinerseits ...«

Da schwappte seine Kaffeetasse über, und er stammelte, dass er das Bett gleich sauber machen werde. Jetzt mussten sie lachen, und die Liebe überkam sie in dem kaffeenassen Bett. Er konnte sich nicht erinnern, je so glücklich gewesen zu sein.

Sie duschten gemeinsam und merkten erst jetzt, dass sie nichts gegessen hatten und dass der gute Kaffee im Bett versickert war.

»Ich habe Hunger«, sagte Angelika, also gingen sie in die Küche und machten sich neue Brote. »Ich hatte es nie darauf abgesehen, mich in dich zu verlieben«, sagte sie kauend. »Aber dann waren es erst mal deine Augen, so durchsichtig hellblau wie ein Aquarell, das man mit verschwenderisch viel Wasser angelegt hat. Ich dachte, du siehst geradewegs durch mich hindurch.«

»Ach du liebe Güte!«, sagte er. »Und ich dachte, du mit deinem in die Ferne schweifenden Blick wüsstest alles von mir.«

Sie lachten. Aber Jan konnte sich die Bemerkung nicht verkneifen:

»Vielleicht hatte ich doch nicht ganz so Unrecht, als ich von Projektionen sprach.«

»Okay, aber das gilt nur fürs Verliebtsein. Nie im Leben für die Liebe.«

»Das habe ich inzwischen begriffen.«

»Erzähl, was dir heute Nacht durch den Kopf gegangen ist.«

»Nein, jetzt nicht, jetzt bist du dran. Ich weiß bis heute nichts von deiner … toten Mutter.«

»Okay«, sagte Angelika. Und begann bei der elenden Geschichte mit dem Streit zwischen Martin und ihrem Vater.

»Du meine Güte«, sagte Jan. »Das ist ja Mord.«

Er war so erregt, dass er stotterte.

»Ich habe meinen Vater seit dem Begräbnis nicht mehr gesehen. Aber eines Tages werde ich stark genug sein, um in sein Dorf zu fahren und ihm Fragen zu stellen.«

Aber Jan fand, dass ihre Worte nicht entschlossen genug klangen.

Sie sprach weiter:

»Jetzt erzähle ich dir, was los war, als ich meiner Großmutter im Irrenhaus zum ersten Mal begegnete.«

Sie erzählte und schloss mit der Frage:

»Weißt du vielleicht, ob Schizophrenie erblich ist?«

Er ließ sich Zeit mit der Antwort:

»In Psychiatrie weiß ich zu wenig Bescheid.«

»Aber du weißt so einiges vom Gehirn.«

»Ich werde es nachschlagen und dir dann sagen, ob es Erbfaktoren gibt.«

Sie hatte das Gefühl, dass er log, sie wusste, dass die Krankheit in manchen Familien immer wieder auftrat.

Er lächelte, als er sagte:

»Glaub mir, es ist für mich ohne Bedeutung. Ich will dich heiraten und Kinder mit dir haben.«

Sie schwieg, sie hatte ihre Stimme nicht in der Gewalt.

»Du hast nie von deiner Mutter erzählt«, sagte er.

»Ich habe es gestern Abend versucht, als ich sagte, dass ich in einer anderen Wirklichkeit aufgewachsen bin. Sie lebte in einer Welt, die von guten und bösen Feen, von Engeln und Teufeln und Schicksalsgöttinnen beherrscht wurde, mit denen man sich gut stellen musste. Sie war eine gute Märchenerzählerin. Aber sie bestand darauf, dass es keine Märchen waren. Vielleicht kam da ja schon ihre schreckliche Krankheit zum Durchbruch, Krebs kann sich ja auch aufs Gehirn auswirken.«

»Ich habe immer geglaubt, Katta und Martin seien deine Eltern.«

»Ja, sie sind es geworden. Sie sind klug und liebevoll. Sie hatten unendlich viel Geduld mit diesem kaputten Kind, das sie aufgenommen hatten. Ich liebe sie.«

Lächelnd fuhr sie fort:

»Das Wunder ist, dass sie mich auch lieben. Sie betrachten mich als ihr Nesthäkchen, also als ein Kind, das nicht mehr ganz so jungen Eltern neue Freude schenkt.«

»Sie haben also eigene Kinder?«

»Ja, aber die haben schon studiert, als ich in ihr Elternhaus einbrach. Sie haben in den USA Psychologie studiert. Und sie mögen mich, wir sind wie Geschwister, wenn sie zu Weihnachten heimkommen. Ein Bruder und eine Schwester, phantastisch.«

Der Regen trommelte gegen die Wohnungsfenster. Das passte den beiden gut, so brauchten sie den obligatorischen Spaziergang durch Djurgården nicht zu machen, um den Frühling zu genießen, sie konnten sitzen bleiben und reden.

»Wenn wir über uns selbst sprechen wollen, ist absolute Offenheit wichtig.«

»Ich bin nicht sicher … ob ich offen sein kann. Ich weiß doch kaum, wo die Wahrheit zu finden ist«, sagte Jan.

»Aber du bist doch Naturwissenschaftler, und ihr wisst angeblich alles über die Welt und das Gehirn und das Leben.«

»Da irrst du dich, es werden ständig neue Erkenntnisse gewonnen, und wenn sie den alten hinzugefügt werden, beginnt man zu verstehen, dass man nichts weiß.«

»Ich dachte, ihr seid im Besitz der Wahrheit. Aber sie scheint sich von Epoche zu Epoche zu verändern.«

»Ja, das stimmt. Der Grund ist, dass ständig neues Wissen hinzukommt.«

»Ist das auch wirklich wahr? Einstein hat Newton ja unterwandert, um nur ein Beispiel zu nennen.«

»Newtons Gesetz der Schwerkraft funktioniert, und Einstein baute auf der Newton'schen Gravitationstheorie auf, als er seine Relativitätstheorie entwickelte«, sagte Jan mit einem schwachen Lächeln.

Sie schwieg eine Weile und meinte dann:

»Auf diesem Gebiet weißt du viel mehr als ich. Aber du musst zugeben, dass auch Wissenschaftler dem Zeitgeist unterliegen. Und der Macht und dem Geld. Nimm nur die Quantenphysik, die vom Kalten Krieg enorm profitierte.«

Er hob ergeben die Arme und sagte: »Du hast Recht, zwar nicht ganz, aber immerhin.«

»Eigentlich wollten wir ja über uns reden. Kannst du mir vielleicht erklären, warum du in die Forschung gegangen bist?«

Sie sah, dass es ihm schwer fiel, und stockend fing er an:
»Gestern ... beim Zeitungslesen ... dämmerte mir etwas ... Besser gesagt ... ich habe mich an etwas erinnert.«

Er berichtete, wie er in Mutters Küche gestürmt war, um ihr zu erzählen, dass er zum Medizinstudium zugelassen worden war. In einigen Jahren würde er Doktor sein, ein richtiger Arzt. Und wie sie gesagt hatte: »Dich haben Menschen doch nie interessiert.«

Und nie würde er ihre Schlussworte vergessen:

»Bei einem solchen Doktor möchte ich nie landen.«

Angelikas Blick verlor sich in der Ferne. Als sie sich ihm wieder zuwandte, loderte er vor Zorn.

»Sie hatte aber Recht, Angelika. Nach einigen Jahren im Krankenhaus verabscheute ich kranke Menschen. Vor manchen habe ich mich sogar richtig geekelt. Ich war der falsche Mann am falschen Platz.«

»Hast du noch nie gehört, dass Prophezeiungen in Erfüllung gehen können?«

Er schüttelte den Kopf und fuhr fort:

»Damals habe ich beschlossen, Biochemie zu studieren.«

»Warum in Stockholm?«, fragte sie.

Darauf wusste er nichts zu antworten.

Aber sie wussten es beide: Er musste von zu Hause loskommen.

Es hatte zu regnen aufgehört, und sie machten nun doch einen Spaziergang und leisteten sich im Luxusrestaurant Ulla Winbladh ein fürstliches Mahl.

Auf Jans Kosten.

»Heute haben wir wirklich allen Grund zu feiern«, sagte er, und Angelika lächelte, als sie die Gläser hoben und einander zutranken.

Aber schon auf dem Heimweg quälte sie der Gedanke:

Wir sind so verschieden, kann das überhaupt gut gehen?

Sie trennten sich am Östermalmstorg und gingen wie auf Verabredung jeder in seine Richtung.

8.

Angelika wachte am Montagmorgen früh voller Freude auf. Das Wesentliche war ausgesprochen worden.

Sie konnte ausschlafen, musste erst um eins im Dienst sein. Unvermittelt fasste sie einen Entschluss, sie zog sich hübsch an und ging in die Bukowski-Ausstellung, um sich das Bild anzusehen, das Jan so verwirrt hatte.

Auf seine Schilderung hin hatte sie sofort an Inge Schiöler und seine Meeresmotive aus Bohuslän gedacht. Sie blieb vor dem Gemälde stehen, aber etwas stimmte hier nicht.

Es gab kein kleines weißes Haus.

Sie ging zur Auskunft in der Eingangshalle und fragte, ob in der Ausstellung noch andere Bilder von Schiöler hingen.

»Nein, leider, er ist sehr gefragt, und wir haben natürlich ver sucht, mehr von ihm anzubieten«, sagte der Mann hinter dem Schreibtisch.

»Gibt es einen Schiöler mit einer Klippe und einem weißen Haus über dem Meer?«

»Ja, vor vier Jahren hatten wir so ein Bild, aber es wurde sofort verkauft. Zu einem sehr hohen Preis. Auf der Herbstauktion.«

Angelika ging gewissenhaft Saal für Saal durch die ganze Ausstellung. Es gab kein Bild, das Jans Schilderung entsprach.

Bis hin zur U-Bahn klapperten ihre Absätze übers Pflaster, und ihr Mund lächelte. Er ist wie ich, dachte sie. Das wird uns gegenseitig Halt geben.

Dann kam ihr Jans große Einsamkeit in den Sinn. Auch hier passte alles zusammen, auch sie war einsam. Sie lebten in einer Großstadt mit Bars, Kneipen, allen Arten von Unterhaltungsmöglichkeiten, aber weder er noch sie hatten je solcher Zerstreuungen bedurft.

Obwohl sie doch in einem Alter waren, in dem man sich gern amüsiert.

Ein weiterer Ansatz, dachte sie. Beide hatten sie wohl gute Arbeitskollegen, aber keine engen Freunde, keinen Bekanntenkreis, kein Bedürfnis, mit anderen Menschen zusammenzukommen.

Einzelgänger, dachte sie.

Wir leben wie richtige Außenseiter. Das ist eigentlich ein negativ besetzter Begriff. Was für uns beide nicht gilt.

In der U-Bahn beschloss sie, ihm gegenüber nie zu erwähnen, dass das freundliche weiße Haus, das ihn so fasziniert hatte, auf dem Bild fehlte.

Das würde ihn ängstigen.

Im Krankenhaus gab es wie immer eine Menge Arbeit, und manches war belastend und traurig.

Aber ihre Freude hielt den ganzen Tag an.

Am späteren Nachmittag rief sie im Institut an. Die stets freundliche Sekretärin sagte ihr, Doktor Antonsson sei im Krankenhaus Huddinge und dürfe nicht gestört werden.

»Ist er krank?«

»Nein, nein, er arbeitet manchmal dort.« Als sie den Hörer auflegte, dachte sie, dass sie von Jans Arbeit eigentlich nichts wusste. Er erzählte nie etwas.

Aber das hätte sie wissen müssen, schließlich hatten sie sich in Huddinge kennen gelernt.

Dann wurde ihr bewusst, dass sie ihn nach seiner Arbeit auch nie gefragt hatte. Wahrscheinlich hatte sie Angst davor, nichts von all dem verstehen zu können. Das naturwissenschaftliche Weltbild war ihr irgendwie fremd.

In der Kaffeepause am Nachmittag ging sie zum Tisch der Krankenhauspsychologin, der klugen Anna, die auf Angelikas direkte Frage antwortete, auch sie fühle sich von der Biochemie bedroht.

»Es liegt ein Paradigmenwechsel in der Luft. Die werden die Psychologie über Bord werfen. Alles Wissen darüber, wie das Unterbewusstsein uns steuert, wird durch Gene und Gehirnzellen ersetzt werden. Warum fragst du?«

»Weil ich in so einen verliebt bin, der auf Gene spezialisiert ist.«

Anna lachte:

»Verliebtheit geht doch vorbei. Das ist wie mit einer Erkältung.«

Angelika konnte nicht darüber lachen, sie dachte nur, dass diese Unpässlichkeit sich bei ihr in den letzten Monaten verschlimmert hatte. Sie würde nicht von selbst vergehen. Sie würde ihren Preis fordern.

Zu Hause angekommen, wählte sie Jans Handynummer und versuchte es dann bei ihm zu Hause. Er meldete sich nicht.

Er hat sich's anders überlegt, dachte sie.

Entschlossen nahm sie eine Schlaftablette, schlief bis Dienstag früh, rief wieder an, bekam wieder keine Antwort.

Im Lauf des Tages fielen ihr allerlei Erklärungen ein. Sie hasste ihn. Er war auf eine andere Tussi reingefallen.

Bei der Arbeit konnte sie sich nur schwer konzentrieren, alles lief schief, bis ihr Chef, Doktor Chavez, sagte, sie solle lieber nach Hause gehen und sich ausschlafen.

»Möglich, dass Sie einen Virus erwischt haben, gehen Sie heim, bevor Sie noch unsere Patienten anstecken.«

»Warum finde ich nicht einen zweiten Chavez, in den ich mich verlieben kann?«, murmelte sie in der U-Bahn vor sich hin.

Gegen Ende der Fahrt gab sie sich alle Mühe, Jan zu hassen, und tat sich selbst Leid.

Als sie ihre Wohnungstür aufschließen wollte, stellte sie fest, dass gar nicht abgeschlossen war. In der Diele hing Jans alte Lederjacke am Haken. Und auf dem Boden lagen seine Schuhe. Auf Zehenspitzen ging sie durch die Wohnung und fand ihn tief schlafend auf ihrem Bett. Auf dem Kopfkissen lag mindestens eine halbe Rolle gebrauchtes Haushaltspapier, nass, schmuddelig.

Er hatte geweint.

Behutsam weckte sie ihn, und als er sie sah, glättete die Freude alle Unebenheiten in seinem verquollenen Gesicht.

Sie lächelte ihn an.

Er versuchte auch ein Lächeln, aber es misslang.

Sie sagte: »Ich mache Kaffee. Sofort.«

Er sagte nur: »Danke.«

»Was zu essen?«

»Ich werd's versuchen.«

»Komm mit raus in die Küche.

»Erst auf die Toilette.«

Am Küchentisch sagte er:

»Du wirst schon gemerkt haben, dass ich wie ein kleines Kind bin, wenn es um Gefühle geht.«

Sie dachte an das, was sie von seiner Mutter wusste, und sagte:

»Ja, du bist gefühlsmäßig wohl ein bisschen unterentwickelt. Du schwankst wie ein Kind blitzschnell zwischen Zorn, Verzweiflung, Anmaßung und Selbstmitleid. Manchmal überkommt dich alles gleichzeitig.«

Dann fiel ihr ein, was sie auf der Heimfahrt gedacht hatte: Wie sehr sie ihn hasste. Sie wurde rot, als sie sagte:

»Ich bin ganz genau so. Aber ich kann besser unterscheiden. Für mich ist es Himmel oder Hölle. Schwarz oder weiß.«

»Und du bist in Gefühlen mehr geübt als ich.«

»Das weiß ich nicht.« Sie überlegte eine Weile, bevor sie Worte fand: »Vielleicht haben wir da etwas gemeinsam.«

»Was sollte das sein?«

»Zwei Kinder mit einer unverdauten Kindheit«, antwortete sie.

»Das stimmt, aber es gibt noch andere Untiefen.«

»Was meinst du damit?«

»Wir kommen aus unterschiedlichen Welten. Ich aus dem Arbeitermilieu und du aus dem Bildungsbürgertum.«

»Aber über das Märchen von der Prinzessin und dem Schweinehirten sind wir doch hoffentlich längst hinaus?«

Er lachte, nickte und sagte: »Trotzdem unterscheidet sich unsere Auffassung von der Wirklichkeit sehr.«

Sie wusste, dass er Recht hatte, und wechselte das Thema:

»Jetzt will ich endlich wissen, wo du in den letzten achtundvierzig Stunden gesteckt hast.«

Sie setzten sich auf ihr Sofa, und er begann zu erzählen.

»Ich arbeite ja nicht nur am Institut Karolinska. Wie du weißt, bin ich auch in Huddinge beschäftigt, wo Kinder, die an Leukämie erkrankt sind, behandelt werden. Durch das Einpflanzen von Stammzellen.«

»Ja, ich weiß. Es ist das reinste Wunder.«

»Gut, dann verstehst du einen Teil meiner Arbeit.«

Er schwieg, schloss die Augen.

»Mein erster Besuch dort war ein überwältigendes Erlebnis. Zum Verzweifeln. Man ging durch eine Abteilung, wo Bett an Bett süße kleine Kinder lagen, völlig erschöpft von Zellengiften, und daneben Eltern mit bettelndem Blick saßen.

Inzwischen ist das anders geworden. Immer mehr Kinder können durch Stammzellen gerettet werden.«

»Das klingt nach einem wahren Wunder«, sagte Angelika.

»Ja. Und es hat mir neue Zuversicht gegeben.«

Er schwieg eine Weile.

»Verstehst du? Ich habe dieses Mal die richtige Entscheidung getroffen. Und ich bin in der Welt einer von denen, die die Grundlagen für dieses Wunder geschaffen haben, es sind engagierte Genforscher und Biochemiker, alles Leute, für die du nur Verachtung übrig hast.«

»Nein, das stimmt nicht.«

Er streichelte ihr über die Wange.

»Neulich habe ich gesagt, Liebe bestehe nur aus Projektionen. Erinnerst du dich an deine Antwort?«

Sie wurde rot. Ja, sie erinnerte sich. Sie hatte von Biochemie und Naturwissenschaft und von Rechenknechten gesprochen, die sich einbildeten, etwas über die einzig wahre Wirklichkeit zu wissen.

Er legte ihr den Arm um die Schultern und sagte: »Jetzt provozieren wir einander … Und es besteht die Gefahr, dass wir es immer wieder tun.«

»Ja, das fürchte ich auch«, flüsterte sie.

Dann begann er von den vergangenen zwei Tagen zu erzählen.

»Am Montagmorgen wurde ich nach Huddinge gerufen. Und dort lag das hübscheste Kind, das ich je gesehen hatte. Eine Zweijährige.

Sie hatte Zytostatika bekommen und gut darauf angesprochen. Kinder werden mit Zellgiften besser fertig als Erwachsene. Und dann hatte man dem kleinen Mädchen Stammzellen eingepflanzt. Ohne Ergebnis. Ihr Zustand verschlechterte sich daraufhin von Stunde zu Stunde.

Sollten wir einen neuen Versuch machen? Die transplantierten Stammzellen waren dem Knochenmark ihrer älteren Schwester entnommen worden.

Alles schien perfekt, aber die Kleine wurde zusehends schwächer.

Sollten wir trotzdem einen neuen Versuch wagen?

Wir fassten einen Entschluss. Der neue Eingriff sollte zeitig am nächsten Morgen erfolgen, sie hing am Tropf, wir wollten, dass sie etwas widerstandsfähiger würde.

Nach Hause kam ich um Mitternacht und fiel todmüde ins Bett. Wurde um vier Uhr vom Dienst habenden Arzt geweckt, der mir mittciltc, dass das klcinc Mädchen in der Nacht gestor ben war. Ob ich kommen könne?

Eine halbe Stunde später war ich dort. Ich versuchte, dem Blick der Eltern standzuhalten, aber ich schaffte es nicht. Der Vater war verquollen vor Tränen, aber weit schlimmer stand es um die Mutter, die leichenblass und wie versteinert war. Als sie sah, dass ich mit den Tränen kämpfte, nahm sie meine Hand und sagte: ›Wir wissen, dass Sie alles nur Menschenmögliche getan haben.‹

Sie war einfach großartig!

Wir wollten versuchen, der Sache auf den Grund zu gehen. Ich verlangte eine Obduktion. Aber dazu brauchten wir die

Einwilligung der Eltern. Sie stimmten zu, die Mutter meinte, das könnte hilfreich für andere Kinder sein. Das Ergebnis bekommen wir erst morgen.

Ich bin also zu dir nach Hause gegangen und habe mich mit einer Rolle Küchenpapier aufs Bett geschmissen.«

9.

In der Nacht nach dem Tod des kleinen Mädchens schlief Jan unruhig und wachte, noch immer wie zerschlagen, ja geradezu schlapp, im Morgengrauen auf. Unglaublich, wie hart ihn das ankommt, dachte Angelika.

Er sagte: »Ich muss nach Hause gehen und die Journale durchsehen.«

Sie antwortete: »Ich werde mich wegen Schnupfen krankschreiben lassen. Du weißt also, ich bin hier, wenn du mich brauchst.«

»Danke.«

An der Tür blieb er einen Augenblick stehen.

»Ich musste an deinen Onkel Martin, den Chirurgen, denken. Wie hält er das durch? Er operiert stundenlang, immer unter höchster Konzentration. Es ist ein in jeder Hinsicht harter Job. Und manchmal stirbt ihm trotzdem ein Patient weg.«

Im nächsten Moment war Jan im Treppenhaus verschwunden.

Angelika räumte auf, kaufte Lebensmittel ein, die schnell zubereitet waren, wenn er heimkam. Sie war bemerkenswert ruhig und gefasst.

An der Supermarktkasse dachte sie an Martin und an das, was Jan über ihn gesagt hatte. Martin hatte noch nie geklagt. Sie hatte sich nie für seine Arbeit interessiert.

Sie hatte nur als verwöhntes Kind in seinem Haus gelebt.

Als sie die ausgepackten Lebensmittel in den Kühlschrank legte, fiel ihr ein, dass sie Jan auch nie allen Ernstes gefragt hatte, was er am Institut, am Karolinska, arbeitete. Sie hatte sich damit gerechtfertigt, dass sie von seiner seltsamen Welt ja doch nichts verstand.

Aber in Wahrheit waren das wohl nur Vorurteile.

Ich muss mit Katta reden.

Katta war jetzt natürlich an der Universität, aber Angelika hinterließ eine Mitteilung.

Um die Mittagszeit rief Katta zurück und klang nach besorgter Mama.

»Es ist doch hoffentlich nichts passiert?«

»Ich bin gesund an Leib und Seele. Aber ich muss mit dir reden. Wann bist du zu Hause?«

»Ich erwarte dich zu einem Gespräch um fünfzehn Uhr in meiner Wohnung.«

Ein Lachen und: »Tschüss, bis dann.«

Auch Jan rief um die Mittagszeit an und teilte mit, dass er um etwa vier Uhr bei ihr sein werde.

Das geht ja fast fahrplanmäßig, dachte Angelika. Um drei Uhr Katta, um vier Uhr Jan. Die Götter sind mir hold.

Sie legte sich aufs Bett, und nun standen ihr lebhafte Erinnerungen an ihre erste Begegnung mit Jan vor Augen.

Alles erschien ihr jetzt geradezu rätselhaft.

Nicht einmal Jan konnte behaupten, dass nur Zufall im Spiel gewesen war.

Die Bilder waren in ihrer Erinnerung ungetrübt klar und deutlich.

Als geschähe alles jetzt in diesem Augenblick.

Zu jener Zeit kursierte das Gerücht, dass man in Huddinge auch gegen andere Krebsleiden als Leukämie Versuche mit Stammzellen machte.

Ein langes Telefongespräch mit Huddinge hatte zur Folge, dass man sich dort einen bestimmten Patienten ansehen wollte.

Schwester Angelika wurde also in einen Krankenwagen gesetzt, wo sie einen todkranken Zweiundzwanzigjährigen bei der Hand hielt. Sie hatte alle Untersuchungsergebnisse und Röntgenaufnahmen der angegriffenen Niere vor und nach der Operation bei sich.

Ein freundlicher Arzt um die Fünfzig nahm sie in Empfang. Ihr Patient bekam ein Zimmer auf der Onkologie. Der junge Mann weigerte sich, ihre Hand loszulassen. Sie saß auf einem unbequemen Stuhl neben dem Bett.

Der nette Arzt kam nach etwa einer halben Stunde wieder. Er hatte einen jungen Doktor dabei.

»Ich heiße Jan Antonsson«, stellte dieser sich vor und reichte ihr die Hand.

»Angelika Granberger«, gab sie zurück, schaute ihm in die Augen, und diesen kurzen Augenblick empfand sie wie einen elektrischen Schlag.

»Doktor Antonsson ist Wissenschaftler, Genetiker und Fachmann auf dem Gebiet der Stammzellenforschung. Ausgebildet in den USA«, erklärte der ältere Arzt. »Er wird festlegen, wie wir weiter vorgehen.«

»Ich muss mit dir sprechen«, sagte Antonsson zu Angelika. Und ihre Blicke begegneten sich ein weiteres Mal.

Noch nie hat mich ein solcher Blick getroffen, dachte Angelika. Was mögen diese durchsichtigen hellblauen Augen sehen?

Angelika war immer noch aufgeregt, als sie zusammen zum Lift und dann nach unten in Antonssons Arbeitsraum gingen. Sieht wie ein Labor aus, dachte sie und wunderte sich über die vielen verschiedenen Computer und die großen Mikroskope.

Antonsson sah sich die Röntgenaufnahmen von dem Krebsgeschwür in der Niere lange an. Dann drückte er auf einen Knopf, und herein kam eine Frau, die er als Kerstin vorstellte.

»Ruf bitte in Danderyd an«, sagte er, und an Angelika gewandt: »Wie heißt der Chirurg?«

»Robert Nilsson«, sagte sie.

Kerstin war schnell wieder zurück und teilte mit, Nilsson operiere gerade, werde aber so bald wie möglich Kontakt mit Antonsson aufnehmen.

»Okay. Sei doch so nett und schicke ein Fax an Robert Hard. Wir können jetzt nicht anrufen. Zeitverschiebung.«

Er begann, in fließendem Englisch zu diktieren. Dann wandte er sich an Angelika, mied beim Sprechen aber ihren Blick.

Sie bekam zu hören, dass die Chance, den jungen Mann zu retten, sehr gering sei. Und das Risiko, sein Leben eher zu verkürzen, war groß.

»Er wird doch sowieso sterben«, sagte Angelika.

»Wahrscheinlich. Metastasen in den Lymphgefäßen. Vielleicht versuchen wir's. Aber wir brauchen auf jeden Fall die Einwilligung seiner Eltern.«

»Seine Mutter ist tot und sein Vater in die USA abgehauen. Aber er hat eine Schwester, Inger Samuelsson.«

»Hast du ihre Telefonnummer?«

»Die muss in den Papieren stehen.«

»Möchtest du bitte anrufen.«

»Gern«, sagte sie. Niemand hob ab. »Wahrscheinlich arbeitet sie noch.«

»Du bist schrecklich blass«, stellte er mit sanfter Stimme fest. »Es ist schon fast sieben Uhr, ich fahre dich heim.«

Sie hoffte, dass ihm verborgen blieb, wie sehr sie sich freute.

»Danke.«

Als sie durch den Södertunnel fuhren, hatte sie gewaltiges Herzklopfen, aber das Denken funktionierte. Und sie begriff, dass ihre kuriosen Symptome alle mit dem Mann hinter dem Lenkrad zusammenhingen.

Als er vor ihrer Haustür hielt, klingelte sein Handy. Es war das erwartete Gespräch aus Amerika, die Verbindung war schlecht, er konnte kaum etwas verstehen und sagte, er werde in fünf Minuten zurückrufen.

Er wandte sich an Angelika, mied aber ihren Blick.

»Ich muss dein Telefon benutzen.«

»In Ordnung.«

Im Fahrstuhl überkam sie die Angst, dass es in ihrer Wohnung unordentlich sein könnte. Aber das war nicht der Fall.

Sie bot ihm ihren einzigen bequemen Sessel an und brachte ihm das Telefon. Dann schaute sie in den Kühlschrank und fand frischen Lachs, Gemüse und eine Flasche Weißwein. Während sie den Lachs mit Dill und Öl marinierte, hörte sie ihren Gast Englisch reden. Aber meistens schwieg er.

Als er in die Küche kam, sagte er nur:

»Er hat abgeraten.«

Diesmal vergaß Jan, dass er ihr nicht in die Augen schauen wollte, und plötzlich nahm er sie in die Arme und küsste sie. Es war ein Kuss, wie sie ihn noch nie erlebt hatte.

Als er sie losließ, waren sie beide vor allem überrascht. Stumm vor Verwunderung sahen sie sich an.

Dann fingen sie an zu lachen.

Schließlich sagte er:

»Ich hätte mir nie zu träumen gewagt, dass es so jemanden wie dich gibt.«

Für Angelika war es das Schönste, was je jemand zu ihr gesagt hatte.

Ihre Augen leuchteten. Er sah sie erstaunt an, als sie sagte: »Gleich kommen mir die Tränen.«

Da hob er sie hoch und trug sie ins Schlafzimmer zum Bett. Langsam kleideten sie einander aus, er küsste ihre Brüste, ihren Mund und ihren Schoß.

Schließlich lagen sie völlig erschöpft und über die Maßen glücklich nebeneinander.

Unglaublich, dachte Angelika.

Er sagte. »Ich habe Hunger.«

»Du liebe Zeit, ich habe den Lachs ganz vergessen. Du duschst, ich geh in die Küche.«

»Nein, wir duschen gemeinsam.«

Zum ersten Mal seiften sie einander ein und duschten zusammen.

Einander, einander, dachte Angelika. Ich habe das Wort nie richtig verstanden.

Sie hatte keinen ausreichend großen Bademantel für ihn, fand aber ein riesiges Badetuch, das sie sonst nur am Strand verwendete. Sie selbst schlüpfte in ihren alten Morgenmantel und wünschte sich nur, dass er eleganter gewesen wäre.

Sie ging in die Küche, schaltete den Backofen ein, wendete die Lachsscheiben in der Marinade, salzte und pfefferte sie und schob sie in den Ofen. Dann entkorkte sie die Weinflasche.

Jan hatte Hose und Hemd an, als er schnuppernd in der Küchentür stand.

»Riecht gut«, sagte er.

»Ein Prosit auf die Liebe!« Sie reichte ihm ein Weinglas, und sie tranken einander zu.

Sie schliefen die ganze Nacht ruhig und tief. Eng aneinander geschmiegt.

Zeitig am Morgen rief er in Huddinge an und erfuhr, dass der junge Patient gegen vier Uhr morgens gestorben war. Sie hatten seine Schwester aufgestöbert, und sie hatte die ganze Nacht bis zum Ende bei ihm gewacht.

Sie würde gern Schwester Angelika kennen lernen, hieß es.

»Ich werde dafür sorgen«, sagte Jan und ging ins Schlafzimmer.

Angelika saß mit geschlossenen Augen im Bett, und er flüsterte erstaunt: »Was tust du?«

»Ich meditiere und danke für dich und alles, was uns widerfahren ist.«

»Dankst wem?«

»Gott vielleicht, was immer das ist. Oder ganz einfach dem Leben.«

Sie sagte es wie selbstverständlich.

Er nickte, als hätte er verstanden.

Sagte: »Der Junge ist heute Nacht gestorben.«

»Wie gut«, sagte sie.

»Seine Schwester wartet in Huddinge auf dich, sie will mit dir sprechen.«

»Alles klar, ich fahre mit dir.«

Dann blinzelte sie hinaus in das graue Morgenlicht vor dem Fenster und sagte glücklich:

»Heute ist ja Freitag.«

»Was bedeutet das?«

»Dass wir ein gemeinsames Wochenende vor uns haben.«

Er lachte. Sein Lachen war unerwartet klangvoll und laut.

Zum ersten Mal schaute sie ihn richtig an und stellte fest, dass er groß und schlank war. Gute Figur, dachte sie zufrieden. Auch sein Gesicht war schön. Gerade Nase mit einem Streifen Sommersprossen, das Kinn und der Mund energisch.

Die roten Haare waren gelockt.

Schon gestern im Krankenhaus hatten seine Augen sie fasziniert – hellblau, durchsichtig und tief blickend.

»Du siehst einmalig gut aus«, sagte sie.

Wieder ließ er sein schallendes Lachen hören.

»Das ist bis jetzt noch niemandem aufgefallen.«

Und dann sah er sie lange an.

»Es ist geradezu unwahrscheinlich, dass du auf der Erde zu Hause bist, so schön bist du.«

Nun mussten sie sich wieder küssen, und das hatte Folgen. Sie kamen zu spät nach Huddinge zur Arbeit.

Nach dem Wochenende zog er bei ihr ein. Den ganzen Herbst und den langen Winter verbrachten sie in seliger Verliebtheit.

Aber es gab auch Meinungsverschiedenheiten, und sie stritten sich sogar über so seltsame Dinge wie Gott.

Jan glaubte nur an das, was er beweisen konnte.

Angelika bezeichnete ihn als Rechenknecht. Er sie als unerforschlich. Trotzdem endete jeder Zank im Bett.

Gottlob, dachte Angelika. Danach versicherten sie einander jedes Mal, dass sie ihr unterschiedliches Erleben der Wirklichkeit gegenseitig respektieren wollten.

Der Winter neigte sich dem Ende zu, sie würden einen unbekümmerten Frühling miteinander verbringen. Und einen Sommer, in dem die Sonne nie unterging, dachte Angelika, als sie endlich aus dem Bett und unter die Dusche gefunden hatte. Sie aß in der Küche etwas Dickmilch, zog sich an und machte einen Spaziergang über das alte Exerzierfeld Gärdet.

Das Gespräch mit Katta verlief nicht ganz so, wie sie es sich vorgestellt hatte. Sie war selbst daran schuld, sie fand keine Worte, verhedderte sich, fing wieder von vorn an:

»Ich habe nämlich … einen … Freund.«

»Klingt für dein Alter normal.«

»Aber es ist Ernst.«

»Ja, so empfindet man das.«

»Ich liebe ihn. Wir wollen heiraten. Aber wir sind so unterschiedlich. Er hat es gestern selbst gesagt. Wir sehen die Wirklichkeit völlig verschieden, behauptet er. Und ich habe solche Angst, ihn zu verlieren.«

»Will er Schluss machen?«

»Nein, aber ich bin manchmal so boshaft und werfe ihm schreckliche Sachen an den Kopf.«

»Klingt nach normalem Streit.«

»Aber das ist es ja gar nicht. Er feuert fast nie zurück. Ich bin es, die alles ... kaputt ...«

»Nächstes Wochenende kommt ihr zu uns«, sagte Katta gebieterisch. »Wie heißt das Wunderwerk?«

»Jan Antonsson. Ich muss aufhören, er kommt gerade zur Tür herein.«

»Du telefonierst gerade, ich möchte nicht stören«, sagte Jan.

»Ich habe mit Katta gesprochen, meiner Mama, hab ihr von uns erzählt ...«

In Umeå sagte Katta zu Martin: »Jetzt ist's passiert. Angelika ist ernsthaft verliebt, und ich habe immer gewusst, dass eine große Liebe ihre alten Ängste wieder hervorholen wird.«

In Stockholm sagte Angelika zu Jan:

»Sie hat uns fürs Wochenende nach Umeå eingeladen.«

»Hu! Ist ja schrecklich. Jetzt wird man also unter die Lupe genommen. Aber früher oder später muss das halt sein.«

»Wir müssen irgendwann ja auch nach Göteborg fahren.«

»Das hat Zeit«, wehrte er erschrocken ab.

Dann sagte er, er habe eine Menge Überstunden gut und könne sich den Freitag ohne weiteres freinehmen.

»Und du bist ja sowieso krankgeschrieben. Also wird es klappen. Hand Gottes, wie du so gern sagst. Wir nehmen das Flugzeug und einen Leihwagen.«

»Ich rufe sofort an und sage zu.«

Jan ging in die Küche und begann mit der Vorbereitung des Essens. Er verstand die Worte nicht, aber es klang fröhlich.

Als Angelika fertig telefoniert hatte, rief er das Reisebüro an, buchte den Flug und einen Mietwagen.

»Klappt alles«, sagte er, und sie begannen in der guten Gemeinschaft zu kochen, die sie in der Küche immer erlebten.

10.

Im Flugzeug fragte er: »Hast du irgendwie erwähnt, womit ich mich beschäftige?«

»Nein, Katta hat nicht gefragt, wollte nur deinen Namen wissen. Sie gehören nicht zu der Sorte Menschen, bei denen Status, Beruf oder Titel eine Rolle spielen.«

»Das klingt ja unglaublich«, sagte er.

»Aber es stimmt. Also fang bitte, um alles in der Welt, nicht an, dich großzutun oder mich bloßzustellen.«

»Versprochen.«

In der Küche der großen Wohnung an der Esplanade deckte Katta ein leckeres kaltes Buffet. Sie war gerade fertig und legte feuchte Handtücher über das Essen, als Martin nach Hause kam. Frühzeitig, wie er versprochen hatte.

»Womit beschäftigt sich dieser Antonsson eigentlich?«

»Keine Ahnung. Warum fragst du?«

»Der Name kommt mir irgendwie bekannt vor.«

»Aber Martin, es gibt bestimmt Hunderte Jan Antonssons in Schweden. Es ist doch ein durchaus gängiger Name.«

Im nächsten Moment klingelte es an der Tür. Katta hörte, wie Martin losdonnerte:

»Was, zum Teufel, hast du hier zu suchen?«

»Lieber Gott, mach, dass es nicht Onkel Peter ist«, dachte Katta. Aber dann hörte sie den Störenfried stammeln:

»Ich habe in der Stadt gehört, dass Angelika mit einem Bräutigam nach Hause kommt. Ich bin also hier, um mir den jungen Mann gründlich anzuschauen.«

Katta stand in der Salontür:

»Damit hast du überhaupt nichts zu tun.«

Aber er hatte sich schon im bequemsten Sessel niedergelassen und einen Grog gefordert. Martin machte ihm ein ordentliches Glas Gin Tonic zurecht.

»Das wird ihn hoffentlich beruhigen«, sagte er entschuldigend. Im nächsten Moment hörten sie draußen den alten Fahrstuhl knarren.

Katta ging ins Treppenhaus, um die beiden jungen Leute abzufangen.

»Wir müssen den Kücheneingang benutzen«, flüsterte sie ihnen zu. »Es ist etwas Schreckliches passiert. Der verrückte Peter ist hier, um Jan zu begutachten. Er ist total betrunken.«

»Katta!«, jammerte Angelika. Dann wandte sie sich an Jan und erklärte, Onkel Peter sei das schwarze Schaf der Familie Granberger.

Sie stahlen sich in die Küche. Jan schaute sich Angelikas fast sechzigjährige Mutter an. Man sah ihr das Alter an. Die kurzen Haare schien sie sich selbst geschnitten zu haben. Nicht die geringste Spur von Lippenstift war zu erkennen.

Katta warf einen Blick auf Jan und stellte fest, dass ihn die Situation amüsierte.

Plötzlich lächelte sie verständnisvoll.

Erst als sie sich die Hand gegeben hatten, bemerkte sie, dass er gut aussah, ein ansprechendes und etwas ungewöhnliches Exemplar von einem Mann.

Bisher hatten sie nur im Flüsterton gesprochen, doch nun sagte Jan laut:

»Ich begebe mich jetzt in die Höhle des Löwen.«

Martin schüttelte Jan die Hand und bekam zu hören, dass Angelika viel von ihm gesprochen hatte.

»Hoffentlich nur Gutes.«

»So kann man das nicht ausdrücken, es war eher Bewunderung und … Liebe.«

Martin wurde rot und wollte gerade etwas sagen, als der alte Onkel sich meldete:

»Ich bin das Familienoberhaupt der Granbergers«, sagte er großspurig. Ohne sich zur Begrüßung zu erheben, starrte er Jans ungebügelte Jeans, das einfache T-Shirt und die verschlissene Jacke an.

»Und wer, zum Teufel, bist du?«

Jan übertrieb seinen Göteborgdialekt, als er antwortete:

»Ich bin ein Arbeiterjung aus Göteborg.«

»Heutzutage ist das als Angeberei zu verstehen«, sagte der Alte.

»Ist es aber nicht«, sagte Jan.

»Es war die Arbeiterbewegung, die Gott den Herrn abgeschafft und diese abscheuliche heutige Gesellschaft erfunden hat.«

»In meiner Einfalt dachte ich immer, dass es umgekehrt war«, erwiderte Jan. »Wir sind ja endlich auf dem Weg zu einer Gesellschaft, in der jene, die Jesus unsere geringsten Brüder genannt hat, zu ihrem Recht kommen. Im Übrigen war es wohl Nietzsche, der verkündet hat, dass Gott tot ist.«

»Was weißt du von Nietzsche?«

»Nicht viel.«

»Was hältst du selbst von Gott?«

Jan dachte eine Weile nach, um dann zu antworten:

»Wenn ich die Natur näher betrachte und sehe, wie unerhört sinnvoll und intelligent sie am Werk ist, wird mir manchmal geradezu andächtig zumute.«

»Du bist also einer jener Narren, die durch den Wald laufen und Gott in jeder Blume sehen?«

»Leider sehe ich Blumen nur selten.«

»Wie nimmst du denn dann die Natur wahr?«

»Meistens durchs Mikroskop.«

»Dein Hobby ist es also, den Läusen beim Eierlegen zuzusehen?«

Der alte Mann lachte höhnisch und hatte schon eine neue Bemerkung auf der Zunge. Aber er wurde unterbrochen.

Angelika griff schonungslos ein:

»Jetzt hast du dich aber ordentlich blamiert, lieber Onkel. Jan ist Genetiker, er ist Doktor und hat als Arzt gearbeitet. Danach hat er in den USA studiert und noch eine Doktorarbeit geschrieben. Er hat also auch eine amerikanische Doktorwürde als Genetiker. Er ist an einem großen isländischen Projekt beteiligt. Im Moment arbeitet er intensiv mit Stammzellen. Kapierst du das, er rettet Kindern, die sonst an Leukämie sterben müssten, das Leben.«

Angelika war so wütend, dass sie fast schrie.

Aber jetzt passierte etwas Unerwartetes. Jan ließ sich auf das Sofa fallen, auf dessen Armlehne er bisher aufrecht und kampfbereit gesessen hatte. Jetzt lehnte er sich zurück, legte die Hände in den Nacken und lachte so laut, dass es im Raum dröhnte. Schon bald stimmte Angelika ein. Sie schloss Jans lachenden Mund mit einem Kuss.

Martin stand stocksteif da, Katta amüsierte sich offensichtlich, und der Familienälteste war aufgebracht.

Schließlich fasste sich Martin. Er erhob sich und sagte:

»Jetzt gehst du nach Hause, Onkel Peter. Ich rufe dir ein Taxi und bringe dich die Treppe runter. Und du bist uns vorläufig hier nicht willkommen. Dieses Wochenende will unsere Familie für sich haben.«

Als Martin zurückkam, konnte er sich nicht genug entschuldigen. Aber Jan versicherte ihm, dass er sich köstlich amüsiert habe.

»Amüsiert!«, sagte Katta. »Er war ja ekelhaft.«

»Ich komme nämlich aus einer Familie, in der sehr wenig gesprochen wurde, und wenn, dann nie über ernst zu nehmende Dinge.«

»Und ich habe es immer für die typische Tyrannei des Bürgertums gehalten. Da wird zwar viel geredet, aber nie über ernsthafte Dinge.«

»Vielleicht verfahren alle Gesellschaftsklassen nach dem gleichen Muster«, sagte Jan. »Der einzige Unterschied ist wohl, dass wir in der Arbeiterklasse nicht über so viele Worte verfügen. Zur Schönrederei reicht der Wortschatz ganz einfach nicht aus.«

Er musste wieder lachen, fuhr dann aber fort:

»Jahrelang habe ich geglaubt, dass es zwischen Lüge und Wahrheit eine klar gezogene Grenze gibt. Nach und nach habe ich dann gelernt, dass die meisten Menschen mit Halbwahrheiten operieren. Ich habe mich in dieser Kunst geübt und bin bald dahinter gekommen, wie brauchbar Halbwahrheiten sind, sie sind oft viel glaubhafter als die Wahrheit.«

Er hatte Gelächter erwartet, aber alle schwiegen nachdenklich. Nach einer Weile sagte Martin:

»Jetzt hole ich den Champagner, um euch willkommen zu heißen.«

Als er Jan zuprostete, sagte er:

»Du bist die angenehmste Überraschung, die die Familie seit Jahren heimgesucht hat.«

»Ganz meine Meinung«, sagte Katta.

»Aber ihr kennt ihn noch nicht«, kicherte Angelika.

Martin fiel ein, was er hatte fragen wollen:

»Warum hast du so mächtig gelacht, als Angelika sagte, wer du bist?«

Jan stimmte wieder sein schallendes Gelächter an:

»Da enthalte ich mich der Antwort. Das muss Angelika erklären. Wenn sie will. Und sich traut.«

»Nein, gelacht hast du, also musst du auch dafür geradestehen.« Er überlegte.

»Okay, Angelika meint, dass ich mich dauernd hervortun und den Überlegenen spielen muss. Und dass ich mit den Leuten nicht rede, sondern einfach Tatsachen verkünde. Sie hat Recht, aber nur teilweise. Während des Fluges bekam ich zu hören, dass ich mich vor ihrer Familie auf gar keinen Fall hervortun dürfe. Ich solle mich einfach so geben, wie ich bin.«

Er seufzte, bevor er fortfuhr:

»Statt mich normal vor euch zu fürchten, kriegte ich richtige Angst. Ich weiß nämlich nicht recht, was es heißt, sich zu geben, wie man ist.«

Jan wurde nachdenklich:

»Als sie also anfing, dem alten Herrn Peter meine Vorzüge zu erklären, dämmerte es mir, dass sie die Verantwortung übernommen hatte, mich hervorzuheben. Und da habe ich gespürt, dass ich entweder vor Überraschung untergehen oder vor Freude explodieren würde.«

Sie tranken aus und ließen sich nach dem Essen vor dem Kachelofen nieder. Martin wollte etwas über die Studien in den USA hören. Und über die Stimmung an den großen Universitäten. Katta und Angelika unterhielten sich vor allem über Momma.

Die Uhr schlug Mitternacht, als Katta meinte, es wäre nicht schlecht, ins Bett zu gehen.

»Es war ein aufregender Tag«, sagte sie. »Und wir sind wohl alle müde.«

Sie wünschten einander eine gute Nacht.

Im Schlafzimmer sagte Martin zu Katta:

»Was für ein Junge. Was für ein Humor und welches Wissen.«

»Hochbegabte Kinder haben es oft schwer, besonders wenn sie in ein Milieu hineingeboren worden sind, wo alle ganz gleich sein müssen. Dieser Junge hat es nicht leicht gehabt«, sagte Katta und legte sich zum Schlafen zurecht.

Doch plötzlich fing sie an zu kichern.

»Als ich sie in der Küche abgefangen und ihnen erklärt habe, dass unser verrückter Alkoholiker im Wohnzimmer sitzt, da haben seine Augen vor Entzücken richtig aufgeleuchtet.

Und da war mir klar, dass er sich diebisch darüber freute, dass auch die feinsten Familien ihre Leichen im Keller haben.«

Auch im Doppelbett im Gästezimmer wurde noch getuschelt.

»Na, wie gefällt dir meine Familie?«

»Ich bin entsetzlich neidisch.«

»Verstehe«, sagte Angelika und kuschelte sich an ihn.

11.

Jan und Angelika wachten früh auf, liebten sich, wie so oft am Morgen. Danach lächelten sie sich zärtlich zu, wohlwissend dass die Körperfreude den ganzen Tag über anhalten würde. Leise gingen sie ins Badezimmer und duschten wie üblich gemeinsam. Das Haus schlief.

»Wir gehen abwaschen«, sagte Jan, und auf Zehenspitzen durchquerten sie die Wohnung und nahmen die Arbeit in der Küche in Angriff. Er spülte, Angelika trocknete ab und räumte alles in die Schränke.

»Ich muss dich was fragen«, sagte Jan. »Wie, zum Kuckuck, hast du von meinen Studien in den USA gewusst und von meinem amerikanischen Examen?«

»Mein Chef, Doktor Chavez, hat von dir gesprochen. Er hat erzählt, dass ihr Studienkollegen und schon im Gymnasium Freunde wart. Er sagte auch, dass du überaus begabt und einfallsreich bist, voll neuer Gedanken und Ideen. Und dass es von vornherein klar war, dass du in die Forschung gehen würdest.«

Jan war so verblüfft, dass ihm der Mund offen stand.

»Warum hast du darüber nie ein Wort fallen lassen?«

»Ich habe meinen wunderbaren Doktor doch oft genug erwähnt.«

»Aber du hast nie seinen Namen gesagt.«

Jan ließ sich auf einen Küchenstuhl fallen. »Wenn ich nicht bald einen Kaffee kriege, komme ich um.«

»Das muss um jeden Preis verhindert werden.«

Katta stand plötzlich in der Küchentür. Sie ging geradewegs auf Jan zu und schloss ihn in die Arme. »Du hast wohl gar nicht begriffen, wie sehr Martin und ich dich mögen.«

»Aber ihr kennt mich doch gar nicht, ich habe mich bis jetzt ja nur von meiner besten Seite gezeigt.«

»Das haben wir doch alle«, sagte Martin, der inzwischen auf einem Küchenstuhl Platz genommen hatte.

Und Jan dachte, der Mann ist unglaublich.

»Zwei Frauenspersonen in einer Küche und noch keine Spur von Kaffeeduft«, krittelte Martin.

»So spricht ein wahrer Macho«, sagte Katta, küsste ihren Mann auf die Glatze und schaltete die Kaffeemaschine ein.

Sie tranken Kaffee, aßen Brote mit Käse, Räucherwurst, Schinken und Marmelade und überlegten dabei, was sie mit diesem langen Samstag anfangen könnten. Die Sonne schien, die Frühlingsluft setzte der Schneedecke im Park vor dem Küchenfenster hart zu, und es tropfte von den Dächern.

»Ich würde mir gern dein Krankenhaus ansehen«, sagte Jan, und Martin konnte nicht verhehlen, dass er das gehofft hatte.

»Wir können tatsächlich etwas Interessantes vorweisen. Eine siebenundvierzigjährige Mama, die ein gesundes, hübsches Baby geboren hat, und einen Papa, der vor Stolz fast platzt.«

»Ihr spielt wohl die über alle Naturgesetze erhabenen Götter. Es ist nicht Sinn der Sache, dass fünfzigjährige Weiber noch Kinder in die Welt setzen.«

Das war Angelika, und ihre Stimme sprang ins Falsett über.

»Du mit deinen Vorurteilen«, erwiderte Martin streng, als spräche er zu einem Kind.

Aber Jan war plötzlich wütend, sie sahen, wie ihm die Zornesröte ins Gesicht schoss, als er sich Angelika zuwandte.

»Du bist offenbar der Meinung, dass wir die Gesetze Gottes oder der Natur immerzu respektieren müssen. Wenn aber die Natur oder Gott frei schalten und walten dürften, würden alle leukämiekranken Kinder sterben. Ganz zu schweigen von den Millionen Menschen, die den Pocken, der Kinderlähmung und anderen schrecklichen Krankheiten zum Opfer fallen würden.«

Er schwieg, aber nur, um Atem zu holen. Dann fuhr er in sarkastischem Ton fort:

»Manchmal frage ich mich, wieso du in deinem Beruf Spritzen gibst und Medikamente verteilst, wenn doch eigentlich Gott und die Natur einspringen sollten.«

»Ich habe mich vielleicht falsch ausgedrückt und entschuldige mich dafür«, sagte Angelika. »Aber das ist noch lange kein Grund, mich zu verspotten.«

Katta brach die aufgeladene Stille.

»Es fragt sich nur, inwiefern du dich falsch ausgedrückt hast.«

Betretenes Schweigen am Küchentisch.

Schließlich griff Katta noch einmal ein:

»Am besten macht ihr Männer euch auf den Weg. Dann können Angelika und ich uns ungestört aussprechen.«

Jan erhob sich und sagte:

»Ich bitte auch um Entschuldigung, dass ich die Beherrschung verloren habe.«

»Nicht nötig«, sagte Katta.

Da fing Angelika zu weinen an, und die Männer ergriffen die Flucht. Die Frauen setzten sich ins Wohnzimmer. Auf das alte Sofa. Wie schon so viele Male zuvor.

»Ich sehe, dass du auf seiner Seite stehst«, begann Angelika.

»Es gibt keine Seite«, sagte Katta. »Die Frage ist, inwiefern du dich falsch ausgedrückt hast.«

»Es war das falsche Thema zur falschen Zeit. Aber ich werde wahnsinnig, wenn zwei Naturwissenschaftler sich wie Gockel brüsten, nur weil es ihnen gelungen ist, die Natur zu manipulieren. Du kannst doch nicht abstreiten, dass es gefährlich ist, dass es Risiken gibt, die wir nicht voraussehen können.«

»Natürlich. Jede neue Erkenntnis birgt Risiken, das ist immer so gewesen. Das Streben des Menschen war immer auf den Horizont ausgerichtet, das macht seine Größe aus. Aber lass uns, um Gottes Willen, auf die viel wichtigere Frage eingehen. Warum hast du vorhin behauptet, er habe dich verspottet?«

Angelika wurde zornig:

»Das tut er immer. Oder jedenfalls oft.«

»Und ist dir gar nicht aufgefallen, dass du ihn verspottet hast, ihn und sein ganzes Streben? Du hast ihn provoziert, und er hat dir geantwortet, dass du offenbar der Meinung bist, an Leukämie erkrankte Kinder sollten sterben dürfen. Das war übertrieben. Es geht dabei um seine Arbeit, in die er seine ganze Seele und seine ganze Intelligenz investiert hat. Dadurch ist ein elender Zank zwischen euch entstanden, bei dem jeder die wunden Punkte des andern gesucht hat.«

Angelika brach in Tränen aus und nickte:

»Du hast Recht.«

»Er ist ein ungewöhnlicher Mann, gediegen, begabt und er hat einen umwerfenden Humor.«

»Sein Gefühlsleben ist sehr unterentwickelt.«

»Und wie hast du das festgestellt?«

»Er ist wie ein kleines Kind. Dieser Tage hat er geweint, weil er eine Zweijährige trotz aller Stammzellen nicht hat retten können.«

»Das finde ich menschlich«, sagte Katta. »Wie wär's, wenn du endlich zum Kern der Sache kommen könntest?«

Angelika war blass und entschlossen.

»Ich liebe ihn so ... und ich habe so entsetzliche Angst, ihn zu verlieren. Wenn er mal einen Tag nichts von sich hören lässt, fange ich an, ihn zu hassen, und erfinde groteske Erklärungen dafür. In meinen schlimmsten Phantasien bilde ich mir dann ein, dass er eine andere gefunden hat. An seinem Institut gibt es massenhaft hübsche Mädchen, Doktorandinnen. Frauen, die sich sehr für seine Arbeit interessieren würden ... du weißt schon.«

»Nein«, sagte Katta. Es war ein Nein, das ein Vakuum zwischen ihnen entstehen ließ.

Schließlich sagte sie sehr ernst:

»Du hast deine Mutter geliebt, und sie hat dich verlassen und starb.« Angelika dachte an ihr altes Gebet: Lieber Gott, nimm mir meine Mama nicht weg.

Sie flüsterte:

»Du hast Recht.«

Sie gingen ins Schlafzimmer und krochen im Doppelbett zusammen unter die Decke. Angelika in Kattas Armen. Wie früher einmal. Viele Male, erinnerte sich Angelika und schlief ein.

12.

Als Martin und Jan nach Hause kamen, fanden sie zwei schlafende Frauen vor und schlichen leise in die Küche. Jan entdeckte eine Schweinelende, briet sie auf dem Herd an und stellte sie dann in den Backofen. Machte eine Champignonsoße, fand eine Packung Nudeln und ein paar Tomaten.

»Kochen kannst du also auch gut«, sagte Martin.

»Ich kann vieles gut, aber ich kann nur schlecht in Frieden mit der Frau leben, die ich liebe.«

»Unterschätze mir Katta nicht. Sie ist mit Angelika vielleicht an einem wichtigen Punkt angelangt. Wenn sie auch nur ein Körnchen Wahrheit gefunden haben, kriechen sie für gewöhnlich zusammen ins Bett und schlafen eng umschlungen ein. Es mag zwar recht übertrieben klingen, aber wir haben seinerzeit ein schwer geschädigtes Kind übernommen.«

»Ich weiß, sie hat es mir erzählt«, sagte Jan.

Als das Essen fertig war, forderte Jan Martin auf, die Damen wecken zu gehen.

»Ich trau mich nicht, ich decke inzwischen den Tisch.«

Es dauerte eine Zeit, bis sie kamen. Angelika lief Jan in die ausgebreiteten Arme und sagte:

»Wenn du mir verzeihen kannst?«

»Ganz meinerseits, ich habe mich auch falsch ausgedrückt.«

»Jetzt wollen wir's uns in aller Gemütlichkeit mal gut schmecken lassen«, sagte Katta.

»Das ist so ein typisches Mamawort«, meinte Martin, und Jan dachte, dass er nie im Leben seine Mutter etwas Derartiges hatte sagen hören. Katta lobte das Essen. Angelika sagte, Jan sei ein tüchtiger Koch.

»Viel besser als ich«, gab sie zu und konnte sogar dabei lachen.

Und Jan behauptete vergnügt, dass er auf vielen Gebieten besser sei als sie:

»Ich kann schneller laufen als du, ich springe höher. Und, nicht zu vergessen, im Segeln bin ich viel besser.«

Zu seiner Erleichterung sah er, dass Angelika in das allgemeine Gelächter einstimmte.

Nach beendeter Mahlzeit schlug Katta vor, dass die Gastgeber die Küche in Ordnung bringen und die Gäste sich derweil aufs Sofa setzen sollten.

»Wie du siehst, stehe ich unter dem Pantoffel«, beklagte sich Martin.

Katta zog die Küchentür zu und räumte das Geschirr in die Maschine.

»Hör mal, Martin. Könntest du wohl bei Gelegenheit ins Gespräch einflechten, wie dir zu Mute ist, wenn dir ein Patient auf dem Operationstisch wegstirbt. Sprich über alles, über deine Tränen, deine Schuldgefühle, deinen Zorn. Und dass du dann Whisky brauchst, um schlafen zu können.«

Als sie den Kaffee ins Wohnzimmer trugen, hörten sie Jan sagen:

»Schade, dass du nicht mit dabei warst, Angelika. Sie haben hier alles, neue Operationssäle, gut ausgestattete Untersuchungsräume und schöne Wartezimmer. Ganz zu schweigen von der vorhandenen technischen Ausstattung. Dazu ein phantastisches Labor, in dem man modernste Forschung betreibt.«

»Es ist ja auch eine nagelneue Universitätsklinik. Klar, dass da investiert wurde«, sagte Katta.

»Aber ihr steht nicht unter dem gleichen Druck wie wir in der Großstadt, wo ununterbrochen Notfälle, Verkehrsopfer, Alkoholiker und alle möglichen Verrückten eingeliefert werden. Danderyd ist ein relativ neu renoviertes Großkrankenhaus, aber alles ist schnell überholt. Auf fast jeder Station stehen Patientenbetten in den Gängen.«

»Manchmal empfindet man es geradezu als hoffnungslos«, warf Angelika ein.

»Ich hätte zu gern mehr Fachleute für die Stammzellenbehandlung hier«, sagte Martin.

»Es ist keine hundertprozent sichere Methode«, sagte Angelika. »Jan und seine Kollegen in Huddinge haben letzte Woche eine Zweijährige verloren. Eine Zweijährige, die Stammzellen bekommen hatte. Er hat sehr darunter gelitten.«

Es war still im Zimmer, bis Jan sagte:

»Ich wäre fast zusammengeklappt.«

»Das Schlimme ist, dass man sich nie daran gewöhnen kann«, nickte Martin. »Manchmal stirbt mir ein Patient auf dem Operationstisch weg. Mit steinernem Gesicht teile ich es den Angehörigen mit. So schnell wie möglich verdrücke ich mich dann nach Hause. Gehe hier im Zimmer hin und her und versuche herauszufinden, was ich falsch gemacht habe. Es ist der reine Albtraum, und wenn Katta nach Hause kommt, fange ich vor Verzweiflung und Schuldgefühlen zu heulen an. Aus Erfahrung weiß sie, was sie zu tun hat, sie bringt mir große Taschentücher zum Ausweinen, und wenn das Schluchzen ein Ende hat, kommt sie mit einem Whisky. Dann schickt sie mich ins Bett, gibt mir noch einen doppelten Whisky, setzt sich auf den Bettrand und hält meine Hand, bis ich eingeschlafen bin.«

Angelika starrte ins Nichts und erinnerte sich, dass sie zu Jan gesagt hatte, sein Gefühlsleben sei unterentwickelt und er sei tapsig wie ein kleines Kind.

Jetzt fiel ihr ein, dass ihr Chef nach dem Verlust eines Patienten bleich wie ein Gespenst ausgesehen hatte. Und wie er einmal einen Assistenzarzt gebeten hatte, mit den Angehörigen zu sprechen und sie zu fragen, ob sie einer Obduktion zustimmen würden.

Mein Gefühlsleben ist auch unterentwickelt. Und ich bin in meinen Gefühlen wie blind, dachte sie, holte tief Luft und sprach es laut vor sich hin.

Martin suchte nach tröstenden Worten:

»Das nicht, aber du hast wie alle Menschen, die von einer Ideologie besessen sind, zu viele Vorurteile.«

»Das stimmt nur teilweise. Ich bin von der Angst besessen, Jan zu verlieren. Katta hat mich endlich dazu gebracht, das zu begreifen.«

Nach einer langen Stille sagte Jan:

»Und jetzt glaubst du, dass du die unvermeidliche Trennung beschleunigen musst, indem du mich provozierst?«

»Ja«, flüsterte sie.

»Das wird dir nicht gelingen«, sagte er. »Ich werde dich nie verlassen.«

»Du hast selbst gesagt, dass wir aus verschiedenen Welten kommen. Und die Realität unterschiedlich wahrnehmen. Und das stimmt auch«, sagte Angelika und fuhr zögernd fort:

»Ich ziehe immer den Kürzeren, denn du hast ja die einzig gültige Wahrheit für dich gepachtet.«

»Wie meinst du das?«, fragte Jan. »Ich denke, es ist eher umgekehrt. Heutzutage wird der Zeitgeist ganz von der Verhaltensforschung bestimmt. Was nichts anderes heißt, als dass das Leben des Menschen ausschließlich von Kindheitserlebnissen und seinem kulturellen Hintergrund geprägt wird. Ich verstehe nicht, warum es so verwerflich ist, wenn man darauf hinweist, dass auch das genetische Erbe ein wichtiger Faktor ist.«

Im nächsten Moment stand Kattas Mutter in der Tür, Momma. Sie hatte eigene Schlüssel und war einfach hereingekommen. Angelika sprang auf und lief der alten Dame direkt in die Arme.

Als sie sich lange genug umarmt hatten, sagte Momma mit einem Blick auf Jan, dass sie einfach habe kommen müssen, um sich das Wunder von einem Mann anzusehen.

»Bitte nur zu schauen«, sagte Jan. »Aber, um aufrichtig zu sein, gibt es gar nicht so viel zu sehen.«

»Unsinn«, sagte Momma. »Es war mir immer ein Vergnügen, fesche Männer anzuschauen. Außerdem habe ich mir gedacht, dass ich gerade rechtzeitig zum Nachmittagsdrink komme.«

Befreites und fröhliches Lachen löste die gespannte Situation im Raum.

»Ich habe schon in der Diele heimlich gelauscht«, sagte Momma. »Und ich würde Jan Recht geben. Ich glaube allmählich an die Erbsünde.«

»Aber Mama, das kann doch nicht wahr sein!«, rief Katta.

»Na ja, nicht immer, aber manchmal. Ich habe in meinen Klassen schwierige Kinder gehabt, die aus anständigen Familien kamen und die später Nichtnutze, Windbeutel, Tagediebe und Kriminelle wurden. Einer davon sitzt jetzt sogar wegen Mordes.«

Katta und Martin sahen sich besorgt an, sie hatten den Fall in der Zeitung verfolgt.

»Was ist mit den Drinks, Martin?«

»Ich eile!«

Er kam mit dem Wodka zurück, den Momma so gern hatte. Er schenkte sich selbst auch ein Glas ein, die andern bekamen Weißwein.

»Ist Jan Antialkoholiker?«, wunderte sich Momma.

»Nein, ich bin nur besorgt um meine Gehirnzellen.«

»Jetzt hat er's uns aber gegeben«, sagte Momma und stieß mit Martin an. »Aber ich habe nicht mehr so besonders viele Gehirnzellen übrig, also ist es schon egal.«

»Das stimmt nicht«, sagte Katta. »Du bist genauso flott im Kopf wie eh und je.«

»Und du hast keinen Sinn für Humor, wie seit eh und je.«

Alle lachten, nur Jan war besorgt wie immer, wenn Streit in der Luft lag.

Aber die beiden Frauen lächelten einander an.

Er sah sich die beiden an. Mutter und Tochter. Sie waren sich sehr ähnlich, hatten markante Gesichter, die nie mit Schönheitsmitteln in Berührung gekommen waren. Edle Züge, willensstark. Die gleiche Kurzhaarfrisur, eine weiß, die andere grau.

Angelika besaß nichts von deren Kraft. Sie war wie Martin, zögernd, ernst, aber auch unsicher. Dass Martin absolut abhängig von Katta war, hatte Jan längst begriffen.

Im nächsten Moment erkannte er, dass er nie stark genug sein würde, um Angelika die Sicherheit zu geben, die sie brauchte. Dann sagte er sich, dass er aufhören musste, bei jedem Menschen, dem er begegnete, nach vererbten Eigenschaften zu suchen. Eine Zeit lang genossen sie das Geplauder und die Drinks. Aber schließlich sagte Momma:

»Eigentlich habe ich nur zum Spaß gesagt, dass ich hier bin, um dich anzugucken. Ich möchte eine ernste Frage stellen.«

»Da helfe mir Gott«, sagte Jan fröhlich.

»Jetzt hör mal zu«, sagte Momma und schien jedes Wort genau zu überlegen, bevor sie anfing:

»Ich habe viele Freunde, die Psychologen sind und die zeitlebens mit Therapien gearbeitet haben. Manche von ihnen sind sogar Analytiker im Freud'schen Sinn. Ich habe mich einem Kreis angeschlossen, der sich mit den Träumen beschäftigt. Und das hat mir für meine Selbsterkenntnis viel gebracht.

Jetzt sagen meine Psychologenfreunde, dass all ihr gesammeltes Wissen bald null und nichtig sein wird. Sie meinen, es findet so etwas wie ein Paradigmenwechsel statt. Die Biochemie wird Vorrang haben und uns ein mechanisches Bild des Menschen vermitteln.«

Angelika nickte, sagte:

»Jan, du musst begreifen, dass es Widerstand gegen euer Menschenbild gibt.«

»Und was weißt du darüber?«, fragte Jan.

»Das ist offensichtlich gefährlicher Boden«, bemerkte Momma.

Katta sah Jan bittend an. Er nickte verständnisvoll. Holte ein paar Mal tief Luft und wandte sich dann gelassen an Momma:

»Du musst dir jetzt einen kleinen Vortrag anhören.«

»Ich bitte darum.«

Jan atmete noch einmal tief und begann:

»Ich möchte darauf hinweisen, dass die Psychologie im Wissen um den Menschen einen großen Vorsprung vor uns Genetikern hat.«

Nach einigem Überlegen fuhr er fort:

»Schon in den Fünfzigerjahren wurde eine englische Untersuchung publiziert, die zeigte, dass bei Kleinstkindern, die in Heimen aufwuchsen, eine beunruhigend hohe Sterblichkeitsrate zu verzeichnen war. Diese Kinder wurden gut gepflegt, bekamen die richtig zusammengesetzte Nahrung. Und trotzdem starben sie.

Die Überlebenden waren Kinder, um die sich eine Schwester besonders kümmerte.«

»Daran kann ich mich erinnern«, sagte Momma. »Zu jener Zeit wurden meine Kinder geboren, und ich habe sie über die Maßen geherzt und geküsst. Und ich hatte trotzdem ständig das Gefühl, immer noch zu wenig getan zu haben.«

»Ich habe auch immer mein Bestes gegeben«, sagte Katta. »Mit nicht zu beschwichtigendem schlechtem Gewissen.«

Sie schwieg eine Weile. Sagte dann:

»Es ist alles andere als leicht, denn es wirkt sich ja auf die nächste Generation aus. Je besser eine Mutter ist, desto mehr Schuldgefühle haben die Kinder. Eine Mutter, die Grenzen setzt und die immer Recht hat, können die Kinder wenigstens hassen.«

Sie lachte ein wenig, als sie sich an Jan wandte:

»Jetzt bist du wieder dran.«

»Okay.«

»Eine Reihe bedeutender Kinderpsychologen beschäftigten sich in der Folge besonders mit Kleinkindern und deren Entwicklung. Sie prägten den Ausdruck *good mothering*, gingen mit ihren neuen Erkenntnissen in die Welt hinaus und veränderten die Einstellung der westlichen Welt zum Kleinkind wesentlich. Der Säugling braucht das Lächeln der Eltern, muss so viel wie möglich auf den Arm genommen werden, man muss mit ihm spielen und Unsinn machen. Wenn das Kind Laute von sich gibt, sollte es Antwort in Worten oder Tönen bekommen, es sollte, kurz gesagt, wie ein Mensch behandelt werden.

Dann begannen die Naturwissenschaftler die Entwicklung des Nervensystems zu erforschen. Und bestätigten die Schlussfolgerungen der Psychologen.«

Er machte eine Pause. Fuhr dann fort:

»Jetzt wird es schwieriger, aber ich probier's mal. Nervensystem und Gehirn bestehen aus Milliarden und Abermilliarden von Zellen. Zwischen diesen Zellen bestehen ebenso viele Milliarden Verbindungen. Wenn wir einen Blick in den Kopf eines neugeborenen Babys werfen könnten, fänden wir ein undurchdringliches Dickicht von ›Fäden‹. Milliarden Verbindungen auf der Suche nach Kontakt zu den Zellen. Das Interessante ist, dass das Neugeborene doppelt so viele Verbindungen hat wie der Erwachsene. Die meisten verschwinden nämlich, wenn das Kind heranwächst. Sie vermehren sich also mit zunehmendem Wissen nicht.

Die Verbindungen, die im Gehirn des Kindes verbleiben, werden durch das Umfeld bestätigt. Von der Mutter, die schmust und lächelt, dem Vater, der mit Gebrabbel antwortet, und so weiter. Die anderen Verbindungen vergehen, der Prozess nennt sich Beschneidung. Ich hoffe, ihr versteht, wie entscheidend und wichtig die psychologische Forschung ist. Es wäre ein großer Verlust für die Wissenschaft, wenn die einzelnen Wissenszweige nicht zusammenarbeiten würden.

Und jetzt möchte ich ein ordentliches Glas Wein haben.«

Er bekam seinen Wein, und als Momma mit ihm anstieß, sagte sie:

»Das war ein großartiger Vortrag. Ich wünschte, ich hätte ihn auf Tonband und könnte ihn meinen Freunden vorspielen.«

»Manches habe ich schon gewusst«, sagte Martin. »Aber ich habe die Tragweite der neuen Erkenntnisse nicht begriffen.«

Angelika machte große Augen, rührte sich aber nicht.

Katta wandte sich an Jan.

»Ein Großteil des aufkeimenden Widerstandes gegen euch ist auch darin begründet, dass wir jahrhundertelang eine gültige Erklärung für alle Rätsel des Lebens besaßen. Die Religion wusste alles über den Sinn des Lebens, vom Guten, das im Himmel belohnt, und dem Bösen, das in der Hölle bestraft wurde.«

Sie fuhr fort:

»Okay, es war ein einfaches Bild mit einem lenkenden Gott als Beschützer. Und es war verständlich. Was, um alles in der Welt, sollten wir denn mit einem Bild anfangen, das uns sagt, dass wir auf einem gewöhnlichen kleinen Planeten leben, der am Rand einer gewöhnlichen Galaxie rotiert, von denen es im Universum Millionen gibt, und der um einen gewöhnlichen kleinen Stern kreist. Wie kalt und sinnlos muss die Realität denn noch werden, dass wir den Mut, zu leben und zu arbeiten, nicht verlieren?«

»Auf diese Frage habe ich keine Antwort«, sagte Jan.

Nachdenklich schwiegen alle, bis Momma sagte:

»Die Religion lebt weiter, ich kenne eine ganze Reihe Leute, die gläubige Christen sind, wenn auch in unterschiedlichen Konfessionen. Und sie sind manchmal intolerant, rechthaberisch und mindestens ebenso böse wie alle anderen. Meiner Erfahrung nach haben ihre Kinder es nicht immer leicht.«

»Aber es müssen dir doch auch nette Kinder aus guten christlichen Familien begegnet sein«, sagte Katta, und Momma nickte:

»Natürlich.«

»Ich verstehe so wenig von Religion«, sagte Jan. »Aber meine Vernunft sagt mir, dass jede Art von Glauben immer wieder zu Grausamkeiten, Krieg und Verfolgung führt. Ob es nun um Gott, Kommunismus, Nazismus oder Nationalismus geht.«

Momma nickte: »Da sind wir einer Meinung.«

»Wir sollten jetzt nicht in einer ideologischen Diskussion landen«, warf Martin ein. »Ich wüsste gern, ob du mit mehr Beispielen aus der Hirnforschung an Säuglingen aufwarten kannst.«

Jan überlegte:

»Ein französischer Mathematiker etwa hat viel Mühe darauf verwendet, die Lautsprache von Säuglingen zu erforschen und aufzuzeichnen. Es waren Babys aus den verschiedensten Kulturen und Sprachen.

Und er behauptet, dass es im Brabbeln aller Kleinstkinder verwandte Laute und Merkmale aus allen Sprachen der Welt gibt. Sobald das Kind sprechen lernt, werden seine Tausende Möglichkeiten beschnitten und werden auf eine einzige Sprache eingeschränkt. Auf jene Sprache, die die Eltern sprechen.«

An Angelika gewandt, schloss er:

»Mein Professor in den USA begann oder beendete jede Vorlesung mit den Worten: ›Je mehr wir verstehen, desto weniger verstehen wir.‹«

Noch immer ihr zugewandt, sagte er:

»Und du sollst wissen, dass ich noch nie einen Kollegen getroffen habe, der behauptet hätte, dass wir etwas über die Wirklichkeit wissen.«

13.

Ein lichter Sonntag kündigte sich vor dem Küchenfenster an.

Das schöne Wetter hielt, die Sonne erhob sich über der Stadt, und Martin schlug vor, einen Ausflug zu ihrer Hütte im Bergland zu machen.

»Heute wird es kalt, ideale Verhältnisse zum Skilaufen.«

»Ich werde ganz zittrig vor Angst«, sagte Jan. »Ich bin aus Göteborg, und dort liegt nur selten Schnee. Ehrlich gesagt, ich habe noch nie auf Skiern gestanden.«

Alle außer Angelika lachten. Sie wusste von einem Jungen, der so kleinwüchsig gewesen war, dass man ihn bei keinem Sport mitmachen ließ.

»Ich habe nichts Passendes anzuziehen, auch keine entsprechenden Schuhe.«

Martin schätzte: »Du kannst eine von meinen Skihosen haben. Wir sind ungefähr gleich groß. Ich bin zwar dicker, aber das kriegen wir mit Sicherheitsnadeln und einem festgezurrten Gürtel hin.«

»Wir nehmen den Ackja mit«, sagte Katta.

»Was ist das nun wieder Schreckliches?«, fragte Jan. Aber sie sahen, dass er diesmal scherzte.

Es wurde ein geschäftiger Vormittag. Proviant wurde zusammengestellt und eingepackt. Dicke Pullover, Skihosen und Anoraks wurden aus den Schränken geholt. Das einzige Problem waren die Schuhe, Martin hatte größere Füße als Jan.

»Zeitungspapier«, sagte Katta, und damit war das Problem gelöst.

Schließlich standen sie in der Garage, das Auto war gepackt, und Martin sagte, sie müssten noch Schneeketten aufziehen.

»Aber du hast doch gute Winterreifen.«

»Reicht nicht«, sagte Martin.

»Ay, ay, Käptn«, sagte Jan.

»Seemannssprache?«

»Richtig.«

Und dann fuhren sie in die gleißend helle Welt hinaus. Über Nacht war Pulverschnee gefallen. Die Birken von Umeå strahlten wie Bräute.

Bald fuhren sie durch die offene Landschaft, durch eine schneebedeckte, hügelig friedliche Weite.

Jan begann zu blinzeln, und Katta bedauerte, dass er keine Sonnenbrille bei sich hatte.

»Warum?«

»Hast du nie etwas von Schneeblindheit gehört?«, fragte Martin.

Nach einer Stunde erreichten sie den Hang, an dem hoch oben die Hütte stand. Der Schornstein rauchte.

»Ich habe den Nachbarn am Freitag angerufen«, sagte Martin.

»Du hattest das alles also schon geplant?«, wunderte sich Jan.

»Ja, ich wollte dir etwas Besonderes bieten.«

Sie bepackten den Ackja, zogen ihn den Hang hinauf, luden ab, legten Holz im Ofen nach. Jan schnallte die Skier an und bekam von allen Seiten gute Ratschläge. Er probierte es aus, es war schwierig, aber er kam immerhin vom Fleck. Mühselig. Er war schon ein ganzes Stück vorwärts gekommen, als er stehen blieb, Luft holte und rein zufällig einen Blick nach unten warf. Da komme ich niemals runter, dachte er, verlor im selben Moment das Gleichgewicht, und sauste hinab, die Skier in die Luft ragend.

Es gelang ihm, sich aufzusetzen und die Bindungen zu lockern. Im nächsten Moment kam Angelika angesaust, hielt mit einem gekonnten Slalomschwung an. Der reinste Stenmark, dachte Jan. Gleichzeitig waren Katta und Martin an seiner Seite, und ehe er sich's versah, wurde er in den Ackja verfrachtet und bergauf gezogen.

Jan setzte sich auf der Treppe in die Sonne. Martin kam mit einer Tasse heißem Kaffee, alle lobten Jan, weil er so mutig gewesen war. Katta flüsterte Angelika zu, dieser Mann habe es gar nicht nötig, sich auch noch großzutun.

»Komm rein in die warme Stube«, sagte Martin.

»Nein, ich bin so verschwitzt, ich lasse mich lieber von der Sonne trocknen.«

Er nahm die liebliche Landschaft in sich auf und empfand sie wie ... ja, beinahe ... wie eine Widerspiegelung dessen, was ihm in der Ausstellung passiert war. Aber dieses Mal war es nicht erschreckend, es war ein Teil seiner eigenen Wirklichkeit und der Wirklichkeit derer, die bei ihm waren.

Sie standen um ihn herum, schauten schweigend über die Winterlandschaft. Sie teilten etwas mit ihm.

Diese Erkenntnis vermittelte ihm ein Gefühl von Wärme und Glück.

Jan brach schließlich das Schweigen:

»Ich musste plötzlich an einen bekannten Mathematiker denken, er ist einer der bedeutendsten Theoretiker. Ihr wisst ja, dass das meiste nicht erklärbar ist, weil es vom Zufall abhängt.«

»Kurt Gödel«, sagte Martin.

»Ja, einer seiner Nachfolger, mir fällt der Name nicht ein. Aber es wird berichtet, dass er nach Norwegen reiste, um Ski laufen zu lernen. Es gelang ihm besser als mir, denn eines Tages bestieg er einen Berggipfel. Dort saß er, wie ich jetzt hier, und betrachtete die liebliche, schneebedeckte Welt. Und dachte, die Schneedecke gleicht der Naturwissenschaft. Die, wie er meinte, lediglich die Oberfläche zeige. Also das, was man sehen und messen kann.«

»Die Landkarte und das Terrain«, sagte Katta. Jan lächelte sie dankbar an.

»Genau. Ihr werdet selbst wissen, dass unter all diesem herrlichen Schnee viele Steine und Hohlräume und Pfade und Steilstellen verborgen liegen.«

»Da stimme ich nicht zu«, sagte Angelika.

»Schade, denn dir sollten diese Gedanken eigentlich gefallen«, erwiderte Jan. »Die Wissenschaft kann nur dort Regeln aufstellen, wo Regeln bestehen. Und das Terrain ist ganz und gar keinen Regelmäßigkeiten unterworfen. Mit dem Zufall verhält es sich noch schlimmer, der lässt sich überhaupt nicht verstehen. Trotzdem treibt er in allen Lebenslagen sein Spiel.«

Angelika sprang lebhaft auf:

»Jan, das ist es ja gerade, was ich in meiner unbeholfenen Art immer auszudrücken versuche.«

Er stand auf und zog sie an sich.

»Hab ich nicht gesagt, dass dir das gefallen würde.«

Katta lachte hell auf und sagte, ihr sei kalt und sie wolle in die warme Stube gehen. Und sie versammelten sich alle ums Feuer.

Streckten Hände und Füße den Flammen entgegen.

Eine sanfte Dämmerung war vor den Fenstern zu ahnen, und in den Zimmerecken wurde es dunkel.

»Es ist Zeit, aufzubrechen«, sagte Jan. »Aber wie, um alles in der Welt, komme ich den Berg runter?«

»Du setzt dich in den Ackja, und wir lenken ihn auf Skiern, einer geht vorn, zwei gehen hinten und bremsen«, beruhigte ihn Angelika. »Wir müssen doch aufpassen, dass du nicht in den Hochwald abdriftest.«

Als sie das Auto starteten und die Heizung auf die höchste Stufe schalteten, waren sie sich über die Segnungen der Forschung einig. Bezüglich Automobil, Elektronik und Heizung.

Jan lenkte.

»Ich muss noch etwas einräumen«, sagte er. »Manchmal wird behauptet, es seien die Gene, die den Menschen steuern. Das ist gewaltig übertrieben. Den Antrieb liefern die Träume der Menschen, ihre Wünsche und Ängste.«

14.

Um neunzehn Uhr hob der Flieger in Umeå ab. Während des Fluges saßen Jan und Angelika schweigend in ihren Sitzen.

Auch als sie die Wohnung auf Gärdet aufschlossen, ein paar gekochte Eier aßen und zu Bett gingen, sprachen sie nicht miteinander. Etwas Unberührbares war in ihr Leben getreten.

Sie schliefen sofort ein, er hielt sie in den Armen. Aber um fünf Uhr wachte er auf, ging leise in die Küche und wärmte den Kaffee auf, der von gestern übrig war. Er schmeckte ihm nicht, aber das Koffein ließ ihn klarer denken. Er legte sich im Wohnzimmer aufs Sofa.

Merkwürdigerweise wanderten seine Gedanken nicht nach Umeå. Vielmehr tauchte Jan Chavez in klaren Bildern auf, der Kolumbianer, sein erster Freund. Schon am ersten Tag im Gymnasium wechselten sie neugierige Blicke.

Der Junge aus Südamerika besaß das, was Jan am meisten fehlte, ein starkes Selbstbewusstsein.

Er war in jeder Situation unbeschwert und brauchte sich nie hervorzutun. Ganz ungewollt gab er in der Klasse und auf dem Schulhof den Ton an.

Allmählich erkannte Antonsson, wie Jan in der Schule genannt wurde, um Verwechslungen mit Chavez zu vermeiden, dass der Kolumbianer gar nicht bemerkte, wie anders er war. Er war sich sicher, dass er es nicht nötig hatte, die Kameraden zu übertrumpfen, besser zu sein, zu gewinnen.

Nach einiger Zeit glaubte ich, die Erklärung gefunden zu haben, dachte Jan und schob sich ein weiteres Kissen unter den Kopf, um die Beine ausstrecken zu können. Ich fand es einfach. Jan Hu Chavez war der Beste, besaß die schnellste Auffassungsgabe, sprach drei Sprachen fließend, war beim Hochsprung überlegen und rannte am schnellsten.

Es sollte noch mehrere Jahre dauern, bis Jan Antonsson erkannte, dass diese Erklärung nicht ausreichte.

Auf dem Sofa liegend, lächelte er vor sich hin, und ihm kam Frau Oberstudienrätin Gunnel Persson in den Sinn, ihre Klassenlehrerin und Lehrerin für Schwedisch und Literatur.

Sie war eine typische Schwedin, blond und schön, hatte große blaue Augen, aus denen Unschuld und guter Wille leuchteten. Sie begrüßte Chavez und nahm sich vor, dem jungen Einwanderer viel Zeit zu widmen und genau darauf zu achten, dass er nicht ausgegrenzt wurde.

Als erste Aufgabe mussten sie einen Aufsatz mit frei gewähltem Thema schreiben. Worüber er selbst geschrieben hatte, wusste Jan längst nicht mehr, aber wichtig war, dass die Lehrerin den Aufsatz des Kolumbianers der Klasse vorgelesen hatte.

Von diesem Tag an widmete sie sich dem jungen Einwanderer nicht mehr übermäßig, es war ohne Zweifel erwiesen, dass er über weit mehr schwedische Wörter und deren Besonderheiten verfügte als jeder seiner Gleichaltrigen. Bis jetzt war Jan Antonsson immer Klassenbester gewesen. Das hatte ihm die schrecklichen Pflichtschuljahre nicht gerade erleichtert. Trotzdem schmerzte es, als Chavez ihn übertraf.

Aber das ging schnell vorüber, als ihre Freundschaft sich festigte.

Er erinnerte sich an ein Pausengespräch:

»Was macht dein Papa?«

»Er ist Schweißer bei Eriksberg. Und deiner?«

»Er fliegt. Als Pilot bei der SAS.«

»Himmel!«

Chavez zuckte die Schultern: »Er behauptet, es ist fast genau wie Busfahrer sein.«

Dann klingelte es zum Unterricht.

Sie bekamen einen neuen Turnlehrer, einen richtig zackigen Typen.

Als Erstes mussten sie antreten.

»Appell!«, schrie der Lehrer.

Zum Überdruss rief er die Jungen zusätzlich beim zweiten Vornamen auf:

»Stig Hjalmar Svensson, vortreten.«

Hjalmar, das war halb so schlimm, aber es sollte noch dicker kommen:

»Stig Theodor Karlsson.«

Gekicher.

»Jan Erik Antonsson.«

Das ging an und Antonsson atmete erleichtert auf.

»Jan … Hu Chavez. Da kann was nicht stimmen, kein Schwanz kann Hu heißen.«

»Doch, ich«, sagte der Kolumbianer. »Ich habe eine chinesische Mutter, und in ihrem Land heißen sicher eine Million Menschen Hu.«

Die Lachsalven im Turnsaal verebbten.

Ab da hänselten sie den Einwanderer: »Hu, hu, Hummelhummel, Hu hör zu.« Chavez nahm das nicht übel, er lachte mit, und da machte es bald keinen Spaß mehr.

Plötzlich tauchte Angelika in der Schlafzimmertür auf, die Haare standen ihr zu Berge, die Augenlider waren noch schwer, die Wangen voller Dellen. Lieber Gott, ist sie nicht süß, dachte er, und dann sagte er es ihr laut.

Sie lächelte und erzählte ihm, dass sie aufgewacht sei, weil er hier auf dem Sofa so gelacht hätte.

»Was hat dich denn so amüsiert?«

»Mir sind eine Menge Szenen mit deinem Idol, Doktor Jan Chavez, eingefallen. Erinnerungen aus der Schulzeit! All die Jahre waren wir Freunde, weißt du. Und plötzlich ist mir aufgegangen, dass ich durch ihn eine neue Welt kennen gelernt habe.

Dein Elternhaus in Umeå muss viele Erinnerungen in mir geweckt haben. Es erinnerte mich an die Familie von Jan Chavez. Ich habe mich einmal in einem ähnlichen Zuhause wie deinem heimisch gefühlt.«

Es klang erstaunt, als hätte er die Zusammenhänge eben erst erkannt.

»Erzähl!«

»Aber wir müssen doch beide zur Arbeit.«

»Es ist erst sechs Uhr, wir haben noch zwei Stunden Zeit. Ich mache Frühstück, und du kommst mit in die Küche und schwelgst in Erinnerungen.«

Jan erzählte, wie Jan Chavez und er schon im Gymnasium Freunde wurden, er und der selbstbewusste Kolumbianer, der Junge, der es nie nötig hatte, aufzuschneiden.

»Eines Nachmittags lud er mich zu sich nach Hause ein, und dort stand die schönste Frau, die ich je gesehen hatte. Bis dahin. Stell dir eine grazile kleine chinesische Dame in bestickter Seidenjacke vor. Sie legte die Handflächen unter dem Kinn zusammen und verneigte sich.

In eigentümlich klingendem, aber perfektem Schwedisch hieß sie mich willkommen.

Sie bat zum Tee ins Wohnzimmer, und auch das war das schönste Zimmer, das ich je gesehen hatte. Ich hatte noch nie

Tee getrunken, wusste also nicht recht, wie ich mich verhalten sollte. Die anderen tranken fast feierlich, als wäre es eine Zeremonie, aber ich schlürfte den Tee in mich hinein, als wäre es schwedischer Kaffee.

Das Getränk schmeckte mir nicht. Aber wir bekamen fein belegte Brote und sehr leckere Plätzchen dazu.

Die Dame fragte mich, wie es mir in dem neuen Gymnasium gefalle, und ich schaute meinen Freund besorgt an.

Sollte ich es wagen, von dem neuen Turnlehrer und diesem fürchterlichen Appell zu erzählen?

Ich tat es, sie lachte laut und sagte, daran sei sie schuld. Ihr Mann hatte beschlossen, dass der Junge Jan heißen sollte, weil das ein in Schweden und auch in China üblicher Name sei. Aber in ihrer Familie musste der älteste Sohn immer Hu heißen, und in diesem Punkt gab sie nicht nach. Das Schriftzeichen für Hu enthält die Zusage, dass das Kind liebenswert sein wird.«

Jan legte eine Pause ein, bevor er weitersprach:

»Meine Zurückhaltung war plötzlich wie weggeblasen und ich sagte, das treffe auf Jan ja zu. Dann wagte ich die Frage, wofür das Schriftzeichen für Hu denn insgesamt stehe.

Und die chinesische Dame antwortete: Der sehr Intelligente. Mein Freund lachte und zeigte auf mich und sagte, das treffe ja genau auf mich zu.

Plötzlich kam ein verschlafenes kleines Mädchen daher, ein Kind nach dem Mittagsschlaf. Sie kletterte ihrer Mama auf den Schoß und schaute mich neugierig an. Dann beschloss sie, dass sie bei mir sitzen wollte. Sie kraxelte auf meine Knie, ich drückte sie fest an mich und streichelte ihr über die Haare. Ich empfand eine nie gekannte Zärtlichkeit und hätte fast geweint.

Nach etwa einer Stunde war es an der Zeit für mich, nach Hause zu radeln, es war ein weiter Weg durch die Stadt, sie wohnten in Mölnlycke und ich nahe der Neuen Werft. Aber das war nur gut, denn ich brauchte Zeit zum Nachdenken. Das vielleicht Bemerkenswerteste war der Abschied von Jans Mama gewesen. Sie stand in der Diele und verbeugte sich vor mir, hielt die zusammengelegten Handflächen aufs Herz und sagte:

›Vergiss nie, wer behauptet, etwas vom Tao zu verstehen, weiß nichts vom Tao.‹

Über diese Worte habe ich viel nachgedacht.

Ein paar Tage später fragte ich Chavez in der Pause, wie die Worte seiner Mutter zu verstehen seien.

Er erklärte, der Taoismus sei eine der chinesischen Religionen, und seine Mutter sei in dieser Tradition erzogen.

Dann lachte er und erzählte, wie er in Schweden eingeschult worden war und hier zum ersten Mal etwas von diesem Christengott gehört hatte. Er war erstaunt gewesen und hatte seine Mutter befragt. Sie meinte, er solle über Gott genau so denken, wie sie es ihn in ihrer Art gelehrt hatte: ›Wer behauptet, etwas über Gott zu wissen, weiß nichts von Gott.‹

Sie sagte ihm, im Westen behandle man alles als konkret. Es mache die Größe des westlichen Menschen aus, dass er die Grundlagen seines Erfolges verstehen könne. Das Christentum machte sogar Gott verständlich, und das sei ein großer Fehler.

Ich ging also nach Majorna in die Bibliothek und schlug in einem religionshistorischen Werk unter Taoismus nach.«

Angelika starrte ihn aus großen Augen an:

»Interessiert dich das noch immer?«

»Ja. Irgendwie stimmt es mit meiner Grundeinstellung überein.«

»Ich hatte in einem meiner langweiligen Kurse einen Lehrer, der Taoist war«, sagte sie.

»Angelika!«, warnte Jan. Sie sagte: »Verzeih.«

Es ging auf acht Uhr zu, sie mussten los. Beim Lauf zur U-Bahn beschlossen sie, das Gespräch fortzusetzen.

»Heute Abend«, schrie er, als Angelikas Bahn donnernd einfuhr.

15.

Schon in der Bahn fing Angelikas Nase zu rinnen an. Sie dachte, das ist die Strafe dafür, dass ich mich habe krankschreiben lassen. Ich hätte mir ja auch etwas von meinem Überstundenbonus nehmen können, um mit Jan zu meiner Familie zu fahren.

Sie dachte noch einmal an all das, was in Umeå passiert war, vor allem daran, wie Katta ihr klar gemacht hatte, warum sie in ihrer Beziehung zu Jan so merkwürdig reagierte.

Sie hatte Angst, ihn zu verlieren.

Auf dem letzten Wegstück freute sie sich darüber, dass alles so gut verlaufen war, dass sie ihn mochten, ja geradezu seinem Charme erlegen waren. Und seinem Humor. Eigenschaften, die er ihr gegenüber nur selten hervorgekehrt hatte.

Jetzt überkam sie wieder der alte Zorn. Warum unterschlug er ihr diese Wesenszüge, wenn sie zu zweit allein waren? Fürchtete er sich vor ihr?

Haben wir Angst voreinander?

Wir schleichen umeinander herum. Weshalb?

Doktor Chavez war auf einer Konferenz, Angelika war erleichtert. Einer seiner Ärzte sah sie an, sah die tropfende Nase, die geröteten Augen.

»Angelika, du gehörst ins Bett. Hier steckst du nur unsere Patienten an.«

Sie nahm ein Taxi, kam heim, schluckte eine Vitamin-C-Tablette und trank heißes Honigwasser. Zog sich aus und kroch ins Bett.

Nur eine Erkältung, dachte sie. Geht bald vorüber. Dann musste sie eingeschlafen sein.

Einige Stunden später saß ein erstaunter Jan auf ihrem Bettrand und fragte besorgt:

»Bist du krank?«

»Nur erkältet«, sagte sie mit tonloser Stimme. Jetzt war sie auch noch heiser, hol's der Teufel, dachte sie und versuchte zu lächeln, als sie krächzte:

»Du weißt, manchmal folgt Gottes Strafe auf dem Fuß.«

»Wofür sollst du denn bestraft werden, Angelika?«

»Dafür, dass ich mich habe krankschreiben lassen, um mit dir nach Umeå zu fahren. Ich war doch vollkommen gesund.«

»Dein Fehler ist, dass du so verflixt abergläubisch bist«, sagte Jan im Ton des Wissenschaftlers, den Angelika verabscheute.

»War doch nur Spaß«, flüsterte sie.

»Verzeih«, sagte er. »Was möchtest du essen?«

»Heiße Suppe.«

»Ich gehe einkaufen«, sagte er und war schon verschwunden.

Und sie wusste, jetzt hatten sie einander wieder verletzt. Warum hatte sie von einer Strafe Gottes gesprochen, es war doch ein Scherz, oder …

Sie hörte ihn die Wohnungstür zuschlagen und dachte, jetzt verlässt er mich. Der Gedanke war so schrecklich, dass sie wieder einschlief. Als sie aufwachte, saß er neben ihrem Bett auf einem Stuhl, den er sich aus der Küche geholt hatte. Er hatte den Nachttisch abgeräumt, und dort stand die Suppe. Ich muss essen, dachte sie, aber erst muss ich aufs Klo. Als sie sich im Badezimmerspiegel sah, erschrak sie, wie sah sie nur aus.

»Als Erstes nehmen wir mal ein Aspirin«, sagte Jan und reichte ihr ein Glas Wasser. Sie trank.

Dann fütterte er sie Löffel für Löffel und achtete darauf, dass sie schluckte. Es war Fleischbrühe mit vielen Zwiebeln, das schmeckte ihr nicht, aber er sagte, es sei gut gegen Erkältung. Sie wollte etwas entgegnen, aber Jan mahnte, sie dürfe ihre Stimme nicht überanstrengen.

Nach einer Weile stand sie auf, holte Schreibzeug und einige Briefbogen. Dann stopfte sie sich sämtliche Kissen in den Rücken und setzte sich im Bett zurecht, um ihm einen Brief zu schreiben.

Geliebter Jan!

Ich habe erkannt, dass vieles, was zwischen uns schief läuft, darauf zurückzuführen ist, dass wir verschiedene Sprachen sprechen. Ich denke an den Tag, an dem du vor diesem Bild gestanden hast. Du hast zunächst behauptet, alles, auch der Wolkenbruch, der dich in die Ausstellung trieb, sei reiner Zufall gewesen.

Dann sprichst du bei Katta und Martin über Zufälle. ›Je mehr wir wissen, desto weniger begreifen wir.‹

Erinnerst du dich?

Und dann war da etwas, das du die Chaostheorie nanntest.

Du hast von Zufall gesprochen und sagtest, wir würden nie begreifen, was ein Zufall wirklich ist und wie er sich auswirkt.

Heute Morgen nun hast du mir von deiner Begegnung mit der chinesischen Dame erzählt, die gesagt hat, dass der, der etwas über das Tao zu wissen glaubt, eigentlich nichts über das Tao weiß. Oder, um es in unserer Sprache auszudrücken, von Gott.

Ich gehöre nicht zu den Menschen, die glauben, etwas von Gott zu wissen, ich habe wirklich gescherzt, als ich sagte, meine Erkältung sei eine Strafe Gottes.

Ich verwende viel zu oft eine Symbolsprache, nur selten eine biblische, sondern eher eine aus der Welt der Sagen und Märchen wie in meiner Kindheit. Ich bin im Moment nicht imstande, dir etwas von den Jahren mit meiner Mama zu erzählen, will dir nur sagen, dass sie tatsächlich in einer anderen Wirklichkeit lebte. Ich habe geglaubt, dass ich diese Art zu denken hinter mir gelassen hätte, ich weiß aber inzwischen, dass das nicht stimmt. Ich bin eine Suchende, okay, aber kein Hohlkopf. Und ich habe nach wie vor schreckliche Angst, dich zu verlieren.

Angelika

Jan saß mit einer Menge von ausländischen Zeitschriften im Wohnzimmer, als Angelika sich die Zähne putzen ging. Im Vorbeigehen gab sie ihm den Brief.

Wenige Minuten später stand er an ihrem Bett und sagte erst einmal: »Danke.« Und dann:

»Du hast Recht. Ich bin ein Idiot. Allerdings nicht immer, zum Beispiel nicht beim Zusammensein mit deinen Eltern.

Diese Überempfindlichkeit, was dich betrifft, kann nur daher rühren, dass ich eine große Angst habe, dich zu verlieren.«

Kopfschüttelnd flüsterte Angelika:

»Ich glaube, es hat tiefere Ursachen.«

»Vielleicht«, sagte er und küsste sie. Sie schubste ihn weg und sagte heiser:

»Du brauchst dir meine Erkältung nicht zu holen.«

Lachend sagte er:

»Du hast ja keine Ahnung, wie viele Antikörper ich gegen Erkältung habe.«

Sie schüttelte den Kopf und flüsterte, sie habe keine Ahnung, wovon er rede.

»Vielleicht meinst du Schutzengel«, krächzte sie, und jetzt mussten sie beide lachen.

Er gab ihr zwei weitere Aspirin und ein großes Glas Honigwasser.

Am nächsten Morgen ging es Angelika viel besser, nach zehn Stunden Schlaf war sie ausgeruht und rosig. Aber sie hatte noch immer fast keine Stimme.

Das ist gut, dachte sie. Da kann ich wenigstens nicht einen Haufen Unsinn daherreden. Jan hatte wie üblich die Wohnung aufgeräumt, überall war es schön sauber. Er hatte ihre Temperatur gemessen. Auf dem Tisch lag ein Zettel, dem sie entnahm, dass sie fast fieberfrei war.

»Du musst gute Schutzengel oder, wie ich es ausdrücke, Antikörper haben. Habe vor, heute früher Schluss zu machen. Umarmung, Jan.«

Sie trank im Bett Kaffee und wälzte altbekannte Gedanken, die sich vor allem darum drehten, dass sie ein Dummkopf war. Antiintellektuell hatte ein Lehrer in der Krankenpflegeschule es genannt. Und ihre Kollegin Helena hatte sie als naives Kind bezeichnet, das nicht erwachsen werden wollte. Das tat weh. Nur sie und Katta und Martin wussten, wie es dazu gekommen war. Und das konnte man nie und nimmer erzählen.

Plötzlich fiel ihr der Brief ein, den sie Jan geschrieben hatte, und sie dachte, dass sie beim Schreiben besser denken konnte als sonst.

Das Telefon klingelte, es war Jan, der sich erkundigen wollte, wie es ihr gehe.

»Sehr gut.«

Er bat um den Familiennamen und die Adresse von Momma.

»Wozu denn?«

»Ich habe sie so großartig gefunden und möchte ihr ein Buch schicken. Irgendwann musst du mir mehr von ihr erzählen.«

»Wird gemacht«, versprach Angelika und gab ihm die Adresse durch.

»Marsch ins Bett!«, sagte er und legte auf.

Aber sie befolgte seinen Rat nicht. Sie holte ihr kleines Notebook aus dem Schlafzimmerschrank, setzte sich an den Küchentisch, schob sich ein Kissen unter und stellte fest, dass sie ihren Computer schon länger nicht mehr benutzt hatte und sich ein wenig unbeholfen vorkam. Aber kaum hatte sie angefangen, war das auch schon wieder vorbei: Noch ein Brief an Jan!

Ich möchte gern noch ein bisschen mehr zu unseren Gegensätzlichkeiten sagen. Im gestrigen Brief war das zu einfach ausgedrückt und auch ein bisschen verlogen.

Es ist ein Unsinn, Gott zu einem semantischen Problem zu machen, wie ich es gestern in meinem Brief getan habe; er ist etwas unendlich viel Größeres, als es das Gerede von der Hand Gottes oder vom Zufall meint.

Zu der Frage, ob Gott existiert, kann ich nicht viel sagen. Es ist mir wichtig, dass du das weißt, ich glaube nicht an Gott. Trotzdem bin ich ein religiöser Mensch.

Die Existenz Gottes hat keine faktische Realität, und doch hat sie eine reale Bedeutung im Dasein der Menschen.

Und in der Welt.

Seit Jahrtausenden.

Zeitweise trat er in Gestalt vieler Götter auf, später, in den monotheistischen Religionen, als ein Einziger. Und diese Religionen haben alle den Nachteil, ihren Gott als den einzig wahren zu verkünden.

Heutzutage sagen viele Menschen, dass sie ihn in der Natur finden, für dich ist er der unbegreifliche Zufall, den wir nie verstehen werden. Ich verwende das Wort nie, aber für mich besteht »Gott« als Realität tief in meinem Innersten.

Deine Angelika.

Sie legte den Brief auf ihren PC, nahm ein Aspirin gegen die Kopfschmerzen und fiel ins Bett. Sie schlief, als Jan nach Hause kam und leise vom Schlafzimmer in die Küche ging.

Er weckte sie mit einer Umarmung, die so heftig war, dass es wehtat. Seine Augen waren feucht, als er ihr für den Brief dankte.

»Er hat mich so glücklich gemacht, und es ist mir unmittelbar bewusst geworden, dass uns das, was du aussprichst, widerfahren ist, diese unbegreifliche Liebe, die so … irrational ist.«

»Okay, egal, ob es nun die Hand Gottes oder ein Zufall ist«, sagte sie lachend.

»Ich mach was zu essen«, sagte er. »Du hast bestimmt den ganzen Tag nichts gegessen.«

»Du redest schon wie Katta.«

Sie aßen Roastbeef mit Meerrettich. Und danach Eis.

»Was glaubst du, kann man vor Glück sterben?«, fragte sie.

»Nein, nur falls man ein total kaputtes altes Herz hat.«

»Mein Herz ist jung und gesund«, sagte Angelika übermütig. »Nur in meinem Kopf stimmt's nicht immer.«

»Ist das der Grund für deine größere Sicherheit beim Schreiben als beim Reden?«

»Freilich«, sagte sie, als wäre das eine Selbstverständlichkeit.

»Weißt du, warum?«

»Ich glaube, ja. Ich denke an die vielen Milliarden Verbindungen im Gehirn, von denen du mit Momma gesprochen hast, und an die vielen, die abgetrennt werden, wenn sie von der Umwelt keine Bestätigung erhalten.

Meine Mutter war nach der Entbindung so geschwächt, dass sie sich nicht um mich kümmern konnte. Mein Vater hat eine Kinderpflegerin angestellt, eine Frau, die mehrere eigene Kinder großgezogen hatte. Sie waren schon ausgeflogen, als sie zu uns kam.«

Angelika schwieg lange.

»Sie blieb bei uns und wurde mit der Zeit Vaters Sprechstundenhilfe. Und jetzt ist er mit ihr verheiratet.«

Wieder eine lange Pause.

»Ich habe natürlich keine Erinnerungen an die ersten Jahre. Aber ich weiß, dass sie Tag und Nacht bei mir war. Wir schliefen im Dienstbotenzimmer hinter der Küche. Nicht im Kinderzimmer, das für das Baby eingerichtet worden war. Signe war immer da, vom Morgen bis zum Abend. Und wenn ich nachts nicht schlafen konnte, trug sie mich auf ihren Armen durch die Wohnung. Anfangs schickte sie Papa in die Mütterberatungsstelle, um Muttermilch zu kaufen. Dann begann sie die neuen Babynahrungsmittel auszuprobieren und fand bald heraus, was mir schmeckte und was meiner Verdauung gut bekam. Sie hatte mich immer auf dem Arm. Sogar wenn sie kochte.«

Angelikas Blicke hatten sich in der Ferne verloren, aber sie konnte Jan ansehen, als sie fortfuhr.

»Als du vom *good mothering* sprachst, wurde mir bewusst, dass ich es Signe zu verdanken habe, dass ich ein normal funktionierender Mensch geworden bin.

Ich war vier Jahre alt, als meine Mutter wieder ›gesund‹ und ich ihr und ihrer Welt der guten und bösen Mächte, der Trolle, Feen und Elfen, überlassen wurde. Es war eine wundersame und aufregende Welt voll wilder Freude und entsetzlicher Schrecken. Wie in den Filmen vom Herrn der Ringe. Hast du sie gesehen?«

»Nein.«

»Ich habe einen davon gesehen und die ganze Stimmung wieder erkannt. Ja, einmalig.«

Sie brütete eine Weile vor sich hin, fuhr dann fort:

»Signe tat, was sie konnte, um mich von Mama loszueisen, und ich habe sie dafür gehasst. Ich liebte meine Mama und ihre Welt. Dann wurde ich sieben und sollte in die Schule gehen. Dort fand die Lehrerin, ich sei nicht bildungsfähig.«

Angelika verlor sich wieder hinter ihrem in die Ferne schweifenden Blick, fing sich und sagte:

»Man nahm an, dass ich geistesschwach sei. Im folgenden Jahr wurde ich erneut in die Schule geschickt, war ein Jahr älter als die anderen, die mich hänselten, weil ich dumm im Kopf war. Nach und nach lernte ich trotzdem lesen.«

Sie dachte nach, bevor sie weitersprach:

»Aber das war kein Verdienst der Schule, sondern von Signe. Sie saß mit mir in der Küche, und wir übten, bis ich zu begreifen anfing. Wir hatten viel Zeit für uns, wenn Mama ihren Mittagsschlaf hielt. Während wir Buchstaben für Buchstaben vor uns hin sagten, kochte Signe das Abendessen. Es roch immer gut, während ich das große A, das kleine a und nach und nach das ganze Alphabet kritzeln lernte.«

Dann sagte sie verwundert:

»Drum muss ich wahrscheinlich immer an Büchern riechen.«

16.

Am nächsten Morgen sagte Jan beim Kaffee: »Ich bleibe heute bei dir zu Hause.«

Ohne zu zögern, rief er an seinem Arbeitsplatz an und sagte, er habe ein Problem, das er in Ruhe zu Hause durchdenken und für das er in seinen Tabellen nachschlagen müsse.

»Was für ein Problem?« Angelika machte ein ängstliches Gesicht.

»Es könnte eine Gleichung sein, die nicht aufgeht. Als Wissenschaftler genießt man gewisse Freiheiten.«

»Du hast sie angelogen!«

»Ganz richtig, und jetzt warten wir die Strafe Gottes ab.«

Sie mussten beide lachen.

»Jetzt erzählst du mir von Momma. Denn wenn ich richtig verstanden habe, war sie diejenige, die dein Gehirn in Gang gebracht hat.«

Angelika riss die Augen auf und sagte stockend:

»Daran habe ich noch nie gedacht.«

Jan lächelte, weil sie so erstaunt war, und wurde wieder ernst.

»Ich bin zwar kein Psychologe, aber ich kann gut zuhören. Nachdenken musst du selbst.«

Wieder machte sie ein erstauntes Gesicht.

»Gestern hast du plötzlich an Signe gedacht, an den Menschen, der das Baby Angelika rettete.«

Er überlegte:

»Ich weiß zu wenig über kleine Kinder, aber ich glaube irgendwo gelesen zu haben, dass alle Kinder eine magische Periode durchmachen, während der sie ihr ganzes Dasein beleben. Ein Stein wird zum Kobold, und der Nebel zum Tanz der Elfen über die Wiesen.«

»Du meinst also, dass ich just in diesem Alter war, als Mama gesund wurde und meine Erziehung in die Hand nehmen wollte?«

»Ich weiß es nicht, aber wir werden das klären. Du hast ja eine ganze Menge Bücher über die kindliche Psyche …«

»Katta und Martin haben mir eine große Sicherheit gegeben. Mit all ihrer geradezu verschwenderischen Liebe und Geduld …«

»Aber welche Bedeutung kommt Momma zu?«

Beim Nachdenken begann Angelika zu lächeln.

»Ich weiß nur noch, dass wir viel Spaß miteinander hatten.«

»Nun erzähl schon … Eines Tages stand sie also in der Tür …«

»Ja, und lachte wie die Sonne. Die ganze Wohnung wurde hell. Niemand konnte so lachen wie sie. Ich war so überrumpelt, dass ich aus meinem Panzer kroch und einfach mitlachte.

Da setzte sie mich auf ihre runden Schenkel, drückte mich an ihren dicken Bauch und strich mir die Haare aus dem Gesicht. Sagte erstaunt zu Katta:

›Die ist aber süß. Du musst doch gesehen haben, dass sie eine echte Granberger ist! Sie hat alle Familienmerkmale, das dreieckige Gesicht und die schönen dunkelbraunen Augen. Es muss dir doch aufgefallen sein, dass sie Martin unwahrscheinlich ähnlich sieht.‹

Katta nickte, natürlich gehörte ich zur Familie, das sah man doch schon von weitem.

›Aber sie ist viel hübscher‹, sagte sie.

›Als Martin. Logisch, Mädchen sind immer hübscher als Männer.‹

Dann wandte sie sich zu mir:

›Ich habe eine Überraschung für dich. Wir gehen heute Nachmittag zusammen ins Kino und sehen uns ›Die Kinder von Bullerbü‹ an. In der Stadt gibt es eine Astrid-Lindgren-Woche, und es werden alle ihre Filme gezeigt. Wenn du möchtest, können wir jeden Tag gehen.‹

Ich war noch nie im Kino gewesen, hatte nur davon gehört.

Katta sagte tschüss, viel Vergnügen. Und verschwand zu ihrem Kurs.

Momma und ich aßen ein paar Plätzchen, sie nahm es mit den Mahlzeiten nicht so genau wie Katta. Dann sagte sie, mit den vielen Haaren im Gesicht könnte ich den Film gar nicht sehen. Die Geschichte mit den Haaren war ein wunder Punkt, weißt du. Katta bürstete diese lange schwarze Mähne jeden Morgen, und es war ein ewiges Gejammer, dass wir in den Damensalon gehen und die Haare schneiden lassen müssten.

Aber ich sträubte mich dagegen. Ich brauchte diese Haargardine, um mich dahinter zu verstecken. Jetzt sagte Momma, ich würde kein Fitzelchen von dem Film sehen, wenn ich diese Gardine im Gesicht hätte. Sie bürstete mir also die Haare und band sie hinten zu einem Pferdeschwanz zusammen. Dann stellte sie mich vor den Spiegel, und ich sah …

Ich sah, dass sie Recht gehabt hatte. Ich war hübsch.

Sie holte ihre Handtasche, puderte mir die Nase und legte etwas Rouge auf die Wangen. Dann durfte ich den Lippenstift benutzen, nur eine Ahnung davon, sagte sie, nur eine Ahnung.

Und dann schaute ich noch einmal in den Spiegel, sah, dass ich geradezu schön war. Mein Herz pochte in der Brust. Vor Aufregung und Freude.

Der Film war unglaublich, ich musste abwechselnd lachen und weinen. Und diese Kinder kannte ich alle. Jungen wie Mädchen. Aus der Schule.

Am nächsten Tag sahen wir, wie Onkel Melker ins Wasser fiel, und ich musste so lachen, dass mir der Bauch wehtat.

Am dritten Tag sahen wir ›Pippi Langstrumpf‹. Momma hatte mir gesagt, dass dieser Film ein bisschen wirklichkeitsfremd sei. Ein Mädchen wie Pippi gebe es eigentlich gar nicht.

Ich fragte sie, warum man Bücher über Dinge schrieb, die es nicht gab, und auch noch Filme darüber drehte. Und sie erklärte, Pippi wolle zeigen, dass Mädchen alleine zurechtkommen, dass sie stark sind und selbständig sein können.

Auf dem Heimweg erzählte sie mir, dass Kinder in der ganzen Welt die Bücher über Pippi gelesen haben. Pippi sei weltberühmt, sagte sie.

›Wir gehen beim Buchhändler vorbei und kaufen eins.‹

Und dann saßen wir zu Hause am Tisch, blätterten herum und sahen uns die einmaligen Illustrationen an, lasen immer mal wieder einen Absatz und lachten fast mehr als im Kino.«

Angelikas Blicke tauchten langsam wieder aus ihren Erinnerungen auf, und sie schaute Jan ins Gesicht:

»Langsam fange ich zu begreifen an, was sie mit mir gemacht hat.«

Langes Schweigen.

»Lieber Gott, Jan, sie war eine begnadete Pädagogin. Und jetzt sollst du von Mommas nächstem Schachzug hören.

Angeblich machten ihr die Augen Schwierigkeiten. Beim Lesen fingen die Buchstaben zu tanzen an. Zu dieser Zeit hatten wir schon eine Menge Bücher, wir kauften fast jeden Tag eins dazu. Gute, realistische Bücher ohne Feen und Trolle. Die meisten handelten von normalen Kindern, die spielten und lachten und sich prügelten oder zankten.

Irgendwann nahm Momma die Brille ab, rieb sich die Augen, bis sie tränten und rot wurden.

Sie tat mir schrecklich Leid, und ich meinte, sie müsse zum Arzt gehen. Aber sie beschloss, dass ich nun eben das Vorlesen übernehmen müsse. Und so war es dann auch, denn als sie ihren Augenarzt anrief, konnte der ihr frühestens in einer Woche einen Termin geben. Ich las ihr also täglich vor, holpernd zunächst, sprach Wörter verkehrt aus. Sie verbesserte mich, bat mich weiterzulesen. Es ging gut, schließlich sogar über alle Maßen gut.

Als Katta ihren Kurs hinter sich hatte, las ich abends in meinem Zimmer allein ein Buch nach dem anderen.

Momma kam weiterhin zweimal die Woche. Wir beide hatten nämlich angefangen, Poker zu spielen.

Katta schüttelte den Kopf und hielt Momma für verrückt.

Aber ich war wie besessen, es war einfach spannend.

Wir spielten um Geld, die Einsätze waren hoch, und ich musste Martin um Geld bitten, um mithalten zu können. Ich wusste, was ein Paar, eine Straße, und sogar, was ein ›full house‹ bedeutete. Und dann war da das Punktezählen. Wir gingen bis fünfzehn, und ich war flink im Rechnen und gewann sogar manchmal das Geld, das im Topf lag. Dann fingen wir ein neues Spiel an.

Momma gewann natürlich öfter, aber sie kannte ja auch die Bedeutung der verschiedenen Karten besser. Bald aber war ich ihr gewachsen. Erst viel später begriff ich, dass sie mich damit in Mathe trainierte. Und noch etwas lernte ich dabei: raffiniert zu sein und zu bluffen.«

Jan lag auf dem Sofa und genoss ihre Erzählung.

»Es war einer dieser verregneten Sommer, die ganze Familie hauste in der Berghütte und unterhielt das Kaminfeuer, während die Regenschauer an die Fensterscheiben prasselten. Und wir spielten Poker zusammen. Zu viert. Welch ein Vergnügen!«

Nach einer Pause fügte sie hinzu:

»Im Herbst ging ich dann in der Stadt in die Schule. Es ging mir dort gut, ich konnte lesen und ich konnte rechnen.

Erst heute habe ich verstanden, was Momma damals für mich getan hat.«

17.

*D*as nächste Wochenende widmeten sie ganz ihrer Zukunftsplanung. Sie wollten Jans Wohnung in Östermalm verkaufen und Angelikas Zweizimmerwohnung gegen eine Vierzimmerwohnung auf Gärdet tauschen.

Sie hatten Träume.

Und Spaß dabei. Er brauchte ein Arbeitszimmer mit Computertischen, Bücherregalen, Ablagen und Arbeitsstühlen.

Angelika wollte ein größeres Schlafzimmer und vor allem ein breiteres Bett. Sie nahm all ihren Mut zusammen und sagte: »Aus deiner Wohnung nehmen wir aber nichts mit.«

»Ganz klar«, sagte er. «Weißt du, was meine Mutter gesagt hat, als sie mich in Stockholm besuchte?«

»Nein, lass hören.«

»Sie sah sich um und wurde wütend. Sie war tatsächlich fest davon überzeugt, dass sie mir das Lügen abgewöhnt hätte. Und meine Möbel erschienen ihr wie eine einzige Lüge. Eine angeberische Protznummer.«

Angelika machte große Augen: »In gewissen Augenblicken ist mir deine Mutter richtig sympathisch.«

Jan rechtfertigte sich:

»Seit ich erwachsen geworden war, hatte ich immer in Studentenbuden oder in möblierten Zimmern gewohnt. Zum Beispiel an den Universitäten in den USA. Dort habe ich übrigens zum ersten Mal vom *Scandinavian design* gehört. Die Leute haben mich für einen Experten gehalten, und du weißt ja, wie ich dann bin: Ich habe keine Miene verzogen, genickt und das Thema gewechselt.«

Angelika kannte nur noch ein einziges Thema: Vorhänge, Polstermöbel und Teppiche.

Jan las die Makleranzeigen in den Tageszeitungen. Es war ein riesiger Markt. Aber ihre Ausgangssituation war mit einer Wohnung in Östermalm und einer auf Gärdet immerhin ganz gut.

»Wir überlassen die ganze Geschichte einem Makler«, sagte Jan und handelte entsprechend.

Zwei Wochen später standen sie in einer großen Wohnung auf Gärdet. Mit Balkon und Aussicht auf den Lill-Jans-Wald. Es gab nur drei Zimmer, aber das Wohnzimmer war fast so groß wie Angelikas ganze jetzige Wohnung. Und die Küche war ein moderner Traum. Angelika war ganz aus dem Häuschen, sie unterzeichneten den Vertrag.

Jan leistete die Unterschrift, darauf bestand Angelika.

»Wir werden ja sowieso vor dem Einziehen heiraten.«

»Hast du das beschlossen?«

»Na klar.«

»Ist dir auch klar, dass mich der Schlag treffen könnte?«

»Pah. Du hast doch bestimmt haufenweise Antigene. Jetzt steht noch deine Familie aus. Ich muss deine Eltern kennen lernen. Und sie mich.«

Er verfiel in dumpfes Schweigen. Schwieg bis kurz vor Angelikas Wohnung.

»Ist das so schwierig?«, fragte sie.

»Ja.«

»Und was am meisten?«

»Dass ich mich schäme«, sagte er.

»Jetzt bist du aber ganz wunderbar dumm.«

»Sehe ich ein. Vielleicht schäme ich mich deswegen.«

Sie blieb mitten auf der Straße stehen und küsste ihn.

18.

An diesem Abend beschlossen sie, bald Urlaub zu machen. Drei Wochen. Jan schlug vor, mit dem Auto bis Göteborg zu fahren. »Damit wir eine Fluchtmöglichkeit haben, wenn es zu schwierig werden sollte.« Außerdem wollte er auf dem Heimweg bei den Großeltern auf dem Hof in Värmland vorbeischauen.

Er rief seine Eltern an und sagte ihnen, was er vorhatte. Nächsten Samstag wollte er sie mit seiner zukünftigen Frau besuchen. »Sie ist Krankenschwester«, sagte er, um den Schock zu mildern. Krankenschwestern waren in den Augen seiner Eltern ordentliche Leute. Und nichts besonders Ausgefallenes.

»Was haben sie gesagt?«

»Nichts. Ich habe ihnen keine Möglichkeit gelassen.«

Dann rief er seine Großeltern an und teilte ihnen mit, dass er sie mit dem Mädel, das er liebte, nächste Woche besuchen werde.

Großmutter jubelte hoch erfreut: »Wie schön! Ist es ernst, Jan?«

»Ja, wir wollen heiraten, sobald sie euch kennen gelernt hat.«

Spätabends klingelte Jans Handy. Es war Großmutter, die meinte, man könnte seine Hochzeit ja auch in Värmland auf dem Hof feiern.

»Aber ihre Familie lebt in Umeå.«

»Von dort kann man bis nach Karlstad fliegen.«

»Ich würde ja gern ... aber Angelika ... Am besten sprichst du selbst mit ihr ...«

Großmutter erzählte ihr von der alten Kirche und wie viele Torten sie backen wollte, und Angelika war ganz Ohr und meinte, das klinge alles ganz wunderbar.

»Klar können meine Verwandten nach Karlstad fliegen. Ich rufe sie an und dann rufe ich nochmal zurück ...«

Jan war derart nervös, dass er die Badezimmertür hinter sich zumachte, um das Gespräch mit Umeå nicht hören zu müssen. Als er herauskam, hörte er Angelika noch sagen:

»Ihr kommt dann also nach Värmlandsnäs, Katta. Ich freu mich ja so!«

Aber erst war einmal Göteborg an der Reihe. Jan sprach während der langen Autofahrt kein Wort über seine Eltern. Angelika plauderte über Landschaft und Geschichte und die vielen Mythen über die Entstehung des Landes Schweden. Von Svealand und Västergötland bis zu den ständigen Kriegen zwischen den kleinen Königreichen.

Bei der alten Burgruine des Geschlechtes der Brahe legten sie eine Rast ein und genossen den Blick über den Vättersee.

Die friedliche Landschaft vertrieb Jans Schwermut. Aber in Kallebäckslid, von wo man die Stadt schon sehen konnte, überkam sie ihn wieder.

»Ich habe gehört, Göteborg sei eine besonders freundliche Stadt«, sagte Angelika.

Jan nickte lächelnd.

»Sie ist offener als Stockholm, die Leute reden in der Straßenbahn und im Bus miteinander. Es wird viel gescherzt, und man erzählt sich lustige Geschichten. Und der Volksmund gibt Straßen, Plätzen und Gebäuden nach Lust und Laune Namen. Das E-Werk zum Beispiel heißt Élyséepalast und die katholische Kirche Heidendom.«

»Hat man was gegen Katholiken?«

»Nein. Aber die Kirche liegt neben einem Sportplatz, der In der Heide heißt.«

Angelika lachte, und Jan, der den Humor seiner Heimatstadt mehr als satt hatte, konnte nur lächeln. Aber er bog zum Götaplatz mit den beeindruckenden Gebäuden ab, Konzerthaus, Stadttheater, Stadtbibliothek und dem überwältigenden Kunstmuseum.

Er blieb kurz vor der Poseidon-Statue stehen, und Angelika winkte dem Meeresgott zu. Dann fuhr er die Avenyn entlang, von dort die Stora Allén, Richtung Westen.

Angelika war begeistert.

»Eine breite Straße, die eigentlich ein großer Park ist«, sagte sie. Und dann:

»Du, könnten wir nicht, wenn wir den Besuch hinter uns haben, noch ein paar Tage hier bleiben?«

»Okay, wir gehen dann aber ins Hotel.«

»Und besuchen Liseberg. Seit meiner Kindheit träume ich von einem Besuch in Liseberg!«

»Gut, kehren wir um«, sagte Jan. »Wir essen in Lisebergs Wärdshus.«

»Nein, Jan, wir tun das, wofür wir hergekommen sind. Aber am Montagmorgen ziehen wir los und schauen uns die Stadt an. Hier gibt es ja eine tolle Boutique neben der andern. Und du brauchst einen eleganten Anzug und ich so eine Art Brautkleid.«

Es war ein kleines Haus am Hang über dem Strom, der sich zum Meer hin ausdehnte:

»Ich will das Meer sehen.«

»Gern. Wir machen einen Abstecher raus nach Långedrag.«

»Jetzt schiebst du's schon wieder auf.«

»Das tu ich, solange sich mir die Gelegenheit dazu bietet.«

Zehn Minuten später standen sie auf dem Pier am Meer, und zum ersten Mal erlebte Angelika den Atlantik. Es stürmte, das Meer klatschte gegen Kais und Anlegebrücken. Aber die helle Sonne ließ sich von den Winden nicht stören. Und das Meer vervielfachte das Himmelslicht.

Angelika hatte ein Gefühl, als gingen das Getöse der Wellen und das seltsame Licht quer durch ihren Körper. Über ihren Köpfen schrien die Möwen.

»Sie kreischen«, sagte Jan.

»Nein, es ist ein Gesang von Trotz und Freiheit«, erwiderte Angelika, und Jan blickte sie erstaunt an.

»Über der Flussmündung gibt es noch ein anderes Geräusch, es ist wie ein Aufschrei, den viele nicht mögen, der mich aber anrührt. Im Nebel macht jedes Schiff Lärm, es ist ein langes, dumpfes Heulen. Ist dir das Wort Nebelhorn ein Begriff?«

Angelika schüttelte den Kopf.

Dann fiel ihr ein, was für diesen Tag eigentlich vorgesehen war, und sie mahnte:

»Jetzt fahren wir. Es lässt sich nicht mehr aufschieben.«

Zu ihrem Erstaunen fand Angelika Jans Mutter sympathisch.

Es gab keine Umarmung, das tut man hier nicht, dachte sie. Aber ihre Hände lagen lange ineinander, und sie schauten einander tief in die Augen. Die Mutter hatte die gleichen Augen wie Jan, ein sehr wässriges, helles Blau. Und sie sprachen, genau wie Jans Augen, von großer Einsamkeit.

Aber auch von einem starken Willen.

Der Fels, dachte Angelika.

»Und hier ist mein Papa Erik«, sagte Jan. Angelika drehte sich um und schüttelte auch ihm die Hand.

»Hast ja 'n saubres Mädel aufgegabelt«, sagte er, und Angelika bedankte sich lächelnd für das Kompliment und küsste ihn auf die Wange. Aber sie mochte ihn nicht. Ein Herrenmensch der schlimmsten Sorte, dachte sie. Und er roch nach Schnaps.

Die Mutter sah sofort, was Angelika dachte, und ihr spontanes Lächeln war boshaft.

Sie wurden ins Wohnzimmer gebeten, wo der Tisch mit einem feinen Leinentuch und schönem Porzellan gedeckt war.

»Du willst sicher 'nen Klaren«, sagte Erik zu Jan.

»Nein, danke.«

»Aber ich hätte gern ein Glas Wein zum Essen«, sagte Angelika, und das Wunder geschah, Mama nahm den Ball auf:

»Selbstverständlich bekommst du deinen Wein, ich hole mal eben welchen im Keller.«

Als sie zurückkam, rief sie nach Angelika. »Gehst du mir wohl mal eben in der Küche zur Hand?«

Und dort standen sie dann, jede mit einem Glas Wein in der Hand, und tranken einander zu.

»Nenn mich bitte Sigrid.« Angelika sah, dass ihre Schwiegermutter aufgeregt war.

»Ich habe mir dich längst nicht so jung vorgestellt. Du siehst gut aus«, sagte Angelika.

»Ich weiß, wie ich aussehe. Vergrämt.«

»Ja, das auch«, gab Angelika zu. »Verbittert. Aber weißt du, was mich gewundert hat? Wenn Jan von seiner Kindheit spricht, spricht er von dir. Den Papa erwähnt er nur ganz nebenbei.«

»Was hat er von mir gesagt?«

»Dass du auf Gedeih und Verderb sein Fels gewesen bist.«

»Das verstehe ich.«

Sie ließen die jungen Kartoffeln abdampfen, und Sigrid zog den gebratenen Dorsch aus dem Ofen, zerließ Butter und holte einen riesigen Teller voll Krabben.

Die Frauen warfen einen zufriedenen Blick auf das Essen und gönnten sich noch einen Schluck Wein, bevor sie Schüsseln und Teller hinein zum gedeckten Tisch trugen.

In der Küchentür blieb Sigrid noch einmal stehen:

»Ich will mich nicht rechtfertigen. Aber der Junge war nicht leicht zu verstehen. Ich bin nur ein einfacher Mensch aus einem Dorf in Norrland. Du musst wissen, ich hatte vier Fehlgeburten. Als ich endlich ein Kind behalten durfte, kam es mir wie ein Wechselbalg vor. Er hatte kein Heimatrecht in unserm Leben.«

»Das kann ich verstehen«, murmelte Angelika. »Ich habe mit Jan manchmal dasselbe Problem. Extrem hoch begabte Menschen sind oft nicht einfach zu verstehen.«

Drinnen hatte Erik schon sein zweites Gläschen gekippt und beschlossen, dass sie die Weiber gleich nach dem Essen sich selbst überlassen und nach dem Boot sehen wollten, das schon fast seeklar war.

»Aber jetzt will ich bisschen was von dir hören, wo du herkommst und wieso du grade an unserm Jung hängen geblieben bist.«

Angelika antwortete höflich:

»Okay, ich bin Krankenschwester in Danderyd, einem Krankenhaus, das wohl annähernd so groß ist wie euer Sahlgrensches hier. Es ist ein schwerer Beruf. Ich arbeite auf der Onkologie, wo die Krebskranken behandelt werden.«

Dann wandte sie sich an ihre Schwiegermutter:

»Ich bin, genau wie du, in einem Dorf in den norrländischen Wäldern aufgewachsen. Als ich neun Jahre alt war, ist meine Mutter an Krebs erkrankt. Zwei Jahre später ist sie in Umeå im Krankenhaus gestorben. Onkel und Tante haben sich meiner angenommen.«

»Du warst also ein Stiefkind«, stellte Sigrid fest.

»Man könnte es vielleicht so nennen, aber sie waren ganz

einfach gute Menschen, unglaublich lieb und fürsorglich. Sie haben mir geholfen, über die Trauer hinwegzukommen.«

»Hatten sie denn keine eigenen Kinder?«

»Doch, aber die waren schon groß und flügge.«

»Und was ist aus deinem Vater geworden?«

»Er hat bald darauf wieder geheiratet.«

Erik erhob sich vom Tisch und sagte:

»Jetzt lassen wir unsre beiden Trauerklöße mal hier sitzen.«

Jan war gerade halb aufgestanden, als Angelika die Stimme hob:

»Erst wollen wir uns einmal fürs Essen bedanken. Es war der beste Fisch, den ich je gegessen habe.«

»Ja, verzeih, Mama«, sagte Jan. »Es hat wirklich gut geschmeckt. Ihr müsst wissen, solchen Dorsch kriegen wir in Stockholm überhaupt nicht zu kaufen.«

Die Trauerklöße spülten das Geschirr und tranken den Wein aus, der noch in der Flasche war. Sie brühten Kaffee auf und setzten sich dann in die riesigen Ledersessel im Wohnzimmer.

Angelika schaute ihrer Schwiegermutter offen in die Augen:

»Ich kann nicht begreifen, dass du dich Erik beugst.«

»Er versorgt doch die Familie.«

»Aber das tust du doch auch. Du besorgst den Haushalt.«

Sigrid kehrte den Blick nach innen, lächelte fast glücklich.

»Eine Zeit lang hatte ich einen Job in Feskekörka. Ich habe Fisch geräuchert und Hummer gesotten. Das hat Spaß gemacht. Und ich habe Geld verdient.«

»Und warum hast du das aufgegeben?«

Langes Schweigen. Angelika merkte, dass sie auf diese Frage nie eine Antwort bekommen würde.

»Dann war da ja die Geschichte mit Jan, der nicht wachsen wollte«, sagte Sigrid schließlich.

Sie erzählte von ihrer Angst um den Jungen, wie sie einen guten und teuren Arzt aufsuchte, der aber nichts finden konnte.

Nach langem Überlegen kam sie auf die unverschämte Schulschwester zu sprechen, die gefragt hatte, ob der Junge unglücklich sei.

»Ich bin es gewöhnt, schlecht behandelt zu werden, und ich kann keine Unverschämtheit vergessen. Ich habe ein gutes Gedächtnis … und diese Schwester … Ich erinnere mich an jedes einzelne Wort.«

Sigrid war jetzt so zornig, dass Angelika das Gespräch nicht fortzusetzen wagte.

Sie gingen hinaus in den Garten, und Sigrid führte Angelika zur Südseite des Hauses. Dort blühten Traubenhyazinthen und Krokusse in allen Farben. Tausende Buschwindröschen blühten auf dem Rasen, und vor der Südwand zeigten sich schon die roten Triebe der Pfingstrosen.

Angelika rief laut:

»Wie wundervoll, wie schön!«

Sie blickte Sigrid an: »Ach, Schweden ist doch wirklich voller Überraschungen. Vorige Woche haben Jan und ich meine Verwandten in Umeå besucht. Und du wirst es nicht glauben! Wir haben eine lange Skitour gemacht.«

Sie seufzte:

»Dort liegt der Schnee noch so hoch, als hätte er nie etwas vom Frühling gehört.«

»Manchmal habe ich Sehnsucht danach.«

»Nach dem kalten und langen Vorfrühling?«

»Nein, vielleicht nicht nach dem Schnee. Aber … ich war dort im Dorf zu Hause, kannte die Leute, die waren wie ich.«

Angelika verstand. Sie sah Sigrids Blick, sah die unendliche Einsamkeit, in der es nur fremde Menschen gab. Die ihr Böses wollten. Es gab nichts zu sagen, gab keinen Trost zu spenden.

Den Abend verbrachten die Herren des Hauses vor dem Fernseher, die Frauen saßen in der Küche. Sigrid strickte, Angelika versuchte über ihren Job zu sprechen.

Sigrid hörte nicht zu.

Hatte kein Interesse. Unvermittelt fragte sie:

»Was hat dein Vater dort im Dorf in Västerbotten gemacht?«

Angelika erkannte die Gefahr nicht und sagte die Wahrheit.

»Er war Arzt.«

Zu spät entdeckte sie die Wut in den wasserblauen Augen.

Das Schweigen schien endlos.

»Und was macht Jan, wenn er arbeitet? Starrt in Apparate. Wozu soll das gut sein?«

Angelika fühlte die Zornesröte aufsteigen. Ihre Augen schossen Blitze, als sie antwortete:

»Er heilt kleine Kinder, die Blutkrebs haben. Mit einer Methode, die er zusammen mit anderen Forschern aus Apparaten ›herausgestarrt‹ hat. Jahrelang, unter anderem in den USA. Es ist eine Revolution in der Krebsforschung. Und ein Wunder für die Kinder, die gestorben wären, wenn nicht Jan und seine Kollegen diese Methode durch ihre Forschungen erarbeitet hätten.«

»Das habe ich nicht geahnt.« Sigrid legte ihr Strickzeug beiseite. »Soll das heißen, er heilt sterbenskranke Kinder?«

Angelika begnügte sich mit einem Kopfnicken.

»Er eignet sich ja nicht zum Arzt. Menschen haben ihn nie interessiert.«

»Das ist deine Meinung. Ich habe mit vielen Ärzten zusammengearbeitet, und keiner ist zartfühlender und hilfsbereiter gewesen als Jan. Mit den kranken Kindern und deren verzweifelten Eltern.«

Nach langem Schweigen sagte Sigrid schließlich:

»Ich habe ihn nie richtig verstanden.«

»Ja, das wird wohl stimmen. Mir war das schon klar, als er von seiner Kindheit erzählt hat.«

»Aber du verstehst ihn, du, ein Kind der Oberschicht, du hast die richtigen Lügen parat und viel Honig im Maul.«

Plötzlich wurde sie puterrot im Gesicht, ihr Blick verhärtete sich, und sie spuckte die Worte förmlich aus:

»Ich hoffe, du kommst mir nie wieder unter die Augen, und dass dich mein Junge, den du dir geschnappt hast, bald rausschmeißt.«

Im selben Augenblick stand Jan in der Tür und sagte: »Der Vater ist mitten im Film eingeschlafen. Und Angelika und ich sind müde von der Reise.«

Sie sagten schnell gute Nacht und gingen hinauf in die alte Bodenkammer, die einst Jans Kinderzimmer gewesen war. Sigrid hatte ein Notbett aufgestellt.

Angelika klammerte sich fest an Jan, als sie in der Unterwäsche einschliefen, ohne sich gewaschen zu haben.

»Wir fahren zeitig«, sagte Jan.

»Ja, wir fahren zeitig.«

Am anderen Morgen schaute Sigrid Angelika nicht an.

Erik schlief noch, als sie Adieu sagten.

Schon um sieben Uhr saßen sie im Auto und fuhren in die Stadt zurück. Beide schämten sich. Jan, weil er nicht einmal mit seiner Mutter gesprochen, und Angelika, weil sie sich mit ihr überworfen hatte.

Sie bekamen in dem eleganten Riesenhotel beim Messegelände ein Zimmer. Vom Fenster aus konnten sie Liseberg sehen, wo die Tore geschlossen waren.

Jan sagte, er habe ganz vergessen, dass erst Ende April geöffnet werde, aber Angelika meinte, das sei egal. Sie hatte kein Verlangen nach Belustigungen mehr.

Sie duschten lange, als wollten sie abwaschen, was geschehen war.

Dann krochen sie ins Bett und liebten sich.

Suchten Trost.

Und schliefen ein.

19.

Als sie eine Stunde später aufwachten, bestellten sie sich Frühstück aufs Zimmer. Aber um elf Uhr checkten sie aus. Es wurde nichts aus dem Shopping in Göteborgs exklusiven Geschäften. Nicht einmal aus dem Flanieren über die Aveny. Sie fuhren Richtung Norden an dem breiten Strom entlang, fuhren durch die schöne Landschaft mit den hoch aufragenden Bergen und den grünen Tälern.

Angelika sah die Landschaft nicht. Sie sah nur, dass Jans Niedergeschlagenheit mit jedem Kilometer Abstand von Göteborg mehr und mehr verging.

In Übereinstimmung schwiegen sie. Er wollte nicht reden, und sie wusste, dass jede Erinnerung an das Gespräch mit Sigrid ihn aufregen würde. Außerdem sah sie, dass er immer noch sehr müde war.

Als sie zum Tanken anhielten, sagte sie:

»Das letzte Stück Weg fahre ich.«

»Danke.«

Er kippte den Beifahrersitz, Angelika schob ihm ein Kissen unter den Kopf, und er schlief sofort ein.

Nach einigen Stunden hatten sie Säffle erreicht, sie fand einen Parkplatz und wühlte im Handschuhfach nach einer Autokarte. Es war keine zu finden, aber das war auch schon egal, denn sie hatte vergessen, wie der Ort hieß, wo die Großeltern warten wollten.

Lange betrachtete sie den hohen Turm, der seinen eleganten Schatten auf den Parkplatz warf.

Sie musste dringend auf die Toilette, entdeckte vor dem Auto ein Gebüsch, hockte sich dort hin und erleichterte sich.

Beim Zurückkommen küsste sie Jan, er wachte erschrocken auf und sagte:

»Du bist da.«

Seine Stimme war voll Freude.

Dann fing er an zu lachen, es war das mächtige Gelächter, das sie so liebte. Er fragte:

»Sagst du mir bitte, wo wir sind?«

»Auf einem großen Platz in Säffle. Im Schatten eines riesigen Turms.«

»Wenn du ein paar hundert Meter weiterfährst, kommst du zu einer großen Tankstelle mit sauberen Toiletten. Auf der rechten Seite.«

Vom Auto aus telefonierte Jan, um den Großeltern mitzuteilen, dass sie schon in Säffle waren.

»Angelika ist gefahren, und ich habe geschlafen.«

»Da hast du's aber gebraucht.«

»Ja, es war … schwierig.«

»Ich glaub es dir.«

»In einer halben Stunde sind wir bei euch. Das wird uns gut tun.«

Värmlandsnäs ist eine große Halbinsel, die in einen See hinausragt, der so groß wie ein Meer zu sein scheint. Die Straßen dort sind schmal und gewunden.

Angelika hatte einen gewöhnlichen Bauernhof erwartet, aber das Haus, auf das Jan zufuhr, war ein herrenhofähnliches, einstöckiges Gebäude, sehr gepflegt, falurot gestrichen. Prächtig. Mit dem Vänersee im Hintergrund.

Auf der Freitreppe standen die beiden, alt, aber nicht vergreist, und erwarteten die jungen Leute mit ausgebreiteten Armen.

»Ihr könnt euch gar nicht vorstellen, wie sehr wir uns über euren Besuch freuen. Und darüber, dass Jan dich gefunden hat und am Telefon endlich wie ein glücklicher Mensch klingt.«

Angelika landete unmittelbar in Großmutters Armen und fing sofort grundlos zu weinen an.

»Verzeih mir, aber ich muss manchmal einfach Freudentränen vergießen.«

Die alte Frau strich ihr über die Haare, wie Katta es all die Jahre über getan hatte. Jetzt flossen Angelikas Tränen noch reichlicher. Großmutter hatte ein Taschentuch bei der Hand, wischte sie ab und sagte nur: »So ja, so ja.«

»Wir beide müssen miteinander reden«, flüsterte Angelika. »Ich verstehe so vieles nicht.«

»Das lässt sich nicht verstehen, und man kann auch nichts dagegen tun«, flüsterte die alte Frau, und Angelika nickte. Sie hatte es eingesehen.

Jan wandte sich an seinen Großvater.

»Angelika war mit Sigrid allein, und es war die Hölle. Ich habe mich gedrückt, hatte keinen Mumm, um mit meiner Mutter zu reden.«

Ein scharfer Wind fuhr über die Treppe, und Großvater sagte: »Rein mit euch zum Kaminfeuer im Saal. Und dem Willkommenschampagner.«

Als der Korken knallte, nahm Angelika das Glas dankbar entgegen und trank einen kräftigen Schluck, als die anderen nur nippten.

»Du bist ja richtig niedlich, wenn du nicht heulst«, sagte Großvater.

Da lachte Angelika laut und klangvoll.

»Na ja, ich hab mich geirrt«, verbesserte Großvater. »Du bist schön wie ’ne Elfe.«

»Du hast Recht«, sagte Angelika. »Du musst wissen, ich bin eine Elfe aus den großen Wäldern und den von Nebeln umwallten Weiten Norrlands.«

Sie stießen noch einmal an, dann sagte Angelika:

»Aber für gewöhnlich bin ich Krankenschwester. Und im Moment bin ich schrecklich hungrig.«

»Das hör ich gern«, sagte Großmutter. »Also raus in die Küche mit euch.«

Angelika hatte noch nie eine große Bauernküche in Wirklichkeit gesehen, sondern immer nur auf Fotos. Hier gab es alles: blühende Geranien an den Fenstern mit den kleinen Scheiben, schöne Webteppiche auf dem Fußboden, große E-Herde und Feuer im Kamin. An der Querwand standen diskret Kühlschrank und Tiefkühltruhe, Spülmaschine und allerlei Küchenmaschinen.

Der große Tisch war wie für ein Fest mit vielen Gerichten gedeckt, mariniertem Hering, frisch geräucherten Lachsforellen, einem großen Lammbraten mit süßsaurer Soße und riesigen Schüsseln Salat. Der Nachtisch stand im Backofen, und es roch nach Apfelkuchen.

»Die Vanillesoße steht im Kühlschrank«, sagte Großmutter.

Angelika aß wie ein Pferd, das seit Tagen kein Futter gesehen hat.

»Hast du das alles allein vorbereitet?«

»Nein, ich habe Helferinnen. Mari vom Nachbarhof kommt jeden Tag kurz vorbei. Gestern war sie den ganzen Tag da und hat bei der Zubereitung der Speisen geholfen. Nachher kommt sie auch und kümmert sich ums Abwaschen.«

»Aber das kann ich doch erledigen«, sagte Angelika.

Großvater erklärte, dass keine Macht der Welt Mari daran hindern könnte, sich die Braut anzusehen.

Er warf den Kopf zurück und lachte. Jans Lachen, dachte Angelika. Sie besah ihn sich näher, wie er da so vor dem Kachelofen kauerte und Holz nachlegte, wie er sich bewegte, wie der große, hagere Mann sich erhob und sich streckte. Und dann sein Gesicht mit der geraden Nase und der hohen Stirn.

Der dichte Schopf war inzwischen grau geworden. Aber lockig war er geblieben.

»Ist ja schrecklich, wie du mich anstarrst«, sagte er.

»Entschuldige«, sagte sie. «Aber schöne Männer sind nun mal eine Augenweide.«

»Man dankt.« Großvater machte eine Verbeugung.

Jan stimmte in das Gelächter mit ein, aber er wusste, dass sie log. Verstand und lächelte ihr wehmütig zu.

Als der Kaffee getrunken war, beschloss Angelika, die Koffer auszupacken. Sie hatten noch nicht einmal die Reisetasche aus dem Auto genommen. Großmutter ging mit ihnen in das große Schlafzimmer im oberen Stockwerk.

Es war frisch renoviert, hell und schön.

»Aber das ist doch euer altes Schlafzimmer«, sagte Jan.

»Mir fällt das Treppensteigen schon ein bisschen schwer, und jetzt schlafen wir unten hinterm Saal. Dadurch sparen wir das Jahr über auch Heizkosten. Und jetzt haben wir das Zimmer für euch fein hergerichtet.«

Angelika sah die alte Dame lange an.

»Du solltest mit deiner Gutmütigkeit ein bisschen sparsamer umgehen. Es besteht nämlich die Gefahr, dass ich wieder zu heulen anfange.«

Großmutter lächelte, als sie langsam die Treppe hinunterging.

Es gab nicht viel auszupacken, aber Jan konnte ein sauberes Hemd anziehen und Angelika einen hübschen leichten Pulli.

Sie setzten sich jeder in einen Bauernrokokostuhl und betrachteten sehnsüchtig das große Doppelbett. »Neu«, sagte Jan und schwieg eine Weile, bevor er fortfuhr:

»Ich glaube, ich weiß, warum du Großvater so angestarrt hast.«

Sie nickte:

»Unterwegs habe ich, während du schliefst, die ganze Zeit gedacht, dass du unmöglich das Kind solcher Eltern sein kannst. In meiner Phantasie habe ich mir ausgemalt, dass Sigrid irgendwann auf der Reise in ihr Dorf in Norrland eine Liebesbeziehung hatte. Mit einem Spielmann, wie sie in den Gedichten von Dan Andersson vorkommen.«

Jan lächelte traurig.

Aber Angelika war noch nicht fertig:

»Dann dachte ich, das kann trotz allem nicht möglich sein, nicht bei Sigrid.«

»Sie ist nie nach Hause gefahren«, sagte Jan.

Angelika gab nicht klein bei:

»Allmählich kam ich zu dem Schluss, dass du nach der Entbindung verwechselt worden bist.«

Jan sagte:

»Du ahnst ja nicht, wie viele solche Phantasien mir als Junge durch den Kopf gegangen sind. Vielleicht hat mich das auch zur Genetik getrieben. Aber ich habe den beiden gelegentlich Blut abgenommen, und es stimmt alles.«

Nach längerem Schweigen sagte er mit fester Stimme:

»Ich bin ohne den geringsten Zweifel ihr biologisches Kind.«

»Kannst du mir erklären, wie das möglich ist. Ein überdurchschnittlich hochbegabtes Kind von …?«

»Vorläufig haben wir noch keine Antwort auf solch schwierige Fragen. Vielleicht liegt die Erklärung dafür irgendwo im Bereich zwischen der Hand Gottes und dem Zufall.«

Sie lachten und warfen wieder einen Blick auf das Bett. Aber sie wurden nicht schwach, sondern gingen hinunter zu den Großeltern.

Großmutter saß vor dem Kamin und strickte. Großvater war ins Verwaltungskontor gegangen und wollte mit Jan sprechen.

»Ich habe eine Bitte«, sagte Angelika. »Wir wollten uns eigentlich in Göteborg Kleidung kaufen. Aber daraus ist dann ja nichts geworden. Jan musste raus aus der Stadt, um seinen seelischen Druck abzubauen. Und mir ist es wohl genauso ergangen. Weißt du, ob es in Säffle ein elegantes Geschäft gibt?«

»Das glaube ich kaum«, sagte Großmutter ein wenig spitz. »Aber Karlstad ist inzwischen eine große, moderne Stadt geworden. Mari wird gleich kommen. Wir werden sie fragen.«

»Bin schon da«, rief eine fröhliche Stimme an der Küchentür. »Hab mich nur reingeschlichen, weil ich das Wunderwerk sehen wollte. Herr du meine Güte, was 'n schmuckes Fräulein.«

Angelika stand errötend auf, ging auf Mari zu, gab ihr die Hand und sagte:

»Du siehst auch nicht gerade übel aus.«

»Und lieb ist sie auch noch.«

Großmutter lächelte und forderte Mari auf, sich an den Nähtisch vor dem Feuer zu setzen.

»Angelika braucht Hilfe, sie hat nichts anzuziehen, jedenfalls nichts Nennenswertes.«

»Mari, hör zu. Wir wollten in Göteborg einkaufen, aber daraus … ist nichts geworden …«

»Habt euch aus dem Staub gemacht. Versteh schon.«

Sie weiß alles über diese Familie, dachte Angelika. Also weiß es die ganze Gegend.

»Mitten in Karlstad ist ein neues Geschäft eröffnet worden. Ich fahr dich morgen hin, ich bring sowieso meine Gören zur Schule in Säffle. Wenn wir die Jungs los sind, fahren wir weiter. Dann hast du ein paar Stunden Zeit zum Einkaufen.«

»Du kommst als Beraterin mit.«

»Is ja klar«, sagte Mari. »Is aber 'n teurer Laden.«

»Geht in Ordnung. Ich bin zwar nur eine einfache Krankenschwester, aber ich habe ein paar Ersparnisse für meine Hochzeit.«

»Okay«, sagte Mari. »Ich komm so um neun. Die Schule fängt halb zehn an.«

Sie stand resolut auf:

»Jetzt kümmer ich mich aber um die Küche.«

»Ich helf dir«, sagte Angelika.

»Kommt gar nich in Frage. Hier auf dem Hof bist du's Herrschaftsfräulein.«

Sie schloss die Küchentür geräuschvoll hinter sich.

»Sie wacht über ihr Revier.« Großmutter lächelte Angelika an. »Jetzt musst du mir ein bisschen von dir erzählen, wo du herkommst und wie du aufgewachsen bist. Ich bin schon schrecklich neugierig.«

Es fiel ihr schwer, es widerstrebte ihr. Aber es war Angelika bewusst, dass ein Ausweichen unmöglich war. Großmutter hatte ein Recht, alles zu erfahren.

Angelika begann wie immer:

»Als ich neun Jahre alt war, bekam meine Mutter Krebs. Sie starb, als ich elf war, und ich kam zu meinem Onkel nach Umeå.

Und zu seiner Frau Katta. Er ist Chirurg, und sie lehrt an der Universität Geschichte.

Die beiden haben mich zum Menschen gemacht, sie sind wie du. Wissend und verständnisvoll.

Ich hatte also trotz allem eine schöne Kindheit.

Trotz … allem«, wiederholte sie fast staunend. Dann nahm sie sich zusammen und erzählte zögernd weiter.

»Meine Mama war nicht nur krebskrank. Sie war … auch … geisteskrank. Sie liebte mich, fesselte mich aber an ihre verrückte Welt. Ich lebte dort … in einer Wirklichkeit, die mich vom normalen Leben ausschloss. Als ich in die Schule kam, hielten sie mich für schwachsinnig.«

Großmutter saß still da. Sie versuchte etwas zu sagen, aber es gelang ihr nicht.

Nach einer Weile fuhr Angelika fort:

»Du wirst verstehen, dass wir, Jan und ich, große Angst vor der Liebe haben … vor diesem mächtigen Gefühl, dem wir ausgesetzt sind.«

Jetzt sah sie, dass Tränen über das alte Gesicht rollten.

Großmutter brachte noch immer kein Wort heraus.

Angelika versuchte sie zu trösten:

»Wir sind zwei Kinder, die das Leben schlecht behandelt hat. Das bindet uns aneinander … auch das.«

Jetzt konnte die alte Frau flüstern:

»Wovor habt ihr denn Angst?«

»Dass wir einander verlieren.«

Es dauerte lange, bis Angelika weitermachte:

»Wir provozieren einander oft, es scheint, als müssten wir uns ununterbrochen prüfen … Jan hat mir von seiner Kindheit erzählt, trotzdem war ich nicht darauf vorbereitet … wie schlimm es gewesen ist. Und wie einsam er war, ich bin noch nie einem Menschen begegnet, der so einsam ist wie seine Mutter. Es war richtig, was du gesagt hast, als wir hier ankamen, dass keiner helfen kann. Denn mitten in dem ganzen Schlamassel hatte ich Schuldgefühle, weil ich sie auch im Stich gelassen habe.«

Jetzt stand der Großvater in der Tür und sagte:

»Ihr wolltet doch eine Hochzeit vorbereiten, und jetzt sitzt ihr da und flennt.«

Im nächsten Augenblick war auch Jan im Zimmer, zog Angelika vom Stuhl hoch und weiter zum Sofa und auf seinen Schoß.

»Hast du Großmama von deinem oder von meinem Elend erzählt?«

»Beides.«

»Das hast du gut gemacht, sie hat das Recht, alles zu wissen. Aber jetzt müsst ihr uns entschuldigen, wir müssen uns ein wenig hinlegen. Und du brauchst auch Ruhe, Großmutter.«

Großmutter nickte: »Wir trinken später eine Tasse Tee zusammen. Um diese Zeit sehen wir uns immer die Nachrichten im Fernsehen an.«

20.

Sie klammerten sich im Bett in der oberen Etage fest aneinander.

Angelika murmelte: »Zwei traurige Gestalten versuchen einander zu trösten.«

Sie waren wach, und Jan ärgerte sich über ihre Worte. Und dachte, den Teufel auch, ich bin nun wirklich keine traurige Gestalt. Und sie auch nicht.

Doch er nahm sich vor, den Mund zu halten.

Und dann dachte er, dass irgendwie doch was dran war.

Plötzlich klingelte sein Handy. Es war Umeå, Katta war eitel Freude, ihre Kinder waren aus den USA heimgekommen. Und wollten bei der Hochzeit dabei sein.

»Kannst du deiner Großmutter sagen, dass aus Umeå fünf Leute anreisen werden.«

»Sie wird sich freuen.«

»Es wird … interessant sein, deine Eltern kennen zu lernen.«

»Dazu wird es nicht kommen.«

Er warf einen Blick auf Angelika, sah, dass sie blass und energielos im Bett lag.

»Angelika wird dich anrufen, Göteborg war zu viel für sie.«

»Ich verstehe … vielleicht.«

»Nein, das tust du nicht. Niemand kann das verstehen.«

Jan ging leise in die Küche und traf dort auf seine Großmutter:

»Könntest du wohl eine Flasche Wein herzaubern?«

»Ja klar, steht es so schlecht?«

»Großmama, ich fürchte …«

»Das brauchst du nicht. Wir werden das in die Hand nehmen.«

Er nickte, bekam die Flasche Wein und sagte, dass sie aus Umeå zu fünft kommen würden. Martin und Katta und deren Mutter und Angelikas zwei Halbgeschwister.

»Wie schön«, sagte Großmutter.

»Noch eins«, sagte Jan, »meine Eltern laden wir nicht ein.«

»Das hatte ich schon eingeplant.«

»Danke.«

Angelika saß im Bett, als er mit der Weinflasche kam.

»Engel!«, sagte sie, als er ihr das Glas reichte, weil er es für notwendig hielt. Aber nicht für gut.

»Jetzt habe ich noch eine freudige Nachricht. Deine Geschwister sind aus Amerika heimgekommen und wollen unsere Hochzeit miterleben.«

»Wie himmlisch!«

»Noch eins. Großmutter und ich haben beschlossen, Erik und Sigrid nicht einzuladen.«

»Kann man das?«

»Sie kann das. Und du rufst jetzt bei Katta an, sie wartet darauf. Ich gehe runter und helfe Mari beim Abwasch.«

»Das wird sie nicht zulassen.«

»Nein, aber ich gebe nicht nach.«

Sie mussten beide lachen.

»Jan«, rief sie, als er schon an der Tür stand. »Mari und ich fahren morgen nach Karlstad einkaufen. Kannst du mir ein bisschen Geld leihen?«

»Dummchen«, sagte er. »Für mich bedeutet Ehe auch, dass alles Geld unser gemeinsames Geld ist. Übrigens surrt es in meinem Kopf nur so vor Geld. Die Großeltern haben beschlossen, uns den Hof testamentarisch zu vermachen. Sie verkaufen den Grundbesitz an die Pächter, und dieses Geld bekommen ihre Söhne. Aber das Haus wird uns gehören.«

Die dunklen Augen ruhten auf ihm.

»Was tun wir ...«

»Hoffen, dass sie noch lange leben«, sagte er fröhlich.

Es wurde ein langes Gespräch mit Umeå. Katta freute sich wie eine Katze, die ihre Jungen zurückbekommen hat. Die Kinder wollten in Schweden bleiben. Thomas wollte Psychiater werden und in Umeå promovieren. Ulrika wollte in Uppsala ein schwedisches Psychologieexamen ablegen. »Bei ihrer bisherigen Ausbildung schafft sie das mit links.«

»Wunderbar«, rief Angelika aus. Aber es schwang Bitterkeit mit.

»Natürlich fürchtet sie, jetzt ins Hintertreffen zu geraten«, sagte Katta etwas später zu Martin.

»Das ist überhaupt nicht natürlich. Sie wird demnächst von mir zu hören kriegen, dass sie mir von meinen Kindern das allerliebste ist.«

Auf dem Hof in Värmland machte Angelika sich fertig, zog ihren letzten sauberen Pulli an, lief die Treppe hinunter und landete in Großmamas Armen. Sie hörten Jan und Mari in der Küche streiten. Nie im Leben würde sie sich von einem Mann helfen lassen:

»Raus, raus mit ihm, Doktor!«

»Zwei Welten prallen aufeinander«, lachte Großmutter. »Und Jan ist störrisch wie ein Esel.«

»Ich werde ihn gleich aus der Küche holen«, versprach Angelika, machte die Tür auf und sagte betont:

»Jan, du musst andere Traditionen und das Revier eines anderen Menschen respektieren.«

Er warf den Kopf zurück und verfiel in sein übermächtiges Lachen.

»Dass ihr Weiber immer zusammenhalten müsst!«, japste er.

»Was'n Glück, sonst tät die Welt ja untergehen«, sagte Mari.

Jan lachte immer noch, als er den Saal betrat.

»Was für ein verdammt großartiges Frauenzimmer«, sagte er, als er zu den Frauen stieß. »Wo ist Großvater?«

»Er sieht im kleinen Haus nach der Heizung, falls mehr Leute kommen, als das Haupthaus fasst.«

»Du lieber Gott …«, Jan schwieg, weil Angelika ihm auf den Fuß trat. Nach dem Tee und den Fernsehnachrichten wünschten alle einander eine gute Nacht. Jan und Angelika sahen sich bedeutungsvoll an, endlich konnten sie das neue Doppelbett richtig genießen.

Als Angelika am nächsten Morgen in aller Herrgottsfrühe aufwachte, sang sie laut das alte Lied:

»Die güldene Sonne bringt Leben und Wonne …«

Jan guckte sie verwundert an, und sie sagte, leider habe sie den übrigen Text vergessen.

»Ein Glück«, sagte Jan. »Brichst du um diese Tageszeit öfter in solche Töne aus?«

»Kommt schon mal vor. Aber nur, wenn ich himmelhoch jauchzend glücklich bin.«

Sie gingen hinunter zum Frühstück, das, wie alles in diesem Haus, überwältigend war.

Punkt neun Uhr hupte Mari draußen vor dem Haus, und Angelika schlüpfte in ihre Jacke. »Haltet mir die Daumen«, bat sie und lief zum Auto.

Die beiden Jungen auf dem Rücksitz nahmen sie sehr genau in Augenschein und fanden sie hübsch, aber furchtbar schlecht angezogen. Jeder Versuch, mit ihnen ins Gespräch zu kommen, verlief im Sand.

Mit einem Tschüss stiegen sie beim alten Gymnasium aus.

»Sind halt schüchtern«, erklärte Mari, und nach fünfzig Kilometern waren sie in Karlstad. Das neue Geschäft war erstklassig, das erkannte Angelika sofort, elegant und teuer.

»Das Mädel hier will bald heiraten und will ein richtig schönes Kleid anprobieren.«

»Kein Brautkleid«, sagte Angelika. »Etwas Einfaches, aber Elegantes.«

»Ich glaube, da haben wir etwas Passendes. Festlich und zeitlos auf Jahre hinaus. Es ist allerdings nicht ganz billig. Handgenäht in einem Atelier und von einem bekannten Designer entworfen. In Stockholm.«

Sie mussten eine Weile warten.

»Herrjemine«, sagte Mari, und Angelika hätte eingestimmt, wenn sie hätte värmländisch reden können.

Angelika starrte wie verhext auf einen halblangen Rock mit vielen Volants, der zum Drehen einlud. Das Oberteil hatte einen schönen Schnitt, einen tiefen Ausschnitt und gefällige Puffärmel. Aber es war nicht der Schnitt, der ihr den Atem raubte. Es war der Stoff, Seide, die bei jeder Bewegung in Gold und Grün changierte.

»Jetzt probieren wir's mal an«, schlug die freundliche Ladenbesitzerin vor und führte Angelika in eine geräumige Kabine.

»Ja Herrdumei ...«, schrie Mari noch einmal auf, als Angelika aus der Kabine trat, um sich im Spiegel zu betrachten. Ihr fielen all die albernen Damenzeitschriften ein, die ihre unglücklichen Leserinnen darüber aufzuklären versuchten, wie man eine neue Frau wurde.

Und hier stand nun wirklich eine neue Frau.

Langsam drehte sie sich vor den vielen Spiegeln im Kreis.

»Wie viel?«, hauchte sie.

»Zehntausend.«

Angelika dachte an das Geld, das sie für Porzellan und Leinen, für Küchentische und Stühle, für Gardinen und Flickenteppiche gespart hatte. Sie hatte fast genau zehntausend Kronen auf ihrem Konto.

Vielleicht war das ja ein Omen.

Dann hörte sie sich laut und deutlich sagen:

»Ich nehme es.«

Übermütig kichernd verließen sie die Boutique.

Als sie sich Säffle näherten, stöhnte Angelika:

»Eigentlich wollte ich mir ja eine lange Hose und was für alle Tage kaufen.«

»Wir können morgen ja ins Kaufhaus Åhlen fahren.«

»Nein, jetzt bin ich pleite.«

»Heiraten tut man nur einmal im Leben. Jedenfalls wenn du Geduld hast und den Ehestand aushältst.«

Angelika nickte, lachte ein bisschen dabei.

»Man braucht also Geduld, wenn man verheiratet ist?«

»Nur die Frauen. Die Männer erreichen immer, was sie wollen.«

Mari trug den großen Karton in die Halle und gab Angelika strenge Anweisungen. »Du bürstest dir jetzt schön die Haare, und dann schminkst du dich, Lidschatten und Lippenstift.«

»So was besitze ich gar nicht … «

»Leih ich dir.«

Sie trugen den großen Karton und Maris Schminkzeug ins Schlafzimmer.

»In zehn Minuten läut ich die große Glocke, dann versammeln sich alle im Salon. Und du schreitest langsam die Treppe herunter.«

Sie sollte beim Theater arbeiten, dachte Angelika, wusch sich Gesicht und Achselhöhlen, trug einen Hauch Lidschatten auf und verwendete ihr eigenes Lipgloss. Sie schlüpfte in das Kleid und dachte: Du spinnst.

Dann hörte sie die Essensglocke und schritt, wie befohlen, die Treppe hinab.

Großmama schrie laut auf und ließ sich buchstäblich in einen Sessel fallen. Großvater fand lange keine Worte, sagte dann aber: »Hab nie im Leben ein schöneres Mädel gesehen.«

»Ich bin sprachlos«, sagte Großmutter.

Auch Jan blieb stumm. Angelika ging auf ihn zu und drehte sich im Kreis, dass das grüne Gold über den Rock nur so flimmerte.

Es dauerte seine Zeit, bis er sagte:

»Ich habe immer gewusst, dass du die Schönste der Welt bist, aber das jetzt … das ist überwältigend.«

Dann lachte er froh.

»Hör auf zu lachen«, sagte Angelika. »Meine ganzen Ersparnisse habe ich für dieses Kleid rausgeschmissen.«

»Gut!«, sagte er und lachte weiter.

Sie packte ihn beim Kopf und flüsterte ihm ins Ohr:

»Zehntausend Schwedenkronen, das ist doch verrückt.«

Es half alles nichts, er lachte einfach weiter.

Am nächsten Vormittag ging es nach Stockholm, wo der Möbelwagen gepackt werden musste.

21.

Nach gut vier Stunden Autofahrt kamen sie in eine Wohnung voller Kisten mit Umzugsgut. Die wenigen Möbel und das Bett, in dem sie sich so wohl gefühlt hatten, standen noch am alten Platz.

Sie verließen das Haus, aßen irgendwo eine Pizza und kauften einiges für den Kühlschrank ein.

Angelika war es ein bisschen wehmütig ums Herz.

»Der letzte Abend in unsrer ersten Wohnung«, meinte Jan. Mehr sagte er dazu nicht. Er schlief ein, und nach einem Anflug von Wehmut schlief auch Angelika.

Sie waren gerade angezogen und hatten gefrühstückt, als drei Möbelpacker vor der Tür standen und ihre Habseligkeiten innerhalb weniger Stunden in die neue Wohnung verfrachteten.

»Die reinste Wüstenlandschaft«, sagte Jan, als er die große Wohnung betrachtete, in der Angelikas Möbel vergebens auf Gesellschaft warteten.

Sie hatte schon vor längerer Zeit eine Liste mit nötigen Anschaffungen zusammengestellt. Widerwillig ging er mit ihr in die eher exklusiven Möbelgeschäfte der Stadt.

Angelika wusste genau, was sie haben wollte: »Klassischen Funktionalismus«, sagte sie.

Jan dachte nur, er werde schon lernen, das zu mögen.

Nach einer Stunde behauptete er, vor Hunger zu sterben,

also gingen sie in ein zünftiges Lokal, aßen gut und feierten mit einem Glas Wein.

Als sie rundherum zufrieden waren, wagte Angelika zu fragen:

»Wie viel Geld hast du eigentlich, … also … haben wir?«

»Um ehrlich zu sein, ich weiß es nicht. Aber wir haben bestimmt genug. Du kannst also hemmungslos aussuchen, was du haben möchtest.«

Sie starrte ihn an:

»Du hast wirklich keine Ahnung, was du verdienst und wie hoch deine Ersparnisse sind? So kann man doch nicht leben.«

Er lächelte sie an und meinte, bisher sei es für ihn ganz gut gelaufen. Dann wurde er ernst.

»Im Vergleich zu dir und deiner harten Arbeit habe ich ein unverschämt hohes Einkommen. Außerdem habe ich Einnahmen aus den USA, fette Dollars für Artikel in Fachzeitschriften, die ich zusammen mit einem amerikanischen Kollegen schreibe.«

Sie schwieg.

»Ich habe das nicht vereinbart und rede nicht darüber, denn in Schweden ist es ja fast verwerflich, wenn man viel Geld verdient.«

Angelika verzog keine Miene.

Jan fragte: »Bist du böse?«

»Nein, nur erstaunt. Du musst doch wenigstens eine Ahnung haben, um wie viel es sich handelt.«

»Fünfhunderttausend, glaube ich oder auch mehr.«

Angelika, die wegen des teuren Kleides schwere Schuldgefühle gehabt hatte, schaute zum Fenster hinaus und verlor sich in der Ferne.

Als ihr Blick zurückkehrte, sagte sie:

»Du wirst verstehen, dass ich jetzt meine ganze Einkaufsliste ändern muss. Das wird dich teuer zu stehen kommen, Jan, denn ich weiß genau, was ich haben will, und nie hätte ich mir träumen lassen, dass ich es auch bekomme.«

»Ganz nach Belieben«, sagte er. »Aber erst müssen wir auf die Bank gehen, damit du auch Zugang zu dem hast, was dort liegen mag. Ich habe nur eine Bitte – bezahl bitte die Steuern und schicke monatlich dreitausend nach … Göteborg.«

»Du überträgst mir die Verantwortung?«, fragte Angelika erstaunt.

»Ja, so stelle ich mir das vor. Gunnarsson von der Bank wird dich zu überreden versuchen, dass du in Aktien anlegst. Aber das möchte ich nicht so gern. Aus Prinzip.«

»Das verstehe ich. Ich bin auch gegen Spekulationen.«

»Dann sind wir uns darüber ja im Klaren«, sagte Jan.

Mit seinem Bankbeamten vereinbarte er telefonisch einen Termin. Morgen um zehn Uhr liege alles zur Unterschrift bereit. Am Nachmittag kauften sie ein neues Bett, das noch am selben Nachmittag geliefert wurde.

Jan wollte wissen, um welche Zeit Jan Chavez wohl von der Arbeit loskäme.

»Hast du etwas dagegen, wenn ich ihn in Danderyd besuche? Ich möchte ihn nicht nur anrufen.«

»Das ist eine großartige Idee. Ich möchte sowieso ein bisschen allein sein, um die Sache mit dem Geld zu verdauen. Außerdem will ich meine Liste umschreiben.«

»Na, dann frisch ans Werk«, sagte Jan. »Und drück mir die Daumen. Ich bin ein bisschen aufgeregt.«

»Station 72, und viel Glück.«

Den richtigen Lift fand er schnell. Auf der Station empfing ihn eine schroffe Schwester Helena, sie erkannten einander sofort wieder, aber Helena ließ es sich nicht anmerken. Jan war ihr dankbar dafür.

»Ich suche Doktor Chavez.«

»Er kann heute keine Patienten mehr annehmen.«

»Ich bin kein Patient, sondern nur ein alter Freund. Ich werde warten.«

»Der Herr Doktor pflegt hier keine privaten Freunde zu empfangen.«

Jan kochte.

»Schwester, wollen Sie so freundlich sein, das mir zu überlassen.«

Chavez hatte sich gerade vom letzten Patienten verabschiedet, als die Schwester anklopfte und mitteilte, dass draußen eine störrische Person sitze.

»Er behauptet, ein alter Freund von Ihnen zu sein.«

»Ich ahne!«, rief Chavez und lief ins Wartezimmer.

Die beiden strahlten vor Freude, als sie einander sahen. Sie umarmten sich endlos lange, und als sie einander endlich losließen, hatten beide feuchte Augen.

»Ich habe nach einem Gespräch mit Angelika gehofft, dass wir uns mal wiedersehen. Ich habe dich ja immer noch in den USA vermutet.«

»Und ich dachte, du schuftest immer noch im Sahlgrenska.«

»Wie du weißt, kann vieles passieren, was das Leben verändert. Papa ist mit dem Flieger abgestürzt.«

»Nein!«

Chavez nickte nur.

»Dein phantastischer Papa!«

Jan kniff die Augen zusammen, um die Tränen zurückzuhalten. Er fand keine Worte.

»Es war eine schreckliche Zeit. Mama hielt es in Mölnlycke nicht mehr aus, also habe ich mich hier um einen Posten beworben und in Sollentuna einen alten Kasten mit zwei Wohnungen gekauft, eine davon für Mama und meine kleine Schwester.

Das half ihnen ein wenig. Und für mich ging auch die Sonne auf. Ich lernte eine Frau kennen, eine Kollegin, Gynäkologin. Wir haben geheiratet und wohnen im Parterre der Villa. Sie betreibt dort eine Privatpraxis.«

»Schwedin?«

»Waschecht. Erinnerst du dich an Fräulein Persson im Gymnasium?«

»Na klar.«

»Genau so ist Inger. Sie setzt sich ein bisschen für Einwanderer ein, aber vor allem für misshandelte Frauen. Und bei Problemen mit der Mensis befürchtet sie gleich einen Gebärmutterkrebs.«

»Habt ihr Kinder?«

»Ja, zwei. Einen zweijährigen Jungen und ein Mädchen von fünf. Du ahnst ja nicht, wie Kinder das Leben verändern. Einerseits machen sie einen total fertig, und auf der anderen Seite schenken sie einem grenzenloses Glück.«

Sie fuhren mit dem Lift zum Büfett in der großen Halle. Antonsson trank Kaffee und Chavez Tee. Jeder aß eine Zimtschnecke dazu.

»Du glaubst gar nicht, wie erstaunt ich war, als Schwester Angelika mir erzählte, dass sie sich in einen Genforscher namens Jan Antonsson verliebt hatte. Er experimentiert im Karo mit Stammzellen, sagte sie, und ich dachte mir, das kannst nur du sein.

Ich sagte ihr, dass ich diesen Antonsson noch immer in Amerika wähnte, aber nein, sagte sie, er ist vergangenen Herbst nach Hause zurückgekommen.

Ich habe nicht zu fragen gewagt, ob ihre Gefühle auch erwidert würden, aber ich habe ihr von unsern vielen gemeinsamen Studienjahren erzählt. Und ganz nebenbei habe ich deine phänomenale Begabung erwähnt.«

»Hab ich erfahren.«

»Sie hat dann Urlaub genommen, und auf der Abteilung wurde gemunkelt, dass sie heiraten wolle.«

»Ja, zu Pfingsten wird auf dem Bauernhof meiner Großeltern in Värmland Hochzeit gefeiert. Was meinst du, könntet ihr kommen?«

»Selbstverständlich.«

»Deine Mama auch?«

»Ja, darauf kannst du dich verlassen.«

Als sie zu ihren Autos auf dem großen Parkplatz gingen, sagte Chavez:

»Deine Angelika ist ein ungewöhnlicher Mensch. Ich hatte noch nie eine Mitarbeiterin mit einer derartigen ... Intuition. Während wir anderen uns noch bemühen, einen Patienten zu verstehen, hat sie den Kranken schon voll erfasst und erlebt buchstäblich seine Schmerzen und Ängste mit.«

Jan seufzte betroffen:

»Das glaube ich dir gerne, manchmal ist es mir auch schon unheimlich. Sie hat wohl das, was man in früheren Zeiten den sechsten Sinn nannte. Für mich ist das gut, ich kann ihr nichts vormachen. Aber für gewöhnlich ist sie eine ganz normale, fröhliche Frau.«

22.

Am nächsten Morgen saßen Angelika und Jan im Bankinstitut bei Erland Gunnarsson, einem gewandten Mann mittleren Alters mit freundlichen Augen.

»Wir stehen kurz vor der Hochzeit«, begann Jan. »Darf ich Ihnen Angelika Granberger vorstellen, die bald Frau Antonsson sein wird. Ich selbst habe, wie Sie wissen, ein hoffnungsloses Desinteresse an Geld. Drum haben wir beschlossen, dass Angelika unsere Finanzen in die Hand nimmt.«

»Er hat das beschlossen«, berichtigte Angelika mit einer Kopfbewegung in Richtung Jan.

Sie strahlten beide, und auch Gunnarsson lächelte.

»Gratuliere«, sagte er und fügte hinzu: »Aber Sie scheinen Glückwünsche gar nicht nötig zu haben.«

»Das war mehr wert als jeder Glückwunsch«, lachte Angelika. »Aber jetzt wüsste ich gern, wie es mit Jans Geld steht.«

»Es liegt unangetastet, wo es liegt. Dieser junge Doktor hat noch nicht begriffen, dass Geld zum Wachsen bestimmt ist.«

Jan stöhnte.

»Das höre ich nicht zum ersten Mal. Und jetzt übergebe ich alles an Angelika, die momentan im Kaufrausch ist. Sie richtet unsere neue Wohnung ein und hat einen sehr kostspieligen Geschmack.«

»Antiquitäten?«

»Nein. Sie nennt es klassischen Funktionalismus.«

Gunnarsson zwinkerte irritiert, fand dann aber die Erklärung.

»Alvar Aalto, Arne Jacobsen …?«

»Stimmt genau.«

»Wann wird die Trauung stattfinden?«

»Zu Pfingsten.«

»Es ist schwierig, das Vermögen an Angelika zu überschreiben. Wir brauchen ein Papier, das Ihnen das Verfügungsrecht sichert. Aber wir können Ihnen inzwischen eine Kreditkarte zur Verfügung stellen.«

Er verschwand und kam mit einem Antragsformular zurück, das Jan unterschrieb.

»Damit können Sie einstweilen einkaufen«, wandte Gunnarsson sich an Angelika.

»Danke«, sagte sie. »Aber ich weiß ja noch gar nicht, wie viel vorhanden ist.«

Gunnarsson blickte in seinen Computer.

»Mit fälligen Zinsen handelt es sich um eine Million zweihunderttausend schwedische Kronen.«

»Donnerwetter«, murmelte Jan.

»Der Großteil Ihrer Einnahmen, Herr Doktor, setzt sich aus Dollars zusammen, und der Kurs ist momentan bekanntlich hoch.«

Angelika tänzelte aus der Bankfiliale dem Opernkeller entgegen, wo sie essen wollten. Als sie beim Kaffee angelangt waren, klingelte Jans Handy.

»Das wird Chavez sein.«

Und so war es.

»Könntet ihr morgen Abend zum Essen zu uns kommen? Wir haben auch guten Wein. Ich hole euch ab. Heim müsst ihr euch ein Taxi nehmen.«

»Ich werde mit Angelika sprechen und rufe später zurück.«

»Lass dir noch sagen, dass meine Mama vor Freude fast geheult hat, weil wir einander wieder gefunden haben.«

»Hör auf, sonst kommen mir auch die Tränen. Also tschüss einstweilen.«

»War das Chavez?«, fragte Angelika.

»Ja. Er hat uns nach Sollentuna zum Essen bei seiner Familie eingeladen.«

»Das war bestimmt das erste Mal, dass dieser Doktor in der Dienstzeit ein Privatgespräch führt.« Im nächsten Moment sagte sie erschrocken:

»Was ziehe ich denn da an?«

»Beruhige dich. Wir kaufen dir was Passendes.«

Und das taten sie.

Dann machten sie wieder einen Rundgang durch die Möbelgeschäfte der Stadt und landeten schließlich bei Nordiska Galleriet. Angelika zeigte auf die Möbel, von denen sie geträumt hatte.

Jan folgte ihr wie ein müder Hund. Dann erfuhren sie, dass mit langen Lieferzeiten zu rechnen war, bei manchen Möbeln bis zu einem halben Jahr. Einen Monat musste man aber mindestens warten. Jan stöhnte und meinte:

»Das, was du haben willst, kriegst du bestimmt auch bei IKEA.«

Angelika holte tief Luft:

»In mancher Beziehung bist du ein richtiger Barbar.« Ihre Stimme war eiskalt.

Auch seine Stimme war eisig, als er fragte:

»Darf der Barbar vielleicht selbst bestimmen, wie sein Arbeitszimmer eingerichtet wird?«

Er war jetzt böse. Angelika wurde rot und schämte sich.

»Aber Jan, das ist doch selbstverständlich.«

Kläglich fügte sie hinzu:

»Ich habe nur an mich gedacht. Reich zu werden ist gefährlich.«

»Ich glaube gar nicht mal, dass du selbstsüchtig bist, du bist nur ein verdammter Snob«, antwortete er und fuhr dann fort:

»Und jetzt fahren wir zu IKEA, damit ich so schnell wie möglich ein funktionierendes Arbeitszimmer bekomme. Es ist nämlich wichtig, dass ich mit der Arbeit anfangen kann. Bleib du nur hier und träum weiter von teurem Skandinavian Design, ich gehe inzwischen das Auto holen.«

Er war ihr immer noch böse, als er verschwand.

Angelika verließ das elegante Geschäft und stellte sich, innerlich ebenso grau wie die Luft auf der Nybrogata, draußen in den Regen.

Als Jan die Wagentür öffnete, sah er, dass sie geweint hatte. Er tröstete sie nicht, stellte nur fest, dass Angelika seinem Job offensichtlich kritisch gegenüberstehe. Sie wolle ja gar nicht wissen, womit er sich beschäftige.

»Das ist nicht wahr«, sagte sie.

»Heute früh auf der Bank hast du nicht einmal gefragt, wofür ich die vielen Dollars aus den USA kriege. Bei deinem Anruf im Karo hat man dir gesagt, dass ich in Huddinge sei. Und du hast gefragt, ob ich krank sei. Man hat sich ganz schön lustig darüber gemacht.«

Er schwieg.

»Du musst begreifen, dass meine Wissenschaft die Grundlage meiner Identität ist, es ist ein Job, der meinem Leben einen Sinn gibt. Das musst du akzeptieren.«

Sie schwieg, dachte an Kattas Worte, dass sie Jan wegen der Arbeit, die sein ganzer Stolz war, verhöhnte.

Auf dem großen Parkplatz stand ein Auto dicht neben dem anderen, und es dauerte eine Weile, bis Jan eine Lücke fand.

»Vielleicht solltest du dich ein bisschen aufmöbeln, bevor wir reingehen«, sagte er, meinte es aber eher scherzhaft. Aber sie nahm es ernst, bürstete sich die Haare und trug ein wenig Lippenstift auf. Sie gingen zuerst ins Café, um etwas zu trinken. Angelika suchte nach Worten und brachte schließlich nur heraus:

»Du hast ja Recht.«

Er seufzte erleichtert.

»Aber du bist dennoch im Irrtum, denn du weißt nicht, warum ich nicht nach deiner Arbeit frage. Ich bewundere dich. Und ich weiß nur, dass ich nichts davon verstehen würde.«

»Aber …?«

»Ich bin dumm, auf der Schwesternschule haben sie es als antiintellektuell bezeichnet. Und das stimmt auch. Wenn du mir zu erklären versuchtest, womit du dich beschäftigst, würde ich kein Wort verstehen.«

»Im Moment bist du sogar über alle Maßen dumm.« Er lächelte sie an: »Vielleicht sollten wir Momma zu Rate ziehen.«

Angelika schüttelte den Kopf: »Momma würde nicht mehr begreifen als ich.«

»Okay«, sagte er. »Es gibt verschiedene Arten von Intelligenz. Weißt du, was dein Doktor, mein Freund, von dir gesagt hat, bevor wir uns auf dem Parkplatz in Danderyd verabschiedeten?«

Sie schüttelte den Kopf.

»Er behauptet, noch nie eine so kluge Mitarbeiterin wie dich gehabt zu haben. Dass du die Fähigkeit habest, dir Zugang zum Inneren eines kranken Menschen zu verschaffen, seine Ängste und Qualen zu spüren.«

»Und was hast du ihm geantwortet?«, flüsterte sie.

»Ich sagte, das wisse ich, und dass ich manchmal Angst vor dir hätte. Dass du das hättest, was die Menschen früher den sechsten Sinn nannten, und dass man dich deshalb nicht belügen könne. Dann dachte ich, dass das vielleicht der Grund dafür ist, dass ich mich bisher noch nie so abhängig von einem Menschen gefühlt habe.«

»Jan«, flüsterte sie. »Diese Fähigkeit habe ich verloren, als ich reich wurde und mir meine Träume erfüllen konnte.«

Er stöhnte.

»Jetzt mach bloß kein verdammtes Drama draus, Angelika. Jeder Mensch braucht seine Spielwiese. Du brauchst dein Spielzeug, und ich will, dass du es bekommst. In Zukunft gehst du allein in deine snobistischen Läden. Und ich mache zu Hause meine Arbeit. Okay?«

»Ich habe wahrscheinlich das Interesse an meinem Spielzeug verloren.«

»Nein.«

»Wir können alles hier bei IKEA kaufen.«

»Nein. Ich habe deine Freude gesehen, als du deine Dänen und Finnen gestreichelt hast, und deine Mattsons, aus denen man nicht hochkommt. Was du da tust, ist für mich ebenso unbegreiflich, wie es für dich meine Gleichungen sind. That's it.«

Angelika entgegnete, dass gefällige Formen und schöne Farben dem Menschen vielleicht Freude vermittelten.

Sie hörte selbst, dass es dumm klang, sprach aber weiter:

»Etwas Ähnliches geschah ja auch, als du dieses Bild sahst.«

Als er wieder Worte fand, sagte er:

»Für mich sind diese zu Sitzmöbeln zurechtgebogenen Bretter genauso uninteressant wie für dich eine mathematische Gleichung. Aber ich will, dass du dir das kaufst, was du schön findest!«

Als sie das Café verließen, musste Angelika auf dem Weg zur Abteilung für Büromöbel zugeben, dass das meiste, was in dem riesigen Warenhaus angeboten wurde, gut aussah und absolut in Ordnung war. Auch die Büromöbel waren kompakt und praktisch.

Ich bin wirklich ein Snob, dachte Angelika.

Jan bekam einen Katalog und versprach, morgen wieder zu kommen. Erst als sie das Möbelhaus verlassen wollten, fiel ihm ein, dass er Chavez anrufen und für das Essen zusagen musste. Sie kamen nach Hause. Jan war blass und sehr müde.

Angelika duschte und kroch ins Bett, Jan maß sein Arbeitszimmer aus, blätterte im Katalog, legte sich fest. Es sollte schlicht und zweckmäßig sein, genau wie er es sich vorgestellt hatte. Zufrieden warf er einen Blick ins Schlafzimmer und sah, dass Angelika auf dem Rücken im Bett lag und mit offenen Augen an die Decke starrte. Er setzte sich auf den Bettrand und fragte, ob es denn notwendig sei, dass normale Meinungsverschiedenheiten über Alltäglichkeiten sich zur ernsthaften Bedrohung auswachsen mussten.

»Wir müssen lernen, über unsere unterschiedlichen Gesichtspunkte zu lachen und sie nicht zu einem unüberwindlichen Gebirge anwachsen zu lassen.«

»Hör zu, Jan, ich habe ein schwarzes Loch in mir und weiß nicht, wie ich es vermeiden kann, da hineinzufallen.«

»Ich weiß eine ganze Menge über Dynamit. Wir sprengen den Berg und stopfen alle Bruchstücke in das Loch.«

Jetzt musste Angelika lachen.

»Wir fangen sofort damit an.« Er küsste sie so lange, dass er sich ausziehen musste.

Ihre Lust brachte das Loch zum Verschwinden. Angelika konnte einschlafen. Jan hielt sie in den Armen und versuchte, nicht weiter darüber nachzudenken, wie es wohl weitergehen sollte.

23.

Es war ein Tag ohne Regen, und die rote Abendsonne vergoldete die beiden Frauen auf der Vortreppe.

Die chinesische Dame im Seidengewand schaute Angelika bei der Begrüßung tief in die Augen und wandte sich dann zu ihrem Sohn um:

»Das hätte ich nicht erwartet.«

Und schloss dann Jan fest in die Arme. Beide hatten Tränen in den Augen.

Angelika begrüßte Inger und mochte sie sofort, blond, rundlich, um alle und alles bemüht. Doktor Chavez hatte die Arme voll zappliger Kinder und konnte an der Begrüßungszeremonie nicht teilnehmen.

Dann kam seine Schwester dazu, eine grazile, nach ihrer Mutter benannte junge Dame mit schrägen Augen. Mit einer Verbeugung sagte Jan: »Du wirst dich kaum an mich erinnern.«

»Doch, ich erinnere mich«, sagte das Mädchen.

»Du bist mir einmal auf den Schoß geklettert.«

»Ja. Und willst du wissen, warum?«

»Ja.«

»Ich hatte noch nie einen Menschen mit so roten Haaren gesehen. Aber ich habe mich nicht getraut, sie anzufassen.«

»Das wirst du heute sicher wagen.« Jan beugte sich so weit vor, dass sie ihm durch die Haare fahren konnte.

Alle gingen lachend ins Haus.

Es war ein großes Haus. Im Parterre gab es nirgends Zwischenwände. Küche, Essplatz und Wohnzimmer gingen ineinander über, verkratzt, unordentlich, wohnlich.

»Stolpert nicht über die Spielsachen«, warnte Inger.

Zwei wilde Kinder fielen sofort über Angelika her, zerrten sie in einen alten Sessel, krabbelten auf ihr herum und schmatzten ihr feuchte Küsschen ins Gesicht.

Angelika glühte vor Freude.

»Kinder wissen«, sagte Lin Tang.

Jan erlaubte sich zu fragen, was Kinder denn wüssten.

»Dass Angelika ist wie sie, ein Kind, aber mit der starken Ausstrahlung einer Erwachsenen. Sie spüren, dass sie empfindet wie sie. Aber auch, dass sie klug und erwachsen ist.«

Besser konnte man es nicht ausdrücken, dachte Jan und war selbst überrascht, als er sich sagen hörte, dass sie hartnäckig wie eine Laus und dann wieder von Schuldgefühlen niedergeschmettert sei.

Er sah Lin Tang fragend an.

»Du musst wissen, sie hat eine so entsetzliche Kindheit gehabt. Bis ihre geisteskranke Mutter dann gestorben ist. Es war um vieles schlimmer als bei mir.«

Lin Tang nickte und meinte, dass die Zuneigung der Kinder einen kaum verständlichen tieferen Sinn haben mochte.

Inger rief zu Tisch. Sie aßen an einem großen Esstisch in der Küche. Als Vorspeise gab es Avocados mit Lachs und danach Lammkoteletts mit gekochten Bambussprossen. Alles war so erlesen wie der Rotwein, den sie dazu tranken.

Angelika und die junge Lin besorgten den Abwasch. Inger badete oben die Kinder und las ihnen Geschichten vor, bis sie eingeschlafen waren. Lin Tang blieb bei den beiden Männern sitzen, die in Jugenderinnerungen schwelgten.

Gerade als Angelika mit dem Kaffee hereinkam, fragte Chavez: »Erinnerst du dich an Ullenius?«

Jan lachte: »Wie könnte ich den je vergessen. Er war in meinem Leben der erste Mensch, der in derselben Welt wie ich lebte.«

»Erzählt mal«, bat Angelika.

»Lass mich ...«, sagte Chavez. »Wir haben uns also im Gymnasium getroffen, zwei begabte Jungs und eine Welt voller Dummköpfe. Fanden wir. Das Schlimmste war, dass der Mathelehrer sich auch in der Dummkopfwelt befand. Der Unterricht spielte sich, wie Jan das ausdrückte, auf Volksschulniveau ab. Gelangweilt saß er in den Mathestunden rum und beschäftigte sich mit schwierigen Gleichungen. Von denen unser Lehrer nichts verstand. Aber unser Lehrer war immerhin ein guter Mensch, das musst du zugeben.«

Jan nickte, und Chavez fuhr fort:

»Er ging zum Direktor und sagte ihm, was los war. Er habe eine Art Mathegenie in seiner Klasse, und es müsse etwas unternommen werden. Ich nehme an, dass der Direktor, ein Humanist, einige von Jans Gleichungen zu sehen bekam, ohne etwas davon zu kapieren. Ihm fiel ein ehemaliger Lehrer ein, der sich an der Schule nicht wohl gefühlt und deshalb gekündigt hatte. Er verdiente seinen Lebensunterhalt jetzt in der schwer verständlichen Welt der höheren Mathematik. Er rief diesen Ullenius also an und bat ihn, zwecks Stellungnahme in die Schule zu kommen. Und der Mann kam, setzte sich ins Lehrerzimmer und fand die Gleichungen sehr intelligent durchdacht und äußerst schwierig. Und dann bat er in seiner mürrischen Art, den Jungen einmal zu rufen«, erzählte Chavez.

»Es lässt sich überhaupt nicht beschreiben, was los war, als ich in das Zimmer kam, in dem Ullenius sich aufhielt«, unterbrach Jan. »Endlich war da jemand, der mich weder für verrückt noch für einen Sonderling hielt. Plötzlich saß ich dort neben einem gepflegten alten Mann, der meine Konstruktionen durchging und mir zeigte, wo ich mich geirrt hatte. Es war wie eine Offenbarung.

Von da an durfte ich zweimal in der Woche bei ihm Unterricht nehmen. Ich brauchte in der Schule nicht mehr an Mathe teilzunehmen, sondern durfte inzwischen in der Bibliothek Bücher lesen, las vor allem Abhandlungen über Einstein und Gödel. Aber die Stunden bei Ullenius waren nicht gratis, und die Schule hatte, wie der Direktor das ausdrückte, keine Geniestipendien zu vergeben. Und da ist dein Vater in die Bresche gesprungen, vergiss das nicht!«

»Aber das war doch ganz selbstverständlich!«, warf Lin Tang ein. »Du musst wissen, dass dieser närrische Flieger dich wie einen Sohn betrachtete. Genauso wie ich das tue.«

Alle Anwesenden außer Angelika lächelten. Sie war sehr blass und ganz starr. Inger sah es und sagte:

»Komm mit in die Küche, du brauchst einen Drink.«

Sie verschwanden zusammen.

»Trink«, sagte Inger nur, als sie Angelika ein kleines Glas Kognak reichte.

Währenddessen hatte man im Wohnzimmer das Thema gewechselt. Man sprach über die neue Bewusstseinsforschung. Angelika gesellte sich wieder dazu, verkroch sich aber mit geschlossenen Augen in einen Sessel und hörte zunächst nur mit halbem Ohr zu.

»Die meisten Menschen betrachten das Bewusstsein als ihr Ich, als ihre Identität«, sagte Chavez. »Aber da ist es dann schwer zu erklären, warum jeder von uns Kräfte, Ahnungen, Phantasien, Impulse und starke Gefühle hat, die uns nur selten bewusst werden. Die Psychologie spricht vom Unbewussten, meint damit aber eigentlich nur die Erinnerungen, die so schrecklich sind, dass wir sie verdrängt haben. Das, wovon ich hier spreche, ist unendlich viel umfassender.«

»Und woher wissen wir das?«, fragte Lin Tang etwas amüsiert und mit einem gewissen Sarkasmus.

»Ihr braucht euch nur ein Orgelkonzert von Bach anzuhören.« Angelika war plötzlich munter geworden und saß aufrecht auf dem Sesselrand.

»Bach ist ein gutes Beispiel. Das überschätzte Bewusstsein unternimmt zwar den Versuch, seine Musik zu sezieren und sie zu erklären. Dadurch wird aber unser Erleben zerstört. So machen wir es leider mit allem, was in dieser Welt wunderbar und unbegreiflich ist.

Es gibt eine alte Redensart, die besagt, dass man den Wald vor lauter Bäumen nicht sieht. Und genau dorthin sind wir unterwegs, wir sehen den Wald nicht mehr, weil unser ganzes Wissen über Waldbewirtschaftung, schnell nachwachsende Hölzer, Wasser bindende Birken und gefährdete Flechten ihn verdeckt. Von all den romantischen Bildern wie Ruhe und Schönheit ganz zu schweigen.«

Angelika schloss verlegen mit einer Entschuldigung:

»Es war nicht meine Absicht, eine Predigt zu halten.«

Chavez schaute sie an.

»Aber es ist interessant, was du da sagst, Angelika. Ich denke oft, dass die Naturgesetze uns mehr interessieren als die Natur selbst.«

Jan lachte: »Das erinnert mich an die Zeiten, wo die Physiker sagten, sie hätten die Gesetze der Wirklichkeit und ihrer Bestandteile erforscht, um den Rest müssten sich jetzt die Chemiker kümmern. Inzwischen sind viele Wissenschaftler der Ansicht, dass die Physiker deshalb zu solch phantastischen Ergebnissen gelangt sind, weil es ihnen einerlei war, was die Realität wirklich ist.«

»Das ist ja unglaublich«, sagte Inger. »Ich gehe jetzt jedenfalls noch ein paar Flaschen Wein holen.«

»Und ich sehe inzwischen nach den Kindern«, sagte Chavez.

Es war weit nach Mitternacht, als sie einig waren, dass sie einen ergiebigen Abend genossen hatten.

»Ich habe nur noch eine Frage«, meinte Jan. »Seid ihr der Meinung, dass wir Menschen Bilder in uns tragen, die durch unsere Erlebnisse bestätigt werden?«

»Das ist doch selbstverständlich«, sagte Lin Tang und lächelte ihn dabei an. »Du hast seit deiner Kindheit eine Menge Vorstellungen im Kopf. Wie die Liebe zu sein hat, wie eine schöne Landschaft aussieht, wie ein dummer Mensch sich verhält. Das meiste, was du siehst, ist das, was du zu sehen gelernt hast. Und das wiederum ist eine Frage von Kultur und Zeitgeist. Verstehst du mich?«

»Ich bin mir nicht sicher.«

»Aber du müsstest es wissen«, sagte Angelika. »Du hast in einer Ausstellung ein Bild gesehen, das dich sehen gelehrt hat.«

Er nickte.

Wieder lächelte Lin Tang:

»Keiner hat es besser formuliert als Krishnamurti, als er sagte: Der Tod ist das Ende des Bildmachers.«

Auf dem Heimweg sagte Jan im Taxi, er komme sich dumm vor. Er wisse nichts von Krishnamurti, der gesagt habe, der Tod sei das Ende des Bildmachers:

»Du weißt natürlich einiges über diesen indischen Philosophen?«

»Ich habe alle seine Schriften zu Hause in einer Kiste verstaut. Darunter ist zum Beispiel das Referat über ein Gespräch mit dem englischen Physiker Bohm. Es hat mich so beeindruckt, dass ich es ins Schwedische übersetzt habe. Morgen früh werde ich es heraussuchen, dann kannst du es selbst lesen.«

24.

Angelika schlief am nächsten Morgen lange. Sie wachte erst von Jans Gestöhn auf, der in der Diele Kartons hin und her schob. Plötzlich stand er mit wirren Haaren wütend in ihrer Tür und sagte:

»Entschuldige, aber in welchem Karton hast du diese Übersetzung von Bohms Gespräch mit Krishnamurti?«

»Auf dem Karton steht P. Die Übersetzung findest du in einem rot karierten Notizbuch. Ich will noch ein bisschen schlafen.«

Sie drehte sich auf die Seite und sagte: »Mach die Tür zu. Und du, P heißt in diesem Fall nicht Plunder, sondern Philosophie.«

»Angelika.« Der Ton sagte alles.

»Verzeih.«

Das rot karierte Notizbuch lag zuoberst in dem mit P beschrifteten Karton. Mit einem Seufzer der Erleichterung setzte Jan sich in den Sessel, der fast das einzige Möbelstück in dem großen Wohnzimmer war.

Angelika hatte die Übersetzung auf dem Computer geschrieben und den Ausdruck in das große Notizbuch geklebt.

Am Anfang ging es um Beziehungen, gewöhnliche, alltägliche Beziehungen im Beruf, in der Familie, überall wo wir verletzen und verletzt werden:

Es verhält sich ja so, dass wir fast ausschließlich durch unsere eigenen Vorstellungen mit anderen Menschen in Beziehung tre-

ten. Ich habe ein Bild von mir, von dir und davon, wie du im Verhältnis zu mir sein sollst.

Das ist auch die Ursache dafür, dass wir gekränkt, verletzt und beschädigt werden, ich nehme alles in mir und du in dir auf, und das schafft ewigen Streit.

Bohm meinte, dass man sich dieser Bilder bewusst sein müsse, aber Krishnamurti sagte:

Ich kann sehr wohl sehen, dass ich ein Bild von mir habe, das seit Generationen zusammengefügt wurde. Aber wie soll ich es zerschlagen? Die meisten Menschen glauben, ein anderer müsse das tun … Meine Mutter tat es nicht für mich, meine Frau kann es nicht tun. Du musst es selbst tun. Das erfordert starke Energie. Wir brauchen eine starke Motivation, wir müssen die Bedeutung von Schönheit und Unbeschwertheit in der Beziehung zu Ehefrau, Kollegen, Nachbarn begreifen.

Sind wir dorthin gelangt, suchen wir keinen Streit mehr.

Jan starrte lange Zeit ins Leere.

Als Angelika hereinkam, sagte sie:

»Du siehst mitgenommen aus.«

»Ja. Und ich habe doch erst den Anfang gelesen.«

»Wir sollten, glaube ich, nicht gerade jetzt darüber sprechen.«

»Du hast Recht.«

Als Jan sich eine neue Tasse Kaffee eingoss, dachte er daran, wie sie einmal verzweifelt gemeint hatte, dass zwei traurige Gestalten Trost beieinander suchten.

Und er erinnerte sich, dass er wütend geworden war. Er war wahrlich keine traurige Gestalt …

Zwei Selbstbildnisse prallten aufeinander. Und vielleicht taten sie das andauernd, ihr Bild von ihm als dem begabten und überlegenen Wissenschaftler und ihr Bild von sich selbst als dem armen dummen Mädchen. Und sein Bild von sich selbst als dem ewig Einsamen, der sich verzweifelt einzureden versuchte, dass die Liebe ihn erlösen werde.

Du musst es selbst tun.

Die Worte saßen wie festgenagelt in seinem Hinterkopf.

Das Telefon klingelte, und Angelika, die neben dem Apparat auf dem Fußboden saß, hob ab.

»Danke für den schönen gestrigen Abend«, sagte sie. Und an Jan gewandt: »Es ist Inger.«

»Als wir uns in der Küche den Kognak genehmigten, hast du von all euren Kümmernissen mit der leeren neuen Wohnung gesprochen. Und dass Jans Arbeitszimmer fertig werden müsse.«

»Ja.«

»Ich habe einen Bruder, der hat eine Servicefirma, die alles kann und für alle alles macht, wie es in ihrer Werbung heißt. Nun habe ich mir erlaubt, ihn heute früh anzurufen, und er und sein Team könnten schon heute Nachmittag bei euch aufkreuzen.«

»Das klingt ja wunderbar«, sagte Angelika. »Moment, ich rede kurz mit Jan.«

Schon nach wenigen Sekunden sagte sie zu Inger: »Er nickt begeistert und strahlt wie die Sonne. Sag deinem Bruder, die Mannschaft ist uns herzlich willkommen.«

Und schon waren sie wieder bei den vielen praktischen Fragen angelangt. Angelika hatte beschlossen, das Notwendige doch bei IKEA zu kaufen und vielleicht später einmal das eine oder andere dieser unwahrscheinlich teuren und nur langfristig lieferbaren Designerwunderwerke zu erstehen.

»Aber ich will doch, dass du das bekommst, wovon du geträumt hast«, sagte Jan.

»Aber ich will im Moment ein Zuhause haben, und das sofort. Ich habe so ein weiß lackiertes Bücherregal gesehen, das gut an die lange Wohnzimmerwand passen würde. Und an den Sofas und den sonstigen Sitzmöbeln dort war auch nichts auszusetzen. Und dabei bleibt es jetzt.«

Jan warf den Kopf zurück und ließ sein mächtiges Gelächter erschallen, und Angelika dachte, dass sie es liebte, denn in diesem lauten, spontanen Lachen war er ganz er selbst. Den restlichen Vormittag verbrachten sie mit dem dicken Katalog des Möbelhauses auf dem Fußboden. Und richteten ein, legten sich fest.

Um zwölf Uhr aßen sie aufgetaute Fleischklößchen und Bohnen aus der Dose.

Um eins klingelte es an der Tür.

Draußen stand ein riesiger Mann, der sagte:

»Tach, bin Robbi, Ingers Bruder. Um was geht's?«

»Tausenderlei«, sagte Jan und schüttelte ihm die Hand. »Komm rein und mach dir selbst ein Bild.«

Robbi grinste, als er über das ungespülte Geschirr auf dem Fußboden stieg:

»Verdammt arme unbeholfene Bürgerkinder. Die Sorte kenn ich. Mein Schwager zum Beispiel.«

»Das akute Problem ist das Arbeitszimmer meines Mannes«, sagte Angelika.

»Akute Fälle gehören ins Krankenhaus.« Robbi musste über seinen eigenen Scherz laut lachen.

Angelika, die auf dem Fußboden saß, lachte mit.

»Ich merke schon, ich muss den Mund halten«, sagte sie.

»Großartig«, sagte Robbi. »Aber weiß der Teufel, ob ich dir glaube, hab noch nie eine Frau getroffen, die's Maul halten kann.«

Angelika verschwand samt Katalog, Papier und Bleistift Richtung Bett ins Schlafzimmer.

Sie fand ihr Sofa, das sehr ähnlich dem erträumten Designermöbel war, aber nur halb so viel kostete. Noch drei Sessel, das Bücherregal, das ihr schon am Vortag gefallen hatte. Ein Klapptisch aus Kiefernholz für die Küche, ein paar einfache Stühle und jede Menge bunte Läufer.

Als die Männer wieder auftauchten und berichteten, dass sie jetzt wüssten, wie das Arbeitszimmer zu funktionieren habe, und alle notwendigen Holzplatten, Unterschränke, Arbeitsstühle und schwarzen Markisen in der Abteilung für Büromöbel beschaffen könnten, war Angelika sich über die Einrichtung ihrer neuen Wohnung praktisch auch im Klaren.

»Ich komme mit«, sagte sie. »Ich möchte das Wohnzimmer ausstatten.«

»Wird notwendig sein«, sagte Robbi. »Darf ich deine Liste sehen.«

Er las, stöhnte: »Die Zusammenstellung im Lager wird mindestens einen Tag brauchen. Wir machen's so, du erfüllst dir deine Wünsche im Volksheimträumeland und machst alles fix.

Wenn wir mit dem Kontor fertig sind, holen wir dich, du blechst, und ich bestelle. Unsereins hat 'n Draht zu den Jungs im Lager. Und morgen holen wir alles ab. Jetzt holt mal eure Karre, und dann tschüss bis später auf dem Parkplatz.«

»Der Neid könnte einen fressen! So ein loses Mundwerk«, sagte Jan, als sie aus der Garage fuhren. Und er fragte:

»Was mag er wohl mit Volksheimträumeland gemeint haben?«

Angelika kramte in ihren Erinnerungen:

»Das ist eine alte Geschichte. IKEA hat seinerzeit in ganz Schweden auf jeden Laternenpfahl einen Zettel mit der Aufschrift geklebt ›Per Albin* hat uns das Volksheim gebaut, IKEA möbliert es‹.

»Smart«, sagte Jan.

Um zehn Uhr abends war das Arbeitszimmer montiert, und ein zufriedener Jan packte seine Computer, das große Faxgerät und die Mikroskope aus. Angelika fand die schwarzen Jalousien entsetzlich, erkannte aber bald, dass sie für seine Arbeit notwendig waren.

Robbi organisierte einen Elektriker und einen fürs Telefon und sagte, alles laufe wie geschmiert, die beiden kämen morgen.

»Aber im Namen des Anstandes beantrage ich, dass ihr euer dreckiges Geschirr nicht auf dem Fußboden im Wohnzimmer stehen lasst. Ihr habt in der Küche doch eine Spüle und auch Schränke.«

»Versprochen.« Angelika schämte sich.

Bis gegen Mitternacht packte sie Porzellan, Bestecke, Töpfe und Bratpfannen aus, wusch alles ab und stellte es in die Küchenschränke. Jan säuberte inzwischen seine Apparate und suchte den geeigneten Platz für sie, stellte seine Fachbücher in das schlichte Regal und sortierte seine Faxe und Aufzeichnungen.

Nachdem Angelika die Bücher, die ihr seit Jahren viel bedeutet hatten, ausgepackt und in die richtigen Fächer eingeordnet hatte, schaute Jan sich die Titel lange verblüfft an. Kierkegaard und Freud, Rollo Mays ›Der unmessbare Mensch‹, Nietzsches ›Ecce homo‹, Karen Armstrongs ›Geschichte von Gott‹, das Buch über Buddha und Elaine Pagels' ›Versuchung durch Erkenntnis‹.

* Hansson, sozialdemokratischer Politiker

Unter diesen Büchern befand sich nur ein einsamer Genetiker, Bryan Sykes, ›Die sieben Töchter Evas‹. Und dann gab es noch einen ganzen Regalmeter ausschließlich mit C.G. Jung, Ken Wilber und den Schriften Krishnamurtis.

Als die Woche zu Ende ging, hatten sie ein richtiges Zuhause.

25.

Großmama rief an, sie dürfe doch wohl annehmen, dass Jan den Trauring besorgt habe.

Angelika schwieg lange, bis sie wusste, dass die alte Frau verstanden hatte.

»Typisch gedankenlos. Und, du, dann ist da noch eins. Er braucht einen Smoking. Keinen schwarzen, kann gern hellgrau sein.«

»Großmama, das schaffe ich nie. Stell dir mal einen Mann vor, der seit Wochen bis zu den Knien in amerikanischen Faxsendungen versunken ist. Die so wichtig sind, dass er kaum Zeit zum Essen findet.«

»Ich verlasse mich drauf, dass du das in die Hand nimmst«, sagte Großmutter scharf und legte auf.

Angelika stieß die Tür zum Arbeitszimmer auf und sagte: »Jetzt hörst du mir mal zu.«

»Du weißt, dass ich keine Zeit habe.«

Sie schnappte nach Luft, aber ihre Stimme war fest und eiskalt.

»In Värmland setzen zwei alte Menschen all ihre Kraft dafür ein, dir ein großes Fest zu bereiten. Meine Eltern und deine Freunde reisen aus allen Teilen des Landes an.«

»Aber das ist allein ihre Sache, dass sie sich solche Umstände machen, und absolut nicht meine.«

»Du bist ein Egoist. Aber eins muss dir jedenfalls klar sein, nämlich, dass ich nicht in meinem feinen Kleid als Braut neben einem Bräutigam in Jeans und einem alten T-Shirt zu stehen gedenke. Dass du es nur weißt.«

Er starrte sie an, aber sie war noch nicht fertig:

»Du rufst also entweder Großmutter an und sagst die Hochzeit ab, oder du gehst mit mir einen Smoking kaufen.«

»Aber Angelika, ich habe keine Zeit. Ich bin mitten in einer Gleichung, auf die Sam Field wartet.«

Angelika war sehr blass, als sie, jede einzelne Silbe besonders betonend, sagte:

»Okay, dann sagen wir ab. Aber du wirst Großmutter und Umeå und Chavez selbst anrufen. Und ich gehe nicht einfach so mit aufs Standesamt zum Heiraten. Falls du dir das so vorgestellt hast. Ich brauche außerdem noch Bedenkzeit, ob ich mich wirklich an ein so rücksichtsloses Genie binden will.«

»Aber Angelika, du musst verstehen ... das jetzt ist nur eine vorübergehende Phase, bald bin ich wieder ich selbst.«

»Großmutter wollte übrigens wissen, ob du den Ring gekauft hast.«

»Den Ring?«

»Ein Ring ist ein rundes Etwas, das der Mann seiner Braut an den Finger steckt. Als Zeichen dafür, dass man einander in guten wie in schlechten Zeiten lieben wird.«

Und schon flossen die Tränen. Er lief hinter ihr her in die Küche und sagte: »Es tut mir Leid.«

Sie wischte die Tränen ins Küchentuch und sagte:

»Das jetzt ist nur eine neue Variante unserer normalen Streitigkeiten. Du sagst, die kirchliche Trauung und das Fest für unsere Familie und Freunde hat Großmama sich ausgedacht. Dir wäre überhaupt nicht eingefallen, dass es für mich wichtig ist, in dieser alten Kirche zu stehen und vor Gott geloben zu dürfen, dass ich dich liebe. Und dass meine Eltern und Geschwister und Freunde dabei sind.«

Jan starrte schweigend zum Küchenfenster hinaus.

Schließlich aber gab er zu, dass sie Recht hatte. Er hatte verstanden.

Angelika schwieg.

Sie dachte an seine Mutter.

Jan ging ins Arbeitszimmer zurück und faxte nach Amerika, dass er sich verspäten werde.

Hochzeitsumstände, schrieb er.

Angelika machte Essen, er setzte sich an den Tisch mit einem Gesicht wie ein trauriger Hund, wollte aber kein Mitleid:

»Hast du nie an Großmama gedacht, an die einzige wirkliche Mutter, die du je gehabt hast. Und wie sie reagieren würde?«

»Ja, ich schäme mich.«

»Iss jetzt.«

Am Abend packten sie, für ihn einen eleganten Smoking, für sie das wunderbare Kleid und was sie sonst noch brauchten. Jan steckte den Trauring in die Brieftasche, einen breiten Goldreif mit einem großen Rubin, tiefrot, wie ihre Liebe.

Am Freitagmorgen um neun Uhr warteten sie im Flughafen Arlanda auf die Maschine nach Karlstad. Angelika war ernst und Jan verlegen. Aber die Wolken über der Ostküste lagen hinter ihnen, als der Flieger nach Westen abdrehte, wo die Sonne von einem klarblauen Himmel schien. Es würde ein warmes und schönes Pfingstwochenende werden.

Auf dem Flugplatz wartete Großvater mit seinem alten Auto. Und da stand auch Großmutter und strahlte mit der Sonne um die Wette.

Großmutter und Angelika tauchten in eine endlose Umarmung ein. Beide hatten Tränen in den Augen, und Großvater stellte wieder einmal fest, dass diese beiden Frauen einander nicht begegnen konnten, ohne zu heulen.

»Geklappt hat es, aber es war nicht leicht«, flüsterte Angelika der alten Dame ins Ohr.

Die ganze Auffahrt zum Hof war von grünenden Birken gesäumt. Der Duft von Hunderten Narzissen sättigte die Luft.

26.

Jan ging zu Maris Mann, dem Pächter, um bei ihm den großen Herrenhofwagen auszuleihen. Sie brauchten das Auto zusätzlich, um ihre Gäste vom Flugplatz abholen zu können.

Danach machten Großmutter, Jan und Angelika einen Rundgang, um sich alle Arrangements anzusehen. Chavez sollte mit den Kindern im Seitenflügel untergebracht werden, dort war es warm, die Öfen wurden schon seit dem Vortag geheizt. Und das Mittelzimmer stand für die chinesische Dame bereit.

»Es ist wirklich hübsch geworden«, sagte Großmutter.

»Ja, wirklich.«

Für Angelikas Eltern war das große Schlafzimmer im Obergeschoss des Wirtschaftsgebäudes vorgesehen und für Momma ein Einzelzimmer mit Toilette. Das Brautpaar musste sich mit Jans altem Jugendzimmer begnügen.

»Jemand hat behauptet, ihr braucht kein Brautbett. Ihr hättet schon zu viele Brautnächte hinter euch.«

Sie lachten darüber.

»Deine Geschwister haben Mari und mir etwas Kopfzerbrechen bereitet, aber dann haben wir beschlossen, wir bringen sie im Mangelhaus unter. Wir haben dort also alles vorbereitet und links und rechts von der großen alten Mangel je ein Gästebett aufgestellt.«

»Sie werden hingerissen sein.«

Schließlich öffnete Großmutter die Türen zwischen Salon und Speisezimmer, und Angelika stockte der Atem. Hier war die Tafel für vierundzwanzig Personen gedeckt, feinstes handgewebtes Leinenzeug bedeckte die Tische, und das schöne geerbte Porzellan funkelte in fließenden Blautönen.

»Und das Essen …?«

»Bestellt im Gasthof an der Ausfahrt von Säffle. Sie haben das, was man jetzt Catering nennt. Essen und Servierpersonal kommen her, während wir in der Kirche sind. Für nach dem Essen sind Spielleute bestellt, und dann wird unten auf der Landebrücke getanzt. Wir haben sie reparieren und mit Geländern versehen lassen, damit uns keiner in den See plumpst.«

»Großmama! Du musst dich ja total verausgabt haben.«

Das war Jan. Sie streichelte ihm die Wange und sagte, noch sei ganz unten in der Truhe ein bisschen Geld übrig.

An Angelika gewandt fuhr sie fort:

»Hier in Värmland ist es Sitte, dass das Brautpaar die Blumen für die Hochzeitstafel pflückt. Also los, in die Auen, in die Wälder!«

Sie verschwanden, mit Papiertüten für die Ernte gewappnet. Angelika schwebte förmlich über die Wiesen und sah, dass auch Jan glücklich war, denn am Waldrand schimmerten ihnen Buschwindröschen und Himmelsschlüssel entgegen. Zarte Farnkräuter zeigten sich schon im Moos. Die Blütezeit der Leberblümchen war leider vorbei.

Sie drangen immer tiefer in den Wald vor, denn Jan wollte Angelika zeigen, wo die kleinen Trolle unter den Fichten hausten. Sie rührte sich nicht mehr vom Fleck, und für einen Augenblick glaubte Jan fast, dass sie das Geschnatter der Wichtelmännchen in ihren Wurzelhöhlen hören konnte.

Schließlich schlug er vor, zum Südhang zu gehen, wo schon die Haselstauden blühten.

»Und jetzt tragt alles ins Waschhaus!« Großmutter deutete auf die vollen Tüten. Dort fanden sie Unmengen getöpferter Vasen. Angelika steckte Sträuße, Jan schaute bewundernd zu. Und füllte die Vasen mit Wasser. Sie hatten ihre Freude daran.

Am nächsten Tag landete das Flugzeug planmäßig Punkt elf Uhr. Angelika wurde aus einer Umarmung in die nächste weitergereicht. Jan schüttelte Hände und küsste Momma und Katta auf die Wange. Dann begrüßte er Schwager und Schwägerin, stellte fest, dass beide Katta glichen. Als er Angelikas großer Schwester die Hand reichte, schob sie ihn von sich und rief:

»Du bist das, ich werd' verrückt, Thomas, guck mal, wer das ist!«

Thomas ließ Angelika, seine kleine Schwester mit dem Engelsblick, los und schaute Jan groß an:

»Donnerwetter, wir haben dich auf Video gesehen, du hast einen Vortrag über das Gehirn gehalten. Du warst nicht in Stanford, aber wir haben den Film gesehen, der an der Columbia-Uni aufgenommen worden war, und uns eine Kopie davon gekauft.«

»So klein ist die Welt«, sagte Katta. »Und in Zeiten der Television schrumpft sie noch mehr.«

Jan ließ sein mächtiges Gelächter los. Auch die anderen lachten, doch Momma sagte:

»Du irrst, meine liebe Tochter. Jan hat mir ein Buch geschenkt, in dem steht, dass die Welt wächst.«

Als Letzte kam die Familie Chavez in die Ankunftshalle heraus, er mit dem Jungen im Traggestell auf dem Rücken und sie mit dem kleinen Mädchen an der Hand.

Und wieder Umarmungen, bekannt machen. Großvater erkannte Chavez sofort wieder und strahlte vor Freude.

»Hast dich seit damals gar nicht verändert, als ihr noch Jungs wart«, sagte er.

Aber das kleine Mädchen guckte Angelika enttäuscht an:

»Du bist ja gar keine richtige Braut.«

»Wirst schon noch sehen. Das versprech ich dir«, sagte Angelika.

»Mit Schleier und Schleppe …?«

»Nein, aber stell dir mal vor, in einem goldenen Kleid.«

Gepäck und Leute wurden in den Autos verstaut, und nach etlichen Meilen tauchte am Ende der Birkenallee der stattliche Hof auf. Der Vänersee glitzerte in der Sonne, die Narzissen dufteten, und Inger rief laut:

»Das ist ja märchenhaft – wie aus einer Geschichte von Selma Lagerlöf.«

»Ja«, sagte Katta. »Einer Geschichte über ein Märchen. Aber meine ungebildeten amerikanischen Kinder wissen wahrscheinlich gar nicht, wovon wir sprechen.«

Großmutter stand zur Begrüßung auf der Treppe. Und Chavez begrüßte sie fast mit denselben Worten wie Großvater:

»Du hast dich gar nicht verändert.«

Sie verneigte sich tief vor der chinesischen Dame und sagte, sie sei stolz, die Gattin des wunderbaren Piloten in ihrem Haus begrüßen zu dürfen. Und dass sie nach der Trauung gewiss Zeit finden würden, miteinander zu sprechen.

Dann stellte sie Mari vor, die den Gästen ihre Zimmer zeigen würde. Mari führte Chavez in den Seitentrakt des Hauses.

»Sie bekommen ein eigenes Haus. Da können die Kleinen toben, wie sie wollen. Aber in der Kirche tut ihr keinen Mucks, verstanden.«

Die Kachelöfen glühten fast vor Hitze, im riesigen Bett hatte das jüngere Kind neben den Eltern leicht Platz. Für das kleine

Mädchen stand daneben ein eigenes Bett bereit. Inger schaute ihren Mann überwältigt an: »Träume ich?«

»Ich glaube nicht. Aber irgendwie hat man so ein Gefühl«, antwortete er.

»Wenn Sie ausgepackt haben, gibt's in der Küche was zu essen, stehender Tisch und gehende Leut, wie die Hausmutter das nennt. Um drei müssen alle fertig angezogen sein, da holen sie nämlich die Autos zur Kirche ab.«

»Und ihr ganz Armen müsst im Mangelhaus schlafen«, sagte Mari zu Thomas und Ulrika. »Wird nich so schlimm sein, glaub nich, dass heute Nacht viel geschlafen wird. Essen gibt's in der Küche, aber um drei müsst ihr umgezogen sein. Klo ist dort hinten im Gang. Und vergesst nicht, um drei.«

Die Hausmutter geleitete die chinesische Dame persönlich zum Zimmer, das groß und schön war:

»Ich habe Ihren Mann gekannt, und ich habe viel geweint, als ich las, was ihm zugestoßen war«, sagte Großmutter. »Er war einer der seltenen Menschen, die ihren Frohsinn auf jeden übertragen, dem sie begegnen.«

»Ja, in meinem Leben danach herrschte eine große Leere. Ich glaube, die Trauer habe ich überwunden, aber ich werde ihn immer vermissen.«

Großmutter wagte das Unglaubliche, sie umarmte die zarte kleine Dame lange.

Pünktlich mit dem Glockenschlag fuhren vier Taxis an der Treppe vor, wo die Gäste schon warteten. Das Brautpaar stand in der Mitte, und die Dorfleute jubelten der Braut in dem schönen goldenen Kleid mit Hurrarufen zu.

Die Kirche von Eskilsäter war mit Blumen geschmückt. Innerhalb der alten Mauern war es so voll, dass viele Leute stehen mussten. Die geladenen Gäste hatten ganz vorn reservierte Plätze.

»Wie alt mag die Kirche wohl sein?«, flüsterte Chavez Katta zu.

»Zwölftes Jahrhundert. Der mittlere Teil, wo wir hier sitzen, ist also fast tausend Jahre alt. Der Turm und andere Teile sind im Lauf der Jahrhunderte dazugebaut worden. Aber archäologisch ist die Kirche trotzdem sehr interessant.«

»Und die Kanzel mit den einfachen Holzschnitzereien?«

»Halte ich für siebzehntes Jahrhundert.«

Nun ging alles Gemurmel im Orgelgebraus unter, es schwang sich mit Gewalt zum Kirchenfirmament empor.

Und endlich stand die Pfarrerin vor dem Altar, angetan mit einem leuchtend roten Messkleid.

Sie war klein und zart, aber ihre Stimme war kräftig, als sie begann:

»Wir sind heute hier zusammengekommen, um die Liebe zweier Menschen zu bekräftigen. Ich bitte Braut und Bräutigam, vor den Altar zu treten, um ihr Gelöbnis vor Gott abzulegen.«

Martin erhob sich und führte Angelika Jan zu, der vor dem Altar wartete. Nun sprach die Pfarrerin eine Reihe von Gebeten, die Jan allesamt unberührt ließen. Aber er sagte an der richtigen Stelle ja.

Dann tauschten sie die Ringe.

Danach wurde die Pfarrerin so menschlich, wie sie aussah, und hielt eine schlichte Ansprache:

»Was wir heute hier feiern, ist würdevoll und wunderbar, ja vielleicht das Größte, was Gott uns zum Geschenk gemacht hat. Die Liebe.

Sie beide kommen, wie ich aus Gesprächen mit Ihnen weiß,

aus unterschiedlichen Welten. Aber ich möchte Ihnen sagen, dass wir alle aus ein- und derselben Welt kommen und in derselben Wirklichkeit leben. Alles andere ist Schein.

Im Galaterbrief 6,2 sagt der Apostel Paulus: ›Einer trage des anderen Last.‹ Das bedeutet nichts anderes, als dass wir die Probleme, Sorgen und Ängste des anderen ertragen müssen. Denn wenige Zeilen später fügt Paulus klugerweise hinzu: ›Denn jeder wird seine eigene Bürde zu tragen haben.‹

Die Ehe ist ein Geschenk und eine Verantwortung, die ihr selbst verwalten müsst. Ihr beide seid es, die einander die Ehe schenken. Sie haben ein Versprechen gegeben, das bis zum Tod Gültigkeit hat. Erinnern Sie sich dieses Versprechens von Zeit zu Zeit, denn auch wenn Gefühle schwanken, ein Versprechen bleibt bestehen.«

Es folgte der Segen … und zum Abschluss das Lied:

Geh aus, mein Herz, und suche Freud
in dieser lieben Sommerzeit
an deines Gottes Gaben …

Der Organist tat sein Bestes, aber die Sangeskunst der Gemeinde war kläglich. Plötzlich geschah etwas Unerwartetes, eine Stimme aus der ersten Reihe erhob sich bis zur Decke der alten Kirche, und es dauerte eine Zeit, bis man erkannte, dass da die Schwester der Braut sang.

»Wie ein Engel«, behaupteten die Leute später.

27.

Auf dem Gutshof stand ein Kastenwagen an der Treppe. Es waren Blumen gekommen, eine ganze Wagenladung voll, wie der Blumenhändler aus Karlstad es ausdrückte.

»Sie kommen aus Amerika, die haben telefoniert und gleich bezahlt. Und wir haben eine Mordsarbeit gehabt, die ganzen Bouquets zusammenzukriegen.«

Alle konnten nur staunen, doch Jan strahlte vor Freude.

»Ich habe keine Ahnung, woher meine Freunde in Amerika wussten …«

»Aber ich«, lachte Angelika. »Sie haben heimlich bei mir angerufen und alle nötigen Auskünfte bekommen, Blumenhandlung, Adresse des Bauernhofes in Ekenäs auf Värmlandsnäs, und den Hochzeitstermin.«

Alle halfen mit, die Körbe mit Rosen und Lilien, Akeleien und Nelken auf die Veranda zu tragen. Das Brautpaar musste sich zwischen die ganze Blumenpracht stellen und wurde von allen Seiten fotografiert.

»Jetzt gehen wir ins Haus und stoßen auf das Brautpaar an«, sagte Großmutter, die keine Verzögerungen in ihrer Planung brauchen konnte.

Drinnen knallten die Champagnerkorken. Draußen geblieben war der Hausherr mit seinen Pächtern, die alle nur möglichen Gefäße herbeischleppten und sie mit Wasser und Blumen füllten.

Die Sonne brannte auf die Fassade, und Großvater kurbelte die Markise herunter, um der farbigen Pracht barmherzigen Schatten zu spenden.

»Das tut ihnen gut«, sagte der Blumenhändler und verschwand in seinem Lieferwagen. Nun stellten sich die Gäste mit ihren Gläsern zwischen die Blumen. Wieder wurde fotografiert. Großvater bekam endlich auch ein Glas, hob es Angelika und Jan entgegen und brachte ein vierfaches Hoch auf das Brautpaar aus. Und alle sangen: »Hoch soll'n sie leben …«

Schließlich saßen die Gäste am Mittagstisch, umschwirrt von weiß gekleideten jungen Männern und Frauen, Värmlänningern, die die appetitlichen Gerichte mundgerecht servierten.

Schon die verlockenden Düfte ließen den Anwesenden das Wasser im Mund zusammenlaufen. Großvater saß neben Katta zu Tisch, an seiner linken Seite saß die Pfarrerin. Am Kopfende nahm das Brautpaar Platz, die chinesische Dame auf der einen Seite und Großmutter auf der anderen.

Zu leckeren Schalentieren wurde Weißwein getrunken. Die Stimmung hob sich beträchtlich. Dann kam die Hauptspeise, dünn aufgeschnittener Elchbraten.

Ulrika lehnte dankend ab und bat um eine weitere Portion Krabbensalat. Ihr Tischherr war einer der Pächter, der Verständnis dafür zeigte, dann aber von der enormen Vermehrung des Elchbestandes und der sich daraus ergebenden Gefahr für den Straßenverkehr berichtete. Und auch auf die Gefahren für den Bestand der Tier- und Pflanzenwelt in den Wäldern hinwies.

»Die Jagd wird nur im Herbst für drei Wochen freigegeben. Außerdem handelt es sich um einen uralten Brauch. In früheren Zeiten war der Mensch von der Jagd abhängig, um den Winter überleben zu können.«

Ulrika nickte. Er fragte:

»Isst du nie Schinken oder Rindfleisch?«

»Nur manchmal.«

»Dann denk dran, dass die Tiere in freier Wildbahn viel besser leben als die Schlachttiere. Und der Elch stirbt einen sehr barmherzigen Tod. Durch eine einzige Kugel.«

Jetzt wurde Rotwein eingeschenkt, das Gemurmel wurde lauter, und es folgten die Tischreden, die kurz und aufrichtig waren.

Martin verschaffte sich als Erster Gehör.

»Es ist für unsere Familie ein Tag der unbeschreiblichen Freude. Unser jüngstes und liebstes Kind hat einen Mann gefunden, den jeder bewundern und lieben muss, wegen der Liebe, die er ausstrahlt, wegen des einmaligen Wissens, das er besitzt und wegen seines … Humors, der sogar das Schneereich im Norden auflachen lässt.«

Gelächter und Applaus.

Großvater übernahm.

»Ihr alle wisst, dass Jan als Kind oft hier gewesen ist. Jeden Sommer hat er sich Sense an Sense beim Mähen mit uns andern abgemüht. Dann hat er wie ein ganzer Mann Traktor fahren gelernt. Und alle Leute vom Hof haben ihn gern. Wirklich glücklich war er nur hier bei uns. In seinen Briefen aus Amerika konnten wir zwischen den Zeilen lesen, dass er einsam war. Und dann ist er wieder heim nach Schweden gekommen. Er hat aus Stockholm angerufen, und Großmutter hat es seiner Stimme gleich angehört. Sie kam zu mir gerannt und sagte, Jan ist glücklich. Er hat eine neue Stimme.

Also habe ich in Stockholm angerufen, wollte mich selbst überzeugen. Sie hatte Recht. Der Junge sprach mit seiner Sommerferienstimme.

Dann kam der Tag, wo er am Telefon sagte, er will uns mit dem Mädel besuchen, das er liebt. Und da kam sie, diese wunderbare Deern, schön wie ein Engel und gütig wie der Heilige

Geist. Jetzt muss ich aufhören, denn ein richtiger Mann heult nicht.«

Wer aber hemmungslos weinte, das war Katta, und bevor die Tränen den Tisch überschwemmten, verschwand Angelika auf der Toilette, kam mit einer roten Nase zurück und warf sich dem Großvater in die Arme.

Jan schüttelte Martin lange die Hand.

Für Kaffee und Torten blieb nicht viel Zeit, denn plötzlich ertönten Rufe von draußen:

»Wir wollen das Brautpaar sehen!«

Angelika erhob sich. Katta sagte in mütterlichem Ton:

»Wisch dir erst mal die Tränen ab.«

Dann standen sie oben an der Treppe. Jan und seine Angelika. Verbeugungen, Knickse zu den schallenden Hurrarufen.

»Ein vierfaches Hoch für unsern Jung und seine prächtige Braut.«

Die Hurrarufe waren von der Art, die die Sonne auf ihrem Weg zum Horizont für einen Augenblick stillstehen ließ. Die letzten Strahlen der untergehenden Sonne schwebten über dem Brautpaar und vergoldeten den Augenblick.

»Das ist ein gutes Zeichen«, sagte Lin Tang.

Die chinesische Dame im Seidengewand mit den phantasievollen Stickereien zog alle Blicke auf sich, und man hörte von überallher die Worte: »Ein gutes Zeichen; ein gutes Zeichen …«

Dann aber kamen Rufe aus der Menge: »Wir woll'n die Schwester hören, die Schwester von der Braut, die wie ein Engel singt!«

»Wo ist meine Gitarre?«

»Hier«, sagte Mari. Ulrika schlug einige Akkorde an und sagte:

»Ich trage das Lied unsres schwedischen Dichters Evert Taube an seine Frau vor.«

Und nun tönte das Lied über die Leute des Hofes und die Wasser des Vänersees hinweg.

»Nie war der Tag von solchem Glanz … wie damals, als an meiner Seite du gingst, am Abend, diesem wunderbaren …«

Auf den Gesichtern lag ein Lächeln, und viele erinnerten sich wohl daran, wie es einmal gewesen war.

Aber Ulrika rief: »Aber jetzt wollen wir lustig sein …«, und zog alle mit zur Brücke, wo die Spielleute schon warteten.

Und wie in dieser Nacht getanzt wurde! Als die reifere Jugend sich zurückzog, hallten rockige Klänge durch die Nacht.

Kurz nach ein Uhr stahl Ulrika sich, verschwitzt vom Tanzen und müde vom vielen Singen, in das Zimmer ihrer Eltern. Martin schlief schon im breiten Bett, aber Katta saß auf einem Hocker im Bad.

»Ich wollte nur fragen, ob ich duschen darf. Im Mangelhaus gibt es kein warmes Wasser.«

»Ist doch klar, aber weck Papa nicht auf.«

Katta klang heiser, und Ulrika merkte erst jetzt, dass ihre Mutter angespannt war.

»Was beunruhigt dich denn, Mama?«

Vor ihr kniend umarmte Ulrika ihre Mutter.

»Was ist los?«

»Es ist dumm von mir«, sagte Katta. »Aber ich fürchte, das viele Feiern und die große Festlichkeit und die vielen schönen Worte könnten für Angelika zu viel werden. Sie ist so empfindsam, Ulrika. Wahrscheinlich weiß ich als Einzige von dem schwarzen Loch in ihrem Inneren und dass sie immerzu aufpassen muss, dass sie nicht zu nahe an den Rand kommt, das Gleichgewicht verliert und hineinfällt.«

»Jetzt bist du aber wirklich dumm«, sagte Ulrika. »Noch nie habe ich sie so froh und glücklich gesehen wie heute.«

»Das ist es ja«, sagte Katta und legte sich neben Martin ins Bett. Als Ulrika aus der Dusche kam, schlief auch ihre Mutter.

28.

Auch an diesem Pfingsttag kam ein Morgen. Mit Sand in den Augen, heiseren Stimmen, aber lächelnd, fanden sich alle am reich gedeckten Tisch in der Küche ein.

Die Sonne glänzte über dem See, der prachtvollen Landschaft und dem schönen Brautpaar. Dem Brautpaar, das jetzt nur Jeans und Baumwollpullis trug.

Thomas, der sich für einen Kaffeeexperten hielt, bediente drei Kaffeemaschinen gleichzeitig, eine für donnerstarken, eine für normalen Kaffee und eine für Muckefuck, wie er das nannte.

Die meisten wollten starken Filterkaffee, der machte einen klaren Kopf und weckte die Lebensgeister. Großvater tauchte auf, bat die Gäste, tüchtig zuzugreifen, selbst wollte er sich mit Kaffee begnügen. Er hatte einen eigenen Becher, den Thomas mit dem stärksten Gebräu füllte.

»Das schmeckt!«

Das köstliche Brot wanderte vom Tisch in die hungrigen Mägen. Aus verhaltenem Gekicher wurde dröhnendes Gelächter, das das ganze Haus aufweckte. Großmutter kam im Morgenrock, und ein grauer Zopf hing ihr auf dem Rücken. Katta kam in langer Hose und sagte, ein Fest wie das gestrige habe sie im ganzen Leben noch nicht mitgemacht.

»Ich bedanke mich nicht in erster Linie für das Essen, den Wein, die Torten und den Tanz«, wandte sie sich an das Großelternpaar. »Ich danke vor allem für die Liebe, die Herzlichkeit und die Fürsorge. Und für all die Freude, die ihr beiden uns geschenkt habt.«

Dann erhob sie ihre Kaffeetasse, es wurde hurra gerufen, und man beteuerte, nie zu vergessen …

Als Katta die Küche verließ, nahm sie Jan mit auf die Veranda. Vornübergebeugt taten sie so, als bewunderten sie die Blumen.

»Jan, du musst heute mit Angelika allein sein. Geht zusammen in den Wald und redet über ganz alltägliche Dinge, über deine Arbeit, deine Kollegen und so weiter.«

Er nickte dankbar.

Dann kamen die andern heraus und wollten wissen, was die zwei da taten, und Katta meinte:

»Ich wollte unsern einzigen Naturwissenschaftler fragen, was wir mit den vielen Blumen tun sollen.«

Großmutter lachte:

»Jan weiß wohl manches über die Natur, aber weniger über Blumen. Außerdem habe ich schon verfügt. Ein Teil der Pracht wird im Haus bleiben, und ein Teil wird die Kirche schmücken. Den Rest legen wir auf dem Friedhof auf die Gräber derer, die uns vorausgegangen sind.«

»Gut, wir helfen alle mit. Ich übernehme die Kirche«, meldete sich Ulrika.

»Und Großmutter und ich schmücken das Haus mit Sträußen«, sagte Inger.

»Ich möchte auf den Friedhof gehen und die Toten ehren«, sagte Lin Tang. »Aber ich brauche Großvaters Hilfe. Er muss mir die Familiengräber zeigen.«

Großvater verbeugte sich tief.

Jan aber sagte, er wolle mit Angelika eine Wanderung durch den Wald unternehmen. Alle nickten und lächelten verständnisvoll.

Angelika strahlte wie die Sonne, als sie sich andere Schuhe holen lief.

»Ich kenne eine geheime Quelle, die ganz allein mir gehört hat, als ich ein Kind war. Die will ich dir zeigen.«

Sie kamen an eine Lichtung, wo die Kiefern den Birken und Erlen hatten weichen müssen.

»Nicht bewegen«, flüsterte Jan.

Angelika wagte kaum zu atmen. Nun hörte sie die Quelle, das sanfte Murmeln des Wassers.

»Jetzt kannst du es Narziss gleichtun, kannst dich in der Quelle spiegeln und sehen, wie schön du bist.«

»Keine Gefahr, ich bin ja schon verliebt.«

Genüsslich wuschen sie sich Hände und Gesicht.

»Das Wasser kann man jetzt nicht mehr trinken, denke ich. Wie ich es als Junge noch getan habe. Damals wurde der Wald noch nicht methodisch bewirtschaftet. Zum Beispiel konnte man die Wälder noch nicht vom Flugzeug aus mit Schädlingsbekämpfungsmitteln besprühen.«

»Traurig.«

»Es ist nicht nur traurig, es ist schlimm«, sagte Jan und fuhr dann fort:

»Ich erinnere mich an eine Zeit, in der die Waldarbeiter sich Rücken und Gelenke bei ihrer unmenschlichen Arbeit ruinierten. Diese Arbeit wird inzwischen von Maschinen übernommen, die den Wald einfach niedermähen.«

Angelika nickte, flüsterte. »Horch ...«

Bald konnten sie die Rehe und das Kitz sehen.

»Schön ...«, murmelte Jan.

Die Tiere hoben die Köpfe, nahmen Witterung auf, lauschten nach allen Seiten und flüchteten in langen Sätzen.

»Ich habe doch nur geflüstert ...«

»Sie waren die ganze Zeit auf der Hut, sie wittern den Menschen. Wir bedeuten Gefahr.«

Sie aßen die Früchte, die Großmutter in Jans Rucksack gemogelt hatte, tranken trotz allem vom Quellwasser und machten sich aus dem Rucksack ein Kissen, lagen mit geschlossenen Augen ausgestreckt auf dem Rücken, begannen aber bald zu frieren. Obwohl die Sonne schien, steckte die Winterkälte noch im Boden.

Kleine Windstöße erfassten die beiden, als sie auf den Waldrand mit den hohen Kiefern zugingen, wo Großmutter und Jan einst die kleinen Trolle gesehen hatten.

»Kannst du sie hören?«

»Nein, wahrscheinlich muss man dazu ein Kind sein … ein richtiges Kind«, sagte Angelika.

Sie lächelten beide. Etwas wehmütig.

»Hast du das Gespräch von Krishnamurti und Bohm gelesen?«, fragte Angelika.

»O ja, es war interessant. Besonders am Anfang, wo sie von Beziehungen sprachen.«

»Aber hast du den Satz verstanden, den Lin Tang zitierte? Dass der Tod das Ende des Bildmachers bedeutet?«

»Ich glaube, ja. Krishnamurti hat seine Wurzeln in Indien, wo man seit Jahrtausenden den Begriff ›Maya‹ kennt. Das ist wie die Welt der Dinge in Raum und Zeit. Mit dem Verstand bleiben wir immer in der Welt der Maya stecken. Der Zugang zum Wesen der Welt liegt aber in unserem Inneren verborgen. Dieser Ansicht nähern sich auch immer mehr Naturwissenschaftler aus der westlichen Welt an.«

»Lieber Himmel, was meinst du?«

»Angelika, wie wär's, wenn wir von vorne anfangen, mit dem, was die beiden über Beziehungen sagen? Im Grunde genommen ist es ja dasselbe.«

»Das ist mir zu hoch.«

»Genau das ist es ja«, sagte Jan. »Du hast ein Bild von dir selbst als dem netten, ein wenig einfältigen Mädchen. Ein Bild, das du vorschiebst, sobald du dich bedroht fühlst. So wie eben jetzt.«

Nach einer Pause fuhr er fort: »Ich sehe in dir aber eine Frau, die unglaublich intuitiv, kreativ, klug und erwachsen ist.«

Wieder machte er eine lange Pause.

»Und jetzt zur nächsten Frage. Welches Bild hast du von mir?«

»Dass du überdurchschnittlich intelligent bist, dass du ein netter Kerl bist, der total in mich verliebt ist und deshalb meine mangelnde Bildung und Dummheit erträgt.« Jan stöhnte.

»Okay. Wenn wir uns diese Bilder einmal genau ansehen und erkennen, wie fehlerhaft sie sind, können wir uns auch einander langsam annähern. Wir können damit aufhören, wie zwei Hampelmänner zu agieren, von denen jeder an den Fäden des anderen zieht, sobald sich einer von uns beiden bedroht fühlt.«

Sie schwiegen so lange, dass sie eigentlich die Wichtelmännchen hätten lachen hören müssen. Aber das taten sie nicht.

Schließlich sagte Angelika:

»Wir hatten es beide als Kinder nicht leicht. Und die Liebe ist wie eine Befreiung über uns hereingebrochen.«

»Daran glaube ich inzwischen nicht mehr«, sagte Jan. »Ich glaube, sie ist wie ein Wunder über uns hereingebrochen. Sie hat keine Ursache, keinen Anlass und kein Ziel. Die Liebe ist, wie die Pfarrerin gesagt hat, etwas viel Größeres. Du kannst die Worte, die Paulus an die Korinther schrieb, sicher auswendig.«

»Nein, wortwörtlich weiß ich sie nicht. Aber ich erinnere mich, dass er sagte, dass die Liebe alles erträgt … dass sie geduldig und sanftmütig ist … dass sie keinen Neid kennt und die Hoffnung nicht aufgibt …«

»Das ist ja entsetzlich«, sagte Jan. »Das sind ja nur neue Bilder, neue und anspruchsvolle Bedingungen.«

Angelika schwieg nachdenklich.

Schließlich sagte sie:

»Jan, ich habe eben nicht die ganze Wahrheit gesagt. In meinem Bild von dir gibt es auch einen kleinen Jungen, der während seiner ganzen Kindheit unter einem Mangel an Verständnis gelitten hat, der hinsichtlich seiner besonderen Begabung auf Verachtung statt auf Respekt gestoßen ist.«

»Okay. Aber es kann nicht deine Lebensaufgabe sein, die Kompensation für diesen Jungen zu sein. Und meine ist es nicht, dich wegen des Irrsinns deiner Großmutter oder wegen der krankhaften Phantasien deiner Mutter zu trösten.«

Angelika schwieg, flüsterte aber nach einer Weile: »Gib mir etwas Bedenkzeit, ich muss versuchen, das alles zu verstehen.«

Nach einer langen Pause sagte sie:

»Ich schaffe es nicht, es ist zu schwierig, und das Bild vom kleinen dummen Mädchen steht andauernd im Weg.«

Sie lachte ein wenig wehmütig über sich selbst.

»Jetzt hör endlich auf mit diesem kleinen Mädchen. Es ist nun mal alles schwierig, und mir hat meine Naturwissenschaft geholfen, die Dinge wirklich zu begreifen. Weißt du, unsre beiden alten Männer können ihre Lebensweisheit ganz gut umsetzen, Bohm dank seiner Kenntnis der Quantenphysik und Krishnamurti durch seine religiöse Anschauung.«

»Wir heben uns das für ein andermal auf. Ich habe den Aufsatz viele Male gelesen, aber jetzt erst dämmert mir so manches.«

»Das ist wirklich interessant. Du übersetzt einen Text für dich selbst, den du deiner eigenen Aussage nach nicht verstehst.

Und dann liest du ihn immer wieder. Das kann ja nur heißen, dass er für dich wichtig ist.«

»Ja, das glaube ich.«

»Nun hör mal zu, Angelika. Bohm und Krishnamurti sagen ja beide, dass gute Beziehungen unmöglich sind, wenn man in seinen eigenen Bildern, Erwartungen und Vorstellungen verharrt. Und dass man damit selbst aufräumen muss, weil niemand uns dabei helfen kann. Am allerwenigsten wohl der am meisten geliebte Mensch, denn er oder sie wird zum Stein in diesem Brettspiel.

Ich zitiere: *Man muss es selbst tun. Deine Mutter tat es nicht, dein Mann oder deine Frau kann es nicht tun.*«

Schweigend gingen sie langsam zum Hof zurück.

Als der Gong zum Abendessen rief, schauten sie einander lange an, und ihre Augen bestätigten, dass etwas Wichtiges geschehen war. Sie sagte: »Dieser Tag im Wald war für mich eigentlich die wirkliche Hochzeitsfeier.«

»Sag das nur ja nicht der Pfarrerin.«

Sie mussten beide kichern.

Unten waren schon alle um den Tisch versammelt, es roch gut, und Angelika sagte:

»Hab ich einen Hunger.«

Und Großmutter meinte, eine der vielen guten Eigenschaften dieser Schwiegertochter sei es, dass sie immer Hunger habe.

29.

Die ganze Gesellschaft verzichtete auf die Nachrichtensendung im Fernsehen und versammelte sich vor dem Kaminfeuer. Chavez übernahm es, die Kinder ins Bett zu bringen, ihnen ein Märchen vorzulesen und wilde kolumbianische Lieder vorzusingen. Er ahnte, dass es für seine Mutter und auch für seine Frau ein interessanter Abend werden würde.

»Ich löse dich in einer Stunde oder so ab«, sagte Ulrika. »Ich bin ein guter Babysitter. Und ich habe das Gefühl, hier wird es für mich zu theoretisch.«

»Komisch, was die Leute für Erwartungen haben«, sagte Großmutter.

»Das ist gar nicht komisch«, sagte Großvater. »Seht mal die Abendsonne, feuerrot versinkt sie hinter einer Wolkenbank. Das Wetter schlägt um, heute Nacht wird's regnen, auch ein Gewitter würd mich nicht wundern. Und das fühlen die Menschen.«

Jan lächelte Angelika an.

»Ich glaube Großvater, er hat Erfahrungswissen«, sagte Ulrika. »Aber mein Bruder hat vor, seinem neuen Schwager einige knifflige Fragen zu stellen.«

»Halt die Klappe«, riet Thomas seiner Schwester. »Ich möchte gern von ihm hören, was er davon hält, dass das Bewusstsein im Gehirn sitzt.«

»Das ist wahrlich die Frage«, sagte Martin. »Aber ich glaube nicht, dass man darauf je eine Antwort finden wird.«

»So ist es«, sagte Jan.

»Aber du musst dir doch eine Meinung gebildet haben.«

»Nein, um Gottes willen«, lachte Jan. Aber am lautesten lachte Momma und verkündete, sie habe Jan tatsächlich in Umeå eines Abends gezwungen, einen Vortrag über die Unterschiede zwischen der Genforschung und der Psychologie zu halten: »O, es war unglaublich interessant!«

»Armer Jan«, sagten Katta und Großmutter wie aus einem Mund.

»Der braucht einem überhaupt nicht Leid zu tun«, sagte Thomas. »Alle Männer geben gern in einer größeren Gesellschaft den Ton an. Und ich glaube nicht, dass mein reizender Schwager da eine Ausnahme ist.«

»Da irrst du dich aber gewaltig«, warf Angelika ein.

»Leider nicht unbedingt«, sagte Jan. »Auch in mir steckt ein Pfau.«

Alle lachten darüber, und Jan sagte:

»Okay, Thomas, leg los.«

»Ich hab dir schon erzählt, dass wir ein Video gekauft haben, auf dem du über die Gehirnfunktionen sprichst. Es ist glasklar, aber wie alle Naturwissenschaftler hast du die interessanteste Frage nicht beantwortet. Was soll ein armer Psychologe denn glauben?«

»Ich muss die Antwort schuldig bleiben, ich kann nur für das einstehen, was ich selbst glaube«, erwiderte Jan.

»Und das ist ...?«

»Dass das Bewusstsein nicht vom Gehirn gesteuert wird. Es ist dort zwar vorhanden, aber auch im ganzen übrigen Körper, im Herz, in den Ohren, in den Augen, in der Haut. Nur ein Bruchteil von dem, was die Haut spürt, die Augen sehen, die Ohren hören, wird an das Gehirn weitergeleitet. Das weiß man mit Sicherheit durch unzählige Untersuchungen der menschlichen Wahrnehmung.«

Es war totenstill im Raum, nur Jan schien unberührt, als er fortfuhr:

»Jetzt, Thomas, nehme ich eine komplizierte Untersuchung deines Gehirns vor, ich habe dich an ein EEG-Lesegerät angeschlossen und weiter an einen Pet-Scanner. Nun kann ich dein Gehirn kontrollieren. Ich kann die Menge jeder Signalsubstanz bestimmen, ich messe alle Gehirnfunktionen, sehe, dass die Zentren arbeiten, dass deine Synopsen perfekt funktionieren, dass der Serotingehalt genau den richtigen Wert hat, die Blutversorgung normal ist. Dazu kommen eine Reihe technischer Daten. Die Untersuchung nimmt Zeit in Anspruch.

Sage mir jetzt, was ich nicht sehen kann. Was diese phantastische Untersuchung mir nicht mitteilen kann, all das, was besonders wichtig ist, um den Menschen Thomas zu verstehen.«

Es herrschte tiefes Schweigen.

»Was er fühlt und denkt«, sagte Angelika schließlich.

»Genau das«, bestätigte Jan. »Nicht ein einziger Gedanke, der ihm durch den Kopf ging, konnte in der Untersuchung abgelesen werden.«

»Ist doch klar«, sagte Ulrika. »Ich nehme an, dass sein Gehirn gescannt wurde, weil man einen technischen Fehler vermutete. Welch ein Segen, dass es solche Apparate gibt.«

»Stimmt«, pflichtete Jan bei. »Ich wollte nur darauf hinweisen, dass er, während er dalag, wahrscheinlich an tausenderlei Dinge gedacht hat, an seine Zukunft, seine Träume, vielleicht an sein Gefühl von Einsamkeit, an seine Sorgen und Freuden.«

»Das klingt nach einer Brandrede zu Gunsten der Psychotherapie«, sagte Ulrika.

»Sollte es auch sein«, bestätigte Jan.

Plötzlich lachte Thomas laut auf.

»Was ist denn auf einmal so lustig?«, fragte Katta verständnislos.

»Aber Mama, versteh doch, vor dir sitzt ein nicht ganz für voll genommener Therapeut, bis zu den Zähnen gewappnet für den Kampf gegen die geheiligte Naturwissenschaft. Und ihm gegenüber sitzt im Moment der bekannte Jan Antonsson, eine Kanone in Sachen Vererbung und Gene. Jan, hör mal«, bat Thomas.

»Ich höre.«

»Die Psychologie kämpft seit fast einem Jahrhundert darum, den alten Aberglauben auszurotten, der alles der Erbmasse zuschrieb: Aggressivität, Kriminalität, Leichtsinn. Kurz gesagt, jedem, der nicht nach den Regeln der Gesellschaft und der Kirche lebte, wurde gleich eine schlechte Veranlagung attestiert, und man sagte, es liege halt in der Familie.«

»Das stimmt«, warf Großmutter ein. »So wurde auf dem Land geredet.« Ihre Worte klangen traurig. »Wir bekamen zwei Söhne, keiner wollte in der Landwirtschaft arbeiten, und beide wurden Alkoholiker.«

»Aber in unsrer Familie hatte es bis dahin keinen einzigen Säufer gegeben«, sagte Großvater.

»Aber dafür hast du einen Enkel bekommen, der fleißig und begabt ist und der ein gutes Herz hat«, sagte Lin Tang.

»Ja, für ihn danke ich Gott jeden Tag«, atmete Großmutter auf.

»Aber mich hat er hintergangen und mir einfach meine Lieblingsschwester geklaut«, sagte Thomas.

Jan faltete die Hände im Nacken, lachte und meinte dann:

»Leider muss ich dich enttäuschen. Erstens bin ich kein Krieger, also auch keine Kanone. Zweitens beschäftigt sich die seriöse Genetik mit Krankheiten, die einen vererbbaren Faktor haben. Ich weiß nicht, was du über Krebs weißt, aber auf diesem Gebiet sind uns gewisse Fortschritte gelungen.«

»Jetzt habe ich dich angekurbelt«, sagte Thomas zufrieden. »Was gibt es sonst noch?«

»Ich weiß nur, dass ich der Entwicklung der Naturwissenschaften und deren grundlegenden Dogmen kritisch gegenüberstehe. Wie nicht wenige Forscher heutzutage.«

»Von welchen Dogmen sprichst du?«, fragte jetzt Ulrika.

»Von der geheiligten Objektivität zum Beispiel, die das Subjekt ausschließt.«

Alle sahen ihn erstaunt an, Thomas stand buchstäblich der Mund offen. Aber Jan ließ sich nicht beirren:

»Ist euch noch nicht aufgefallen, dass die Wissenschaft nie das Subjekt, also den Beobachter, miteinbezieht. Das ist von riesiger Tragweite. Die Natur wird zum Rohstoff, der Mensch auf Arbeitskraft reduziert, und die herkömmliche Menschheit wird zum Objekt für die Kräfte des Marktes.«

Er schwieg eine Weile und fuhr dann fort:

»Manchmal fürchte ich, wir sind auf dem Weg zu einer Gesellschaft, die von Habgier und düsterer Verzweiflung beherrscht wird. Einsamkeit empfindest du nie stärker als inmitten einer Menschenmasse. Ich glaube, dass das Subjekt, vor dem die Wissenschaft die Augen verschließt, das einzig Bedeutungsvolle ist. Jeder von uns muss zunächst sich selbst verstehen, um Verständnis für den anderen zu haben, und damit für die Welt, in der wir leben. Du, Momma, hast mich mal gefragt, wie wir es schaffen, in einer Welt zu leben, die aus Millionen Galaxien mit unzähligen Sternen und Planeten besteht, von denen jeder wiederum seinen eigenen Stern umkreist. Das konnte ich damals nicht beantworten und kann es auch heute noch nicht. Aber in einer Winternacht habe ich mit Angelika auf dem Balkon gestanden, und wir haben zum Sternenhimmel aufgeblickt. Und für einige Minuten waren wir von einer Stille umgeben, die keine Gedanken zuließ. Für mich war das ein Erlebnis reiner Geistigkeit.«

»Für mich auch. Aber nicht einmalig. Ich meditiere täglich«, sagte Angelika.

Im Zimmer herrschte eine tiefe Stille, die nur durch den Platzregen gestört wurde, der an die Fensterscheiben trommelte. Jan lächelte Großvater an: »Du hast Recht behalten.«

»Ist doch klar, die Knie tun weh, wie immer bei schlechtem Wetter. Mein Bewusstsein sitzt wohl in den Knien.«

Niemand lachte.

»Aber, Jung, du redest schon ein komisches Zeug, für unsereins ist da ein Mitkommen nicht leicht«, sagte Großvater dann.

Jan lächelte: »Ich glaube, du bist von uns beiden der bessere Pädagoge. Könntest du mich nicht unterstützen und von deinem Kampf gegen die Unkrautvertilgung berichten?«

Großvater streckte sich, nickte und ergriff das Wort:

»Im Radio und im Fernsehen haben sie gemeldet, dass was erfunden worden ist, um Wiesen, Wegraine und Wälder zu bespritzen. Alle hier in der Gegend waren heilfroh, dass sie nicht mehr gegen Disteln, Dornen, Quecke und das ganze andre Teufelszeug auf unsern Böden zu kämpfen brauchten.

Aber ich war misstrauisch. Und dickschädlig hab ich nein gesagt. Es war ein Haufen Händel mit den Behörden, und Tag und Nacht haben nur wütende Nachbarn hier angerufen. Aber ich hab das Papier nicht unterschrieben.

Unser Wald ist also davongekommen, denn die Leute sind krank geworden von dem Gift, manche sind sogar dran gestorben. Und die Natur sah schlimmer aus, als wenn ein Waldbrand gewütet hätte.«

Katta erhob sich und ging auf Großvater zu.

»Ich bin ganz deiner Meinung, dass Jan nicht besonders leicht zu verstehen ist, wenn er erst einmal angefangen hat. Aber durch deinen Bericht haben wir jetzt alle verstanden, was er meint. Darf ich dich an mein Herz drücken?«

»Nur wenn Großmutter zuguckt«, antwortete Großvater.

»Nichts, was mir lieber wäre«, sagte Großmutter und blickte mit aufgerissenen Augen auf Großvater, der Katta lange und herzlich in die Arme schloss.

»Es gehört sich nicht, eine Frau nur in den Arm zu nehmen, um eine andere zu ärgern«, lachte Katta an Großvaters Ohr.

»Das eine Vergnügen muss ja nicht das nächste ausschließen«, sagte Großvater, und damit hielt die Fröhlichkeit Einzug in das große Zimmer.

In diesem Moment kam Mari zur Tür herein und meinte, irgendetwas stimme wohl nicht bei dieser ganzen Gesellschaft. »Ich meine nur, wie könnt ihr so ausgelassen sein, ohne was zu trinken.«

»Ich helfe dir Flaschen und Gläser hereinzutragen«, erbot sich Thomas, der schon längst etwas zur Beruhigung gebraucht hätte.

Jetzt gibt es Schwierigkeiten, dachte Angelika und warf Mari einen warnenden Blick zu. Aber die nickte unvermutet:

»Wer könnte schon ablehnen, wenn so ein knackiger junger Kerl sich anbietet.«

30.

Am Pfingstmontag wollte die Sonne nicht aufgehen. Alle im Haus waren bedrückt, denn es war Abreisetag. Der Flug ging am Nachmittag von Karlstad ab, und es war weit bis zum Flugplatz. Großmutter hatte im großen Saal ein reichliches Frühstück vorbereitet. Der Regen hatte aufgehört.

»Was sagen die Knie, Großvater?«

»Die sind zufrieden, denn sie wissen, dass viel Wasser vor Mittsommer allem gut tut, was wachsen soll.«

»So spricht einer, bei dem das Bewusstsein im Körper steckt«, sagte Angelika.

»Genau wie bei dir.« Chavez lächelte sie an.

Sie aßen gekochte Eier und Brote mit vielen Sorten Aufschnitt. Beim frisch gefilterten Kaffee besprachen sie den gestrigen Abend. Thomas wurde rot, als er anfing:

»Heute Nacht dachte ich bei mir, dass Frau Lin Tang von uns allen die größte Klarsicht hat. Aber Sie haben kein Wort gesprochen. Sie sind ja in einer asiatischen Kultur aufgewachsen, die viele tausend Jahre älter ist als unsere.«

Lin Tang mit ihrer edel hochgesteckten Frisur und in der schön bestickten Seidenjacke schien erstaunt.

»Jetzt überschätzt du mich«, sagte sie. »Als ihr darüber gesprochen habt, was das Bewusstsein ist und wo es im Körper steckt, wollte ich einflechten, dass ich ganz anderer Auffassung bin. Aber ich habe geschwiegen, meine Gedankengänge sind so anders, dass sie nie in euer Weltbild passen würden.«

Sie lächelte vor sich hin und sprach dann weiter:

»Außerdem bin ich ein wenig schüchtern, wie gute chinesische Frauen es zu sein haben.«

Inzwischen waren die Kinder von Chavez ungeduldig geworden, sie wollten ins Freie, brauchten Bewegung.

»Jetzt bin ich mal dran«, sagte Inger zu ihrem Mann, erhob sich, schnappte sich ihre Gören, zog ihnen Gummistiefel an und ging mit ihnen in den Garten.

»Nach dem Regen riecht es hier draußen himmlisch!«, rief sie, bevor sie die Tür schloss.

Alle Blicke ruhten jetzt auf Lin Tang.

»Wie ihr wisst, sagt der Taoismus, dass niemand etwas über das Tao wissen kann. Das ist wahr, aber es ist unerhört frustrierend, wenn man ein Kind ist und alles darüber wissen will, wie die Welt und alles andere funktioniert. Ich habe eine englische Schule besucht, und die westliche Art des Denkens hat mich stark beeinflusst.«

Alle nickten verständnisvoll. Lin Tang fuhr lächelnd fort:

»Ich habe meinen Vater jahrelang mit Fragen gequält. Als ich vierzehn Jahre alt war, rief er mich schließlich in sein Arbeitszimmer und meinte, er wolle mich jetzt, wo ich groß genug sei, um es zu verstehen, über seine Auffassung der Realität aufklären.

Seine Worte haben mich durch all die Jahre begleitet und geprägt. Diejenigen unter euch, die … psychologisch … vorgebildet sind, würden wohl sagen, es hängt mit seinem entsetzlichen Tod zusammen. Er wurde von Maos Rotgardisten zu Tode gepeitscht. Vor unseren Augen.«

Niemand sprach ein Wort.

Nach geraumer Zeit fuhr Lin Tang fort:

»Mir blieb keine Zeit, um ihn zu trauern. Monatelang war ich mit meiner Mutter und meinem Bruder auf der Flucht nach Süden. Wir wanderten bei Nacht und schliefen tagsüber im Verborgenen. Wir bettelten bei armen Leuten um Essen, und fast alle waren barmherzig. Sie teilten ihre Brosamen mit uns.«

Sie verstummte, fuhr dann aber doch wieder fort.

»Wir erreichten Südchina, wo die Familie meiner Mutter lebt. Sie besaßen insgeheim ein Vermögen und hatten die richtigen Kontakte. Und so konnten sie uns nach Taiwan schmuggeln. Verzeiht, ich komme vom Thema ab.

Mein Vater sagte mir, dass das Bewusstsein seiner Auffassung nach in jedem Atom des Universums vorhanden ist. Und es sei bestrebt, sich zu verkörperlichen. Nach Milliarden von Jahren – das ist der verkehrte Ausdruck, denn es geht um die Zeit vor der Zeit – entstand ein Planet, der alle Voraussetzungen für Leben bot.

Und so begann die Evolution auf unserer Erde, die ganze Kette, die Darwin mit seiner Forschung entdeckte.

Wer das im Herzen trägt, weiß, dass jede Blume eine Seele hat und jeder Baum einen Geist, kurz gesagt, dass die Natur heilig ist. So auch jeder Mensch, meinte er. Aber er fürchtete auch, dass die westliche These von Ursache und Wirkung und die schnelle Industrialisierung die menschliche Seele bedrohe, die ein Teil des Kosmos ist.«

Lin Tang machte eine Pause und richtete den Blick auf Jan, als sie fortfuhr: »Das ist es wohl, was du fürchtest, wenn du von Einsamkeit und Außenseitertum sprichst, die in unserer Zeit immer mehr zunehmen?«

Jan nickte. Aber nach einer Weile meinte er, dass immer mehr Naturwissenschaftler, darunter vorwiegend Physiker und Biochemiker, sich Lin Tangs Meinung annäherten.

»Hast du Paul Davies oder Ken Wilber gelesen? Und das Buch ›Janus‹ von Arthur Koestler?«

Lin Tang nickte und sagte lächelnd, dass sie diese Bücher selbstverständlich gelesen habe.

»Die Bücher von Ken Wilber sind bei mir schon ganz zerlesen. Hast du gewusst, dass er im Herbst in schwedischer Übersetzung erscheinen wird?«

Jan schüttelte den Kopf. »Ich werde das Buch sofort bestellen und es Angelika schenken. Ich hoffe sehr, sie erkennt, dass zwischen ihrem intuitiven und meinem eher wissenschaftlichen Verständnis von der Welt keine unüberbrückbaren Gegensätze bestehen.«

Angelika lächelte:

»Das ist nur gerecht. Durch mich hast du Krishnamurti gelesen, und du hast ihn besser verstanden als ich.«

»Dank meines wissenschaftlichen Trainings.«

»Das ist bemerkenswert«, sagte Angelika.

»Das alles ist ja ganz außerordentlich interessant, aber wir müssen an die Abreise denken«, mahnte Katta. »Martin und ich müssen morgen arbeiten. Und ich nehme an, bei Angelika und Jan ist es nicht anders, und ebenso bei den beiden Ärzten Chavez.«

Sie klebten förmlich an ihren Stühlen, und es schien schwierig, aufzustehen. Schließlich erhob Großmutter sich und sagte:

»Ihr wisst alle, dass ihr uns jederzeit willkommen seid, wenn ihr ein paar Tage erübrigen könnt.«

Es klang entschieden, aber die Tränen waren nicht fern. Also sprang Großvater ein:

»Nu nehmt euch mal hübsch zusammen. Und geht, marsch, mal packen. Und dann versprecht ihr, uns im Sommer bei der Ernte zu helfen.«

Alle versprachen es. Dann wandte sich Lin Tang an ihren Sohn:

»Ich möchte gern noch ein paar Tage hier bleiben. Ich weiß, es wird für Inger mit den Kindern nicht leicht sein. Aber Großmutter und ich haben uns noch so viel zu erzählen.«

Chavez lachte:

»Wirst du nie damit aufhören, eine demütige chinesische Frau zu sein. Du bist, und das merk dir endlich, eine Schwedin und arbeitest seit vielen Jahren für uns, ohne bis jetzt einen einzigen Urlaubstag gehabt zu haben.«

»So spricht man nicht mit seiner Mutter«, sagte Lin Tang, aber ihre Stimme lachte dabei.

»Wie du siehst, Jan, gibt es noch mehr Kulturkämpfe als die zwischen Angelika und dir«, sagte Katta.

Thomas überrumpelte Martin und Katta mit der Nachricht, dass er mit den Großeltern vereinbart hatte, noch eine Weile hier zu bleiben.

Katta sagte erstaunt:

»Du bist erwachsen und kannst frei entscheiden.«

Und Großvater fügte hinzu:

»Er hat mir versprochen, dass er das Boot seeklar macht.«

Im Flugzeug nahm Jan neben Angelika Platz und meinte, er sei schon neugierig auf Krishnamurti, wer er sei und warum er in ein englisches Internat gesteckt worden sei und sich dann in Oxford den Prüfungen gestellt habe.

»War er der Sohn eines Maharadschas?«

»Keineswegs, eher war es umgekehrt. O Jan, es ist eine phantastische Geschichte.«

»Erzähl.«

»Vielleicht hast du schon von der theosophischen Gemeinde gehört, eine weltweite Bewegung, die großen Zuspruch hatte und die es noch immer gibt. Wie soll ich sie definieren? Eine religiöse Bewegung, christlich, durchsetzt mit Wesenszügen der indischen Philosophie. Ich denke, man strebte einen Brückenschlag zwischen West und Ost an. Aber es gab auch Komponenten, die von vielen als … hohl bezeichnet wurden und die ich mystisch nennen möchte. Sie pflegten Kontakte zu Einsiedlern, Mystikern und Wahrsagern. Lebenden und Verstorbenen.

Ein Grundgedanke war, dass Buddha, der hinduistische Krishna und unser Jesus Inkarnationen ein und desselben großen Geistes waren. Mehr möchte ich nicht sagen, denn ich weiß zu wenig.«

»Ich verstehe schon, was du meinst.«

»Und wie die Christen warten auch die Theosophen auf die Wiederkunft Jesu. Ende des neunzehnten Jahrhunderts wurde in Adyar in Südindien ein Zentrum gegründet. Die Leiterin war Annie Besant, die sich in der Fähigkeit des ›Weissagens‹ jahrelang geübt hatte. Eines Tages entdeckte sie unter den Schulkindern einen armen kleinen Jungen. Und sie erkannte, er war der neue Messias. Besant hatte einen Mitarbeiter, einen Engländer, seinen Namen habe ich vergessen … und sie waren bald einer Meinung. Der neue Erlöser war geboren.

Aber er musste geschult werden, war er doch ein armes Barfußkind. Er wurde also seiner Familie, seiner Verwandtschaft, seinem Land entzogen und in ein vornehmes englisches Internat gebracht.«

»Das ist ja grausam.«

»Ja, es ist verrückt.«

»Aber irgendetwas müssen die beiden immerhin erfasst haben«, sagte Jan. »Nicht jedermann erwirbt in Oxford einen Doktorgrad der Philosophie. Schon gar nicht als Dunkelhäutiger.«

Angelika nickte und fuhr fort:

»Um es kurz zu machen, der neue Erlöser sollte nach und nach der ganzen Welt vorgestellt werden. Ich glaube, die Feierlichkeiten fanden in Belgien statt. Und zum ersten Mal hatten die Menschen Gelegenheit, Gott selbst über Radio sprechen zu hören.

Nun stand er also vor den Mikrophonen und begann seine Rede mit den Worten:

›Ich habe nicht vor, euch als Krücke zu dienen.‹

Diese Rede habe ich nie nachgelesen, aber in dem Gespräch mit Bohm kann man seine Grundeinstellung erkennen – keine Autoritäten. Kein anderer, keine Götter können es für euch tun. Ihr müsst es selber tun. Er wurde ein sehr umworbener Redner. Er hat auch etliche Bücher geschrieben, die ich alle zu Hause habe.«

»Das ist wirklich eine unglaubliche Geschichte«, sagte Jan.

Das Flugzeug setzte zur Landung in Arlanda an.

»Ich bin ein bisschen durcheinander«, sagte Jan.

»Aber mir fällt gerade noch etwas aus diesen Schriften ein, was uns beide angeht«, sagte Angelika. »Dem tieferen Sinn nach sind Gegensätze eine Auseinandersetzung zwischen zwei Gefängnissen, schreibt er irgendwo.«

Jan schluckte.

Dann standen sie in der großen Halle. Die Verwandten aus Umeå hatten es nach kurzer Umarmung eilig, nach Hause zu kommen. Chavez und Jan hatten ihre Autos im Parkhaus abgestellt.

»Wir seh'n uns.«

»Ja, Angelika und ich sehen uns sogar schon morgen, aber schlaf dich erst mal aus. Es reicht, wenn du zur Besprechung um elf Uhr da bist.«

»Danke, Doktor. Aber von da an müssen wir unsere alten Rollen weiterspielen.«

»Okay.«

31.

Auf der dem See zugekehrten Veranda saßen Großmutter und Lin Tang und sprachen gedämpft über das Leben, was es sie gelehrt hatte und was sie sich für die Jahre wünschten, die ihnen noch blieben. Sie lauschten den Wellen, die ans Ufer schlugen, und genossen das Spiel der Sonne mit Licht und Schatten in den knospenden Bäumen. Die Narzissen im Garten verströmten ihren Duft. Aber der dumpfe Geruch der Traubenkirschen, die nach dem Regen in der Wärme aufgeblüht waren, überlagerte alles.

»Mich bedrückt immer noch, was du uns gestern vom Tod deines Vaters und eurer Flucht durch China erzählt hast. Lebt deine Mutter noch?«

»Nein, sie ist vor drei Jahren gestorben, im selben Jahr, in dem Luis mit dem Flugzeug abstürzte. Wir hatten schon lange einen längeren Besuch in Taiwan geplant. Aber dann wurde … nichts mehr draus.«

Großmutter musste sich die Nase putzen und entschuldigte sich dafür. Dann sagte sie:

»Ich wollte dich nicht verletzen …«

»Das tust du auch nicht, du musst verstehen, ich lebe in dem Leben, das gewesen ist, es ist immer gegenwärtig. Etwas ungeordnet … das muss ich zugeben … Es ist also ganz gut, wenn ich durchs Erzählen manches auf die Reihe bringe. Ich habe mich so gefreut, als du neulich von Luis' Besuch hier auf dem

Hof erzählt und wie du gesagt hast, dass du nie einem Menschen begegnet bist, von dem so viel Freude ausging.«

Sie atmete tief durch und fuhr dann fort:

»So habe ich ihn auch gesehen, täglich, auch wenn es kummervoll war. Genau so war er in der Bank in Taiwan auf mich zugekommen, wo ich hinter einem Schalter saß. Ich habe ihn gleich vom ersten Augenblick an geliebt. Und bin vor diesem überwältigenden Gefühl erschrocken. Liebe, nie hatte ich etwas Derartiges auch nur geahnt oder gar empfunden. In China spricht man selten von solchen Dingen.«

Kurz darauf wurden sie von Großvater und Thomas unterbrochen. Die beiden kamen verschwitzt und schmutzig aus dem Bootshaus.

»Es tut sich was«, sagte Großvater. »Der Junge hat nicht grade zwei linke Hände. Übermorgen ist sie seeklar.«

Thomas setze eine Flasche Leichtbier an die Lippen, Großvater nahm sich ein stärkeres. Der ›Junge‹ sagte mit einem leichten Diener: »Man dankt.«

Großmutter erzählte von dem Gespräch über Luis Chavez.

Großvater war bestürzt:

»Ja, das war schlimm. Wir haben es in der Zeitung gelesen, dass er tot ist. Haben beide geweint.«

»Könntest du mir wohl erzählen, wie das war, als er hierher kam«, bat Lin Tang.

»Na, wie soll man über ihn sprechen … Sagen wir's wie im Gedicht: Er kam gleich dem Wind …«

Er musste sich zusammennehmen, um weitersprechen zu können.

»Die beiden Jungs waren ja schon hier und sind Herrn Chavez regelrecht in die Arme geflogen. Nach einer Weile sagte er:

›Wie's scheint, wollt ihr in die Luft?‹ Und dass er einen kleinen Floh in Karlstad stehen hat. Erst hab ich gar nix kapiert.«

»Dann haben wir eine Kleinigkeit gegessen«, sagte Großmutter. »Er hat nur Wasser getrunken. Und dann hat er gesagt, dass ein kleiner Flieger in der Nähe von Karlstad auf uns wartet. Aber es hätten nur drei Passagiere Platz. Ich hab sofort gesagt, dass ich gern verzichte, weil ich nämlich gar nicht in die Luft wollte.

Das fand er gut. Großvater konnte neben ihm sitzen und die Jungen hinten. Und mir hat er geraten, ich soll den Himmel draußen vom Liegestuhl aus beobachten.

Und schon waren sie in seinem Auto verschwunden, und die Leute vom Hof standen um mich rum und starrten in den Himmel. Es hat zwar ein bisschen gedauert, aber plötzlich war der Flieger über uns und zog seine Kreise über den Häusern. Die Leute schrien hurra. Schließlich stieg er steil in die Wolken und fiel in Spiralen wieder auf uns zu.

Ich dachte, mich trifft der Schlag, aber Bengtsson sagte, der treibe nur seinen Schabernack mit uns.

Im nächsten Augenblick ist er wieder aufgestiegen und hat uns zum Abschied mit den Tragflächen wackelnd, ›auf Wiedersehen‹ zugewunken. Sie flogen über den Vänersee davon. Und ein paar Stunden später waren sie alle wieder zu Hause, Großvater ein bisschen blass und ziemlich durcheinander. Aber die Jungs waren fröhlich wie die Lerchen.«

»Was für ein phantastischer Mann!«, sagte Thomas.

»Genau das«, sagte Großvater. »Bis heute will mir nicht in den Kopf, dass er tot ist.«

Tränen liefen über das alte Gesicht. Aber er fing sich und sagte:

»Los, Junge, an die Arbeit.«

»Es macht dir hoffentlich nichts aus, Lin?«

»Nein, im Gegenteil. Wohin ich auch komme, höre ich Unglaubliches über ihn. In Fliegerkreisen ist er eine Legende. Das freut mich, musst du wissen. Es ist für mich der Beweis, dass er ein glücklicher Mensch war. Und es waren uns immerhin fast zwanzig Jahre in diesem gesegneten Land geschenkt.

Ich habe gestern von unserer Flucht erzählt und wie wir schließlich zu den Verwandten nach Taiwan gekommen sind. Sie waren freundlich, verarmt und verängstigt. Alle erwarteten Bombardements. Wir waren davon überzeugt, dass die Kommunisten die Insel erobern würden.

Chavez wartete eines Tages bei Arbeitsschluss um drei Uhr vor der Bank auf mich. Und begleitete mich nach Hause.

Als wir so Seite an Seite gingen, sagte er: ›Du weißt, dass uns etwas Besonderes widerfahren ist?‹

Ich konnte nicht viel sagen, bewegte aber den Kopf wie ein Nickpüppchen. Er lachte, und der Himmel hörte dieses Lachen. Mein Onkel kam und schickte mich ins Haus. Er selbst wollte den Gast ein Stück begleiten. Der Onkel war für alles in der Familie verantwortlich.

Ich weinte nicht, ich konnte nicht mehr weinen, seit sie meinen Vater getötet hatten. Aber ich dachte, ich würde Chavez nie mehr wieder sehen. Seinen Namen wusste ich, weil er beim Geldwechseln seinen Pass vorgelegt hatte.

Als mein Onkel zurückkam, teilte er mir mit, dass dieser amerikanische Flieger mich heiraten wolle. Ob ich ihn haben wollte? Und ich erwiderte nur, o ja. Meine Tante kicherte, das sei es wohl, was die Leute aus dem Westen ›verliebt sein‹ nannten.

Mein Onkel sagte, der Amerikaner mache einen ehrlichen Eindruck. Meine Mutter weinte, und mein Bruder schrie, er werde nie mit einer Heirat mit einem … von diesen weißen Teufeln … einverstanden sein.

Mein Onkel sprach schließlich ein Machtwort: ›Solange ihr unter meinem Dach lebt, bin ich es, der die Beschlüsse fasst.‹

Dann teilte er uns mit, dass der Amerikaner eine Mitgift bezahlen werde, denn in Amerika sei die Mitgift Sache des Bräutigams. ›Wir erhalten achthundert Dollar in Gold.‹ Mein Onkel hatte es schriftlich bekommen. Er sagte uns auch, dass der Amerikaner als Flugkapitän in einer der großen Maschinen, die die Menschen rund um die ganze Welt flogen, ein gutes Einkommen habe.

Meine Tante wandte ein, wie er nur einem Menschen vertrauen konnte, den er vorher noch nie gesehen hatte.

›Weil er mir seinen Pass überlassen hat. Er hat nämlich auch mir vertraut.‹

Jetzt war mein Onkel der Überlegene.

Er legte den Pass auf den Tisch, und dieser wanderte von Hand zu Hand, wir lasen mit großen Augen, was dort stand. Der Tante war aufgefallen, dass er aus Kolumbien stammte.

›Das ist wahrscheinlich eine Stadt drüben in Amerika.‹

Nur ich wusste Bescheid. Er war nicht aus den USA, er war Südamerikaner. Aber nichts konnte meine Freude schmälern. Und Mama war glücklich, dass mir die Welt offen stand. Mama betrachtete das Passfoto lange und meinte, er sei ein unglaublich gut aussehender Mann.

Tante und Onkel und auch mein Bruder waren glücklich wegen des Geldes, das in der folgenden Nacht im Garten vergraben werden sollte.

Früh am nächsten Morgen ging mein Onkel, wie abgesprochen, auf den Gemüsemarkt. Luis bekam seinen Pass zurück, mein Onkel übernahm einen schweren Stoffbeutel und wurde instruiert, dass ich die Bank wie immer um drei Uhr verlassen sollte. Ich sollte meinen Pass und alle meine Papiere mitbringen. Schon am selben Abend würden wir nach Hongkong fliegen und dort heiraten.«

»Das ist ja wirklich eine unglaubliche Geschichte«, sagte Großmutter. »Ich würde sie nie und nimmer glauben, wenn ich sie in einem Buch gelesen hätte.«

»Die Wirklichkeit übertrifft eben manchmal die Dichtung.«

Lin Tang lachte, aber Großmutter sagte:

»Den Ausspruch habe ich noch nie gehört.«

Es klang ein wenig ironisch.

Aber Lin Tang ließ sich nicht beirren.

»Tagsüber arbeiteten wir an getrennten Schreibtischen in unserm Hotelzimmer in Hongkong. Luis schrieb Berichte an seine Fluggesellschaft und ich einen langen Brief an meine Mutter. Nachts lehrte er mich, was Liebe ist.«

Die Liebesnächte hätte sie nicht erwähnen sollen, das wurde ihr bewusst, als sie Großmutters Blick begegnete und dort einen großen, herben Verzicht wahrnahm. Der im Alltag geschickt hinter ihrer Fürsorge und ihrer großen Freundlichkeit verborgen lag.

32.

Zum Glück wurden sie von Maris Rufen unterbrochen, das Essen stehe im Speisezimmer bereit. Als sie ins Haus kamen, waren Großvater und Thomas schon unter der Dusche.

»Wir vertreiben uns das Warten mit einem Glas Wein«, sagte Großmutter. Sie erhoben also die Gläser, als Großvater und Thomas das Speisezimmer in Jeans und frisch gebügelten Hemden betraten. Zum Anstoßen mit den Damen wählten die Herren Leichtbier.

Zu essen gab es Lachsforellen mit Quetschkartoffeln. Und Salat.

»Du musst uns wieder besuchen, wenn wir junge Kartoffeln und Gemüse aus dem eigenen Garten haben.«

Lin Tang bedankte sich und fragte, ob sie da die Enkelkinder mitbringen dürfe.

»Selbstverständlich, bring gern deine ganze nette Familie mit.«

»Das würde wirklich Spaß machen«, sagte Großmutter, und Lin Tang dachte, sie ist ein einsamer Mensch. Und schon führte Großvater das Wort:

»Eins hätte ich gern gefragt. Wie um alles in der Welt seid ihr eigentlich in Schweden gelandet?«

»Jetzt lass Lin Tang mal in aller Ruhe essen«, ermahnte ihn Großmutter. Und dabei blieb es.

»Wir sprechen beim Kaffee drüber«, sagte Lin Tang. »Ich erzähle es gern.«

Mari servierte den Kaffee auf der Veranda.

»Jetzt kannst du reden«, sagte Großvater.

»Ich habe Großmutter schon erzählt, dass Luis und ich uns in Taiwan kennen gelernt haben, wohin meine Familie geflüchtet war. Wir haben uns ineinander verliebt, und bevor wir Asien verließen, haben wir geheiratet.

Dann flogen wir nach Kolumbien und landeten auf dem International Airport von Bogota. Luis war Flugkapitän bei einer Gesellschaft, die Avianca hieß. Er hatte eine Wohnung mitten in dieser großen Stadt.«

Sie holte tief Luft und fuhr dann fort.

»Ich schäme mich ein bisschen, das zu sagen, aber ich habe mich dort nicht wohl gefühlt. Alles war mir fremd, die Sprache, die Zeitungsmeldungen, die laute Art des Auftretens ... Und ihr werdet verstehen, dass ich mich sehr einsam fühlte. Aber eine alte Indianerin betreute mich. Das war auch notwendig. Denn auf den Straßen herrschte Unruhe. Meine Leibwächterin war eine wunderbare Frau, und wir wurden Freundinnen. Aber mir wurde nie bewusst, dass ich von ihr eine Indianersprache lernte und kein Spanisch.«

Lin Tang lächelte still vor sich hin, bevor sie fortfuhr:

»Es gab fast jeden Abend Demonstrationen und Krawalle, und überall wimmelte es von Polizei. Ihr werdet sicher verstehen, dass das bei meinen Erinnerungen an Maos Rotgardisten nicht gut für mich war. Ich habe mich nie beklagt. Aber Luis war ja ein ... intuitiver Mensch, er wusste es natürlich. Eines Nachts erzählte er mir von seinen Freunden in Skandinavien und schlug vor, ich solle ihn auf seinem nächsten Flug nach Frankfurt begleiten. Er habe eine Idee, mehr verriet er nicht.

Ich saß einen ganzen Tag vor der Europakarte, fand Frankfurt in Deutschland und war verblüfft, als ich sah, dass das mächtige England nur eine Insel war. Schließlich fand ich Skandinavien ganz oben im Norden. Es waren große Länder, Norwegen, Schweden, Finnland … und dann las ich, dass dort nur wenige Menschen wohnten.

Schweden war von der Fläche her größer als Kolumbien. Aber es hatte nur acht Millionen Einwohner, Kolumbien hingegen vierzig. Ich sah endlose Wüsten vor mir, und das erschreckte mich ein wenig. Aber dann fiel mir ein, dass sie zumindest ein Flugunternehmen hatten.

Im Hotel in Frankfurt lernte ich die schwedischen Freunde von Luis kennen, große blonde Männer und zwei Flugbegleiterinnen mit Haaren wie gesponnenes Gold. Die Männer gratulierten Luis und mir zur Hochzeit und sagten, ich sei ebenso schön wie ihre Träume vom fernen China.

Luis erklärte ihnen seine Pläne, die Schweden hörten mit ernsten Gesichtern zu und meinten, das ließe sich wohl machen. Die SAS entwickle sich gut und habe immer Platz für routinierte Piloten. Luis war durch eine gelungene Notlandung auf einem Plateau in den Anden bekannt geworden.

›Hast du alle Papiere bei dir?‹, fragten sie.

Luis bejahte, und der Schwede verschwand, um alles zu kopieren. Einer der Piloten hatte die meiste Zeit geschwiegen und mich immerzu mit seinen eigenartig blauen Augen angesehen. Als sein Kollege mit den Kopien zurückkam, sagte der Schweigsame, er kenne den schwedischen Gesandten in Berlin.

›Ich rufe ihn an … und dann entwerfen wir ein Gesuch an die SAS.‹

Wir mussten warten, aber zwei Stunden später rief der Gesandte zurück, hörte sich seinen Fliegerfreund an und versprach, von sich hören zu lassen, sobald er mit der SAS-Direktion gesprochen habe.

Ich lauschte fasziniert der fremden Sprache. Das Gespräch endete mit den Worten, die ich nie vergessen werde:

›Ja, det var bra.‹ (Ja, alles in Ordnung.)

So klangvoll hatte ich das ›a‹ noch nie aussprechen gehört.

Gegen Mitternacht waren alle müde, alle Papiere waren unterschrieben. Die SAS-Maschine würde früh starten, wir verabschiedeten uns, und die Schweden versprachen, ihre schönsten Formulierungen zu verwenden, um Luis zu empfehlen.

Drei Wochen später erreichte uns in Bogota ein Brief aus Schweden. Luis möge sich am dritten Mai um elf Uhr schwedischer Zeit in der Hauptgeschäftsstelle der SAS in Stockholm einfinden.

Wir hatten immer nur gehört, es sei ein düsteres und kaltes Land. Aber als wir ankamen, war es bis tief in die Nacht hinein hell, die Bäume schlugen im zartesten Grün aus, und in allen Parks der schönsten Stadt, die ich je besucht hatte, blühten die Blumen. Die Stadt schien auf dem Wasser zu schwimmen, und in den Straßen und auf den Kais tummelten sich fröhliche Menschen. Und ich konnte ohne Begleitung gehen, wohin ich wollte, die Leute lächelten mir zu.

Und überall war es so ungemein sauber.

Das Bemerkenswerteste von allem aber war, dass es keine Bettler gab, keine Zerlumpten und keine Krüppel.

Irgendwann sah ich einen Mann ohne Beine, der sich in einem Stuhl mit Rädern fortbewegte.

Ich war in eine andere Welt gekommen.

Ich ging und ging und sog gierig alle Eindrücke in mich auf. Schließlich taten mir die Füße weh. Und von den vielen Erlebnissen schwirrte mir der Kopf. Also nahm ich mir ein Taxi zum Grand Hotel.«

Lin Tang lächelte bei der Erinnerung an den Taxifahrer vor sich hin. Er hatte, als sie ihm einen Zehndollarschein gab, den

Kopf geschüttelt und gesagt: »No, no, madame, too much.« Und hatte ihr in schwedischen Kronen herausgegeben.

»Aber wir möchten gern hören, wie es für Herrn Chavez weitergegangen ist«, warf Großmutter ein.

»Ja, plötzlich stand er also vor mir, fröhlich wie eine Lerche, strahlte wie die Sonne, streckte beide Daumen in die Höhe, kam mit großen Schritten auf mich zu, hob mich hoch und tanzte mit mir durch die Hotelhalle. Alle Gäste in unserer Umgebung lachten und klatschten in die Hände. Der Ober kam angerannt.

›Champagner‹, sagte Luis nur. ›Zwei Flaschen und fünf Gläser.‹

›Unsre Freunde aus Frankfurt sind im Anmarsch‹, sagte er zu mir. Schon im nächsten Moment standen sie singend am Tisch: For he is a jolly good fellow … and so say all of us …

Und jetzt brach der Jubel erst richtig los. Der Champagnerverbrauch hielt sich in Grenzen, weil fast alle Piloten am nächsten Morgen Dienst hatten. Aber die Glückwünsche für Luis wurden von echt schwedischen vierfachen Hurrarufen und einem herzlichen Rückenklopfen begleitet. Einer von den Kollegen hatte am nächsten Vormittag dienstfrei. Er wollte uns dann zusammen mit einer Flugbegleiterin die Stadt zeigen.

Und uns erklären, in welchem Land wir gelandet waren.

Die Flugbegleiterin hatte lange Zeit Stadtführungen in Stockholm gemacht. Sie hieß Elsa, hatte eine goldbraune Haut und fast ebenso schwarze Haare wie ich. Aber ihre Augen strahlten mit dem blauen Himmel um die Wette.

Wir saßen am Kai, als sie uns fragte, was wir vor allem sehen wollten. Und ich antwortete prompt, ich möchte vor allem verstehen lernen, wie ein Land so … menschenfreundlich … sein könne.

Wo waren die Bettler, die Armen, die Siechen? Und warum schienen alle so fröhlich zu sein?

Elsa schaute mich groß an und sagte, die letzte Frage sei leicht zu beantworten: ›Alle Menschen hier im Norden jubeln, wenn die Sonne scheint und alles wieder grün wird. Sie müssen wissen, dass wir einen langen, kalten und düsteren Winter hinter uns haben. Wenn die Sonne wiederkehrt, sind wir wie verrückt vor Freude.‹

›Wir haben gerade die Nacht der langen Unterhosen überstanden‹, sagte der Pilot, der Leif hieß.

Alle lachten. Worüber? Ich kam mir dumm vor.

Elsa meinte aber, meine erste Frage sei weitaus wichtiger. Sie erklärte, Schweden sei eine Demokratie, alle vier Jahre konnte das ganze Volk wählen, wer in Reichstag und Regierung die Macht übernehmen sollte.

›Alle dürfen wählen?‹, fragte ich.

›Ja, Frauen ebenso wie Männer, Alte und Junge, Reiche und Arme, Arbeiter und Bauern.‹

Ich wäre fast vom Stuhl gefallen und fragte nur: ›Frauen auch?‹

›Selbstverständlich‹, sagte Elsa. ›Allen Bewohnern dieses Landes sind die Menschenrechte garantiert. Hier in Schweden ist etwas geschaffen worden, das sich Wohlfahrtsstaat nennt, und es ist wichtig, dass Sie das verstehen. Jeder, also auch Sie, hat ein Recht auf kostenlose Betreuung im Krankheitsfall einschließlich kostspieliger Operationen. Ihre Kinder werden viele Jahre zur Schule gehen, auch das ist kostenlos. Niemand braucht zu betteln, die Alten und Kranken bekommen eine Pension, und es steht ihnen täglich eine Hilfe im Haushalt zu, damit sie ein menschenwürdiges Leben führen können.‹

Zu diesem Zeitpunkt stand sogar Luis der Mund offen:

›Wie in aller Welt könnt ihr das finanzieren?‹

›Das wirst du bald merken‹, sagte Leif. ›Der Staat fordert

von jedem Lohnempfänger und jedem Unternehmer hohe Steuerzahlungen.‹

Und weiter:

›Hör zu, Luis. Sagen wir mal, du hast ein Monatsgehalt von zehntausend Kronen. Davon bleiben dir bestenfalls noch sechstausend übrig. Den Rest bekommt der Staat an Steuern.‹

›Wir bezahlen gemeinsam zum Besten aller‹, ergänzte Elsa.

›So spricht eine wahre Sozialdemokratin‹, spöttelte Leif.

›Richtig‹, bestätigte Elsa.

Ich gab mir alle Mühe, das zu verstehen.

›Wollten wir uns nicht eigentlich die Stadt ansehen?‹, fragte Leif unvermittelt.

Wir bestiegen also die Fähre nach Skeppsbron und besuchten das Königsschloss, das jetzt ein Museum ist.

Luis fragte unsre Begleiter: ›Welche Aufgaben hat euer König?‹

›Er ist nur ein Symbol. Im Übrigen sind er und seine Königin die einzigen Menschen in diesem Land, die keine politische Meinung äußern dürfen.‹

Zu diesem Zeitpunkt waren Luis und ich stumm vor Staunen.

Ich erinnere mich nicht mehr, was wir alles gesehen haben, es waren eigentlich die gleichen Bilder wie am Vortag, nur in anderen Stadtteilen, saubere Straßen, gut gekleidete Menschen, und überall herrschte Ordnung.«

Hier verstummte Lin Tang und erinnerte sich, wie sie, als sie später im Hotel allein waren, beide das Gefühl hatten, dass es auch in diesem Land irgendwo einen Abgrund geben müsse, eine Gefahr lauern könnte, etwas sich hinter all dieser Ordnung verbergen müsse. Darin waren sie sich einig, als sie zu Bett gingen. Und sich dem Lustvollen und Selbstverständlichen hingaben.

Trotz des tiefen Friedens in Värmlandsnäs konnte Lin Tang nur schwer einschlafen. Die langen Gespräche mit dem alten Ehepaar hatten viele Erinnerungen geweckt.

Da war beispielsweise dieser Tag in Stockholm, an dem Luis dem Personalchef der SAS Rede und Antwort stehen sollte.

Noch nie hatte sie ihn sich mit solcher Sorgfalt rasieren sehen. Und obendrein ein weißes Hemd, leichter grauer Anzug und ein diskreter Schlips.

»Was immer du tust«, hatte sie ihm zugeflüstert. »Lüge nicht.«

»Das habe ich inzwischen begriffen, hier darf man nicht bluffen.«

Sie hatten zusammen gefrühstückt, er sagte, das Einzige, was er in diesem Land nicht gut fände, sei der Kaffee. Dann war er in einem Taxi verschwunden. Sie selbst wollte mit Elsa in der Stadt Kleider kaufen.

Sie hatten ihren Spaß zusammen, aber Lin Tang fand in den feinen Geschäften an der Hamngata nichts Passendes. Alles war hier so groß, dass sie wie ein Streichholz in Kleidern und Röcken verschwand und in den großen Jacken förmlich unterging.

Elsa lachte, aber Lin Tang fand es nicht lustig, sie passte nicht in dieses große Land.

»Jetzt weiß ich was«, sagte Elsa. »Wir gehen zur Indischen Kompanie.«

Und hier gab es alles, was Lin Tang sich vorstellte, wunderbare Jacken von chinesischer Machart und doch irgendwie europäisch, bequeme lange Hosen und Sandalen in ihrer Größe.

Sie hatte auf Luis' Anraten mit Eurocard bezahlt und kam mit Beuteln beladen ins Hotel zurück, umarmte Elsa und äußerte den Wunsch, sie öfter wieder sehen zu dürfen.

»Keine Frage, ich brauche auch eine Freundin.«

Das gab ein gutes Gefühl.

Dann sagte Elsa: »Auf Wiedersehen in Göteborg.«

Lin Tang verstand den Sinn ihrer Worte nicht und hielt es für eine Redensart: »Auf Wiedersehen in Göteborg.«

Am nächsten Tag erfuhr sie, dass Göteborg eine Stadt in Schweden war und dass Luis unweit der Stadt und nahe am Flugplatz ein Haus gekauft hatte, das schöne Haus in Mölnlycke. Dort hatten sie freundliche und hilfsbereite Nachbarn. Und alle nur möglichen Handwerker nahmen Reparaturen in Angriff, schüttelten einem die Hand und sagten »Hej!«

Alles war zum Staunen.

Den stärksten Eindruck hinterließ aber doch die Autofahrt von Stockholm nach Göteborg. Diese Erinnerungen an Landschaft, Wälder, Ebenen, an Bauernhöfe mit roten Gebäuden … dieses große, schöne und freundliche Land.

Lin Tang hatte geweint und geglaubt, es sei ein Traum. Es konnte ganz einfach nicht Wirklichkeit sein.

Luis hatte dafür eine Erklärung: »Hier herrscht seit zweihundert Jahren Frieden.«

33.

Angelika ging durch die Wohnung und genoss ihr schönes Heim, das so groß war, so luftig. Wie immer, wenn das Glück sie überfiel, bekam sie Angst.

Jan war völlig versunken in seine Fax-Korrespondenz mit den USA und es gelang ihm kaum, daraus aufzutauchen, wenn das Essen fertig war.

Angelika ärgerte sich nicht darüber, sie hatten ein Übereinkommen geschlossen. Abends machte sie ihm auf dem Sofa im Arbeitszimmer das Bett, küsste ihn, wünschte eine gute Nacht und kroch allein ins Bett. Am Telefon im Arbeitszimmer wurden derweil lange Gespräche auf Englisch geführt.

Jans Stimme begleitete sie bis in den Schlaf hinein und ersparte ihr die bösen Träume.

Ein blasser, aber wohl gelaunter Jan weckte sie am nächsten Morgen mit Kaffee. Und ihr fiel ein, dass sie heute zur Arbeit musste.

Vor dem Frühstück duschten sie wie immer gemeinsam und gingen wieder ins Bett.

Nun saß sie also in der U-Bahn. In die Realität zurückgekehrt, dachte sie und musste zugeben, dass das gut war. Für sie. Aber die Realität hatte auch ihre Härten, es waren vier akut Kranke eingeliefert worden, manche waren dem Tod nahe. Die Besprechung war kurz, Chavez teilte die Aufgaben ein, wobei Angelika die Betreuung einer Sterbenden zufiel.

Sie machte alles nach Vorschrift, drückte die Wundränder dort zusammen, wo die krebskranke Brust aufgeplatzt war, wechselte den Verband und verabreichte eine schmerzstillende Spritze.

Noch nie hatte sie etwas so Widerwärtiges gesehen.

Schließlich setzte sie sich an das Bett der Todkranken, hielt sie bei der Hand und las dabei das Journal des Nachtdienstes durch. Sie traute ihren Augen nicht. Chavez kam herein und nahm ihr das Journal weg.

»Hast du so was schon gesehen?«, fragte sie leise.

»Nein.«

Er schüttelte den Kopf und murmelte:

»Ihre Söhne werden bald da sein. Beide sind Geistliche und wollen für die arme Seele der Mutter beten.«

»Soll ich bleiben?«

»Du bleibst hier am Kopfende sitzen. Wir müssen den Blutdruck und die Pastoren unter Kontrolle halten.«

»Wenn sie anfangen in Zungen zu reden, schmeiße ich sie raus«, sagte Angelika zu Chavez.

Es waren zwei Männer um die dreißig. Sie sahen passabel aus, waren verängstigt und verzweifelt. Ihre Augen waren dunkel vor Trauer und Tränen. Angelika hielt die Hand der Mutter in ihrer. Mit der andern fühlte sie den Puls.

»Wir tragen die medizinische Verantwortung und müssen bei der Patientin bleiben.«

Die Männer nickten, und einer der beiden fragte:

»Wird es lange dauern?«

»Das kann man nie wissen, ich kontrolliere den Blutdruck ununterbrochen. Wenn er sinkt, kann es kritisch werden. Als Einziges kann ich versprechen, dass sie ohne größere Schmerzen sterben wird.«

Die Söhne standen an beiden Seiten des Bettes und beteten

still für ihre Mutter. Als sie sich setzten, wurde die Stille bedrückend, die Zeit blieb stehen, doch vor dem großen Fenster fiel schließlich die Dämmerung ein.

Jedes Mal wenn Angelika die Hand der Kranken losließ, begann diese laut zu stöhnen, beruhigte sich aber, sobald der Blutdruck gemessen war und die junge Hand wieder in ihrer lag. Stunden vergingen. Die Stille war ohrenbetäubend.

Die Tür ging auf, der Arzt kam herein. Er nickte den Männern zu, kontrollierte wieder den Blutdruck, hob den Verband an, und die Söhne starrten entsetzt auf die klaffende Wunde.

»Ist trocken«, sagte der Arzt. »Wir brauchen sie nicht mit einem Verbandswechsel zu quälen.«

»Schwester, Sie müssen abgelöst werden.«

»Das geht nicht«, sagte einer der Söhne und erklärte, dass die Mutter zu schreien anfinge, sobald die Schwester ihre Hand losließ.

»Halten Sie durch, Schwester?«

»Herr Doktor, könnten Sie bitte meinen Mann anrufen? Er erwartet mich um diese Zeit zu Hause.«

»Versprochen«, sagte er und ging mit schlechtem Gewissen in sein Sprechzimmer, um zu telefonieren. Er hätte Angelika diese Patientin nicht zuteilen dürfen.

Es wurde ein langes Gespräch, das damit endete, dass Chavez sagte, möglicherweise sei Angelika schon fast an der Grenze angelangt.

»Ich verstehe«, sagte Jan.

Aber das tat er nicht, er wollte nicht verstehen.

Eine Stunde später schlug Angelika Alarm. Der Blutdruck sank, Chavez war fast augenblicklich zur Stelle, doch die Patientin begann zu schreien.

Vor Schmerzen.

Die Söhne schauten den Arzt verzweifelt an. Er nahm Angelika gerade die Spritze aus der Hand, drehte die Kranke um und setzte die Nadel im Gesäß an, der einzigen Stelle, an der noch etwas Gewebe vorhanden war.

Nach wenigen Minuten hörte die Kranke zu stöhnen auf.

»Jetzt ist sie schmerzfrei und wird bald schlafen. Und Schwester Angelika muss ihren Wachdienst beenden, sonst bricht sie uns vor Müdigkeit noch zusammen.«

»Zumindest muss ich auf die Toilette gehen. Aber ich komme wieder und bleibe bis zum Ende hier sitzen.«

»Sie ist ein ungewöhnlicher Mensch«, sagte einer der Söhne.

»Ja«, nickte Chavez. »Es war ein Fehler von mir, sie gerade für diese Patientin einzusetzen, ich weiß, wie nachhaltig sie Anteil nimmt.«

Er seufzte und fuhr dann fort:

»Ich entschuldige mich damit, dass es ein höllischer Tag gewesen ist. Zwei unserer Patienten sind gestorben. An falsch behandeltem Krebs. Zu spät behandelt, aber nicht so schlimm wie Ihre Mutter. Etwas Vergleichbares habe ich überhaupt noch nie gesehen.«

Er schwieg eine Weile, schaute den jüngeren Sohn aber durchdringend an, als er sagte:

»Morgen können Sie mir vielleicht sagen, wer Ihr schrecklicher Gott ist.«

Er bekam keine Antwort.

Chavez zuckte die Schultern, maß den Blutdruck abermals.

»Es geht bergab«, sagte er zu Angelika, die gerade zur Tür hereinkam. Sie nickte und griff nach der Hand der Schwerkranken. Zehn Minuten später setzte die Atmung aus.

Angelika wankte, als sie wieder auf die Beine kam. Anderes Personal betrat das Zimmer, nahm sich der Verstorbenen an, man gab ihr Blumen in die Hand und zündete rund um das Bett Kerzen an. Dann wurden die Söhne hereingelassen, um Abschied zu nehmen. Chavez fuhr Angelika nach Hause.

Jan bereitete sofort ein warmes Bad vor.

»Hast du Hunger?«

»Sollte ich eigentlich haben, aber wahrscheinlich bringe ich nichts runter.«

»Etwas Obst?«

»Versuchen wir's.« Sie lächelte ihn an, und er spürte, dass sie langsam wieder Boden unter die Füße bekam.

»Keine Löcher mehr«, sagte sie. Er verstand nicht, nickte aber, wickelte sie in den Bademantel, fütterte sie mit einer Banane und half ihr ins Bett.

Gab ihr die Schlaftablette, die Chavez ihm dagelassen hatte, und blieb bei Angelika sitzen, bis die Tablette wirkte.

Er hörte das Fax im Arbeitszimmer tuckern.

»Ich weiß, dass du heute Nacht arbeiten musst«, sagte Angelika. »Aber lass die Tür offen, es stört mich nicht, es beruhigt mich, wenn ich deine Stimme am Telefon höre.«

Im nächsten Moment war sie eingeschlafen.

Jan war besorgt, ängstlich. Was, zum Teufel, hatte Chavez mit seinen Worten gemeint, Angelika sei fast schon an der Grenze angelangt?

Angelika schlief die ganze Nacht tief und traumlos.

Zeitig am Morgen rief Jan ihre Abteilung in Danderyd an. Schwester Helena hob ab und klang zum ersten Mal richtig menschlich, als sie sagte, es sei für alle selbstverständlich, dass Angelika sich ausschlafen müsse.

Jan bat sie, Doktor Chavez Grüße zu bestellen.

»Sagen Sie ihm, er möge mich anrufen, sobald er Zeit hat.«

»Das werde ich tun.«

Jan weckte Angelika mit Kaffee und Zimtschnecken.

Dann kroch er zu ihr ins Bett, und bald schliefen beide tief. Erst um ein Uhr nachmittags weckte sie das Telefon.

Es war Chavez, und Jan sagte ihm, dass Angelika die ganze Nacht geschlafen hatte. Und dass er jetzt nicht sprechen konnte.

»Ich mache zeitig hier Schluss und schaue auf dem Heimweg bei euch vorbei.«

»Okay, du bist uns willkommen.«

»Wir wollen offen reden«, sagte Chavez beim Hereinkommen. Also setzten sie sich alle drei an den großen Küchentisch, und Angelika kochte Kaffee.

»Ich verstehe, dass du wütend auf mich bist, Jan, weil ich Angelika bei dieser schwer kranken Frau habe wachen lassen.«

»Nein. Ich weiß sehr wohl, wie es auf der Krebsstation zugeht, wenn es besonders schlimm ist.« Jan machte ein erstauntes Gesicht. »Darüber wollte ich eigentlich gar nicht reden, sondern eher über das, was du abends am Telefon zu mir gesagt hast. Aber ich weiß nicht ...«

»Es hilft uns allen dreien, wenn wir offen reden«, sagte Chavez, und Angelika nickte.

Jans Stimme wollte nicht recht gehorchen, als er anfing:

»Du hast zu mir gesagt, Angelika sei schon fast an der Grenze. Ich habe behauptet, dass ich verstehe, aber eigentlich tue ich das nicht. Also bitte ich dich um eine Erklärung.«

Chavez seufzte:

»Ich habe dir schon vor längerer Zeit gesagt, dass Angelika eine sehr seltene Gabe besitzt, nämlich die unglaubliche Fähigkeit, sich intuitiv in einen anderen Menschen hineinzuversetzen, seine Schmerzen und Ängste zu spüren. Du hast selbst gesagt, du glaubst, dass sie, oberflächlich ausgedrückt, beinahe seherische Fähigkeiten hat. Erinnerst du dich?«

»Ja.«

»Ich bin aber der Meinung, dass man diese Fähigkeit nicht ohne Gegenleistung bekommt. Wenn Angelika einer allzu schweren Prüfung ausgesetzt wird, könnte es sein, dass sie eine Grenze überschreiten muss. Das hätte ich nicht vergessen dürfen.«

»Ich müsste mir einfach rechtzeitiger ein besseres Wissen über den jeweiligen Patienten verschaffen«, fuhr er fort.

Angelika nickte.

»In diesem Fall war es so, dass die sterbende Frau seit zwanzig Jahren Knoten in der Brust gehabt hatte. Inzwischen waren alle Lymphgefäße, Leber und Lunge von Metastasen befallen. Sie lehnte jede Behandlung ab und vertraute blind darauf, dass Gott ihre Gebete und die Fürbitten der Gemeinde erhören würde, vertraute den Handauflegungen des Pfarrers und seinen Beteuerungen, Gott der Herr habe versprochen, sie gesund zu machen.«

»Eine Sekte von christlichen Fundamentalisten?«, fragte Jan.

Chavez nickte.

Angelika wollte erklären:

»Aber als ich ihre Krankengeschichte las, wurde ich so wütend, dass ich es kaum auf meinem Stuhl ausgehalten habe.«

Sie seufzte, dachte nach und fügte hinzu:

»In einem Punkt hast du Recht, ich habe die idiotische Fähigkeit, das Leiden eines anderen Menschen selbst zu fühlen. Dieses Gefühl kommt leider spontan, und ich stumpfe auch nicht dagegen ab, auch nicht mit den Jahren und allen Erfahrungen zum Trotz.«

»Wahrscheinlich ist es das, was wir Liebe nennen«, sagte Chavez.

Jan nickte, und Angelika dachte, diese gelehrten Doktoren sind doch ganz schön dumm. Sie wussten nichts von der ausgemachten Bosheit, die in ihrer Seele, in dem schwarzen Loch, lauerte. Sie konnten es nicht einmal ahnen. Und sie würden es nie erfahren.

Angelika war müde. Als Chavez gegangen war, sagte sie:

»Es ist zwar verrückt, aber ich möchte mich ein bisschen hinlegen.«

»Gut«, sagte Jan. »Ich verspreche dir für später ein sehr gutes Essen. Was möchtest du denn haben?«

»Gebratene Lachsschnitten, Kartoffeln, etwas Salat. Und ein Glas Wein.«

Jan freute sich.

»Sollst du haben.«

34.

Angelika ging wie immer täglich zur Arbeit. Jan kehrte zu seinen Gleichungen zurück. Er war jetzt schon fast am Ziel, das sagte ihm sein Bauch.

Aber er war müde, seine Augen brannten, er gab schließlich nach und legte sich aufs Bett, schlief ein. Als er nicht ans Telefon ging, wusste Angelika, was los war, er schlief, sollte er nur ungestört schlafen. Auf dem Heimweg kam sie an dem kleinen Lebensmittelladen des Viertels vorbei und kaufte einige Scheiben teures Kalbfleisch.

Als sie mit ihren Tüten zu Hause eintraf, sah sie, dass sie richtig vermutet hatte, Jan schlief in dem breiten Bett wie ein Kind. Sie streichelte sein Gesicht, mein Gott, wie sehr liebe ich ihn. Er schlug die Augen auf, und sie erschrak, weil sie stark gerötet waren.

»Schlaf«, sagte sie. »Schlaf noch ein bisschen weiter. Ich wecke dich, wenn das Essen fertig ist.«

Aber als sie die Kartoffeln abschabte, hörte sie, dass er duschte. Als er im Bademantel in die Küche kam, sagte sie: »Leg dich aufs Bett und beug den Kopf ganz nach hinten, ich habe gute Tropfen für deine trockenen Augen.«

Er gehorchte, sie sagte, er müsse die Augen weit aufreißen. »Du darfst nicht zwinkern.«

»Es brennt«, jammerte er.

»Das muss es«, sagte sie und ging wieder kochen.

Sie verbrachten einen schönen Abend zusammen, ruhig, ohne viele Worte und von Nähe erfüllt. Er erzählte, dass er bald am Ziel sei: »Es stimmt beinahe, und ich ahne den Silberstreif am Horizont.«

»Wunderbar.«

Als Angelika am nächsten Tag zur Arbeit aufbrach, stellte sie fest, dass morgen Freitag sei und sie ein ganzes Wochenende vor sich hätten.

»Du«, sagte Jan. »Ich bin mir so gut wie sicher, dass ich bis morgen Abend fertig bin.«

Und das war er.

Noch bevor sie am Samstagmorgen aufgestanden waren, klingelte es bereits an der Wohnungstür.

»O nein«, jammerte Angelika.

Draußen stand aber ein Blumenbote mit einem Riesenstrauß weißer Lilien und rosa Rosen. Der Junge erklärte, dass ein Gruß beiliege, dass man im Laden aber die englische Rechtschreibung nicht geschafft habe.

Sie hatten den Gruß also ins Schwedische übersetzt.

Die Botschaft lautete: »Brillant, genial, danke.«

Jan ließ sich in der Diele auf die Bank sinken.

Angelika gab dem Boten einen Schein, nahm die Blumen und verschwand in die Küche, kürzte die Stiele, füllte das Spülbecken mit Wasser. Sie war außer sich vor Freude, und Jan saß noch immer wie gelähmt in der Diele.

Sie setzte sich neben ihn, umarmte ihn und drückte ihn fest an sich.

Ihm waren die Tränen gekommen, er trocknete sie mit Angelikas Taschentuch, schluchzte lachend auf, und Angelika lachte mit ihm.

»Du«, sagte sie schließlich. »Auf der Spüle liegen eine Menge Kleinlebewesen, und ich kann die große blaue Vase nicht vom oberen Regal runterholen.«

Jetzt lachte er in seiner üblichen Art mit zurückgebeugtem Kopf und ging, um ihr die Vase zu holen.

Angelika kümmerte sich wieder um die phantastischen Blumen und sagte, das Frühstück sei heute seine Sache. Der duftende Kaffee und die Brote schenkten ihnen ein Stündchen gemütlichen Alltags. Jan trug die Blumen auf den Wohnzimmertisch und lobte Angelikas Talent, Blumen zu arrangieren.

»Brillante Blumen und ein genialer Strauß«, sagte Angelika, und sie hatten wieder etwas zu lachen.

Als sie sich beruhigt hatten, meinte Angelika:

»Geh du Champagner kaufen, und ich räume unterdessen die Küche auf. Zwischendurch muss ich dann Martin und Katta anrufen.

»Recht so, die werden sich freuen.«

Sie zog ihr schönstes Kleid an, dotterblumengelb, kurz, weiter Rock. Dann wählte sie die Nummer in Umeå. Katta hob ab, und Angelika berichtete von Jan, der tags zuvor mit seinen Untersuchungen fertig geworden war und die Ergebnisse in die USA gefaxt hatte, und dass ein Bote sie heute früh mit Lilien und Rosen geweckt hatte.

»So schöne Blumen habe ich überhaupt noch nie gesehen«, sagte sie. »Aber das Beste war der Brief, den die Amerikaner diktiert hatten: Brillant, genial, danke.«

»Phantastisch«, sagte Martin, der den Hörer übernommen hatte. »Aber um was geht's eigentlich?«

»Weiß ich nicht, es ist wahrscheinlich geheim. Aber sprich nachher mit Jan, er ist gerade Champagner kaufen gegangen.«

»Ich rufe später zurück.«

Als sie die Spülmaschine eingeräumt und in der Küche Ordnung gemacht hatte, klingelte das Telefon schon wieder. Es war Jans Professor vom Karolinska, der ein Telegramm aus den USA bekommen hatte.

Angelika unterdrückte den Impuls, nach Art wohlerzogener schwedischer Mädchen vor dem Professor einen Knicks zu machen, und sagte einfach, was los war.

»Er ist Champagner kaufen gegangen.«

Der Professor sagte lachend, dann werde er später wieder anrufen. Im nächsten Moment klingelte es an der Tür, und draußen stand Ulrika mit einem Strauß Kornblumen und Margeriten.

Die Schwestern fielen sich um den Hals, und Ulrika sagte:

»Katta hat angerufen und mir gesagt, dass Jan in den USA etwas Bedeutendes gelungen ist. Wo ist er denn?«

Angelika kicherte, denn sie kam sich wie ein Anrufbeantworter vor, als sie ihr Sprüchlein wiederholte: »Er ist Champagner kaufen gegangen.«

»Warum lachst du?«

»Das sage ich schon den ganzen Morgen.«

Wieder klingelte das Telefon, Ulrika zwinkerte ihrer kleinen Schwester zu und sagte, sie werde das erledigen:

»Hier ist der Anrufbeantworter von Doktor Jan Antonsson. Der Doktor ist im Moment nicht zu Hause. Er ist Champagner kaufen gegangen. Bitte rufen Sie später an.«

Zwei weitere Gespräche, Angelika pries den automatischen Anrufbeantworter, Ulrika hörte ihn ab.

»Die Zeitungen«, sagte sie nur.

Jetzt klingelte Jans Arbeitstelefon.

Ulrika flitzte ins Arbeitszimmer und sagte in breitem Amerikanisch:

»Doctor Antonsson is not at home. Could you please call later.«

»Verdammt nochmal!«, schrie eine Stimme. »Was, zum Kuckuck fällt dir ein, Angelika?«

»Ich bin nicht Angelika, hier spricht Ulrika. Deine Frau hat den ganzen Morgen den Anrufbeantworter gespielt. Sie hat von dem ewigen Gebimmel die Nase voll.«

Jan sagte darauf nur, er sei nach einem langen Spaziergang jetzt endlich auf dem Heimweg.

»Und du bleibst zum Mittagessen, es gibt etwas wirklich Gutes. Meinen Chef vom Karo habe ich schon eingeladen. Und Chavez mit seiner Frau auch.«

»Danke, ich freue mich.«

Die beiden Schwestern schauten einander an, und Angelika dachte, wie gut, dass die praktisch veranlagte Ulrika bei mir ist.

Und Ulrika legte auch schon los:

»Hast du eine lange Bank?«

Angelika dachte nach:

»Auf dem Balkon.«

»Wir machen sie im Badezimmer gründlich sauber und stellen sie mit den vielen Blumen vors Bücherregal. Der schöne Esstisch kommt in die Küche, wir tauschen ihn gegen den Klapptisch aus. Hast du ein großes schönes Tischtuch?«

»Ja, Großmutter hat mir eins geschenkt. Aber mit Vasen bin ich knapp dran, falls noch mehr Blumen kommen.«

»Du hast doch eine so freundliche Nachbarin, die fragen wir, ob sie aushelfen kann.«

Angelika zog ihr schönes Kleid aus und ein weites T-Shirt an. Und dann gingen sie ans Werk.

Es klingelte an der Tür. Ein weiterer Blumenbote. Wieder Rosen. Die Nachbarin brachte Vasen, teure Kristallvasen. Angelika fand sie scheußlich, bedankte sich aber herzlich.

»Ich weiß schon«, sagte die Nachbarin. »Der Herr Doktor hat eine große Erfindung gemacht, ich habe es im Radio gehört.«

»Verdammt«, zischte Ulrika, doch ihre Augen leuchteten.

Sie stellten die gescheuerte Balkonbank zum Trocknen in die Sonne. Dann tauschten sie die Tische aus, klappten den Küchentisch im großen Zimmer auf und nahmen die Sektgläser aus dem Schrank. Jetzt herein mit der langen Bank, ein weißes Papiertuch drüber. Sie stellten die Blumen drauf, deckten den Tisch.

Mitten in all dem Durcheinander kam der mit Tüten beladene Jan heim.

»Was treibt ihr denn da?«, wunderte er sich.

»Wir bereiten ein Fest vor«, erklärte Ulrika, befreite ihn von den Tüten und fiel ihm um den Hals. Er küsste sie auf die Wange, als das Telefon klingelte und der Anrufbeantworter sich einschaltete.

»Die Presse«, sagte Angelika. »Morgen lautet die Schlagzeile ›Großer Erfinder ein Alkoholiker‹.«

Ulrika und Jan lachten, an der Tür klingelte es.

»Ich mache auf«, sagte Ulrika.

Es klingelte ein zweites Mal, wieder Blumen, doch hinter dem Boten standen ein Fotograf und ein Journalist, die mit Jan Antonsson sprechen wollten.

»Er ist nicht zu Hause.«

»Wir wissen, er ist Champagner kaufen gegangen. Aber das kann ja nicht den ganzen Tag dauern.«

Da stimmte Ulrika die alte Weise vom Bauern an, der den Jockel ausschickte … Sie drückte die Tür zu und schloss ab.

Jan lachte übermütig, Ulrika sagte:

»Du gehst jetzt duschen. Besitzt du vielleicht ein elegantes Hemd?«

»Hat er«, sagte Angelika. »Ich hab alle seine Hemden waschen und bügeln lassen.«

»Aber ich muss kochen«, wandte Jan ein. »Cordon bleu.«

»Das erledige ich. Cordon bleu ist meine Spezialität«, sagte Ulrika und schob ihn ins Badezimmer. »Du hast genau eine halbe Stunde Zeit, um wie ein bedeutender Forscher auszusehen. Und du, Angelika, ziehst dein schönes Kleid wieder an.«

Sie sahen beide gut aus, als sie sich wieder blicken ließen. Die mit Schinken und Käse gefüllten Kalbsschnitzel waren fürs Panieren vorbereitet.

»Du bist phantastisch, und ich bin glücklich, dass ich mir die richtige Schwester ausgesucht habe, ein besonnenes, liebenswertes Frauchen.«

»Aus dir spricht die wahre Femme fatale«, konterte Ulrika. »Aber zu deiner Beruhigung, Genies liegen mir nicht.«

Sie lachten beide.

Aber Angelika dachte, dass sie sich beide irrten, Ulrika war genau die Frau, die Jan gebraucht hätte: Ordnung, Methode und keine Löcher in der Seele.

»Ich bereite die Soße«, sagte Jan, aber im selben Augenblick klingelte es an der Tür.

»Ich mache auf«, erbot sich Angelika. »Wenn es Journalisten sind, sage ich, du bist immer noch unterwegs.«

Aber es war der Professor mit seiner Frau, und Jan musste die Küche zu einem langen Händeschütteln mit seinem Chef verlassen.

35.

Wir haben Blumen mitgebracht«, sagte die Frau des Professors, liebenswürdig und ganz unprätentiös. Sie sah die Blumenbank und seufzte mitleidig und amüsiert:

»Es ist nur eine einfache Topfpflanze.« Sie riss das Papier ab, und zum Vorschein kam ein schöner Keramiktopf.

»Eine Orchidee, herrlich«, freute sich Angelika. »Endlich eine Blume, die nicht verwelken und sterben muss.«

Bald war das Zimmer voller Menschen. Chavez klopfte seinem Freund auf den Rücken, und Inger küsste ihn auf die Wange.

Mit ängstlichem Gesicht brachte Jan den Champagner herein.

»Ich weiß nicht, wie man so eine Flasche nach allen Regeln der Kunst öffnet.«

»Komisch«, sagte Professor Johansson. »Ich habe dich für einen Fachmann gehalten, nachdem du für den Einkauf dieser paar Flaschen so viel Zeit gebraucht hast.«

Gelächter. Sie stießen an, und Angelika bat zu Tisch. Ulrika trug das Essen auf. Alle waren bester Laune, der Professor öffnete die Flaschen und hielt eine Rede. Das Telefon klingelte, und der Anrufbeantworter gab Bescheid, dass Jan Antonsson Champagner kaufen gegangen war.

»Es sind schon wieder die Zeitungen«, meldete Ulrika.

»Du musst wenigstens einem großen Blatt ein Interview geben«, sagte der Professor.

»Aber wie viel kann ich preisgeben?«

Nach dem Dessert mit Eis und Kaffee gingen der Professor und Jan ins Arbeitszimmer. Sie kamen überein, was bekannt gegeben werden konnte. Aber Jan wollte auch in den USA anrufen, um mitzuteilen, dass der Chef des Karolinska-Institutes ein großes Interview befürwortete.

»Sie werden begeistert sein. Die Amerikaner lieben Publizität«, sagte der Professor, bedankte sich für das herrliche Essen und gab seiner Frau einen Wink, denn sie mussten jetzt gehen.

»Wir sehen uns am Montag im Karo. Und viel Glück beim Interview.«

Es war ein eher kleiner Mann um die vierzig, der wie abgesprochen Punkt achtzehn Uhr an der Tür klingelte. Er hatte einen Fotografen im Schlepptau. Jan bat beide ins Arbeitszimmer, und sie schossen einige Aufnahmen mit Jan am Fax.

Dann kam die erste Frage: »Hat die neue Entdeckung etwas mit Versuchen für das Klonen von Menschen zu tun?«

Jan errötete vor Zorn, hatte aber seine Stimme in der Gewalt, als er antwortete:

»Ich bin Arzt und werde Arzt bleiben. Ich habe außerdem eine gründliche Ausbildung in Biochemie und Hirnforschung hinter mir und habe auf diesem Gebiet in den USA einen Doktorgrad erworben. In meiner gesamten Tätigkeit verfolge ich nur ein Ziel: kranke Menschen zu heilen. Wenn Sie sich das bitte merken wollen.«

»Ich bitte um Entschuldigung. Aber Klonen ist zur Zeit ja ein wichtiges und faszinierendes Thema.«

»Für die Medien, ja«, konterte Jan eiskalt.

Heißsporn, dachte der Journalist.

»Darf ich in aller Bescheidenheit fragen, worum es bei der neuen Entdeckung geht?«

Jan seufzte und sagte: »Mit Sarkasmus können Sie nicht besonders gut umgehen.«

Der Journalist lächelte gequält.

»Wenn Sie meine Frage beantworten wollen. Ich nehme an, es handelt sich um Krebs.«

»Nein, im Moment nicht. Es sterben wesentlich mehr Menschen am Herzinfarkt als an Krebs. Mein Kollege Sam Field von der Columbia University hat durch jahrelange Forschungen herausgefunden, dass in vielen Fällen ein Erbfaktor vorliegt. Können Sie folgen?

»Ja.«

»Ich selbst habe mehrere Jahre an einem großen isländischen Projekt mitgearbeitet, inzwischen liegen schon Resultate vor.«

»Um was geht es bei dem isländischen Projekt?«

Antonsson stöhnte.

»Gehört Unkenntnis möglicherweise zum Berufsbild des Journalisten?«, fragte er.

»Nein, aber in meinem Job ist es vorteilhaft, nicht zu zeigen, was man weiß«, sagte der Redakteur.

Zum ersten Mal lachte Jan. Laut und herzlich.

Und dann berichtete er, dass in Island jede einzelne Familie die genaue Reihenfolge ihrer Vorfahren kennt.

»Stammbäume über Hunderte von Jahren, manchmal wird behauptet, sie gehen bis auf die Wikinger zurück. Bis jetzt hat man bei Tausenden von Isländern DNA-Analysen gemacht.

Der isländische Genetiker und sein Stab haben Zugang zu den Ahnentafeln von 270 000 Isländern und über die isländischen Gesundheitsämter zu 283 000 Krankengeschichten.«

Jan machte eine Pause und atmete gründlich durch, bevor er weitersprach:

»Dieser Kollege ist sehr kreativ. Er leitet die vom isländischen Staat finanzierten Untersuchungen.

Gegenwärtig wird untersucht, welche Gene mutiert sind und ob es deshalb zu Herzinfarkten und Schlaganfällen kommt.

Über das Stockholmer Karolinska Institutet haben wir, wie auch Sam Field und sein Team an der Columbia University in den USA, an dem Projekt mitgearbeitet. Wir haben Tag und Nacht daran gearbeitet, um eine Formel zu finden. Jetzt werden wir uns in etwa einer Woche in Reykjavik treffen. Wir hoffen, dass wir nun in der Lage sein werden, ein Medikament zu entwickeln.«

»Es geht also nicht um Cholesterin und die richtige Diät?«

»Doch, auch das. Wenn man weiß, dass es entsprechende Krankheiten in der Familie gibt, muss man besonders aufpassen, was man isst.«

Der Journalist bedankte sich und ging.

Von Blumen umgeben, saßen Angelika und Ulrika im Wohnzimmer, und der Fotograf knipste ein Bild nach dem anderen.

»Ihre Frau ist wesentlich umgänglicher als Sie«, bemerkte der Fotograf. Dann verschwand auch er im Lift, und Jan verschnaufte in einem Sessel.

»Jetzt hört mir mal zu«, sagte Jan zu Angelika und Ulrika.

»Wir arbeiten ständig unter Schweigepflicht. Also zu niemandem ein Wort. Karl Johansson hat das Verbot etwas gelockert, weil die Geschichte in einer seriösen Zeitung erscheinen soll. Er will das Karolinska ins Gespräch bringen, in den USA liebt man Publicity, und in Island wird man sich mächtig freuen.«

Dann erzählte er ihnen, um was es bei dem Projekt ging, weil er nicht wollte, dass seine Frau und die Verwandtschaft es durch eine Zeitung erfuhren. Angelika nickte, sie hatte verstanden. Und Ulrika überlegte, wie sie es mit Martin und Katta halten wollten. Und wie schrecklich es morgen hier zugehen würde, die wahre Hölle, fürchtete sie.

Jan schloss die Augen, er hatte nicht verstanden. Aber überraschend beschloss er, mit Angelika morgen früh in der ersten

Maschine nach Umeå zu fliegen und den ganzen Sonntag dort zu verbringen. Ob Ulrika wohl hier die Wohnung hüten konnte? Ulrika nickte und bestellte telefonisch die Tickets. Sie mussten um sieben Uhr in Arlanda sein. Dann rief sie Martin an und bat ihn, Angelika und Jan morgen gegen neun Uhr in Umeå vom Flugplatz abzuholen.

»Sie sind von Journalisten belagert«, erklärte Ulrika. »Kauft euch morgen früh eine Dagens Nyheter!«

»Großmutter und Großvater ...«, sagte Jan, und es klang kläglich.

»Ich rufe sie morgen an. Geh jetzt schlafen.«

»Eigentlich sollte ich Sam Field noch Bescheid geben.«

»Ich übernehme das. Okay?«

Am andern Tag fragte Jan, während Angelika das Notwendigste einpackte, ob Ulrika Sam Field erreicht habe.

Kichernd berichtete sie, er habe sich dermaßen gefreut, dass er fast aus dem Bett gefallen sei.

»So hab ich mir das vorgestellt«, sagte Jan seufzend.

»Das Taxi wartet. Nehmt die Treppe.«

In Umeå warteten Katta und Martin.

»Keine Fotografen? Schnell ins Auto. Ich lüge schon den ganzen Morgen«, sagte Katta. »Das Telefon bimmelt und bimmelt.«

»Das ist ja verrückt«, sagte Jan. »Sobald wir zu euch nach Hause kommen, schließe ich einen Anrufbeantworter an.«

Momma erwartete sie, wollte in den Arm genommen werden, hatte Blumen in der Hand, aber Jan sagte:

»Du musst einen Moment warten. Komm her, Katta. Jetzt sprichst du ganz ruhig ins Telefon, dass ihr keine Ahnung habt, wo ich bin, dass ich aber von einer Reise mit meiner Frau nach Amsterdam gesprochen habe.«

Katta setzte sich folgsam an den Schreibtisch und sprach die Mitteilung auf den Anrufbeantworter. Dann sank sie in sich zusammen und meinte, sie könne zwar ganz gut schwindeln, aber faustdicke Lügen in einen Apparat zu sprechen, das sei doch eine harte Prüfung für ihr Gewissen.

Doch Momma brachte sie zum Lachen, als sie sagte, jetzt täten ihr die holländischen Journalisten wirklich Leid.

Sie versammelten sich alle in der großen gemütlichen Küche, und Angelika dachte bei sich, dass Katta von Großmutters Tisch in Värmland allerlei gelernt hatte. Jan machte sich mit der Bemerkung Luft, dass er sich gejagt fühlte.

»Mein Chef vom Karo hatte die Idee, ich solle mir eine seriöse Morgenzeitung aussuchen. Und dann hat er Punkt für Punkt festgelegt, was ich sagen darf.«

»Hoffen wir, dass sie möglichst schon morgen einen saftigen Mord zwischen die Zähne kriegen. Dann verschwindet Doktor Antonsson ganz schnell aus den Schlagzeilen.«

Das war wieder Momma, Angelika lachte herzlich, aber Katta sagte:

»Mama, du bist unmöglich.«

»Meine liebe Katta, ich habe nicht gesagt, dass ich persönlich irgendwem die Kehle durchschneiden werde.«

Momma ging nach Hause, Katta und Martin entschieden sich für ein Mittagschläfchen. Jan und Angelika machten sich zu einem weiten Spaziergang auf.

Als sie später am Kaffeetisch saßen, sagte Jan:

»Ich werde wohl nach Island fliegen müssen. Katta und Angelika, ich lade euch ein mitzukommen. Martin und ich reisen auf Kosten des isländischen Unternehmens. Könnt ihr euch kurzfristig darauf einstellen?« Alle nickten, Katta sah glücklich aus, sie konnte Urlaub nehmen, und Martin hatte reichlich viele Überstunden.

Ulrika rief an und sagte, dass der Ansturm sich gelegt habe. Sie konnten getrost wieder nach Hause kommen.

Auf dem Flug nach Arlanda sprach Angelika davon, dass sie an Lin Tangs Geschichte von ihrer Kindheit in China habe denken müssen, und wie sie es erlebt hatte, nach Schweden zu kommen, so, wie sie es den Großeltern erzählt hatte.

Inger hatte Lin Tang gebeten, ihre Erinnerungen aufzuschreiben, aber sie hatte es abgelehnt.

»Ich kann verstehen, warum«, sagte Jan.

»Ich auch. Ich wollte morgen Nachmittag zu ihr hinausfahren. Kann ich das Auto haben?«

»Ist doch selbstverständlich.«

Jan schaltete die Kaffeemaschine ein, holte die Morgenzeitung und las mit großen Augen, dass in einem Nachtklub in Umeå ein brutaler Mord geschehen war.

»Du großer Gott!«

»Momma ist eine Hexe«, sagte Jan zu der verdutzten Angelika.

»Aber sie war in ihrem ganzen Leben noch nie in einem Nachtklub«, sagte sie betont.

»Weiß der Teufel«, entgegnete Jan.

36.

*I*n Danderyd verlief der Tag verhältnismäßig ruhig. Schon am späteren Vormittag fragte Angelika ihren Doktor, ob sie am Nachmittag freihaben könne.

Sie wolle Lin Tang besuchen, sagte sie.

»Selbstverständlich«, sagte Chavez. Aber er machte eher einen erstaunten Eindruck.

Zu ihren Kollegen sagte Angelika, sie müsse früher gehen.

»Ich habe ein höllisches Wochenende hinter mir«, erklärte sie. »Muss in Djurgården einen ordentlichen Spaziergang machen. Um meine innere Ruhe wieder zu finden und möglichst mit dem Denken aufzuhören.«

»Aber dein Mann muss doch stolz sein und sich freuen«, sagte Helena.

»Mein Mann ist verschreckt wie ein gejagtes Tier.«

»Warum hat er dann ein Zeitungsinterview gegeben?«

»Auf Befehl seines Chefs im Karo.«

Sie brauchte für die Fahrt zu Chavez' altem Haus am Strand von Sollentuna eine halbe Stunde.

Inger hatte Patienten, warf einen Blick ins Wartezimmer und sagte, Lin Tang sei mit den Kindern auf dem Spielplatz.

Angelika fand die drei und begrüßte Lin Tang. Sie saßen zunächst still beisammen und genossen die übermütige Freude der Kinder. In unbeschwertem Ton sprach Angelika dann davon, dass sie von Großmutter die phantastische Geschichte über Lin Tangs Leben in China und Schweden erfahren habe.

Großmutter sei der Meinung, Lin Tang sollte ein Buch darüber schreiben.

»Hast du so etwas im Sinn?«, fragte sie.

»Nein, es ist zu schwierig, dafür eine Sprache zu finden und auch, sich zu erinnern.«

»Ich verstehe«, sagte Angelika. »Seine Erinnerungen niederzuschreiben ist wohl fast so, als erzählte man ein Märchen. Man verändert und verschönert, vergrößert und verkleinert und gibt einer rauen Wirklichkeit einen falschen poetischen Klang.«

»Genauso empfinde ich es«, meinte Lin Tang.

»Du könntest stattdessen einen Roman schreiben. Von einem kleinen Mädchen, das auf dem Land in einem schönen Haus mit einem großen Garten aufwächst, in dem es wunderbare Bäume, schöne Teiche, Gitterwerk in chinesischem Rot, kleine Brücken und Tausende bunter Blumen gibt.

Vielleicht ist dieses Mädchen das einzige Kind und darf eine kostspielige englische Schule besuchen. Oder sie könnte auch fünf Geschwister und einen privaten Hauslehrer haben und bei ihm Englisch sprechen lernen.

Ihre Mutter ist demütig und fast eine Märtyrerin, der Vater ist der Abgott in ihrem Leben, und vielleicht ist das Mädchen sein Lieblingskind. Er lehrt sie, den Sinn des Taoismus zu erfassen, und sie wird von seinem Weltbild geprägt.

Dann kommt die Revolution, die die ganze Gesellschaftsklasse ausrotten will, der die Familie angehört. Zwei Brüder des Mädchens werden Maoisten, ihre Mutter flüchtet mit ihr und einem der Söhne nach Taiwan. Hier kannst du schildern, wie ihr Angst und Armut bei den entfernten Verwandten erlebt habt, die euch aufgenommen haben.

Da du Englisch kannst, bekommst du Arbeit in einer Bank.

Eines Tages kommt ein großer, schneidiger blonder Mann herein. Er ist Pilot und Schwede. Er hat blaue Augen. Dir war immer gesagt worden, dass blauäugige Menschen nur das Oberflächliche sehen, jetzt blickst du aber in Augen, die von tiefen und starken Gefühlen sprechen. Du hast noch nie etwas von Schweden gehört.

Deine Liebe kannst du als märchenhafte Geschichte erzählen. Und nach deiner Heirat schilderst du die Begegnung mit dem neuen Land, dem neuen überwältigenden Erlebnis des Wohlfahrtsstaates, den freundlichen Menschen, dem schönen Haus nahe Göteborg.

Du lernst in einer Schule Schwedisch, findest schwedische Freunde. Nach einigen Jahren erkennst du allmählich die Risse in der neuen Gesellschaft, in der die Menschen isoliert und vereinsamt sind. Und in der ihnen eine Freiheit gegeben ist, mit der sie nicht so recht umgehen können.

Aber eure Liebe bleibt stark und innig; du beginnst die neue Sprache zu sprechen. Du wirst schwanger, landest bei der Mutterschutzzentrale und denkst, die Leute in diesem für dich neuen Land sind verrückt.

Versteh mich richtig, es kann ein Bild von Schweden werden, das mit den Augen einer Vertreterin einer alten Kultur gesehen wird, die die Wirklichkeit völlig anders sieht.

Ich verspreche dir, es wird ein viel gelesenes Buch in Schweden werden.«

Angelika setzte sich auf und schloss:

»Und du wirst den Roman mit großer Hingabe schreiben.«

Lin Tang saß aufrecht auf ihrem Stuhl, schweigend, den Blick nach innen gerichtet. Aber ihre Wangen glühten.

»Meinst du, ich schaffe das?«

»Ich bin überzeugt davon.«

Angelika verabschiedete sich und ging zu ihrem Auto.

Am nächsten Morgen, kurz vor der Dienstbesprechung, übergab Chavez Angelika einen Brief, den sie auf der Toilette las.

»Danke. Ich werde es versuchen. Mein Kopf schwirrt von neuen Bildern, die mit der so genannten Wirklichkeit überhaupt nichts zu tun haben.«

Angelika steckte den Brief lächelnd in die Tasche.

Jan war zu Hause, als sie kam. Sie machten sich etwas zu essen und tranken schon wieder Champagner.

Angelika setzte sich an den Küchentisch und erzählte von ihrem Besuch bei Lin Tang. Ausführlich, bis in die kleinsten Details. Zum Schluss zeigte sie ihm Lin Tangs Brief.

»Du hast sehr viel Mut, Mädchen«, sagte er.

Sie wurde rot und erhob ihr Glas.

Dann beschlossen sie, Lin Tang gemeinsam ein handliches, unkompliziertes kleines Notebook zu schenken. Sollte sie Schwierigkeiten damit haben, konnte ihre Tochter ihr aus der Patsche helfen.

Einige Stunden nach dem Essen rief der Forschungsleiter aus Island an. Für das Interview hatte er sich schon bedankt, das in mehreren großen amerikanischen und europäischen Zeitungen erschienen war.

»Pass nur auf, dass ich dich nicht wie einen Islandbär kräftig ans Herz drücke. So mager, wie du bist, könnte das für deine Rippen gefährlich werden.«

»Ich verspreche dir, dass ich's überlebe«, lachte Jan.

»Hör mal, ich möchte, dass du einen Mann von der Universität in Umeå mitbringst. Sie haben dort einen unglaublich begabten Leiter der Genforschungsabteilung.«

»Ich werde mit ihm sprechen.«

Es wurde ein langes Gespräch mit Martin, der versprach, sofort Kontakt mit Dozent Håkansson aufzunehmen.

Natürlich war Håkansson erfreut, aber er war ein Norrländer und fand deshalb keine entsprechenden Worte des Überschwangs.

Sie krochen früh ins Bett, doch Jan stand noch einmal auf und ging im Pyjama durch die Wohnung, um alle Telefonanschlüsse auszuschalten.

»Endlich dürfen wir einmal eine ganze Nacht schlafen«, sagte er und setzte zum längsten Seufzer der Erleichterung an, den man sich vorstellen konnte. Aber sie konnten nicht einschlafen.

Nach einer Weile setzte Angelika sich auf und sah, dass Jan mit offenen Augen auf dem Rücken lag.

»Du, ich muss dich noch etwas fragen: Du weißt, dass ich Krishnamurti und Bohm mehrmals gelesen habe, ohne sie je richtig zu verstehen. Aber du hast ihn sofort verstanden …?«

»Tja …«, sagte Jan mit einem aufreizenden Lächeln.

Angelika ärgerte sich:

»Hör auf, für mich ist das wichtig.«

Er beherrschte sich und sagte:

»Verzeih mir. Aber jetzt hör mal zu. Die einfache Wahrheit ist, dass das, was Krishnamurti sagt, durch unzählige Tests von Hirnforschern, Psychologen und Wissenschaftlern der verschiedensten Richtungen bewiesen ist, also von Leuten, die bei dir nichts weiter als Dogmatiker sind.

Um in den USA eine Prüfung auf dem Gebiet der Hirnwissenschaften abzulegen, muss man auch verstanden haben, was Perzeption ist. Als ich deine Übersetzung las, wusste ich also bereits, dass Krishnamurti Recht hatte, er unterscheidet sich nur durch seine einfache und schöne Sprache.«

»Du warst also auch in Sachen Gehirn ein Streber …?«

»Ja, ich habe drei Semester Hirnforschung studiert.«

»Erzähl mehr.«

»Schon 1931 prägte Kurt Gödel den Satz: ›Ich lüge.‹ Dieser Satz beherrschte das ganze zwanzigste Jahrhundert hindurch den wissenschaftlichen Diskurs, machte die Auffassung zunichte, dass zur Beschreibung der Welt die Sprache genüge.

Du weißt das, wenn du nachdenkst. Jeder von uns kann bewusst lügen. Aber dem Körper fällt das Lügen schwer. Das weißt du viel besser als ich, denn du kannst genau sehen, was der Körper sagt.«

Angelika nickte lächelnd, aber sie war erstaunt.

»Nach Gödel kam ein Mann namens Gregory Chaitin, der eine Menge Experimente machte. Er benannte unseren Glauben an Logik, Sprache und Bewusstsein ›Lügenparadoxa‹.«

»Ist das wahr?«

»Weißt du, was Bandbreite ist?«

»Ja, so ungefähr.«

»Gut. Dann lass dir sagen, dass die Bandbreite des Gehirns gegen alles, was der Mensch mit seinem Körper und seinen Sinnen erlebt, verschwindend klein ist.«

Er dachte nach, bevor er fortfuhr:

»Inzwischen gibt es einen modernen Hirnforscher, Francis Crick, der feststellt, dass wir Dinge oder Personen nicht so sehen, wie wir sie nach den Regeln der Vernunft sehen ›sollten‹. Was mir klar wurde, als ich deine Übersetzung las, war, dass der indische Philosoph sichere wissenschaftliche Erkenntnisse in eine Wechselbeziehung setzte, also etwa ›du machst dir ein Bild von mir, und ich mache mir ein Bild von mir‹ und umgekehrt.«

Er gähnte:

»Jetzt weißt du jedenfalls, warum es mir so leicht fiel, Krishnamurti zu verstehen. Verzeih, aber ich bin verdammt müde.«

»Das bin ich auch«, sagte Angelika und schmiegte sich fest an ihn.

Und nun schliefen sie die ganze Nacht durch.

37.

Eine Woche später trafen die drei aus Umeå und die zwei aus Stockholm in Arlanda zusammen.

Sie tranken noch etwas zusammen, bevor die isländische Maschine aufgerufen wurde. Katta wandte sich an Jan und wollte wissen, wie die Isländer lebten und dachten.

»Die isländische Sprache ist für uns unverständlich, obwohl sie manchmal wie Schwedisch klingt. Sie haben sozusagen die gleiche Sprachmelodie. Aber die Wörter … du wirst vielleicht manches verstehen, du hast ja Altnordisch studiert.«

Er lächelte Katta an, bevor er weitersprach:

»Ich habe nie irgendwelche Regeln lernen müssen, wie man aufzutreten hat. Ich habe das sichere Gefühl, dass Isländer keine Umschweife machen. Sie verstecken sich, wie ich das sehe, nicht hinter irgendwelchen Rollen.«

»Dann gleichen sie uns Norrländern«, sagte Håkansson.

»Ja. Ich glaube, du wirst dich wohl fühlen.«

Angelika betrachtete den Forscher aus Umeå, einen stumpfnasigen jüngeren Mann, blond, untersetzt, etwas schüchtern, aber sympathisch.

»Noch eins ist gut zu wissen. Es stinkt einfach überall. Als ich in meinem Hotel in Reykjavik das erste Mal duschte, ist mir fast schlecht geworden. Aber man gewöhnt sich dran.«

»Was stinkt denn so?«, fragte Martin und erfuhr, dass die schlauen Isländer in ihrem kalten Land die Häuser mit Erdwärme aus den warmen Quellen heizen.

»Eine wahrhaft ökologische Nutzung«, sagte Håkansson.

»Ist es ein schönes Land?«

Angelika stellte diese Frage.

»Es ist weder lieblich noch einschmeichelnd, sondern es ist großzügig und hat eine eigentümlich mystische, fast übernatürliche Ausstrahlung. Es wundert mich nicht, dass es für viele westliche Touristen zu einem beliebten Reiseziel wurde, die wir doch alle in Enge und Isolation leben.«

Håkansson stellte eine ganz andere Frage:

»Ist das nun ein von einem Genetiker gegründetes Privatunternehmen, der damit Geld verdienen will?«

»Hör zu«, erwiderte Jan mit einer gewissen Schärfe:

»Der isländische Kollege hat seinen großen Plan der isländischen Gesundheitsministerin vorgelegt. Sie hat im Allting eine lange Debatte geführt. Dort erreichte sie eine kleine, aber sichere Majorität. Das Projekt wurde an die Regierung weitergeleitet, die dafür 285 Millionen Dollar veranschlagte. Ich bin sicher, dass das Forscherteam mit der Zeit viel Geld verdienen wird, sie haben gute Kontakte zur Pharma-Industrie in der ganzen Welt.

Natürlich kannst du es kommerziell nennen, aber du weißt so gut wie ich, dass Forschung vom Geld abhängig ist. Ich glaube, dass der Kollege und sein Team bisher mit den staatlichen Mitteln gut ausgekommen sind.«

Jetzt wurde ihr Flug aufgerufen.

Als sie ihre Plätze im Flugzeug eingenommen hatten, beugte Jan sich über den Mittelgang zu Katta hinüber:

»Du hast die schöne Gabe, immer du selbst zu sein. Ich glaube, du wirst in Island leicht Freunde finden.«

Angelika hörte es. Und was ist mit mir? Bin ich nicht ich selbst?, dachte sie. Und was meint er damit, dass es ein mystisches Land mit starker Ausstrahlung ist?

Das ist gefährlich für mich, es wird in der isländischen Natur viele tückische Löcher geben.

Insel der Sagen.

Gott, warum bin ich nur mitgefahren?

Jan, der sah, dass sie blass war, fragte, ob ihr übel sei.

»Nein, nein«, erwiderte sie und versuchte zu lächeln.

Aber Keflavik beruhigte sie. Es war ein ganz gewöhnlicher Flugplatz, groß und modern, und dort stand ein ganz gewöhnlicher Mann, bärtig und fröhlich und nachlässig gekleidet, wie bei Wissenschaftlern üblich. Er schloss Jan so fest und so lange in die Arme, dass sie schließlich eingriff:

»Geben Sie Acht. Das ist mein Mann, und ich bin sehr besorgt um ihn.«

Am meisten von allen lachte der isländische Forscher, der Angelika erheitert ansah:

«Du bist die schönste Frau, die mir je unter die Augen gekommen ist. Und zornig kannst du auch werden, das ist gut. Männer brauchen das.«

Wieder Gelächter. Der Isländer machte die Runde, schüttelte Hände und hieß alle willkommen.

Das Gepäck kam, ein junger Mann nahm es in Empfang, der mit nordschwedischem Akzent »willkommen« sagte. Und draußen stand ein Riesenauto der Marke Mercedes.

Auf einer breiten Asphaltstraße fuhren sie in die Stadt, die vor Lichtern, Ladengeschäften und Restaurants nur so funkelte. Und von moderner Rockmusik dröhnte.

Das Hotel war elegant, topmodern und ansprechend. Im Speisesaal spielte ein Pianist getragene klassische Musik.

Angelika konnte den Geruch wahrnehmen, von dem Jan gesprochen hatte, er war eigenartig, missfiel ihr aber nicht.

Die Mahlzeit schmeckte großartig, die Weine mundeten.

Als sie einschlief, war Angelika ruhig, gut gelaunt und neugierig auf das Land, das sie erwartete.

Katta und Angelika verbrachten den ersten Tag in Museen und Bibliotheken, und mittags gingen sie in der blauen Lagune von Reykjavik schwimmen.

Am nächsten Tag weckte das Telefon sie auf. Der Portier meldete, ein Auto werde sie kurz vor neun Uhr abholen. Man rechnete damit, dass sie bis dahin gefrühstückt hatten.

Es war erst sieben Uhr, sie hatten also reichlich Zeit. Sie duschten mit Schwefelwasser, und diesmal hielt Angelika sich doch die Nase zu. Dann verließ sie das Badezimmer im Eiltempo und besprühte sich über und über mit Parfüm.

»Jetzt bist du einfach unwiderstehlich«, sagte Jan, als er den Duft einatmete und sie zurück zum Bett trug.

Sie frühstückten gut und lange, und als sie bei der dritten Tasse Kaffee angelangt waren, tauchten die Isländer mit ihren Autos auf. Der Mann vom Flugplatz, der Nordschwedisch sprach, sagte, er werde die Damen an diesem Tag chauffieren.

Er stellte sich als Jon Anarson vor.

»Jetzt setz dich doch, in Gottes Namen«, sagte Katta.

»Ich bin nicht so besonders göttlich«, erwiderte er.

»Aber einen Kaffee wirst du doch wohl trinken.« Angelika lächelte ihn an.

»Nein, auch nicht.«

»Gott im Himmel«, stöhnte Katta, und der Isländer lachte vergnügt.

Dann packte er eine Landkarte aus, und Katta legte den Zeigefinger auf Tingvalla.

»Seit Jahren möchte ich schon mal dorthin«, sagte sie, und jetzt war sie ernst.

Anarson nickte und sagte, es sei die richtige Jahreszeit, um die Insel zu besuchen. Er bat den Ober, einen Proviantkorb für die Damen vorzubereiten.

Sie mussten warme Jacken mitnehmen. Und Regenzeug. Und Gummistiefel. Und Badesachen. Als Anarson ihre Verwunderung sah, sagte er kurz, das Wetter in Island sei eben wechselhaft.

»Wieso denn Badesachen, draußen haben wir eine Temperatur von knapp zehn Grad?«

»Die warmen Quellen haben über dreißig.«

Lachend beteuerte er, dass er Überraschungen liebe.

»Und ihr werdet im Lauf des Tages oft überrascht sein, das verspreche ich euch. Wir fahren nach Süden, und bevor wir nach Tingvalla kommen, möchte ich euch den Gullfoss zeigen.«

»Du kannst bestimmen«, sagte Katta.

»Gut«, antwortete er.

38.

Katta und Angelika saßen stumm im Wagen, der sie durch die Landschaft fuhr. Fast feierlich gestimmt, mit großen Augen schauend. Keine von beiden hatte Worte für das, was sie sahen und empfanden. Noch nie hatten sie etwas Vergleichbares gesehen, nichts hatten sie sich je so vorgestellt, was diesem Land glich.

Eine tief stehende Sonne berührte die vulkanischen Berge im Osten, färbte die Wolkenschleier lila, den Himmel in ein leuchtendes Blau, das sich mit Worten nicht beschreiben ließ.

Am großartigsten aber waren die Berge, die schlummernden Vulkane, die sich entlang des Weges türmten wie in unendlichen Höhen erstarrte Wellen. Die Berge zeigten die verschiedensten Farben, wenn das Sonnenlicht sie traf, manche waren schwarz wie die Lava, aus der sie bestanden, andere leuchteten in unterschiedlichstem Ziegelbraun bis hin zu Rot. Sie wurden durchweg von grünen Ebenen gesäumt. Das Leben hatte die Erde erobert.

Angelika dachte an das, was Jan gesagt hatte, dass nämlich die isländische Natur den Menschen mit Andacht erfüllte.

Über die grünen Matten zogen Schafherden, und hier und dort war ein Bauernhof zu sehen. Stattliche weiße Häuser. Und wo ein Hof stand, gab es meist auch einen Springbrunnen, eine der Tausenden sprudelnden Quellen der Insel.

»Überquert hier mal die Straße und setzt euch auf die Bank hinter der Mauer.«

»Aber …«

»Der Hof gehört meinem Bruder, und ich halte öfter hier an. Aber nur mit ruhigen und angenehmen Touristen.«

»Danke, mein Lieber«, sagte Katta.

»Jetzt müsst ihr den Teich da drüben im Auge behalten. In wenigen Minuten wird etwas passieren.«

Auf der Wasserfläche zeigten sich Blasen, und Sekunden später schoss zischend, schäumend und heiß eine Wassersäule in die Luft. Die Frauen spürten die Wärme.

Angelika war stumm vor Staunen.

Katta dachte, dass sie in europäischen Großstädten schon viele Springbrunnen gesehen hatte, aber noch nie einen so großartigen wie diesen hier. Und plötzlich fiel ihr der Nonsensvers des schwedischen Humoristen Salig Dumbom ein.

»Möchtest du mal echten schwedischen Unsinn hören?«, wandte sie sich an Jon.

Er nickte.

»Springbrunnen steht im Gartenbeet, steht, steht. Denkt, wie dumm, stehst immer nur rum. Spring mal durch die Gassen, Wasser lassen.«

Jon lachte und meinte, für Island sei das gar kein Unsinn.

»Hier springen die warmen unterirdischen Quellen in Städten und Gehöften von Haus zu Haus. Über dicke Leitungsrohre.«

Unversehens waren sie von Kindern umgeben, die alle von Jon auf den Arm genommen werden wollten.

»Wir dürfen jetzt nicht baden gehen, sagt Mama. Wir müssen noch warten.«

»Mamas haben immer Recht, das wisst ihr genau«, sagte Jon.

Jetzt kam die Mama mit einem Krug Saft und Gläsern für die Gäste heraus. Sie war blond, hatte einen aufrechten Gang und war auf eine kraftvolle Art schön. Sie bot ihren Willkommensgruß auf Englisch und schenkte eiskalten Johannisbeersaft ein. Sie tranken genüsslich.

»Very good. Many thanks. And nice to meet you«, sagte Angelika, und die beiden jungen Frauen schauten einander lange an, neugierig, fast sehnsuchtsvoll.

»Ich würde gern einmal für eine Woche herkommen und sie kennen lernen«, sagte Angelika zu Jon.

»Für den nächsten Sommer könnte ich das für dich einrichten.«

Sie verabschiedeten sich, gingen zum Auto zurück, fuhren nach Süden, bis Jon Richtung Laugarnäs und weiter zum Gullfoss abzweigte.

Als sie wie gebannt vor dem gewaltigen Wasserfall standen, fanden sie erneut keine Worte.

»Das kann ein alter Mensch kaum verkraften.« Katta musste schreien, um sich bei dem Getöse Gehör zu verschaffen. Dann setzte sie sich auf einen Stein und begann zu weinen.

Angelika, die ihre Mutter noch nie hatte weinen sehen, war so erstaunt, dass sie sich auch setzen musste.

Als Jon mit einem großen Männertaschentuch auf sie zukam, musste Katta dann doch schon wieder lachen.

Sie saßen auf einem für Touristen angelegten Zuschauerplatz. Angelika brüllte: »Ich will auf den Felsen dort am Wasserfall.«

»Schlag dir das ja aus dem Kopf!«, schrie Katta, deren Stimmung ebenso schnell umschlug wie das Wetter in Island.

Jon griff sich an die Stirn, setzte sich neben sie und rief:

»Für den Ausflug bin ich verantwortlich. Wenn Angelika zum Wasserfall und unten auf den Felsen will, soll sie das haben.«

Mit eisernem Griff packte er ihre Hand und rief ihr zu, sie dürfe ihn auf keinen Fall loslassen.

Er wunderte sich, wie klein ihre Hand war, besann sich aber, und sie begannen den Abstieg. Katta ließ sie lautstark wissen, dass sie dem nicht zuschauen könne. Jon schrie zurück, sie solle den Fotoapparat bereithalten. Die beiden kletterten auf das Felsplateau mitten im Wasserfall zu. Und Katta schoss ein Foto mit Angelika und Jon am Rand des sprühenden Schleiers aus niederstürzenden Wassermassen, der den unteren Teil der Kaskaden überdeckte.

Nach beendetem Abenteuer sagte Jon, dass nie irgendeine Gefahr bestanden habe, und Katta entschuldigte sich dafür, dass sie die Beherrschung verloren hatte.

»Heute war alles für mich einfach überwältigend«, erklärte sie.

Angelika aber dachte, dass sie in das große Loch hineingeschaut und dass es sie nicht erschreckt hatte.

Als sie das Getöse hinter sich gelassen hatten und wieder im Auto saßen, sagte Jon: »Jetzt fahren wir nach Althingi. Dort ist es fast so idyllisch wie in den grünen schwedischen Tälern. Ich lasse euch ein wenig allein spazieren gehen. Aber erst wollen wir etwas essen.«

Katta und Angelika merkten erst jetzt, dass sie Hunger hatten.

In Tingvalla kamen sie sich vor wie in einem Tal im schwedischen Dalarna. Sogar ein Bach floss hier mittendurch. Sie konnten eine Toilette aufsuchen, und es standen dort mehrere lang gestreckte gepflegte Häuser, die wie schwedische Gutshöfe aussahen. Tief atmend ließen sie sich am Bachufer auf Parkbänken nieder, zu Füßen das ruhig dahinfließende klare Gewässer.

Es war ein hübscher, kleiner Fluss, schmal und anspruchslos. Eine Brücke führte von Ufer zu Ufer.

Nach dem Picknick, bei dem Flaschenbier und eine Thermoskanne Kaffee nicht fehlten, sagte Jon:

»Du, Katta, bleibst hier sitzen. Angelika geht über die Brücke, und ich stelle mich mittendrauf.«

»Du bist ein wunderbarer Regisseur«, stellte Katta fest. Angelika ging gehorsam über die Brücke ans andere Ufer. Aber Katta lachte. Sie weiß es, dachte Jon.

Von der Brücke aus rief er:

»Du, Angelika, befindest dich jetzt in Europa. Deine Mama ist in Amerika sitzen geblieben, und ich stehe zwischen zwei Kontinenten.«

Katta lachte und sagte nur: »Du bist obendrein ein guter Pädagoge.«

Aber Angelika kam über die Brücke zurückgelaufen und meinte, Jon habe einen seltsamen Humor.

»Angelika scheint einige Aufklärung nötig zu haben«, lachte Katta.

»Okay, hör zu … Die Kontinente der Erde bestanden schon seit vier Milliarden Jahren, als Island bei einem riesigen Vulkanausbruch das Licht der Welt erblickte. Aus dem eisigen Nordatlantik stieg eine kleine Insel empor. Am Anfang war es ein kleines Stück Land aus Bimsstein und Lava. Dann brodelten flüssige Gesteinsarten aus dem Boden, und die Insel wurde größer. Langsam, ganz langsam begann das Leben zu keimen.«

Angelika unterbrach ihn atemlos:

»Genau das habe ich den ganzen Tag gefühlt. Dass nämlich die Erde genauso aussah, als Gott sie erschuf. Und deshalb erlebe ich hier die wahre Wirklichkeit. Endlich. Verstehst du mich?«

»Nein, nicht ganz. Doch, ja, vielleicht kann man es so ausdrücken.«

»Mach weiter«, forderte Katta Jon auf.

»In den Meerestiefen zwischen den Kontinenten befindet sich eine Furche, die man auf Island beobachten kann. Sie verläuft quer durch die Insel von Norden nach Süden und kann an all den Verwerfungen, warmen Quellen, Vulkanen und großen sprudelnden Geysiren gemessen werden, die ihr gesehen habt.

Eigentlich ist Island der sichtbare Teil einer unsichtbaren Bergkette am Meeresboden zwischen den Kontinenten. Die Furche ist vierzig bis fünfzig Kilometer breit, sie wandert und wird größer.«

»Das alles konnten die Wikinger doch gar nicht wissen, als sie dieses Tal für ihr Thing, ihren Versammlungsort, wählten«, warf Katta ein.

Jon schüttelte den Kopf.

»Ich glaube, ich kann es verstehen«, sagte Angelika. »Sie haben nicht dieselben Fragen gestellt wie wir. Sie waren im Dasein ganz anders verwurzelt.«

»Da kann etwas dran sein. Sie wussten wohl, dass dies geheiligter Boden ist«, sagte Jon.

Da begann Katta Geschichten aus den alten isländischen Schriften zu erzählen.

Angelika machte sich allein auf den Weg durch das grüne Tal und spazierte langsam zu der weißen Kirche auf der Landzunge. Dort saß sie, in sich selbst versunken, und führte sich die Erlebnisse des heutigen Tages noch einmal vor Augen. Nach etwa einer Stunde wurde sie von Katta und Jon aus ihren Betrachtungen gerissen, denn leider mussten sie an die Rückfahrt nach Reykjavik denken. Angelika fand keine Worte für Protest, hätte ihr Nein aber am liebsten wie ein trotziges Kind hinausgeschrien. Jon meinte, ihr Mann könnte beunruhigt sein, und damit war ihr Widerstand gebrochen. Auf dem Rückweg sahen sie große Herden von Pferden, die frei herumzuziehen schienen und das parkende Auto neugierig betrachteten.

Angelika ging mit Zuckerwürfeln und trockenem Brot in den Taschen langsam auf die Tiere zu. Sie nahmen das Gebotene aus ihren Händen an. Noch nie, dachte sie, war sie so schönen und zutraulichen Lebewesen begegnet wie diesen kleinen Islandponys.

»Nicht zu fassen«, sagte Katta. »Für gewöhnlich hat sie Angst vor Pferden. Wo kommen diese Pferde her?«

»Die Wikinger haben sie mitgebracht. Es ist die Urform des alten nordischen Pferdes. Auf solchen Pferden seid ihr Schweden in den Krieg gezogen, um euch gegenseitig umzubringen.«

Es war schon fast zehn Uhr abends, doch die Sonne glühte noch am Horizont, als sie am Hotel vorfuhren. Verschmutzt und ohne die Rucksäcke abgelegt zu haben, betraten sie den eleganten Speisesaal.

Jan eilte auf Angelika zu.

»Ich habe mir fast schon Sorgen gemacht.«

Katta erklärte, dass sie einen unglaublichen Tag hinter sich hätten. Angelika nahm Jans Gesicht in ihre feuchten Hände und sagte, sie habe zum ersten Mal im Leben die richtige Wirklichkeit wahrgenommen.

»Die Welt, wie Gott sie einst erschaffen hat.«

»Du bist jetzt sehr müde«, sagte Jan und begleitete sie zum Ladies' Room.

Håkansson und der Forschungsleiter erwarteten sie an einem schön gedeckten Tisch zum Souper.

»Wo ist Jon, er gehört auch mit dazu«, sagte Katta.

»Er wird auf der Herrentoilette sein. Er geht nicht wie die unberechenbaren Schweden auf die Damentoilette.«

Jan schien diese Anspielung nicht gehört zu haben.

»Deine Frau ist schöner denn je. Siehst du nicht, dass ihre Augen wie Sterne funkeln«, sagte der Isländer zu Jan, hob sein Glas und hieß jeden bei Tisch willkommen.

Angelika lehnte den Wein dankend ab, bestellte Wasser und flüsterte Jan zu, dass sie ihre Bilder nicht trüben wollte. Sie aßen Hummersalat, bestreut mit Unmengen von Krabben.

Feine cremige Käsesorten und Rotwein beschlossen das Festmahl. Katta wandte sich Jon mit erhobenem Glas zu und bedankte sich für die phantastische Fahrt und die kundige Führung.

Angelika konnte sich nur noch mühsam wach halten und hörte kaum, wie der isländische Chef seinen schwedischen Kollegen etwas steif für die gute Zusammenarbeit dankte.

»Morgen müsst ihr um elf Uhr in Keflavik sein«, sagte er und riet ihnen, früh aufzustehen und noch einmal in der blauen Lagune schwimmen zu gehen. Sie verabschiedeten sich mit Händedruck und versprachen, sich bald einmal wieder zu treffen.

Als sie endlich in ihrem Zimmer waren, war Angelika fast zum Ausziehen zu müde. Sie roch nach Schweiß, Holzfeuer und Schwefel. Und war, kaum hatte sie den Kopf aufs Kissen gelegt, schon eingeschlafen.

39.

*I*m Leifur Eriksson Terminal in Keflavik kauften sich alle handgestrickte Islandjacken.

Håkansson erstand eine rote für sein Töchterchen und eine etwas kleinere in Braun für seinen Sohn.

Der ganze Terminal war wie eine Stockholmer Galleria angelegt, elegante Läden boten einen gewissen Luxus an.

Jon war noch mit dabei und erklärte ihnen, dass sie hier zollfrei und außerdem billig einkaufen konnten, da Island ja nicht Mitglied in der EU war. Håkansson meinte, dieser Leifur Eriksson müsse ja ein ganz besonders schlauer Geschäftsmann sein.

»Du liebes bisschen«, seufzte Katta, denn sie schämte sich.

Jon lächelte nur müde und ein wenig sarkastisch.

»Nun hör mal zu, du ungebildeter Barbar«, begann Katta und packte den Genforscher buchstäblich am Kragen:

»Leif Eriksson war der erste weiße Mann, der mit Familie, Knechten, Vieh, Saatgut und Pferden in Amerika an Land ging. Vor über tausend Jahren. Also fünfhundert Jahre vor Kolumbus. Davon musst du doch schon gehört haben, amerikanische Archäologen haben sogar seine Wohnstätte gefunden. Er ist einer der großen Helden Islands. Verstanden?«

»Ich dachte immer, Leif Eriksson war als erster Wikinger in Island«, sagte Jan.

»Warum sind Naturwissenschaftler nur so ungebildet«, stöhnte Katta.

Dann entrang sich ihr ganz ungewollt ein: »Verzeihung.«

Håkansson sagte nur, er sei in Geschichte immer schlecht gewesen.

Jon lachte und versuchte die Sache zu verharmlosen:

»Bestimmt hast du von dem Anführer der Wikinger gehört, der Ende des neunten Jahrhunderts nach Island gesegelt ist und seine Würdenstäbe ins Meer geschleudert und den Göttern gelobt hat, sich dort niederzulassen, wo die Stäbe an Land schwammen. Und die Stäbe trieben mit Strömung und Wellen geradewegs nach Reykjavik. Der Mann hieß Ingulfur Anarson. Und es war sein Sohn, der bestimmte, dass einmal jährlich Thing an dem Ort gehalten werden sollte, den ihr Tingvalla nennt.«

»Sehr interessant«, sagte Håkansson.

Angelika bat Jan, mit ihr Uhren anschauen zu gehen, bildschöne seltene Uhren aus der ganzen Welt. Als sie dort voll Bewunderung am Ladentisch standen, flüsterte sie Jan zu:

»Ich glaube, Jon hat deine Gleichung verstanden.«

»Aber wieso … ?«

»Ich weiß nicht, aber ich bin mir ziemlich sicher.«

»Du lieber Gott im Himmel«, sagte Jan, und ihm fiel ein, dass er seine Gleichung am ersten Tag schnell an die Wandtafel gekritzelt und dem isländischen Team erklärt hatte, dass sie Eigentum der Columbia University sei und vor einer Veröffentlichung erst abgesichert werden müsse. Er hatte die erste Zeile ausgelöscht. Dann hatte Jon den Rest übernommen.

»Du lieber Gott«, sagte er noch einmal. »Kannst du zu den anderen gehen und dir irgendeine Ausrede einfallen lassen, damit ich mit ihm reden kann?«

Angelika nickte und schloss sich den anderen unter dem Vorwand an, Jan Antonsson brauche bei der Wahl einer Uhr Jons Hilfe.

Die beiden Männer beugten sich über den Vitrinentisch, und Jan begann:

»Angelika bildet sich ein, dass du die Gleichung gelöst habest.«

»Ja, das habe ich wohl.«

»Und was hast du mit dieser Entdeckung vor?«

Jon errötete vor Zorn und sagte leise, aber unter Betonung jeder einzelnen Silbe:

»Ich bin ein Ehrenmann und werde niemals gegen internationales Recht verstoßen. Aber ich werde dir meine Lösung als Vergleichsmöglichkeit überlassen.«

Er überreichte Jan ein verschlossenes Kuvert.

»Gib mir deine private Telefonnummer«, bat Jan.

Jon ratterte die Ziffern herunter, Jan vermerkte sie in seinem Notizbuch und sagte:

»Ich rufe dich am Abend an.«

Während sie zu den anderen zurückgingen, wurde der Flug nach Stockholm aufgerufen. Alle umarmten Jon und bedankten sich bei ihm. Als sie zum Einchecken in der Schlange standen, fragte Håkansson:

»Hast du ihn für all die Mühe, die er mit uns hatte, entlohnt?«

»Nein, das wäre für ihn eine Beleidigung gewesen.«

Dann waren sie wieder in der Luft und verabredeten sich etwas wehmütig für eine neue Islandreise.

Angelika schwelgte noch ganz im Glück des Vortages, Bild um Bild zog an ihrem inneren Auge vorüber. Zufällig warf sie einen Blick auf Jan und erkannte, dass er vor Mitteilungsbedürfnis fast platzte. Er muss sich aussprechen können, dachte sie und fragte leise:

»Hatte ich Recht?«

»Ja.«

»Warum klingt das so böse?«

»Verzeih, das wollte ich nicht. Aber, aber …«

Er begann zu stottern, als er sagte, sie sei doch noch nie bei einer Sitzung dabei gewesen, habe nie gehört, was gesprochen worden war.

»Wie, zum Teufel, konntest du ahnen …?«

Jetzt wurde es gefährlich, das spürte sie, und trotzdem konnte sie darüber lachen.

»Hast du ihn gefragt?«

»Jetzt stehst du aber auf der Leitung. Sollte ich etwa einen Diskurs über eine Gleichung führen, das kannst du doch nicht ernsthaft glauben.«

Angelika schwieg, besann sich aber und sagte dann:

»Ich war am Gullfoss so froh und aufgedreht, dass du mich für übergeschnappt gehalten hättest. Aber in diesem Zustand kann ich in einen anderen Menschen hineinschauen. Und fühlen. In Jon erkannte ich einen enormen Stolz und eine überirdische Freude.

Als wir im Auto saßen, dachte ich noch einmal über das alles nach. Es konnte doch nicht auf die Landschaft zurückzuführen sein, denn die hatte er bestimmt schon Hunderten Touristen gezeigt. Als wir nach Tingvalla kamen, vergaß ich das alles, denn er trieb seinen Schabernack mit uns, schickte mich ans eine Flussufer und ließ Katta am anderen sitzen. Er selbst stellte sich mitten auf die Brücke und rief uns zu, ich sei in Europa und Katta in Amerika. Dann lachte er wie ein Junge, dem gerade ein Streich gelungen war. Es dauerte lange, bis er wieder vernünftig wurde und von der Kontinentalfurche anfing. Ich hörte gespannt zu, es war unheimlich und großartig zugleich. Aber das Seltsamste war dieses Leuchten, das ihn umgab. Die Freude ließ seine ganze Gestalt strahlen. Wir waren beide wie berauscht, und ich fragte mich wieder, warum er so glücklich war.«

»Wahrscheinlich hatte er sich in dich verliebt.«

»Nein, nein, solche Empfindungen waren nicht dabei. Außerdem weißt du, dass ich hoffnungslos in einen schwierigen Göteborger Jungen verliebt bin.«

Kichernd fuhr sie fort:

»In der Abenddämmerung fiel mir auf der Rückfahrt nach Reykjavik ein, was du mir mal erzählt hattest. Dass du nämlich deine Gleichung im Konferenzraum an die Wandtafel geschrieben hattest. Und dass niemand sie verstanden hatte. Und dass du Jon beauftragt hattest, sie auszulöschen.

Ich sah dieses Bild vor mir, sah den Raum, und plötzlich verstand ich. Ich sah die Gleichung auf der schwarzen Tafel. Ich sah die allgemeine Verständnislosigkeit, sah, dass Jon dir beim Wegwischen des Geschriebenen half. Und ich sah, dass er lächelte und dass seine Augen vor Freude funkelten. Da wusste ich es. Ich habe einfach zwei und zwei zusammengezählt.«

»Ganz einfach«, sagte Jan.

»Willst du mich auf den Arm nehmen?«

»Nein, du erschreckst mich.«

Das machte sie traurig:

»Meinst du, mit mir stimmt etwas nicht?«

Nach einer Pause fragte er zögernd:

»Hast du immer solche inneren Bilder, wenn du besonders glücklich bist?«

Sie roch die Gefahr und erwiderte schnell:

»Mir geht es wohl wie allen Menschen. Ich mache mir ein Bild von dem, was mir erzählt wird.«

Jan wusste, dass sie log, nickte aber zustimmend. Er hätte gern gefragt, warum niemand sonst Jons Freudestrahlen bemerkt hatte. Aber er ließ es bleiben. Griff nach ihrer Hand.

»Ich wäre froh, wenn ich nur die Hälfte deiner Intuition hätte.«

Angelika dachte erleichtert, dass sie es auch diesmal wieder geschafft hatte.

»Ich will Jon heute Abend anrufen. Und dann werde ich mit

Sam Field reden, der immer auf der Suche nach mathematischen Genies ist.«

Angelika freute sich für Jon Anarson, und nach kurzem Zögern fragte sie, wie solche Wasserfälle wie der Gullfoss denn entstehen konnten.

»In Island sind die Gletscher die Ursache; ich habe gehört, dass elf Prozent des Landes von diesem ewigen Eis bedeckt sind. Sie schmelzen, soviel ich weiß, jeden Sommer ein bisschen. Aber ein bisschen bedeutet in diesem Fall Tausende Tonnen von Wasser. Und das muss ja irgendwie ins Meer gelangen. Und an einem schroffen Abgrund wird es dann eben zu einem gigantischen Wasserfall.«

»Das Wasser sucht sich also seinen Weg zum Atlantik? Wenn man mitgerissen wird, kommt man ums Leben und wird von den Fischen gefressen?«

»Vermutlich ja. Aber wenn man in den Gullfoss fällt, ist man tot, lange bevor das Wasser ins Meer geflossen ist.«

»Ich verstehe«, sagte Angelika.

Die Maschine setzte zur Landung an, und eine halbe Stunde später war es an der Zeit, den Freunden aus Umeå Lebewohl zu sagen. Jan nahm Martin beiseite und fragte ihn, ob ihm etwas Besonderes aufgefallen sei, als Jon die Tafel löschte.

Martin dachte nach.

»Die Isländer haben nichts kapiert, und es lag bedrückte Enttäuschung in der Luft. Der Einzige, der einen fröhlichen Eindruck machte, war Jon. Er sah direkt glücklich aus. Warum fragst du?«

»Ich rufe dich an und erklär dir's.«

Sie gaben sich die Hand, und Jan küsste Katta auf die Wange.

Auf dem Weg zur Garage fühlte Jan sich sehr erleichtert. Es gab einen weiteren Zeugen. Erst als er schon über die Autobahn fuhr, erkannte er, dass Angelika gar keine Zeugin sein konnte, denn sie hatte den Konferenzraum ja nie betreten.

Aber sie hatte ein Bild von Jon Anarson gezeichnet, das stimmte. Irgendwann musste er einmal den Mut aufbringen und weitere Fragen stellen.

Zu Hause packten sie aus. Jan sorgte für eine leichte Mahlzeit, doch Angelika aß nur ganz wenig. Sie war deprimiert und sagte entschuldigend: »Du weißt, dass ich immer schlechte Laune habe, wenn ich meine Tage kriege.«

Er nickte, und ihm fiel ein, dass sie das schon öfter gesagt hatte. Aber er verkniff sich die trostreichen Worte von den Hormonen, die einmal im Monat gar nicht so wenige Frauen bestürmten. Angelika nahm ein Aspirin und ging zu Bett.

Um zehn Uhr abends rief er Jon an. Es war ein langes Gespräch, und Jan zweifelte keinen Augenblick daran, dass der Isländer alles verstanden hatte.

»Kannst du eine Woche Urlaub für eine Reise nach Stockholm nehmen?«

»Ich bin nirgends angestellt. Man heuert mich nur an, wenn prominente Gäste kommen. An sich bin ich Geologe mit einem Magister von der Universität Oslo. Aber hier in Island wimmelt es von Geologen, und es ist schwierig, einen Job zu kriegen.«

»Ich schicke dir ein offenes Flugticket. Du meldest dich kurz, wann du in Arlanda eintriffst.«

Jan konnte die Freude in der Stimme am anderen Ende hören.

»Bist du immer gut in Mathe gewesen?«, fragte er.

»In der Schule hat man mich wegen meiner komplizierten Aufgabenstellungen für verrückt erklärt, weil niemand sie verstanden hat.«

Jan erklärte lachend, genauso sei es ihm auch ergangen.

Dann fragte er:
»Bist du verheiratet?«
»Ich habe vorige Woche meine Scheidungspapiere erhalten.«
»Weißt du, was Angelika zu diesem Zufall sagen würde? Sie würde es einen Fingerzeig Gottes nennen.«
»Und ich würde ihr Recht geben«, sagte Jon.

Er ist religiös, dachte Jan, als er sich neben Angelika legte, die schon lange schlief. Punkt drei Uhr nachts wachte er auf und rief Sam Field an. Er erzählte ihm die Geschichte von dem isländischen Genie.
»Hat er einen akademischen Grad?«
»Ja, einen Magistertitel der Universität Oslo.«
Sam sagte aufgeregt:
»Bring ihn her. Er kann doch wohl Englisch?«
»The Queen's English«, sagte Jan laut lachend und legte den Hörer auf.

40.

Der Tag hatte, als Angelika aufwachte und Jan hoch erfreut rüttelte, die Stadt seit Stunden mit Sonne überschüttet.

»Heute ist Samstag, Jan. Wir sind freie Menschen.«

Sie duschten, seiften einander ab und fühlten, wie der Pulsschlag sich beschleunigte. Und landeten wie üblich im Bett. Danach sagte Angelika:

»Wenn wir uns so heftig lieben wie heute Morgen, empfinde ich die gleiche Verwunderung, wie ich sie erlebt habe, als ich die Kontinentalfurche das erste Mal gesehen habe. Wunder über Wunder, verstehst du?«

Er verstand es nicht.

Er ging in die Küche, um Frühstück zu machen, und dachte an die Furche quer durch Island, die Jahr für Jahr breiter wurde.

Angelika war lange im Badezimmer. Als sie endlich auftauchte, meinte sie, dass die bewussten Tage jetzt wirklich kämen.

Sie lächelten beide, und Jan dachte: Warum bin ich nur so voll böser Ahnungen? Es ist geradezu verrückt.

Beim Frühstück rief Jon Anarson an und teilte mit, dass das von Jan georderte Ticket angekommen war. Er werde am Mittwochvormittag um elf Uhr in Arlanda landen.

»Ich hole dich ab«, sagte Jan. Und fügte hinzu: »Du bist uns willkommen.«

Angelika freute sich und beschloss sofort, dass Jon bei ihnen wohnen sollte. »Im Arbeitszimmer«, sagte sie.

»Damit bin ich nicht einverstanden, es gibt dort zu viele Geheimsachen, die im Safe nicht unterzubringen sind.«

»Und wo sollten die sein, Jan?«

»In den Computern.«

Er war so kurz angebunden, dass Angelika wusste, die Sache war entschieden.

Jan saugte die Wohnung durch, Angelika räumte die Spülmaschine ein und machte das Bett. Als sie fertig waren, sagte Jan:

»Wollen wir Inger mit der Islandjacke überraschen?«

»Ja, das tun wir, das ist eine feine Idee. Für Lin Tang haben wir das Notebook, nur für die Kinder haben wir nichts.«

»Aber wir haben einen Spielwarenladen gleich hier um die Ecke. Komm jetzt.«

Kurz nach elf Uhr klopften sie im Haus in Sollentuna an und verkündeten laut, dass der Weihnachtsmann direkt aus Island vor der Tür stehe. Nur Inger tat verzweifelt, weil es überall so unordentlich war. Das kleine Mädchen hängte sich an Jan, und der Zweijährige kletterte Angelika auf den Schoß. Sie sagte nur:

»Komm, wir gehen die Großmama holen.«

Lin Tang war verändert, das spürte Angelika, sie war aus der Rolle der vornehmen chinesischen Dame ausgestiegen. Ihr Lächeln war schon fast ein Lachen.

Der Junge erzählte ihr aufgeregt, dass der Weihnachtsmann direkt vom Nordpol zu ihnen gekommen sei. »Aber er sieht aus wie Jan«, sagte er unsicher.

Sie gingen hinunter ins Wohnzimmer, wo Inger inzwischen die schlimmste Unordnung beseitigt hatte. Dann versammelten sich alle in der Sitzecke, und Chavez reichte Plätzchen und Erfrischungsgetränke herum.

»Wo ist denn der Sack?«, fragte das kleine Mädchen ungeduldig.

»Im Auto«, sagte Jan. »Ich gehe ihn holen.«

Er kam mit einem großen Plastiksack und einem Paket zurück.

»Erst ich!«, schrie der Junge.

»Okay«, sagte Jan und fischte eine aufgezogene Ente aus dem Sack, setzte sie auf den Fußboden, wo sie quer durchs Zimmer zu watscheln begann. Der Zweijährige lief fröhlich jauchzend hinter ihr her.

»Mama bekommt vom Islandweihnachtsmann ein weiches Päckchen.«

Inger packte die besonders schöne Islandjacke aus, die Angelika eigentlich für sich selbst gekauft hatte. Und Jan machte große Augen.

»Und ich?«, jammerte das kleine Mädchen.

»Du kriegst ein Auto mit Fernsteuerung, das du selbst fahren kannst.«

»So ein kleines Auto gibt es nicht«, sagte das Kind.

»Schau nach.«

Aus einer Unmenge Papier kam ein rotes Auto zum Vorschein und das Mädchen sah es lange enttäuscht an, bis Inger ihm zeigte, wie sie es selbst lenken konnte.

»Huch!«, machte es nur, und sofort waren beide Kinder in einer Ecke des großen Zimmers verschwunden. Die Ente quakte und das Auto surrte.

Papa Chavez bekam eine Flasche edlen Kognaks, und alle waren zufrieden.

»Das allerschönste Weihnachtsgeschenk haben wir aber noch nicht ausgeteilt. Uns allen ist klar, dass es nur Lin Tang gehören kann.«

Angelika half ihr beim Öffnen des harten Pakets, und Lin Tang starrte verblüfft auf den handlichen Laptop mit dem großen Bildschirm.

»Lieber Jan, ich weiß, du hast ein Gehirn aus Gold, aber meines ist nicht von gleicher Qualität, ich weiß nicht, wie man mit einem Computer umgeht.«

»Ich habe mit deiner Tochter gesprochen«, schaltete sich Angelika ein, »und sie wird dir selbstverständlich das Nötige beibringen. Und du wirst schnell sehen, um wie vieles leichter das Schreiben dir von der Hand gehen wird. Wo steckt sie eigentlich?«

»Sie kommt am Nachmittag. Sie hat in der Stadt bei einem guten Freund übernachtet.«

Erschrockene verwirrte Stille.

Aber Lin Tang fügte hinzu:

»Als schwedische Mutter habe ich kein Recht, ihr Vorschriften zu machen. Sie ist mündig.«

Alle nickten zustimmend, und Jan schlug vor, gemeinsam in den Gasthof essen zu gehen.

»Ich habe im Stallmästargården einen Tisch bestellt. Während ihr euch frisch macht, schließe ich Lin Tangs Notebook an. Und du, Inger, verständige deine junge Schwägerin per Handy, dass sie auch in den Gasthof kommen soll.«

»Wird gemacht.«

Die junge Dame stand schon im Vestibül, als sie kamen, sehr hübsch, diskretes Make-up und mit erwartungsvoll glänzenden Augen. Sie blickte Jan fragend an. Er richtete als Antwort nur beide Daumen auf. Sie aßen gut, die Kinder verhielten sich fast andächtig still. Als der Kellner die Kinderspeisekarte brachte, flüsterte das kleine Mädchen ihm ins Ohr:

»Ich kann noch nicht lesen.«

Der Kellner flüsterte lächelnd zurück. »Dann lese ich dir eben vor. Spaghetti und Würstchen und zum Nachtisch Sahnetorte mit Erdbeergelee.«

»Wir nehmen nur die Sahnetorte«, sagte das Kind.

Inger stöhnte, hielt aber den Mund.

Es wurde ein heiterer Nachmittag, gutes Essen, fröhliche

Gäste und manierliche Kinder. Als sie sich voneinander verabschiedeten, waren alle gut gelaunt. Besonders Inger.

»Sie hat es bestimmt nicht leicht mit zwei Kindern, einem großen Haus und einer anspruchsvollen Arztpraxis«, sagte Jan.

Angelika pflichtete ihm bei und meinte, es sei fast unbegreiflich, dass Inger nicht zusammenbrach.

»Das kommt wohl davon, dass sie in der Realität und im Alltag so fest verankert ist!«, erwiderte Jan, ohne zu merken, dass Angelika erschrak und verletzt war.

41.

Über Stockholm lagen dunkle Wolken, als sie am Sonntagmorgen aufwachten.

»Da braut sich ein Gewitter zusammen«, sagte Jan.

»Es ist schon über uns«, stellte Angelika fest, und im nächsten Augenblick zuckten Blitze über der ganzen Stadt.

Angelika zog die Decke über den Kopf.

»Du wirst doch keine Angst vor Gewittern haben. Auf dem Dach steht ein erstklassiger Blitzableiter.«

Angelika setzte sich im Bett auf:

»Ein Glück, dass du immer und für alles eine Erklärung parat hast.«

»Ich habe nichts erklärt. Ich wollte dich nur damit beruhigen, dass wir gut beschützt sind.«

Jetzt donnerte es, dass die Gläser auf dem Nachttisch zitterten. Auch Angelika zitterte. Jan wollte sie in die Arme nehmen, doch sie stieß ihn von sich.

»Suchst du Streit?«, fragte Jan und ging in die Küche.

Während er dort gegen seinen Zorn ankämpfte, brach das Unwetter los und überflutete die Fenster.

Er ging alleine duschen.

Als Angelika zu einem hastigen Frühstück in die Küche kam, sagte sie:

»Ich bitte wie immer um Vergebung, dass ich schief gewickelt war.«

»Angelika.« Es klang nach Vorwurf, aber sie zuckte nur die Schultern.

Sie aßen schweigend.

Irgendwann sagte sie: »Du behandelst mich wie ein Kind, nimmst mich nie ernst.«

Jan schaute sie an.

»Ich verstehe mehr, als du denkst. Ich weiß zum Beispiel, dass deine Behauptung über Jon und die Gleichung eine glatte Lüge war. Du hast gesagt, dass du dir aus dem, was ich dir erzählt habe, ein Bild gemacht hast. Aber ich weiß sehr genau, dass ich kaum über die Vorgänge im Konferenzraum gesprochen habe. Warum lügst du, Angelika?«

Ihr Blick ruhte weit entfernt im Regen vor dem Fenster. Das Schweigen lastete schwer auf der Küche, doch nach einiger Zeit sah Angelika Jan fest in die Augen.

»Weil ich Zugang zu einer Wirklichkeit habe, die in deiner Welt nichts zu suchen hat. Auch in keiner anderen. Ich muss immer auf der Hut sein und darf mich nicht verraten.«

Er schwieg, versuchte sie zu verstehen, aber sie verstand ihn falsch. Sie beugte sich über den Küchentisch und sagte mit einer fremden Stimme, jedes einzelne Wort betonend:

»Du wirst mich niemals ins Irrenhaus bringen.«

Jan kniff die Augen zusammen, konnte die Tränen aber nicht zurückhalten. Angelika hatte ihn nur selten weinen gesehen, es erschreckte sie, sie fühlte sich schuldig, konnte ihn aber nicht trösten. Und so ging sie zurück ins Bett.

Jan legte sich neben sie und hielt ihre Hand. Nicht lange, und sie waren eingeschlafen.

Angelika wachte als Erste auf, küsste ihn, streichelte ihm über die nassen Wangen und versuchte ›verzeih‹ zu sagen.

Er blieb auf dem Rücken liegen, sagte aber:

»Ich komme nicht darüber hinweg, dass du glaubst, ich könnte dich in ein psychiatrisches Krankenhaus sperren lassen,

Angelika. Wie kannst du mir nur so misstrauen? Wie soll es für uns weitergehen?«

Sie war weiß im Gesicht, die Augen schwarz und in die Ferne gerichtet. Schließlich kehrte ihr Blick zu ihm zurück.

»Willst du dich scheiden lassen?«

»Zum Teufel, Angelika. Mach doch nicht gleich ein Drama draus. Irgendwie müssen wir lernen, einander zu verstehen.«

»Das, woran ich leide, ist nicht zu verstehen. Und du willst immer nur verstehen. Das macht mir Angst. Und darum lüge ich. Vor ein paar hundert Jahren hat man Frauen wie mich auf dem Scheiterhaufen verbrannt.«

Er verschwieg die wissenschaftlichen Untersuchungen, die belegten, dass nur Gerüchte und üble Nachrede zu den Hexenprozessen geführt hatten. Ich muss die Wahrheit meistens auch für mich behalten, dachte er.

Aber zu seinem eigenen Erstaunen sagte er:

»Vor tausend Jahren waren Menschen wie du in unserem Land absolut maßgebend. Und es gibt auch heute noch Kulturen, in denen Schamanen heilig sind und in führender Position auftreten. Bei den Indianern und einigen Völkern in Sibirien und Afrika.«

Angelika nickte. Sie wusste es, wandte aber ein:

»Hier bei uns ist die Religion eingeschritten. Man griff mit eiserner Hand durch, folterte und verfolgte. Deshalb haben die Erkenntnisse, von denen ich spreche, keine Gültigkeit.«

Das Telefon klingelte. »Wir gehen nicht dran«, sagte Jan. Angelika nickte, aber gleich darauf klingelte das Handy.

»Geh du«, sagte Jan.

»Nein, es ist dein Handy.«

Er schüttelte den Kopf. »Nein, ich schaff's jetzt nicht.«

»Es ist Jon. Er ruft aus Reykjavik an«, sagte Angelika. »Er versucht es in zehn Minuten noch einmal.«

»Woher weißt du das?«

»Ich habe dir doch eben erklärt, dass ich Dinge weiß, die eben nicht zu erklären sind. Und du reagierst wie immer mit völliger Verständnislosigkeit.«

»Wie, zum Teufel, soll ich damit fertig werden?«

»Wie, zum Teufel, bin ich in all unsrer gemeinsamen Zeit damit fertig geworden? Du wirst es so machen müssen wie ich, lügen und leugnen. Könntest du mir etwas Wein geben, er hält die Klarsicht in Grenzen.«

Als er ihr den Wein brachte, fragte er noch einmal:

»Wie soll es für uns weitergehen, Angelika?«

»Wir leben in unterschiedlichen Realitäten, aber wichtig ist doch nur eines, dass wir uns lieben. Ich glaube, unsere Liebe ist wie eine Art Urgestein, sie ist unverrückbar.«

Ihre Stimme klang ruhig, aber das Glas in ihrer Hand zitterte.

Das Telefon läutete wieder, Jan hob ab: »Hier Antonsson.«

Gelächter am anderen Ende: »Hier Anarson.«

Jan warf einen Blick auf die Uhr. Genau zehn Minuten.

»Hast du Probleme?«

»Ja, es ist schwierig mit dem Visum für die USA.«

»Verdammt, du hast Recht. Kommunist bist du vermutlich nie gewesen?«

»Nie.«

»Aber einen Pass hast du?«

»Ja.«

»Ich werde hier mit der amerikanischen Botschaft sprechen. Und heute Nacht werde ich Sam Field anrufen und ihn um eine telegrafische Einladung für dich bitten mit Kopie an die amerikanische Botschaft in Stockholm. Er ist Professor an der Columbia. Er genießt großes Ansehen.

Aber ich brauche einige Fakten: Geboren wann und wo, Examina in Oslo in welchem Jahr, Namen der Eltern, Nationalität und Beruf. Du bist geschieden, kinderlos, nie wegen eines Verbrechens angeklagt und hast immer konservativ gewählt. Alles klar? Ich bitte um ein Fax noch heute Abend.«

»Aber Jan, ich habe nie konservativ gewählt.«

»Ist doch egal, Island ist eine Demokratie. Niemand erfährt, was man gewählt hat.«

Er schloss mit den Worten:

»Ich nehme das in die Hand.«

Als er zu Angelika zurückkam, war das Weinglas leer, und sie selbst hatte zu ihrem normalen Ich zurückgefunden. Sie liebten sich wie nie zuvor, sie kamen an diesem Sonntag fast nicht aus dem Bett. Als der Hunger sie in die Küche trieb, kochten sie in derselben Harmonie wie immer. Plötzlich fragte Angelika, ob er das verstanden habe, was sie von der Kontinentalfurche in Tingvalla gesagt hatte.

»Nein, was denn?«

»Dass ich das Tal genauso erlebt habe wie unseren Liebesrausch.«

42.

Am Montagmorgen brachte Jan Angelika nach Danderyd, ihr Gesprächston war normal. Er trug einen eleganten Anzug und ein weißes Hemd, und sie sah ihn erstaunt an.

»Ich muss um zehn Uhr in der amerikanischen Botschaft sein«, erklärte er.

»Viel Glück.«

»Sollten sie Jon abwimmeln, bekommt er einen Job im Karo. Ich habe mit meinem Chef gesprochen, und der hat schon grünes Licht gegeben. Gute Mathematiker sind in der ganzen westlichen Welt Mangelware.«

Sie sagten, als Jan Angelika in Danderyd absetzte, nicht nur ›Küsschen‹ wie sonst, sondern blieben im Auto sitzen und küssten sich verzweifelt.

Und wurden von einer munteren Stimme unterbrochen:

»Knutschen ist vor unserem Tempel streng verboten.«

Es war Chavez, er lachte und bedankte sich für das phantastische Fest am Samstag.

Jan machte ein erstauntes Gesicht, er hatte den Samstag ganz vergessen. Aber er stieg aus dem Wagen und hielt Angelika höflich die Tür auf. Sie küssten sich noch einmal. Bis Chavez den Chef vorkehrte und mit sonorer Stimme sagte:

»Los, an die Arbeit, Angelika.«

Im Lift fragte Angelika Chavez, warum es so schwierig sei, Mathematiker zu finden.

»Man müsste doch welche ausbilden können«, meinte sie.

»Das ist wohl nicht so einfach. Ich glaube, hier geht es um eine ganz besondere und ungewöhnliche Begabung. Wie bei der Musik. Wir haben viele gute Komponisten, aber nur einen Mozart. Wir haben viele Physiker und Mathematiker, aber unter ihnen ist nur ein einziger Einstein, du weißt schon, das ist der mit dem Licht, der Zeit und dem gekrümmten Raum.«

Angelika überkam das alte Gefühl der Unterlegenheit, und sie bekannte, dass sie diese berühmte Theorie nie verstanden hatte.

Chavez lachte und sagte nur: »Ich auch nicht.«

Sie zogen ihre weißen Kittel an, Angelika war vor ihm im Besprechungszimmer, und Helena sagte:

»Wie gut, dass du dich endlich von dem Geknutsche vor der Haustür losreißen konntest.«

»Warum so boshaft?«

Die Frage kam nicht von Angelika, sondern von einem der Ärzte. Eine Antwort blieb aus, denn Chavez ließ sich mit allen Unterlagen am Tischende nieder. Der Arbeitstag hatte begonnen.

Jan wurde in der schönen Botschaft in Djurgården wie ein lange erwarteter Gast empfangen. Jeder gratulierte ihm in dieser großzügig offenherzigen amerikanischen Art zu seiner und Sam Fields einmaliger Entdeckung.

»Sie werden verstehen, dass das für uns wundervolle Nachrichten sind, wo wir doch alle in der Gefahrenzone von Infarkten und Schlaganfällen leben.«

»Nein, das verstehe ich nicht«, erwiderte Jan. »Sie leben doch in einem kleinen friedlichen Land mit fest gefügter Ordnung, niedriger Kriminalität und einer Krankenversorgung, die zu den besten der Welt zählt.«

»So spricht ein wahrer Patriot«, sagte der Botschaftssekretär.

Jan lachte:

»Was den Patriotismus anbelangt, können wir uns mit euch Amerikanern nicht messen. Und ich muss zugeben, dass ich mich manchmal in die USA zurücksehne, zu all der Unbeschwertheit und Großzügigkeit. Mir ist das Herz fast stehen geblieben, als Sie mich vorhin willkommen hießen.«

»Nur nicht übertreiben. Field wäre überglücklich gewesen.«

»Nun, ich habe ihm inzwischen ein Supertalent in Sachen höherer Mathematik verschafft.«

»Sind Sie da ganz sicher?«

»Ja.«

»Lassen Sie hören.«

Jan hatte sich gut vorbereitet und schilderte die Szene im Forschungsinstitut in Reykjavik. Wie er seine Gleichung an die Wandtafel geschrieben und festgestellt hatte, dass keiner aus dem isländischen Team sie verstand, und er sie gleich wieder weggewischt hatte.

»In der Gruppe befand sich auch ein Geologe. Er hat Schwierigkeiten, in Island einen interessanten Job zu finden, denn logischerweise gibt es auf der Insel einen Überschuss an Geologen.«

Er fuhr fort:

»Vor der Rückreise brachte Jon, also dieser Geologe, uns zum Flugplatz. Wir hatten im Terminal reichlich Zeit und wollten für meine Frau noch eine Uhr kaufen. Der Isländer ging mit mir zum Verkaufspult, und während wir uns, verwirrt von dem Angebot an exklusiven Uhren, über den Glaskasten beugten, sagte er überraschend, er wolle mir ein Papier übergeben. Er betonte, es sei wichtig. Ich bat ihn um seine private Telefonnummer. Im Flugzeug nahm ich mir Jons Aufzeichnungen vor und sah zu meiner größten Verwunderung, dass er eine äußerst elegante Lösung für die Gleichung gefunden hatte.«

Die Amerikaner lauschten gespannt, sie waren sprachlos vor Verwunderung.

Schließlich stellte der Botschafter persönlich die Frage:

»Haben Sie Näheres mit ihm besprochen?«

»Ich habe ihn angerufen, musste ihn ja fragen, wie er seine Entdeckung weiter verwerten wollte. Er wurde wütend und hat wörtlich gesagt, dass er seine Entdeckung nie im Leben ausnützen werde und dass er größten Respekt vor den internationalen Abmachungen der Wissenschaft habe.«

»Warum hatte er sich denn überhaupt die Arbeit gemacht, Ihre Gleichung zu verstehen?«, fragte einer der Amerikaner.

»Das habe ich ihn auch gefragt, und er erklärte, er habe ein Foto von der Wandtafel gemacht, bevor sie gelöscht wurde. Und dass es für ihn eine Herausforderung gewesen sei. Er hatte zum eigenen Vergnügen die ganze Nacht damit verbracht, die Gleichung zu lösen.«

»Und Sie haben ihm geglaubt?«

»Ja. Ein echter Mathematiker kann von einem Problem wie besessen sein. Ich bin ganz genauso und weiß, was in einem vorgeht. Seine Schilderung dieser Nacht hat mich bewogen, ihn an der Columbia University testen zu lassen. Field ist von der Idee begeistert, denn große Mathematiker sind in der gesamten westlichen Welt eine Rarität.«

»Wir haben von Field ein Telegramm erhalten, wissen also, dass er ernsthaft interessiert ist. Gehen wir also zum praktischen Teil über. Können Sie sagen, dass Sie diesen Isländer kennen?«

»Nein. Nur oberflächlich. Aber ich habe bestimmte Daten ermittelt. Die isländische Bürokratie ist verdammt gut organisiert.«

»Ausgezeichnet.«

Jan referierte die Fakten, die Jon ihm mitgeteilt hatte.

Zum Schluss sagte er, dass er den Isländer am Mittwoch um etwa elf Uhr in Arlanda abholen werde.

»Gut, dann bitten wir Sie beide zum Lunch. Aber danach werden wir den Mann alleine interviewen.«

»Okay«, sagte Jan und erhob sich. »Ganz nebenbei möchte ich noch bemerken, dass Professor Johansson vom Karolinska Institutet sehr daran interessiert ist, Jon Anarson seinem Team einzuverleiben. Gleichermaßen interessieren sich die großen pharmazeutischen Unternehmen in Europa für ihn. Betrachten Sie dieses Angebot also als Entgegenkommen von meiner Seite.«

»Und warum sind Sie so großzügig?«

Der Ton war sarkastisch, aber Jan lächelte, als er zur Tür ging. Er wandte sich um und sagte:

»Weil ich mich seit langem mit der Columbia verbunden fühle und weil mich mit Sam Field eine tiefe Freundschaft verbindet. Außerdem setze ich großes Vertrauen in ihn. Als Mensch und auch als Forscher.«

Er fuhr zum Karo, wo er mit seinem eleganten Anzug Aufsehen erregte. Die Kollegen hänselten ihn: War er in Erwartung von Orden und Ehrenzeichen in der Stadt unterwegs gewesen? Er spürte den Neid, versuchte über den Scherz zu lachen, der alles andere als witzig war. Typisch schwedisch, dachte er.

»Ich war in der amerikanischen Botschaft, um die Erteilung eines Visums für einen isländischen Mathematiker zu unterstützen. Auf Johanssons Anraten.«

Das Gelächter verstummte.

Dann klopfte er beim Professor an die Tür und unterrichtete ihn ausführlich von dem Gespräch in der Botschaft, das ihn ziemlich verärgert hatte.

Johansson zuckte die Schultern und meinte, die USA litten seit dem elften September an Paranoia. Und er wiederholte noch einmal seinen früheren Vorschlag, dass der Isländer nach bestandenen Tests am Karo in seinem Team willkommen sei, falls die Amerikaner ihn nicht haben wollten.

Seufzend fügte er hinzu: »Vorausgesetzt, ich kann Geld lockermachen.«

43.

Jan war bedrückt, als er nach Danderyd fuhr, um Angelika abzuholen. Als sie auf dem Parkplatz auftauchte, sah er, dass auch sie traurig war.

»Warum können wir uns nicht mehr verstehen?«

Sie schüttelte den Kopf und sagte, sie könne es auch nicht erklären.

»Aber vielleicht könntest du es versuchen. Mir zuliebe.«

Als er mit dem Wagen zurückstieß, sah er, dass sie weinte. Jan gab ihr ein Taschentuch. Sie blieben auf dem Weg zur Stadt im Stau stecken, und er bekam heftige Bauchschmerzen. Als sie endlich das alte historische Zollhaus Norrtull passiert hatten, wurde der Verkehr flüssiger, und vom Vallhallavägen an fuhren sie in normaler Geschwindigkeit.

»Haben wir was zu essen zu Hause?«, fragte Angelika, und er nickte. Im Tiefkühlschrank lag eine große Portion Huhn.

»Ein Fertiggericht mit Soße.«

»Das schmeckt mir«, sagte Angelika.

Wie immer schufen die alltäglichen Handgriffe in der Küche Behaglichkeit. Jan überwachte den Backofen und kochte Reis, Angelika zerkleinerte Gemüse für den Salat. Jan machte das Dressing.

Selbstverständlich brachte ihr Tun immer wieder Abwechslung. Und Angelika dachte an das Vergnügen, wenn sie einander unter der Dusche abseiften und wie sie ein Wort jeden Morgen wie ein Mantra wiederholte: Einander, einander.

Als das Huhn im Ofen fertig war, machte Jan eine Flasche Weißwein auf und schenkte ein. Und nach altem Brauch hoben sie die Gläser.

Jan sagte: »Ich bin so glücklich, dass ich dich habe.«

Aber Angelika misstraute seinen Worten. Sie trank einen Schluck, stellte das Glas behutsam ab, schaute Jan an und sagte:

»Das solltest du nicht sein, Jan Antonsson. Denn du fängst endlich an zu verstehen, dass ich verrückt bin.«

Er stellte sein Glas ebenfalls ab und erwiderte:

»Du bist nicht verrückt. Du hast lediglich seherische Fähigkeiten.«

Ihr Blick verlor sich durch das Fenster, und Angelika sprach in den Himmel:

»Das ist wohl dasselbe.«

»Nein. Verrückt zu sein ist eine Krankheit. Seherisch zu sein ist eine Gabe.«

»Meinst du das wirklich, oder lügst du mich an?«

»Du weißt, dass ich nie lüge.«

»Das ist wahr«, sagte sie, kehrte mit dem Blick zurück und schaute ihm in die Augen.

»Hier in dieser Familie bin ich die Lügnerin, ich weiß es, und ich schäme mich dafür. Aber mir bleibt keine Wahl, denn ich lebe in einer Welt, die genau das verachtet und verwirft, was du ... eine Gabe nennst.«

»Lieber Gott«, sagte Jan und holte tief Luft. »Du hast Recht. Und es muss die Hölle sein. Und ich Idiot habe es nie begriffen ...«

Sie schauten einander schweigend an, erstaunt, verängstigt und verzweifelt.

Es war Angelika, die sie wieder auf die Erde zurückholte, als sie sagte, sie sollten doch das gute Essen nicht kalt werden lassen. Jan schaute sie groß an.

Sie aßen lustlos. Und landeten nach der Mahlzeit auf dem neuen bequemen Sofa im Wohnzimmer. Angelika zündete Kerzen an, wechselte dann aber in den Sessel Jan gegenüber.

»Wir müssen einander ins Gesicht sehen können«, sagte sie.

Jan nickte. Er hatte während des Essens kein Wort gesprochen.

»Ich bin ein Idiot«, sagte er jetzt.

»Und ich eine Lügnerin«, sagte Angelika. »Was für eine phantastische Kombination.«

Sie versuchte zu lachen, aber Jan stimmte nicht mit ein.

»Angelika, ich möchte nicht lachen, ich will nicht, ich habe lange über alles nachgedacht. Chavez hat schon vor längerer Zeit solche Andeutungen gemacht, aber ich habe ihn nicht ernst genommen, habe nichts begriffen. Vermutlich wollte ich nicht verstehen. Denn ich verstehe ausschließlich mit dem Intellekt, ich habe keinen anderen Apparat.«

»Aber du hast es versucht. Du hast andauernd versucht mir deine Wissenschaft zu erklären, um mich zu bestärken. Ich weiß es, und ich bin dir dankbar dafür.«

Er legte sich auf dem Sofa lang und bedeckte die Augen mit dem Arm.

Angelika sagte:

»Setz dich auf und trage es um Gottes willen wie ein Mann.«

Sie lachte, und er konnte jetzt einstimmen.

»Erzähl mir, wie sich deine Art zu sehen in deinem Alltag, deinen Beziehungen und deinem Job auswirkt«, bat Jan.

»Ich könnte beim Job anfangen. Da ist es am einfachsten zu erklären.«

Bei »erklären« malte sie Anführungszeichen in die Luft, bevor sie fortfuhr:

»Du weißt ja, wie es auf einer Krebsstation zugeht. Jeden Morgen gibt es die Visite, wir reden mit unseren Patienten, lesen ihre

Werte ab, sehen die Befunde durch und besprechen das alles mit den verängstigten Schwerkranken. Die meiste Zeit widmen wir den Neuaufnahmen. Chavez ordnet die Behandlung an, ändert sie vielleicht, lässt neue Röntgenbilder machen. Was halt so üblich ist. Er ist geschickt und äußerst rücksichtsvoll.

Aber manchmal sind seine Prognosen schlicht falsch. Oft würde ich am liebsten aufschreien, darf es aber nicht.

Wie etwa letzte Woche, als ein junges Mädchen zu uns kam, dessen Eierstöcke von Krebs befallen waren.

Chavez sagte ihr, das erledigen wir mit einer Operation. Aber ich wusste, dass sie sterben würde, noch bevor wir alle die für die Operation notwendigen Proben untersucht hatten. Und sie starb wirklich.«

Sie schaute Jan fragend an, als er sagte:

»Kommt so etwas oft vor?«

»Nein, Gott sei Dank.«

»Reagiert Chavez?«

»Manchmal.«

»Erzähl!«

»Ein Mann wurde mit der einwandfreien Diagnose Prostatakrebs eingeliefert. Und du weißt, dass dieser Krebs geheilt oder zumindest jahrelang in Schach gehalten werden kann. Und ohne zu röntgen, sah ich, dass der Patient in der Nähe des Herzens Metastasen auf der Hauptschlagader hatte. Ich war erschüttert, konnte es nicht für mich behalten. Ich sagte es also Chavez, er rief beim Kollegen auf der ›Herz und Gefäße‹ an und sagte ihm, bei dem Patienten bestehe Verdacht auf Krebs in Herznähe.

Professor Lindh kam, horchte das Herz ab, schüttelte den Kopf und sagte, es müsse trotzdem geröntgt werden. Als der Patient beim Röntgen war, starb er an Herzstillstand.

Sobald Chavez eine ruhige Minute hatte, rief er mich zu sich und stellte mir dieselbe Frage wie du jetzt. Wie ich das hätte wissen können.

Und ich sagte es ihm, wie es ist: dass ich nicht weiß, wieso ich es weiß.«

Jan und Angelika schauten sich stumm an, er verwundert, sie verzweifelt. Schließlich sagte er:

»Ich verstehe, dass dein Leben kompliziert und schwer zu ertragen ist, das muss der reinste Seiltanz sein.«

»Ja.«

»Ist diese Fähigkeit an eine besondere Gemütsverfassung gebunden?«

»Ja, es geschieht meistens, wenn ich seelisch ausgeglichen bin, mich glücklich und sicher fühle. Drum kommt es immer öfter vor, seit du und ich …«

Wieder langes Schweigen.

»In Island habe ich es ungeheuer stark erlebt, ich war ganz euphorisch. Ich konnte in Katta und auch in Jon Anarson lesen, erkannte ihre Gedanken und Gefühle.

Wie gewöhnlich zog ich mich zurück, wenn es um Fakten wie etwa die Geschichte Islands, die Wikinger und das Thing und ähnliche Dinge ging. Ich wanderte durch das Tal zu der schönen Kirche, ließ mich dort nieder und blickte über das Land hin. Es zeigten sich mir viele Bilder. Von der Erschaffung der Welt bis hin zu den Vorgängen auf dem Thingplatz vor Hunderten von Jahren.

Dann tauchte plötzlich ein deutliches Bild von dem auf, was Jon passiert war, im Konferenzraum, die schwarze Wandtafel, die Gleichung … einfach alles. Da verstand ich, warum er so fröhlich war.

Als du anfingst, mich auszufragen, tat ich, was ich so oft im Leben getan habe: Ich log.«

Wieder Stille, bis Jan fragte:

»Erklärt das auch deine Behauptung, dass du dumm, unwissend und leicht geistesgestört bist?«

»Ja, damit verteidige ich mich bisweilen. Aber es ist auch so, dass mich alles, was sich Fakten nennt, und alle Belehrungen gründlich anöden.«

»Gehöre ich auch dazu?«

»Nein, du ödest mich nicht an. Aber ich höre nicht immer nur auf deine Worte, sondern ich höre auf deine Stimme.«

Jan seufzte:

»Das empfinde ich jetzt wirklich als ein bisschen bitter. Vor längerer Zeit hast du mich gebeten, ich solle herausfinden, ob Schizophrenie eine Erbkrankheit ist. Ich bin dem nachgegangen, habe mit Psychiatern gesprochen und einen guten Überblick über die Vorgänge bekommen. Ich wollte dir alles erklären, aber du hast mir den Rücken zugekehrt und bist verschwunden.«

Zum ersten Mal während dieses langen Gesprächs fing Angelika an zu weinen. Jan holte eine Rolle Haushaltspapier und umarmte sie, als er zurückkam.

»Ich habe mich so davor gefürchtet«, flüsterte Angelika.

»Das war mir klar«, sagte er und drückte sie noch fester an sich. »Aber jetzt hör mir mal zu.«

Sie nickte. Er sagte:

»Erstens ist Schizophrenie keine Diagnose. Es ist ein Sammelbegriff für eine ganze Anzahl von psychischen Störungen. Das Wort bedeutet Persönlichkeitsspaltung und wird heutzutage nur noch selten verwendet. Heute sprechen die Ärzte von schizoiden Zügen.«

»Und wie äußern sich die?« Es klang ängstlich.

»In Kontaktschwierigkeiten, Gefühlskälte, totalem Mangel an Einfühlungsvermögen, Misstrauen.«

Er lächelte sie an, weil er meinte, dass sie sich wahrscheinlich nicht darin wiedererkennen würde.

Ein wenig konnte sie den Mund verziehen.

»Genau«, sagte Jan. »Chavez und andere, die dich gut kennen, würden darüber lachen. Dein Problem ist genau das Entgegengesetzte, nämlich dein Mitleid und deine Fähigkeit, die Angst und die Sorgen eines anderen Menschen zu spüren.«

»Und was sagen die Fachleute in diesem Punkt von Vererbung?«

»Du weißt doch, wie das ist. Man hält gern an alten Ansichten fest. Die Krankheit tritt in manchen Familien auf, das ist wahr. Aber ich bin ziemlich überzeugt, dass die Ursachen im Kindheitsmilieu zu suchen sind. Mir ist ein interessanter Artikel aus der Zwillingsforschung untergekommen.

Es kommt vor, dass eineiige Zwillinge in unterschiedlicher Umgebung aufwachsen. Das eine Baby bleibt bei seiner biologischen Familie, das andere wird zur Adoption freigegeben. Das Kind, das bei seinen Eltern bleibt, entwickelt manchmal schizoide Züge. Das andere Kind, das in besser funktionierende Familienverhältnisse aufgenommen wurde, wächst ohne Probleme auf.«

Angelikas Blick verlor sich in der Ferne. Dann kamen die Tränen. Es dauerte eine Zeit, bis sie sprechen konnte:

»Ich denke an meine Mama. Ihr Vater verschwand und ließ nie wieder von sich hören. Sie war erst fünf Jahre alt, als sie mit meiner irrsinnigen Großmutter zurückblieb ... und vielleicht hat Mama sich in dieser Zeit eine Welt zusammengedichtet, in die sie flüchten konnte, du erinnerst dich, zu den Elfen und Feen, den bösen und den guten Wesen.«

»Und in diese Welt wurdest du im selben Alter hineingezogen.«

»Ja«, bestätigte Angelika.

»Weißt du etwas über die Kindheit deiner Großmutter?«

»Nein. Meine Mutter und auch mein Vater haben es abgelehnt, über Großmutter zu sprechen.«

44.

Der Mittwochmorgen kam, und Jan war nervös.

Er konnte sich ja geirrt haben, vielleicht war Jon nur ein Blender. Aber er zog doch Anzug und weißes Hemd an. Dann brachte er Angelika nach Danderyd und fuhr nach Arlanda weiter.

Am Abend davor war Angelika energisch geworden:

»Ein Gast, der im Wohnzimmer übernachtet, bedeutet Ungemütlichkeit für uns alle. Du musst deine Daten doch absichern können. Wenn du schon denkst, dass Jon möglicherweise ein Dieb und Betrüger ist.«

»Verdammt, du hast Recht.«

Sie verbrachten also den Abend damit, das Arbeitszimmer aufzuräumen und dort ein Bett aufzustellen.

Jetzt stand Jan in Arlanda und befürchtete, dass er seinen Gast nicht wieder erkennen würde. Er hatte ein schlechtes Personengedächtnis und Angelika nie verstanden, wenn sie von der persönlichen Ausstrahlung eines jeden Menschen sprach. Aber seine Sorge war unnötig, denn als der lange Isländer auftauchte, erkannte Jan ihn sofort. Sie schüttelten einander die Hände, lange und herzlich.

»Du bist ein ungewöhnlicher Mensch«, sagte Jon.

»Wieso das?«

»Wenn du Recht behalten solltest, könnte ich ja zur Konkurrenz für dich werden.«

Jan lachte und meinte, er sei ganz normal selbstsüchtig und wolle nur seine Arbeitslast verringern.

»Meine arme junge Ehefrau hatte es in der Zeit, als ich diese Gleichung knackte, wirklich nicht leicht.«

Jon lachte, aber Jan mahnte, dass sie wenig Zeit hätten.

»Um ein Uhr müssen wir zum Lunch in der amerikanischen Botschaft sein. Du hast nicht zufällig einen anständigen Anzug im Gepäck?«

»Doch«, sagte der Isländer.

»Dann gehen wir zum Umziehen in eine der größeren Toiletten.«

Im Auto berichtete Jan, dass er die Botschaft schon aufgesucht und dort eine Geschichte aufgetischt hatte, die glaubwürdig klingen sollte. Und dass es wichtig war, dass Jon sie auswendig lernte.

»Also hör genau zu, denn wir müssen dieselbe Schnurre erzählen. Und ab jetzt reden wir Englisch.«

Jon sprach ein perfektes britisches Englisch, und Jan sagte lachend, das werde den Amerikanern imponieren.

Als sie sich Norrtull näherten, gestand Jon, dass er langsam nervös wurde.

»Das brauchst du nicht zu sein. Ich kann dir nämlich eine Anstellung auf Probe am Karolinska Institutet hier in Stockholm garantieren.«

»Wozu denn dann die Umstände mit den USA?«

»Weil die Columbia dir die beste Ausbildung der Welt bieten kann. Und Sam Field ist ein großer Forscher und Menschenkenner. Du wirst ihn mögen.«

Dann berichtete Jan, dass die Botschaft einen Brief von Field erhalten habe. »Also ist die Sache vermutlich entschieden, aber nach den Terrorangriffen in New York hat der CIA überall die Finger drin. Nach dem Lunch wirst du ohne mich verhört. Wenn es vorbei ist, nimm ein Taxi zu uns. Hier hast du die Adresse, Angelika erwartet dich mit Champagner.«

Als sie aus dem Auto stiegen, fügte Jan noch hinzu, die Amerikaner seien unglaublich liebenswürdige Menschen.

»Man kann ihrem Charme leicht erliegen, also sei ein wenig auf der Hut.«

Es wurde ein angenehmer Lunch, Jon wurde mit Liebenswürdigkeiten überschüttet und musste viele Fragen über das exotische Island beantworten. Jon war lange genug Fremdenführer gewesen und konnte interessante Antworten geben.

Die Amerikaner waren beeindruckt. Jan bedankte sich für die leckere Mahlzeit und verließ die Botschaft.

Auf Gärdet trafen Jan und Angelika im Lift zusammen, und sie flüsterte ihm ins Ohr:

»Du ahnst ja gar nicht, wie erleichtert ich bin. Ich muss nie mehr Lügen erfinden. Für dich.«

Als sie in die Diele kamen, umarmte er sie. »Ich werde in Zukunft Verständnis haben … Aber du musst mir für die Umstellung Zeit lassen.«

»Vergiss deine Begegnung mit diesem Bild in der Ausstellung nicht.«

Das Ticken der Uhr maß die Minuten. Es zeigte den beiden, dass das Verhör in der Botschaft Zeit brauchte. Erst gegen vier Uhr klingelte es an der Wohnungstür, und draußen stand Jon mit einem großen Topf Rosen.

»Für Angelika«, sagte er.

Sie nahm ihm den Blumentopf ab, und Jon zog triumphierend seinen Pass mit allen Visastempeln aus der Tasche. Jan umarmte ihn.

»Du hast einen bemerkenswerten Mann, ebenso großzügig wie genial«, sagte Jon zu Angelika, die ihm antwortete, das wisse sie.

»Du bist selbst auch bemerkenswert«, fuhr Jon fort. »Als

wir uns das erste Mal sahen, habe ich sofort erkannt, dass du seherische Fähigkeiten hast. An deinem in die Ferne schweifenden Blick. Wenn ihr zwei in Island leben würdet, könntest du als Seherin ganz schön berühmt werden. Und zu großem Ansehen gelangen.« Jan und Angelika tauschten erstaunte Blicke.

Jan holte den Champagner aus der Küche, er hatte endlich gelernt, wie man den Korken aus dem Flaschenhals drückt. Die Gläser standen schon auf dem Tisch, sie tranken einander zu und ließen ihren Gast hochleben.

»Wie war das Verhör?«

»Ich habe es beleidigend gefunden. Die Scheidung meiner Eltern, meine eigene, weshalb, war ich untreu gewesen, bin ich homosexuell, ja, solche Fragen bis zum Gehtnichtmehr.

Ich habe trotzdem sachlich und in aller Ruhe geantwortet. Aber ganz offensichtlich haben sie mir nicht geglaubt. Sie wollten sich mit ihrer Botschaft in Reykjavik ins Benehmen setzen. Also verließ einer von ihnen das Verhör.

Und dann kam die Politik an die Reihe. Ich sagte, dass ich mich dafür nie interessiert habe und dass Island fast immer Koalitionsregierungen gehabt hat.

Einer der Amis meinte, das sei doch recht langweilig, und ich sagte, die Isländer hätten in ihrem Land ausreichend viel Spannung. Sie hätten mit ihren Vulkanen zu leben, und im Wetterbericht gehe es weniger ums Wetter, als Tag für Tag um drohende Vulkanausbrüche. Ganz unvermittelt wurde ich gefragt, wie groß die kommunistische Partei in Island sei.

Mir blieb die Spucke weg, denn soweit ich weiß, gibt es bei uns gar keine kommunistische Partei.

Sie schienen erstaunt zu sein, und ich konnte ein Lachen nicht unterdrücken. Ich sagte ihnen, statt der Kommunisten hätten wir eine zunehmende Anzahl von Menschen, die sich wieder dem alten Asenglauben zuwandten.

Der Botschafter fragte, was das sei, und ich genierte mich fast, als ich sagte, das sei der uralte nordische Götterglaube. Ich berichtete von der Religionsfreiheit in Island und dass man draußen im Ödland ohne weiteres Odin und Thor verehren könne. Die Amerikaner lachten, aber ich glaube, sie haben das gar nicht begriffen. Sie fragten mich nach meiner Religion, und ich sagte, ich gehörte der lutherischen Kirche an.

Bei der nächsten Frage ging es um Moslems. Ob ich viele Muslime kenne.

Ich sagte nein und dass Island im Nordatlantik liege und ein Teil der skandinavischen Gemeinschaft sei.

Und dann wollte ein CIA-Mann wissen, warum das Land Island heißt!

Ich sagte ihm, das sei darauf zurückzuführen, dass es dort so viele Gletscher gibt, und langsam dämmerte es mir, dass sie Island mit dem Islam in Verbindung brachten.

Ich habe das Gefühl, dass ich noch nie Menschen mit einem derartig niedrigen Bildungsniveau begegnet bin.

Die nächste Frage behandelte den Fischereikrieg, den die Isländer führten. Ich war total verwirrt und erklärte, von Fischerei nichts zu verstehen, denn meine Sippe komme aus dem Bauernstand.

›Sie sind also eine friedliebende Sippe‹, sagte einer der Männer. Ich musste lachen und antwortete, wir seien nur für eine einzige Heldentat weltbekannt, denn wir hätten Amerika fünfhundert Jahre vor Kolumbus entdeckt.

›Wollen Sie sich über uns lustig machen?‹, brauste da der Vorsitzende auf, aber der Botschafter beschwichtigte ihn und sagte, dass amerikanische Archäologen die einstige Wohnstätte von Leif Eriksson an der Ostküste von Amerika tatsächlich ausgegraben hätten.

Und dann kam Keflavik an die Reihe.

Ich hatte das alles inzwischen reichlich satt und sagte, dass ich nur den zivilen Teil des Flugplatzes kenne. Und dass es, Keflavik betreffend, zwischen den USA und Island ein Militärabkommen gibt. Und dass wir es anerkennen, weil es Sicherheit garantiert, sollte die Welt noch einmal aus den Fugen geraten.

Und dann bin ich aufgestanden und habe gesagt, sie könnten Professor Field bestellen, dass ich an Amerika nicht mehr interessiert sei und dass mir schon ein Job am Karolinska Institutet hier in Stockholm angeboten worden sei und dass ich dort morgen zu einem Einstellungsgespräch gehen würde.

Und nicht zu einem Verhör, betonte ich und ging grußlos hinaus.

Aber ich war kaum durch die Tür, als der Botschafter mich aufhielt. Er entschuldigte sich bei mir und sagte, ich würde meinen Pass sofort zurückbekommen, nach allen Regeln der Kunst gestempelt.

Kurios, was!

Der Pass war schon fix und fertig, mit Visum und allem …«

Jon schüttelte, immer noch verwundert, den Kopf. Angelika war amüsiert, Jan schien verärgert, verschwieg jedoch, was er dachte. Er sagte dann aber doch lächelnd, die Entscheidung habe Jon selbst zu treffen.

»Morgen kommen wir mit meinem Professor zusammen, und du schaust dich im Karo um. Aber ich wiederhole, in den USA bekommst du die beste Ausbildung.«

»Prosit, jetzt vergessen wir das erst einmal. Ich nehme an, du bist müde, ich schlage vor, du gehst auspacken und legst dich dann ein bisschen hin. Wir haben das Arbeitszimmer für dich vorbereitet.«

»Danke, es war wirklich ein anstrengender Tag.« Jon lachte. »Ich komme mir vor wie der Mann aus der Wildnis, der unversehens einer ihm neuen, modernen Welt gegenübersteht.«

»Wir bereiten inzwischen ein kleines Abendessen vor«, sagte Angelika.

»Bei uns in Island ist Abendessen mit Haferbrei gleichzusetzen. Ich hoffe, bei euch herrschen andere Sitten.«

»Das garantieren wir dir.«

Als sie allein waren, sagte Angelika, sie überlege, ob sie Ulrika zum Souper einladen sollten.

»Was meinst du?«

»Gute Idee. Ich muss von diesem Geschwafel über Amerika loskommen. Ruf sie an.«

Angelika ging lächelnd zum Telefon. Ulrika freute sich und fragte, was sie zu bieten hätten. Angelika sagte, ein Fischgericht und einen wunderbaren isländischen Mann.

»Klingt nicht schlecht«, freute sich Ulrika.

Jan blickte Angelika durchdringend an, als sie den Hörer auflegte.

»Mir schwant da etwas«, sagte er.

»Gut«, nickte Angelika. »Du bist lernfähig.«

Er lachte, als er in die Küche ging und die schon ausgenommenen Strömlinge einzurollen begann.

Jon wachte auf, kam heraus und wollte duschen und sich leger anziehen. Mit Anzügen habe er seine Schwierigkeiten. Jan lieh ihm seinen Bademantel. Jon kam in Jeans und einem einfachen Shirt zurück und ging mit Jan in die Küche.

»Sind das Heringe?«, fragte er.

»Nein, das sind Strömlinge«, erklärte Jan. »Wir haben uns gedacht, dass du solchen Fisch noch nie gegessen hast. Den gibt es wahrscheinlich nur hier bei uns in der Ostsee.«

»Interessant. Kann ich irgendwie helfen?«

»Nein. Geh rein zu Angelika. Du, übrigens, ihre Schwester

kommt heute Abend, ihre große Schwester, sie hat viel Ähnlichkeit mit Katta.«

»Klingt interessant.«

»Komm ins Wohnzimmer, Jon. Wir trinken den restlichen Champagner und hören Musik dazu!«, rief Angelika. »Erinnerst du dich, was Katta auf unsrer Rundfahrt gesagt hat? Sie meinte, Island gleiche Arnold Schönbergs Zwölftonmusik. Ich habe also eine Platte gekauft, die ich dir jetzt vorspielen möchte. Hör zu.«

Die eigentümlichen Klänge ertönten, Jon nickte manchmal und murmelte: »Sie hat Recht, es stimmt.«

Er sah, mit geschlossenen Augen lauschend, glücklich aus.

Dann geschahen drei Dinge fast gleichzeitig. Die Musik verklang, Jan stellte den Fisch in den Backofen, und an der Tür klingelte es.

»Gutes Timing«, sagte Jan, als er Ulrika die Tür öffnete und sie ihn fröhlich fragte:

»Wo steckt das isländische Wunder?«

»Tritt ein und mach die Augen auf.«

Es wurde ein sehr harmonischer Abend, der damit endete, dass Jon Ulrika heimbegleitete und die halbe Nacht verschwunden blieb. Angelika wurde wach und kicherte zufrieden, als er sich in den frühen Morgenstunden ins Arbeitszimmer schlich. Jan schlief längst den Schlaf des Gerechten.

45.

Jan machte mit Jon einen Rundgang durch das Karolinsche Institut. Sie tranken mit dem Professor Kaffee, Jan ging in sein Zimmer zurück und fluchte lautstark über die unerledigte Arbeit, die sich auf seinem Schreibtisch angehäuft hatte. Einen Teil konnte er in wenigen Stunden abklären, Faxe, Briefe, aber die anspruchsvolleren Aufgaben legte er beiseite.

Er konnte sich nur schwer konzentrieren.

Nicht wegen Jon. Der musste mit Professor Johansson allein ins Reine kommen. Nein, alle seine Gedanken kreisten um Angelika. Ich muss mit Chavez reden. Und ich muss Jon fragen, wie er, zum Kuckuck, schon bei der ersten Begegnung mit Angelika über sie Bescheid wissen konnte.

Was, zum Teufel, ist Intuition eigentlich, ich habe sie ja selbst manchmal. Eine ganz normale Intuition. Und wie unterscheidet sich die von seherischen Fähigkeiten?

Sein Leben lang hatte er alle parapsychologischen Phänomene weit von sich gewiesen, die doch nie zu beweisen waren. Dann dachte er an seine Mutter, die ihm beigebracht hatte, dass nur ein fundiertes Wissen eine echte Lebensgrundlage war.

Er hasste seine Mutter.

Er liebte Angelika.

Aus welchem Grund?

Wie um alles in der Welt können wir unsere Beziehung durchhalten?

Katta, dachte er. Ein ausführliches, geheim gehaltenes Gespräch mit Katta. Ob sie darauf eingehen würde? Wollte er es selbst? Den einzigen Menschen hintergehen, den …

Im nächsten Moment klopfte es an seiner Tür, und draußen stand der Professor, strahlend wie die Sonne.

»Anarson sitzt in der Abteilung der Mathegenies. Stimmt gar nicht, er steht dort an der Wandtafel und löst ein Problem nach dem anderen. Wenn ich das richtig verstehe …«

»Was hast du vor?«

»Ihn stante pede einzustellen. Was hältst du davon?«

»Lieber Gott, sieh dir meinen Schreibtisch an. Die einfacheren Fragen habe ich jetzt am Vormittag erledigt. Der Rest kommt von ausländischen Forschern, ganz zu schweigen von der Pharmaindustrie, von der wir ja leider abhängig sind. Kannst du möglicherweise zugeben, dass ich überlastet bin? Ich wäre ziemlich erleichtert, wenn Jon hier einsteigen könnte. Aber Sam Field tut mir Leid.«

»Jetzt gehen wir erst mal zusammen gut essen. Am Nachmittag muss ich mich einflussreichen Potentaten widmen, Aufenthaltsbewilligung, Arbeitsbewilligung, Gehalt und so weiter. Wirst du mit Field sprechen?«

»Ich warte ab, bis du alle Formalitäten erledigt hast.«

»Okay.«

Die unangenehme Frage, wer die Columbia University anrufen sollte, hing nach dem Essen in der Luft. Aber beim Kaffee sagte Jon überraschend:

»Es ist meine Sache. Also muss ich anrufen.«

»Aber du wartest, bis alle Papiere vorliegen«, erwiderte der Professor.

»Kann es Schwierigkeiten geben?«

»Nein, aber es kann dauern. Die Mühlen der Bürokratie mahlen in diesem Land langsam.«

Johansson verschwand in seinem Auto. Jon stieg in Jans Wagen, und Jan sagte, sie wollten Angelika noch rasch von der Arbeit abholen.

»Aber ich muss dich erst etwas fragen.«

»Wo ich heute Nacht war?«

»Blödmann, ich interessiere mich doch nicht für das Privatleben anderer Leute. Wir haben heute Morgen beim Frühstück gesehen, dass du verlegen warst, und wir mussten beide heimlich drüber lachen. Du hast offenbar noch nichts davon gehört, dass Schweden das Land der Sünde ist.«

»Was heißt das?«

»Freie Liebe auf Gedeih und Verderb. Gedeih bezieht sich auf freie erwachsene Menschen. Aber darüber reden wir ein andermal. Ist doch klar, dass du in einer neuen Kultur allerlei zu lernen hast.«

Überraschend fuhr Jan mit der Begründung auf einen Parkplatz, er müsse ihm eine ihn selbst betreffende sehr persönliche Frage stellen.

Er tischte ihm die unendliche Geschichte vom Naturwissenschaftler auf, der ein Mädchen mit seherischen Fähigkeiten liebt, das manchmal in einer ganz anderen Realität lebt. Die er nicht begreifen kann …

»Du hast gestern gesagt, als du Angelika in Island kennen gelernt hast, da hast du sofort erkannt, dass sie anders war, dass sie eine Seherin sei, hast du gesagt.«

»Und du bist einer, der immer alles verstehen muss?«

»Ja, leider.«

»Der meint, die Parapsychologie sei Quatsch und eine unfassbar starke Intuition erschreckend?«

»Ja.«

»Aber, Teufel nochmal, große Maler, große Dichter, Musiker, alle Künstler, die etwas gelten, besitzen diese Gabe, leben in und von ihr. Dort ist sie zulässig und wird anerkannt. Es ist, als hätte man ein Gebiet eingegrenzt, wo diese besondere Begabung heranwachsen und blühen darf.«

»Aber viele Künstler enden im Wahnsinn.«

»Meiner Meinung nach ist daran der Zeitgeist schuld. All die Verachtung, die vielen Lästermäuler, die in den Naturwissenschaften Unterstützung finden. Hinzu kommt natürlich, dass den so genannten Seherischen das fehlt, was Beschränkte gern als gesunden Menschenverstand bezeichnen.«

»Wenn du Recht hast, sprechen wir über eine abgrundtiefe Kluft, oder …?«

»So sieht die Entwicklung in unsrer wissenschaftlich-technischen Welt eben aus. Ich kann euch beiden nicht helfen. Aber es ist gut, dass du das Thema angeschnitten hast, denn es betrifft mich auch. Dass ich von Angelikas Fähigkeit wusste, kommt daher, dass ich selbst eine dieser kuriosen Persönlichkeiten bin. Ich habe deine Gleichung an der Wandtafel intuitiv gelöst. Es ist mir wichtig, dass du das weißt.«

»Hast du das auch dem Professor gesagt?«

»Ja, selbstverständlich.«

»Und was sagt er dazu?«

»Dass er einen Mathematiker brauche. Und dass es eigentlich Verschwendung sei, den Antonsson rechnen zu lassen.«

Im Auto schwiegen sie.

Auch als Jan den Blinker an der Autobahnauffahrt betätigte, fiel kein Wort. Bis zum Krankenhaus Danderyd, wo Angelika schon wartete. Sie spürte die Stimmung sofort, fragte aber nicht.

Als sie nach Hause kamen, war Ulrika da, kochte, bedrängte sie aber nicht mit Fragen. Jon nahm sie in den Arm und sagte mit himmelwärts verdrehten Augen:

»Es spricht alles dafür, dass ich den Job im Karolinska bekomme.«

Angelika lächelte übers ganze Gesicht, und Ulrika jubelte.

»Das Karo ist groß und imposant, ich kann euch eine Broschüre zeigen. Aber das Wichtigste für mich war, dass ich mich dort sofort heimisch gefühlt habe. Es gibt in der Tat eine nordische Kultur, die uns fest verbindet. Kurios, was, ich habe das bisher nie glauben wollen.«

Sie aßen Rinderfilet und Ofenkartoffeln, und Jan fragte sich, ob er Ulrika vielleicht warnen sollte, aber er fand es dann selbst albern.

Unvermittelt sagte Ulrika, sie müssten jetzt gehen, sie singe in einem Kirchenkonzert den Solopart, und der arme Jon habe versprochen mitzugehen.

Jan lächelte:

»Jetzt, Anarson, steht dir die Überraschung deines Lebens bevor.« Verschwörerisch zwinkerte er Ulrika zu.

Während Jan die Spülmaschine einräumte und Angelika sich Töpfe und Bratpfanne vornahm, atmeten sie erleichtert auf.

Freunde waren eine feine Sache, aber für sie war es jetzt wichtig, allein zu sein.

Sie krochen früh ins Bett. Sie sprachen nicht miteinander, es war nicht nötig. Das Schweigen war gut und ergiebig.

46.

Beim Aufwachen prusteten sie los, als Angelika wie jeden Freitagmorgen sagte:

»Heute ist Freitag, wir haben das ganze Wochenende für uns. Jon und Ulrika sollen uns mal ...«

»Geht das denn?«

Sie waren gerade in der Küche, als das Telefon klingelte und Ulrika meldete, sie hätte vor, Jon übers Wochenende die Stadt zu zeigen.

»Wie schön«, sagte Angelika und zwinkerte Jan zu.

Sie rannte zur U-Bahn, und Jan holte Jon mit dem Auto an Ulrikas Wohnung ab.

»Ich habe heute Nacht öfter an dich denken müssen«, sagte der Isländer. »Erträgst du die Wahrheit?«

»Raus mit der Sprache.«

»Das Problem ist nicht, dass ihr in unterschiedlichen Realitäten lebt. Das Problem sind eure vielen Vorurteile, besonders deine. Warum fürchtest du dich so vor allem, was du okkult nennst? Teufel auch, Jan, als Forscher weißt du doch, dass unglaublich vieles nicht zu erklären ist. Oder zu verstehen.«

»Aber es sind doch auch seriöse Untersuchungen in der so genannten Parapsychologie gemacht worden. Ohne das geringste Ergebnis.«

»Jan Antonsson, du bist nicht so unwissend, wie du tust. Du weißt so gut wie ich, dass die parapsychologische ›Forschung‹

mit herkömmlichen wissenschaftlichen Methoden arbeitet. Mit wiederholbaren Experimenten.

Es ist doch klar, dass dabei keine Ergebnisse herauskommen. Dieses Gebiet ist so nicht zu messen. Genau wie die allermeisten wichtigen Dinge.«

Er lachte, als er fortfuhr:

»Die Liebe zum Beispiel, wir studieren sie nach wissenschaftlichen Normen, und heraus kommt nichts als eine Menge lächerliche Statistik, verklemmte Sexualberater und andere Klugscheißer in Sachen Lebenspartnerschaft.«

Sie waren am Karolinska angekommen. Jan fand einen Parkplatz, stellte den Motor ab und drehte sich zu Jon um:

»Vielen Dank, das hatte ich verdient.«

Im Lift bekannte er, dass er Angst hatte.

»Drum reagiere ich auch so verkehrt. Ich habe Angst, ich quäle mich mit der Frage, wie groß die Gefahr ist, dass Psychose und mediale Begabung aneinander grenzen.«

Sie mussten aussteigen. Jon schlug vor, dass sie vor der Heimfahrt zusammen noch ein Bier trinken gingen.

Beide saßen über mathematische Probleme gebeugt an Jans großem Arbeitstisch, als der Professor in der Tür stand.

»Ich habe auf der ganzen Linie grünes Licht bekommen, du kriegst eine Aufenthaltsbewilligung, eine Arbeitserlaubnis und ich einen Forschungszuschuss, sodass ich dich sogar bezahlen kann.«

Jon strahlte und bedankte sich.

»Aber rufe Sam Field erst an, wenn du alle Papiere in der Hand hast.«

»Vermutlich wird er bei mir anrufen«, seufzte Jan.

»Sag ihm einfach die Wahrheit«, riet der Professor.

»Jon kann ihm dann später seinen Standpunkt erläutern.«

Anschließend sagte er: »Ihr könnt unmöglich weiter Jan und

Jon heißen, in der Abteilung macht schon ein entsprechender Scherz die Runde. In deinem Pass, Jon, steht doch auch der alte ehrenwerte Name Sigurd. Nimm den an.«

Jan lachte und meinte, der werde bald zu Sigge mutieren.

»Damit musst du fertig werden«, sagte der Professor. »Du, Jan, nimmst Sigurd heute nach Huddinge mit. Es ist wichtig, dass er versteht, womit wir uns grundlegend beschäftigen. Aber zuerst machst du hier mit ihm die Runde und stellst ihn in den verschiedenen Abteilungen vor. Du musst wissen, dass das Karolinska groß, ja eines der größten Institute in Europa ist und sehr beachtliche Resultate aufzuweisen hat.«

»Das weiß ich. Ich habe heute Nacht eure Broschüre gelesen.«

»Noch eins, Sigge muss so bald wie möglich fließend Schwedisch sprechen. Den Patienten und dem Personal zuliebe.«

»Das wird wohl nicht so schwierig sein, wo er doch Norwegisch kann.«

Wie befohlen machten sie die Runde durch die verschiedenen Abteilungen, alle Mitarbeiter waren freundlich, und manche sagten Jon sogar, dass sie ein Mathegenie wirklich dringend brauchen konnten.

»Gott steh mir bei!«, seufzte der Isländer, als sie zum Auto zurückgingen.

»Immer mit der Ruhe. Schön eins nach dem andern«, sagte Jan nur.

Auf dem Weg zur Universitätsklinik Huddinge berichtete Jan von den an Leukämie erkrankten Kindern. Es zeigte sich, dass Jon im Bereich Stammzellenforschung gut fundierte Kenntnisse besaß. Trotzdem war er tief berührt, als sie durch die Kindersäle gingen. Abschließend nahm er an Jans Besprechung mit den Ärzten teil. Hörte Fall auf Fall, Kind für Kind respektvoll zu. Jan war um jedes einzelne Kind rührend besorgt. Möglicherweise habe ich mich in ihm getäuscht, dachte Jon.

Auf der Heimfahrt sagte Jan: »Wir wollten doch ein Bier trinken gehen und dabei weiterreden.«

Bald darauf saßen sie in einem soliden altmodischen Café auf Södermalm und aßen jeder ein gut belegtes Brot zum Bier.

»Ich war dir gegenüber wohl ein bisschen ungerecht«, sagte Jon. »Ich habe dich noch zu wenig gekannt, ich hatte immer nur von dem bedeutenden Forscher gehört. Und jetzt schäme ich mich ein bisschen.«

»Wärst du so liebenswürdig und würdest dort anfangen, wo wir aufgehört haben. Ich halte einiges aus, und mehr als alles andere will ich Angelika verstehen.«

»Sie hat mir gegenüber nie ein Wort geäußert«, erwiderte Jon.

»Das weiß ich, sie ist keine Plaudertasche.«

»Ich erinnere mich an etwas, das deinem Verständnis vielleicht ein wenig auf die Sprünge hilft. Ich stand im Speisesaal des Hotels in Reykjavik neben euch, als ihr nach der Rückkehr von unserem Ausflug zusammentraft. Angelika war euphorisch, grenzenlos glücklich, und sie sagte: ›Jan, ich habe gesehen, wie Gott die Welt erschaffen hat.‹ Und du hast nur geantwortet: ›Du bist sehr müde, Angelika.‹ Im nächsten Moment klappte sie zusammen und war wirklich sehr müde.«

Jan wurde blass und sagte:

»Jetzt verstehe ich.«

Der Isländer schwieg nachdenklich und trank sein Bier aus.

»Du musst Respekt haben. Sie ist kein Kind, das pausenlos getröstet werden muss und gute Ratschläge braucht. Sie ist klug, viel klüger als du, Doktor Antonsson. An dem Tag, an dem du das einsiehst, werden eure Probleme gelöst sein.«

»Aber sie tut so unsicher, unwissend, uninteressiert.«

»Selbstverständlich. Wie sollte sie sich sonst gegenüber einem Mann wie dir behaupten.«

Jon starrte lange an die Decke. Als er den Blick senkte, sah er, dass Jan den Tränen nahe war.

Er sagte: »Du hast mich darum gebeten, und ich war aufrichtig. Trotzdem schäme ich mich, weil ich dir wehgetan habe. Heute Morgen hast du mich gefragt, ob bei Angelika die Gefahr für eine Psychose bestehe. Ich bin in einer Kultur mit einem größeren Verständnis für ihre besondere Begabung aufgewachsen. Soweit mir bekannt ist, ist keiner mit seherischen Fähigkeiten auf Island je wahnsinnig geworden.«

»Wenn sie also Anwandlungen kriegt, bin ich schuld?«

»Das habe ich nicht gesagt, es hängt von den gesamten Bedingungen ab, unter denen sie lebt und arbeitet.«

Es war schon vier Uhr vorbei. Jan musste nach Danderyd fahren, um Angelika abzuholen.

»Ich mache mich selbständig und fahre zu Ulrika.«

Sie verabschiedeten sich vor dem Auto mit einem Händedruck.

Zögernd sagte Jan:

»Wenn es sich ergibt, bitte Ulrika, dir von Angelikas Kindheit zu erzählen.«

Am Montag steckte Jon bei Jan den Kopf durch die Tür.

»Hej, Sigge!«, lachte Jan, aber Jon war nicht zu Scherzen aufgelegt. Er komme, um sich zu entschuldigen, sagte er. »Ich war am Freitag ungerecht und habe mich dumm dir gegenüber benommen. Ulrika hat mir alles erzählt.«

»Du warst total in Ordnung«, erwiderte Jan. »Du hast mich auf einige Dinge hingewiesen, besonders auf die Begebenheit im Speisesaal. Ich bin, wie du gemerkt haben musst, ziemlich beschränkt, und ich werde mich in Zukunft sehr in Acht nehmen. Und lernen, Angelikas Erlebnisse zu respektieren.«

Sie schauten einander lange an. Bis Jan sagte:

»Du sollst zum Chef kommen und ein paar Papiere unterschreiben. Wir sehen uns dann beim Mittagessen.«

47.

Ulrika hielt in Uppsala einen Kurs über Gedächtnistraining.

Sie saß im Zug und schaute hinaus in die sommerliche Landschaft von Uppland. Kämpfte mit dem Entschluss, ihre Mutter anzurufen und ihr alles zu erzählen.

Sie zögerte nicht, weil Katta etwas dagegen haben könnte. Im Gegenteil. Katta kannte Jon.

Und Martin hatte viele Gespräche mit Jan geführt und kannte den Ruf des Isländers als Mathematiker.

Wusste vermutlich auch schon, dass Jon eine Anstellung am Karo bekommen hatte.

Papa würde glücklich sein.

Warum scheute sie sich also vor einem Gespräch mit ihren Eltern?

Ich bin zu alt zum Heiraten, sagte sie sich. Durch Unabhängigkeit verwöhnt. Ihre grenzenlose Selbständigkeit …

Das alles hatte sie Jon schon gesagt. Dass sie dominant und selbstherrlich sei und gewohnt, frei zu verfügen. Dass sie für ihre Musik lebte. Dass sie in Stockholm als Therapeutin eine Praxis eröffnen wollte, sobald ihre Zulassung für Schweden bestätigt war.

Er war ein feiner Kerl. Empfindsam.

Sie wollte ihn nicht kränken.

Sie hatte leichte Menstruationsschmerzen, wie immer, wenn sie sich verliebt hatte.

Sie konnte immer noch Kinder bekommen.

Zum ersten Mal gestand sie sich ein, dass sie sich danach sehnte.

Nach dem Kurs in Uppsala würde sie in Umeå anrufen.

Als sie aber in ihrer Wohnung angekommen war, starrte sie das Telefon lange an, bevor sie den Hörer abhob, die Nummer wählte und schnell in fast telegrafischer Manier herunterratterte, dass sie sich in Jon verliebt habe und ihn heiraten wolle. Katta wirkte keineswegs erstaunt. Zu Ulrikas Überraschung sagte sie:

»Ja, ihr seid wie füreinander geschaffen.«

Dann beschloss sie, dass die beiden am nächsten Wochenende zusammen nach Umeå kommen sollten.

»Du gibst uns also eine Woche Bedenkzeit?«, lachte Ulrika.

»Nein, Dummes. Aber Jon braucht doch mindestens eine Woche, um im Karolinska warm zu werden.«

Typisch Mama, dachte Ulrika und sagte dann:

»Mama, ich habe noch nicht um seine Hand angehalten, er weiß gar nichts davon.«

»Dann beeil dich mal«, sagte Katta und fügte hinzu: »Ich freue mich so für dich, du meine geliebte Tochter.«

Die Zärtlichkeit in ihrer Stimme war nicht zu überhören.

Jon war kaum zur Tür hereingekommen, da sagte Ulrika:

»Setz dich, ich muss dich … etwas fragen.«

Er zog sich den Küchenhocker heran und setzte sich.

»Schieß los.«

»Möchtest du mich heiraten?«

»Antwort: Ja«, lachte Jon, stand auf und streckte beide Daumen hoch. Dann standen sie sich gegenüber, schauten einander in die Augen, und Jon sagte: »Du Weib aus einem Hexengeschlecht weißt sehr wohl, dass ich hier auf Erden nichts lieber will.«

»Dann müssen wir auf Befehl von Katta nächsten Freitag nach Umeå fahren.«

»Ich freue mich auf ein Wiedersehen mit Katta und Martin«, sagte Jon.

Und Ulrika dachte erstaunt, er ist in gesellschaftlichen Fragen von einer unglaublichen Sicherheit. Er weiß, dass er jeder Situation gewachsen ist. Welch beachtlicher Unterschied zu Jan Antonsson.

Sie fuhren mit dem Dampfer nach Drottningholm, aßen dort im Gasthof und prosteten einander zu. Dann genossen sie schweigend und fast feierlich die Sommernacht in dem schönen Schlosspark.

Zu Hause im Bett fragte Ulrika Jon, ob er August Strindbergs berühmten Heiratsantrag kenne.

»Nein.«

»Ich habe das Bedürfnis, ihn zu zitieren«, sagte Ulrika.

»Lass hören.«

»Wollen Sie, Jon Anarson, ein Kindchen mit mir haben?«

»Ja, unerhört gern. Sollen wir sofort anfangen?«

Und das taten sie.

48.

Der schöne Sommer hielt an, aber die Tage wurden schon kürzer, und als Jan und Angelika auf dem Balkon ein Glas Wein tranken, fiel die Dunkelheit ein.

Angelika saß dem Lill-Jans-Wald zugewandt. Jan überschaute von seinem Platz aus das weitläufige Gärdet.

Angelika mochte den alten Exerzierplatz nicht, das ausgedehnte, offene Feld jagte ihr Angst ein. Es verbarg etwas, es lauerte ihr auf. Gefährlich. Und verlockend.

Sie hatte es Jan nicht verschwiegen:

»Ich mag offene Landschaften nicht. Ich glaube immer, dass dort etwas im Hinterhalt lauert.«

Und er hatte hinzugefügt, sie sei eben im Wald aufgewachsen, der Schutz biete und viele Möglichkeiten, sich zu verstecken.

»Du meinst, das Land der Kindheit prägt den Menschen fürs ganze Leben?«, fragte Angelika.

»Vielleicht. Zumindest was mich betrifft. Das Meer, dieses unendliche Meer, sein Licht, sein Rauschen.«

»Aber das gilt für mich doch genauso. Ich werde diese Stunde draußen in Långedrag nie vergessen.«

Jan nickte:

»Für mich bedeutete das Meer Freiheit ohne Ende, frei zu sein von allen Bindungen und all den seltsamen Dingen, die ich nie verstand.«

»So habe ich es auch empfunden.«

Es wurde dunkler, sie fingen an zu frieren und gingen hinein. Angelika fragte nach Jon, wie ging es ihm?

»Gut«, sagte Jan. »Alle mögen ihn, und er hat in Mathe verdammt was los. Er wird mich entlasten, es wird eine große Erleichterung sein. Ich hoffe nur, er widersteht den Lockrufen aus New York.«

Er überlegte eine Weile:

»Jon gehört doch wohl nicht zu denen, die ihre Entscheidung allein vom Geld abhängig machen?«

»Nein«, erwiderte Angelika. »Außerdem machst du dir unnötige Sorgen. Jon und Ulrika werden bald heiraten. Es hat die zwei genauso erwischt wie dich und mich.«

»Hat sie dir das gesagt?«

»Nein, das würde sie nie tun. Aber man sieht es ihnen doch an.«

»So etwas fällt mir, wie du weißt, nicht besonders auf. Ich bin auf Mikroskope angewiesen.«

»Wie gut also, dass du mich hast.«

»Aber ich verstehe mich nicht auf das Mikroskop Angelika.«

»Vielleicht lernst du es noch.«

»Leider bin ich bei Sachen, die ich nicht verstehe, eher überfordert.«

Auf beiden Gesichtern lag ein schwaches, trauriges Lächeln.

Das Telefon klingelte, Jan hob im Arbeitszimmer ab, und Katta fragte überschwänglich, ob das mit Jon und Ulrika nicht wundervoll sei.

Jan sagte: »Am besten besprichst du das mit Angelika.«

Es wurde ein langes, beglückendes Gespräch.

Jan wollte nicht zuhören. Er holte sich in der Küche eine Flasche Bier. Als er ins Zimmer kam, hörte er Angelika sagen:

»Danke, du Liebe. Aber du wirst verstehen, dass Jan und ich

auch mal allein sein müssen. Seit Anarson über uns hereingebrochen ist, haben wir kaum eine Minute für uns gehabt.«

Katta stellte eine Frage. Angelika nickte zustimmend:

»Natürlich ist Jon ein wunderbarer Mensch. Aber Jan hat auf der amerikanischen Botschaft um ein Visum für ihn gerungen, und jetzt weigert sich Jon, in die USA zu fliegen. Und auf Jan kommt hier ein unangenehmes Gespräch mit einem erbosten und enttäuschten Sam Field zu. Alles klar?«

»Einigermaßen«, sagte Katta.

»Dann wirst du auch einsehen, dass ich dafür sorgen muss, dass er seine Ruhe hat und auf andere Gedanken kommt.«

Jan stellte die Bierflasche auf den Tisch, nahm Angelika in die Arme und sagte in Großbuchstaben:

»Danke, Kumpel.«

Sie gingen zeitig zu Bett. Angelika schlief wie immer ein, als hätte man eine Kerze ausgeblasen.

Aber Jan lag lange wach.

Schließlich tröstete er sich mit der Evolution. Hieß es da nicht, jeder Topf brauche seinen Deckel. Oberflächlich betrachtet passten Jon und Angelika perfekt zusammen. Beide hatten eine seltene Begabung für das Unbegreifliche. Und ebenso er, Jan, und die sachliche Ulrika …

Nein, er wollte weder darüber noch über die Evolution nachdenken.

Die die Sache mit der Liebe vielleicht trotz allem lenkte. Bei diesem Gedanken schlief er fest und ruhig ein.

Um drei Uhr nachts läutete das Telefon.

Jan und Angelika schreckten auf. Starr und steif wie die Zinnsoldaten guckten sie einander an. Angelika sagte: »Wir gehen nicht dran.«

Aber Jan ging ins Arbeitszimmer, griff nach dem Hörer und sagte:

»Tut mir schrecklich Leid, Sam. Dass es so ausging, wirst du verstehen, wenn du das Verhörprotokoll mit Jon Anarson zu Gesicht bekommst.«

»Das kriege ich nicht«, antwortete Sam.

»Aha«, sagte Jan und fuhr fort:

»Unser gemeinsamer Freund Professor Johansson freut sich wie ein Schneekönig.«

»Ist Anarson Kommunist?«

»Es gibt nicht einmal eine kommunistische Partei auf Island. Aber eure Gorillas waren ekelhaft und haben ihn beleidigt: ›Sind Sie homosexuell, warum sind Sie geschieden, haben Sie eine Schwäche für kleine Mädchen, war Ihr Vater Kommunist, haben Sie eine militärische Ausbildung, betreiben Sie Spionage auf der Basis Keflavik? Was halten Sie vom Islam? Welcher Religionsgemeinschaft gehören Sie an?‹

Das ist noch Stunden so weitergegangen, schließlich ist Anarson einfach aufgestanden und weggegangen. Er bekam sein Visum, aber ich glaube, er wird nie einen Fuß in die USA setzen.«

Angelika hörte Fields Frage nicht.

Jan schwieg eine Weile, bevor er antwortete.

»Nein, ich glaube nicht, dass er besonders wehleidig ist. Aber er ist, wie wir alle, stolz auf sein Land. Und noch eins: Er hat mir gegenüber kein Wort darüber geäußert, aber ich habe eine Schwiegermutter, die Historikerin ist. Von ihr weiß ich, dass der erste Wikinger, der mit seiner Flotte, seiner Familie, Vieh und Sklaven in Island an Land ging, Anarson hieß. Das war im neunten Jahrhundert. Meiner Schwiegermutter nach entstammt er einem Herrschergeschlecht mit wesentlich längerer Ahnenreihe, als jeder piekfeine englische Lord sie aufweisen kann. Oder auch irgendein europäischer König.«

»Vielleicht ist es dann besser so«, sagte Field, der seine Schwierigkeiten mit englischen Lords hatte.

»Nein, das finde ich nicht. Anarson ist wohl der scharfsinnigste Mathematiker, der mir je untergekommen ist. Ihr hättet euch ergänzt wie Hand und Handschuh. Ich habe ihn wirklich zu überreden versucht, sich für die Columbia zu entscheiden. Tut mir Leid, Sam.«

»Ich werde das mit Johansson klären. Er muss mir zum Austausch für das isländische Genie Jan Antonsson geben.«

Zornesröte überzog Jans Gesicht:

»Ich bin doch, verdammt, keine Handelsware. Ich bin hier zu Hause. Außerdem sind wir nicht austauschbar, er ist zu hundert Prozent Mathematiker und versteht äußerst wenig von Genetik. Aber wenn du schon in Verhandlungen bist, möchte ich, dass du ein Treffen mit den Isländern, dem Karolinska und der Columbia University arrangierst, um zu besprechen, wie es weitergehen soll. Das isländische Material ist eine Goldgrube. Wir könnten es vermutlich im Austausch gegen die Gleichung bekommen.«

»Ich überlege. Also, meine Bedingung ist, dass du Zugang zu der gesamten Untersuchung hast.«

»Ich und das Karolinska. Okay, es ist eine Mordsschinderei, aber ich nehme es auf mich.«

Angelika hatte das Gespräch verfolgt, und sie schaute ihn verwundert an.

»Um was geht es?«, flüsterte sie.

»Geld, viel Geld.«

»Pharmaindustrie?«

»Ja, das ist der Lauf der Welt, Angelika.«

Es war vier Uhr morgens, also gingen sie wieder ins Bett und schliefen weiter. Um acht Uhr erwachte Jan und stand sofort auf. Kurz danach rief Ulrika an:

»Ich nehme an, Katta hat schon alles ausgeplaudert.«

Angelika lachte.

»Ich freue mich so sehr für dich. Er ist ein wunderbarer Mann.«

»Das ist mir in der Tat nicht entgangen«, sagte Ulrika und fügte hinzu: »Wir kommen mit einer Flasche Schampus rüber.«

»Lass uns noch eine Stunde Zeit, Jan hat noch Sand in den Augen, er hat heute Nacht ein Scharmützel mit den USA ausgefochten. Sam Field hat um drei Uhr hier angerufen und ihn aus dem Schlaf gerissen.«

Die Zeit reichte gerade aus, um gemeinsam zu duschen und sich zu lieben, sie bekamen sogar noch einen Teller Jogurt mit Cornflakes in den Magen, bevor Ulrikas übliches Klingelzeichen, zweimal lang, einmal kurz, ertönte.

Dann standen sie alle vier eine Weile wortlos in der Diele. Ihre Gefühle in diesem Augenblick waren einfach zu mächtig für Worte.

Schließlich umarmte Jan seinen isländischen Kollegen. Bärenstark. Die beiden Schwestern nahmen einander mit Tränen in den Augen bei der Hand, bis Ulrika sagte:

»Nein, das führt zu nichts. Her mit dem Schampus.«

Also hoben sie ihre Gläser und stießen mit einem Prosit mit den Jungverlobten an.

»Finger Gottes«, sagte Angelika, und Jon nickte.

Sie setzten sich auf das große Sofa im Wohnzimmer, und noch einmal herrschte feierliches Schweigen. Schließlich sagte Ulrika, sie müssten planen.

»Ich glaube tatsächlich an das alte Sprichwort, wer sich selbst hilft, dem hilft auch unser Herrgott«, sagte sie.

Dann brachte sie den Stein ins Rollen. Sie mussten eine Wohnung kaufen.

»Am liebsten auf Gärdet«, sagte Ulrika. »Ich habe die Genehmigung zur Eröffnung einer Praxis erhalten und brauche einen Behandlungsraum, der vom privaten Teil getrennt ist.«

»Das ist vernünftig«, sagte Jan. »Aus Steuergründen.«

Jon schien verwirrt, sagte, er verstehe das ewige Gesumse über Steuern hier in Schweden nicht.

»Du wirst es bald verstehen lernen.«

»Papa wird mir sicher etwas zustecken«, sagte Ulrika. Und fragte:

»Jan, wie hoch wird Jons Gehalt sein?«

»Du darfst auf gar keinen Fall unter fünfundzwanzigtausend im Monat abschließen, verlange dreißig, dann hat Johansson ein wenig Spielraum.«

Er fuhr fort:

»Bei der Wohnung wird es sich um einige Millionen handeln. Natürlich wird Martin dir etwas dazugeben, und wir übernehmen den Rest. Wir haben doch sicher genug Geld, Angelika?«

»Viel zu viel, um es nur auf der Bank herumliegen zu lassen.«

»Wir akzeptieren es als Kredit zu den üblichen Bedingungen«, sagte Jon, und man hörte seiner Stimme an, dass es wichtig für ihn war.

Im Arbeitszimmer läutete es wieder. »Das wird noch einmal Field sein«, seufzte Jan.

»Ich gehe ran«, sagte Jon. »Schließlich ist es meine Angelegenheit.«

Sie hörten ihn sagen: »Jon Anarson speaking.«

Der Lautsprecher am Telefon war eingeschaltet, sodass sie auch Sam Field hören konnten:

»Ich bin ein wenig unsicher, wie ich Sie anreden soll. Als Lord oder Herzog oder …«

Dann folgte schallendes Gelächter.

»Wer, zum Teufel, behauptet das?«

»Antonssons Schwiegermutter, sie ist Dozentin für nordische Geschichte.«

»Sollte ich ein Nachkomme des ersten Wikingerführers sein, dann bin ich nicht der einzige in Island. Die alten Wikinger haben sämtliche Sklavinnen begattet. Mein Vater hat uns immer wieder damit aufgezogen, dass wir Abkömmlinge einer der armen irischen Nonnen seien, die der isländische Despot vergewaltigt hat. Die Wikinger hatten keinen Respekt vor unserem Gott, sie hatten ihre eigenen Götter.

Und ich bin nur ein ganz gewöhnlicher Zahlenfreak.«

Ulrika saß mit Kulleraugen im Wohnzimmer:

»Zum Kuckuck, wovon reden die?«

Jan legte einen Finger an die Lippen.

Das laute Gelächter kam von Field aus den USA.

»Es tut mir Leid, dass du nicht zu mir kommst. Die USA sind nicht der CIA, das ist ein großer Unterschied. Und mehr als das.«

»Das weiß ich.«

»Ich möchte, dass wir uns bald sehen. Könntest du nächste Woche in London sein? Ich möchte dich gerne kennen lernen. Kann ich noch ein paar Worte mit Antonsson sprechen?«

Zu Jan sagte Field nur kurz, dass er über den Vorschlag, sich zu treffen, nachgedacht habe.

»Ich hoffe, wir sehen uns nächste Woche in London?«

»Warum London?«

»Ich habe dort außerhalb der Stadt Zugang zu einem geheimen Treffpunkt. Und keiner von uns will ja Aufmerksamkeit erwecken. Ich werde mit Island und dem Karo reden und einen Termin vereinbaren.«

Dann stöhnte er auf und meinte, dieses Mathegenie sei ja ein verdammt netter Kerl. »Viel witziger als du.«

»Danke für das Kompliment.«

Als Jan wieder ins Wohnzimmer kam, ließ er sich in einen Sessel fallen und stellte fest, dass dies wirklich eine seltsame Verlobungsfeier sei.

»Jedenfalls laden Angelika und ich das glückliche Paar jetzt zum Verlobungslunch ins Ulriksdals Värdshus ein.«

»Der Name sagt mir zu«, meinte Ulrika. »Aber ich will wissen, was ihr beiden eigentlich vorhabt.«

»Ich glaube, ich weiß es«, sagte Angelika.

»Du hast ja auch eine gewisse Erfahrung im Zusammenleben mit einem Genie«, bemerkte Ulrika.

»Nun ja, man gewöhnt sich … gewissermaßen daran.«

»Hier geht es nicht um ein Genie«, sagte Jan. »Im Moment geht es um amerikanisches Tempo und Handlungsfähigkeit. Jon und ich müssen die Woche in England für die Erläuterung der Gleichung nutzen.«

»Verständlich«, sagte Jon.

»Ich verstehe keinen Deut«, seufzte Ulrika.

Aber als das Mittagessen vorüber war, hatte sie verstanden, sie fand es geradezu spannend. Beim Verlassen des Lokals flüsterte Angelika:

»Sieh zu, dass du ihn ordentlich anziehst, einen Anzug, Markenjeans und T-Shirts, schicke Pullis.«

»Liebe Angelika, ich habe kein Geld. Leihst du mir was?«

»Selbstverständlich. An einem der nächsten Nachmittage gehen wir einkaufen.«

»Am meisten überrascht hat mich heute wohl, dass du euer gemeinsames Geld verwaltest.«

»Aber Ulrika, Jan hat doch keine Ahnung davon, wie man mit Geld umgeht.«

Am Tag danach wurden Jan und Jon zu ihrem Professor gerufen. Der strahlte wie die Sonne, als er sagte:

»Euch beiden ist es zu verdanken, dass uns das gesamte isländische Material zur Verfügung gestellt wird.«

»Und auch der Columbia und Sam Field«, ergänzte Jan.

Johansson seufzte, das sei eben notwendig, weil die das große Geld hätten.

»Und das ist von höchster Bedeutung für unsern isländischen Chef«, lachte Jon.

Der Professor setzte fort:

»Du, Jan, hast ja in ihren Dateien geblättert und meinst, das sei eine Goldgrube. Und dass uns dadurch viele neue Wege offen stehen könnten. Und du, Sigurd, musst auch einiges gesehen haben. Bist du mit Antonsson einer Meinung?«

»Ich hatte nicht das gesamte Material zur Verfügung«, erwiderte Jon. »Aber ich habe mir an einem einsamen Abend die Unterlagen angesehen, in denen es um die Krankheiten von älteren Menschen geht. Die Isländer erreichen das höchste Durchschnittsalter der Welt. Dort gibt es somit eine Menge zuverlässiges Material.«

»Phantastisch.«

Etwas später erfuhren sie, dass Island das Treffen in London um eine Woche verschoben hatte. Das gab ihnen Zeit zum Verschnaufen. Ulrika und Jon konnten wie geplant nach Umeå fahren, Jan und Jon konnten sich in der seltsamen Welt der Gene weiter orientieren.

Am meisten freuten sich Angelika und Ulrika.

49.

Der Herbst kam in diesem Jahr früh. Tiefere Dunkelheit, kältere Nächte. Die Sonne sandte ein paar kümmerliche Strahlen auf die Stadt nieder, das aber nur in der Morgendämmerung, wenn die Menschen noch schliefen. Die Tage waren grau wie Beton, Winde und Wolkenbrüche heftig.

Der ewige Tiefdruck vom Atlantik hatte seinen Weg von England nach Skandinavien wieder gefunden.

Jon und Jan merkten es nur, wenn sie zum Auto unterwegs waren. Im Übrigen lebten sie in einer Sphäre von Gleichungen.

Bevor Jan zu Hause noch den Regenmantel ausgezogen hatte, sagte er zu Angelika:

»Jon Anarson versteht viel mehr von Genetik, als er hat durchblicken lassen.«

»Ist doch klar«, sagte sie.

»Du meinst, er hat mich angelogen?«

»Nein, er lügt nicht. Aber er gehört zu den Menschen, die gar nicht wissen, was sie alles wissen. Wenn du ihm den gigantischen Code der Gene erklärst, erinnert er sich: Ach ja, so war das.«

Jan schüttelte verdutzt den Kopf.

»Hör mal«, sagte Angelika. »Tun wir das eigentlich nicht alle? Wir lernen dies und jenes und legen alles in Fächern ab. Und vergessen es, weil wir keine Verwendung dafür haben. Kannst du dich aus dem Fremdsprachenunterricht in deiner Schulzeit noch erinnern, welche Präpositionen im Deutschen den Dativ regieren?«

Jan musste lachen und sagte:

»Der Grund dafür wird sein, dass ich in der Schule nie Deutsch gelernt habe.«

Sie aßen zu Mittag. Jan war in Gedanken versunken. Aber als er die Spülmaschine einräumte, sagte er:

»Du missverstehst mich, Angelika. Er hätte die Gleichung ohne weiteres selbst anlegen können. Und das isländische Team wäre damit allein auf weiter Flur gewesen.«

»Ich glaube, daran hat Jon nicht mal im Traum gedacht. Er ist kein raffinierter Typ.«

»Ich habe das Gefühl, du hast Recht«, sagte Jan.

»Ich finde, du solltest ihn geradeheraus fragen.«

»Ich weiß nicht?«

»Es ist doch eine ganz logische Frage.«

»Okay, ich tue es morgen.«

Später fragte Angelika:

»Wisst ihr wegen der Londonreise schon Bescheid?«

»Ja, Johansson hat heute in Windeseile hereingeschaut: am Mittwoch nächster Woche.«

Angelika lachte übers ganze Gesicht:

»Also könnten wir …«

»Warum denn …?«

»Weil an der Norrlandküste immer noch Sommer ist, 20 Grad Lufttemperatur und genauso viel im Meer. Außerdem könnten wir so an der Verlobungsfeier für Jon und Ulrika teilnehmen.«

Jan nickte, er brauchte dringend Tapetenwechsel.

»Aber du musst Katta sagen, dass wir bei Momma wohnen. Bei Katta und Martin wird es sonst zu eng. Ich möchte gern mit Momma reden. Außerdem meine ich, deine Eltern sollten sozusagen ganz familiär mit Jon und Ulrika zusammenkommen.«

Er sah Angelikas Unruhe und sagte:

»Momma und ich verkehren neuerdings per Mail. Kürzlich ging es um die Schönheit von Gleichungen. Du weißt, dass ich mich auf derlei Mystik nicht verstehe, aber sie setzt alle ihre pädagogischen Fähigkeiten ein, um mich vom Gegenteil zu überzeugen.«

Jetzt lachte Angelika:

»Da wird es dir übel ergehen, Jan Antonsson.«

Sie beschlossen, dass Jan bei Momma anrief und Angelika bei Katta. Beide Frauen freuten sich, Katta, weil sie sich um die Beherbergung schon Sorgen gemacht hatte. Aber Thomas würde nicht kommen, er war für die Abschlussprüfungen in die USA zurückgekehrt. Momma war ganz aus dem Häuschen und sagte: »Jetzt, lieber Doktor Antonsson, werde ich dir allerlei beibringen.«

«Das muss ich riskieren. Sollen wir Bettwäsche mitbringen?«

»Unsinn. Du musst dir doch vorstellen können, dass eine Frau wie ich einen gut bestückten Wäscheschrank hat.«

Am nächsten Vormittag wurde Jon zum Professor gerufen, um alle Papiere zu unterzeichnen.

»Ich hoffe, es wird dir bei uns so gut gefallen, dass du bald die Staatsbürgerschaft anstrebst.«

»Durchaus vorstellbar ...«, sagte Jon, doch da fielen ihm Jans Worte ein: ›Kein Wort davon, dass du eine Schwedin heiraten willst. Kein Wort, verstanden!‹

Schon schnitt der Professor die Gehaltsfrage an.

»Du bekommst fünfundzwanzigtausend im Monat. Darüber kann nicht verhandelt werden.«

»Ich bin überwältigt«, sagte Jon.

Aber an der Tür wandte er sich noch einmal um:

»Könnte ich wohl einen Vorschuss bekommen, ich bin total abgebrannt.«

»Ich werde zusehen, dass du gleich morgen zehntausend bekommst.«

»Danke.«

»Alles geregelt«, sagte Jon zu Jan.

»Hast du selbst irgendwelche Forderungen gestellt?«

»Nein, so was schaffe ich nicht.«

»Du bist ein schwieriger Typ. Ich habe heute Nacht viel an dich gedacht. Du weißt zum Beispiel viel mehr über Genetik, als du hast durchblicken lassen, gib's zu. Wenn du gewollt hättest, hättest du die Gleichung sehr wohl selbst anlegen können.«

Jon war sprachlos vor Staunen, und es dauerte eine Zeit, bis er stammelte:

»Das wäre … mir … mir nie eingefallen.«

Er wurde rot, als er sagte:

»Du hast wahrscheinlich Recht, ich … hätte es … vielleicht geschafft.«

Dann rief er aus:

»Teufel nochmal, natürlich hätte ich es gekonnt. Aber nie hätte ich diesem verdammten isländischen Team unter die Arme gegriffen. Hast du nicht kapiert, dass ich bei denen nur der Knecht war, nicht angestellt, nicht informiert, nur hinzugezogen, wenn sie ausländischen Besuchern imponieren wollten. Mit einem gebildeten Mann, der isländische Literatur und Geschichte beherrscht.«

Er unterbrach sich einen Moment, um dann fortzufahren:

»Wenn es mir eingefallen wäre und ich es überhaupt geschafft hätte, dann hätte ich in herrlichen Rachegefühlen schwelgen und das ganze Material direkt an die Columbia und Sam Field schicken können.«

Jetzt musste Jan lachen. Er sagte: »Du bist also kein Heiliger, sondern nur ein gewöhnlicher Mensch. Dafür danke ich Gott.«

»Du glaubst an Gott?«

»Nein, es ist nur so eine schwedische Redensart.«

»Ich habe viel zu lernen …«, sagte Jon ebenfalls lachend.

Er selbst habe viele Gottheiten, Jesus und Odin und Frigga.

»Sie alle sind der Meinung, dass wir im Moment jeder einen ordentlichen Whisky brauchen«, fügte er hinzu.

»Das ist nicht von der Hand zu weisen. Wir verdrücken uns«, sagte Jan. »Ich habe zu Hause eine Flasche liegen.«

Er ließ den Laborchef wissen, dass sie Ruhe brauchten und zu Hause arbeiten wollten. Und das taten sie auch.

50.

Sie flogen alle vier nach Norden, dem Sommer und der Sonne entgegen. Angelika hatte die Tickets bezahlt, und in der Bar des Flughafens sagte sie zu Ulrika:

»Du musst dich auch ums Geld kümmern.«

Ulrika nickte und Jon verdrehte ergeben die Augen.

Angelika spürte, dass die Freundschaft zwischen den beiden Männern seit dem Abend gewachsen war, an dem sie die beiden mit leichter Schlagseite und laut singend: ›Wir haben es, wir haben es‹ in Jans Arbeitszimmer angetroffen hatte.

Tausend zerknüllte Gleichungen hatten auf dem Fußboden gelegen.

Martin wartete mit dem Auto vor dem Flugplatz. Aber auch Momma war da und führte Angelika und Jan resolut zu ihrem alten Volvo. Doch vorher nahm sie sich genügend Zeit, um Jon Anarson zu studieren, und war zufrieden.

»Noch ein fescher Kerl in der Familie«, sagte sie. »Aber es ist doch recht bedenklich, dass unsere Mädels eine Schwäche für Genies zu haben scheinen.«

»Das könnte sich ja gut auf die Nachkommenschaft auswirken«, meinte Ulrika.

»Ihr trefft eure Wahl also unter solchen Voraussetzungen?«

Alle lachten und Ulrika sagte:

»Natürlich ist Momma der einzige Mensch auf Erden, der weiß, was Liebe ist.«

Jan fühlte sich in Mommas Heim wohl, das düster und altmodisch war, mit alten, verschnörkelten Möbeln, und alles voll gestopft mit Zierrat, den die Menschen von heute Ramsch und Kitsch nennen. Momma aber hielt daran fest, weil alles mit alten Erinnerungen verbunden war.

Jetzt wollte sie wissen, ob Angelika von dem fleißigen Mailen zwischen Jan und ihr wusste.

»Ja, aber ich wusste nicht, um was es dabei ging, und ich hätte es auch gar nicht kapiert.«

»Und ich hatte gehofft, dass du das arme verstandesgehemmte kleine Mädchen längst über Bord geworfen hast.«

»Ich arbeite daran, Momma. Aber bis zu den Gleichungen bin ich noch nicht gekommen.«

»Das gestehe ich dir zu«, sagte Momma. »Mein mathematisches Verständnis erschöpft sich mit dem Pokern. Aber die dir eigene Intuition könnte wahrscheinlich die schwierigste Gleichung lösen.«

»Dessen bin ich sicher«, meldete sich Jan wohl gelaunt.

»Ich wollte schon lange einmal allein mit euch sprechen. Drum habe ich mich so darüber gefreut, dass ihr bei mir übernachten wollt.«

»Dann schieß mal los«, sagte Jan, der in Mommas Gegenwart immer sehr gelöst war.

»Nun … ich nehme an, ihr habt Koestler gelesen«, begann Momma.

»Ja, ich habe mich lange Zeit mit seiner Autobiographie befasst«, sagte Angelika. »Ich habe wochenlang mit seinem Buch ›Pfeil ins Blaue‹ gelebt.«

Jan schloss die Augen, er wollte seine Verblüffung nicht zeigen.

»Ich habe vor allem sein politisches Werk gelesen«, sagte er.

»Das ist typisch für dich, immer schön eins nach dem anderen. Aber eigentlich schreibt Koestler über alles gleichzeitig. Er unterteilt sein Leben nicht in Politik, Wissenschaft und Erfahrung«, sagte Momma.

»Da hast du sicher Recht«, gab Jan zu.

Momma legte eine CD auf und sprach weiter:

»Zu der Zeit, als du mit deiner berühmten Gleichung gekämpft und mir deine Schwierigkeiten gemailt hast, fiel mir ein Buch mit dem Titel ›Ein spanisches Testament‹ ein. Ich habe es total verstaubt und zerlesen im Bücherregal gefunden und noch einmal gelesen.

Es handelt neben vielem anderen von Koestlers Zeit in den Todeszellen Francos während des schrecklichen spanischen Bürgerkrieges. Bedenkt einmal, jede Nacht wurden Mitgefangene abgeführt, er selbst saß aber weiterhin in seiner Zelle und hörte die Schüsse der Hinrichtungskommandos. Und wartete darauf, selbst an die Reihe zu kommen.

Vor dem Absoluten ... kann die Seele für mystische Erlebnisse empfänglich sein, schreibt er. Er nennt es subjektive Wegweiser in die objektive Wirklichkeit.«

Angelikas Blick weilte in der Ferne. Sie flüsterte:

»Endlich ...«

»Hier ein Zitat«, sagte Momma:

»Mystische Erlebnisse, wie wir sie mit einem zweifelhaften Ausdruck nennen, sind weder nebelhaft noch unbestimmt, noch sentimental. Das werden sie erst durch Befleckung, das heißt, wenn man sie in Worte kleidet.«

»Genau so ist es«, sagte Angelika.

»Etwas später schreibt er, dass der mystische Zustand mit nichts anderem vergleichbar sei, was man bis dahin erlebt habe ... man wisse, dass man in Kontakt mit der wirklichen Wirklichkeit gewesen sei.«

»Ich dachte, wir wollten über Gleichungen reden«, flocht Jan ein.

»Ja, immer mit der Ruhe. Es fing damit an, dass Koestler aus dem Bett in seiner Zelle eine Sprungfeder entfernte. Die Mathematik hatte ihn schon immer fasziniert, und jetzt ritzte er mit diesem Draht seine Formeln in die Wand. Anfangs misslang es, sein Gedächtnis versagte. Dann fiel ihm plötzlich der Beweis des Euklid wieder ein, dass die Anzahl der Primzahlen unendlich ist. Und er konnte die Gleichung in die Zellenwand kratzen. Die Schrift an der Wand wurde ihm zum wortlosen Lebenselixier, zum Duft der Ewigkeit, schreibt er.

Er stand lange vor seiner verkratzten Wand, erfüllt von einem wunderbaren, unaussprechlichen Gefühl. Erst nach und nach spürte er ein Unbehagen, etwas, das die Vollendung störte. Und da fiel ihm ein, dass er im Gefängnis saß und erschossen werden sollte.

Aber im nächsten Moment denkt er: ›Und wenn. Hast du nichts Wichtigeres zu bedenken? Die Antwort kam spontan, ich schwamm auf dem Rücken in einem Strom von Frieden unter Brücken des Schweigens. Ich kam von nirgendwoher und hatte kein Ziel.‹«

Sie schwiegen lange, bis Momma schießlich fragte:

»Hast du je solche Empfindungen gehabt, wenn du mit deinen Gleichungen gerungen hast?«

»Vielleicht in bestimmten Augenblicken ein sekundenschnelles eigentümliches Glücksgefühl, eine Erkenntnis. Aber ich bin ja immer nur auf Ergebnisse ausgerichtet. Und ich war beim Arbeiten nie irgendwelchen Gefahren ausgesetzt.«

Doch dann schwieg er. Er dachte an Einstein, mehr noch aber an Maxwell, den Mann, der in der Wissenschaft die elegantesten Gleichungen erdacht hatte. Und die mit der Zeit die Welt verändern sollten.

Maxwell war der Ansicht, dass eine große Entdeckung dann gelingt, wenn Wille und Vernunft schweigen und die Gedanken ungehindert kommen und gehen dürfen.

Von Maxwell wanderten Jans Gedanken zu Gödel, dem

deutschen Mathematiker, der, im Großen gesehen, die Ansichten über Ursache und Wirkung in der westlichen Welt auf den Kopf gestellt hat.

Angelika lag auf dem alten Sofa, den Kopf in Jans Schoß. Mit geschlossenen Augen lächelnd, dachte sie:

Jan und ich werden einander nie verstehen. Aber das war ihr nicht mehr so wichtig. Sie wollte sich auf seiner Hälfte der gemeinsamen Ebene bewegen, denn dort gab es die Worte.

Auf ihrer Hälfte gab es die Worte nicht. Und damit musste sie leben. Doch jetzt war es fast fünf Uhr, und Katta und Martin warteten mit dem Essen.

51.

Sie saßen wie gewohnt in der guten alten abgenutzten Sitzecke. Gläser auf dem Tisch, Wodka für Momma und Martin und Weißwein für die anderen.

Angelika sah mit einem flüchtigen Blick, dass die familiäre Atmosphäre Jon nicht störte, alle fühlten sich geborgen und heimisch.

»Momma hat uns vorhin erklärt, was eine Gleichung ist. Es war phantastisch«, begann Angelika. »Du musst wissen Jon, dass meine Großmutter eine Allerweltspädagogin ist, gewitzt und verschmitzt. In grauer Vorzeit hat sie mir das Lesen beigebracht, ohne dass ich es merkte. Mit dem Rechnen ging es genauso. Wir spielten Poker, und plötzlich ging mir auf, wozu Zahlen gut sind.«

»Das klingt großartig, irgendwann musst du mir ausführlicher davon erzählen«, lachte Anarson. »Aber im Moment interessiert mich vor allem, wie sie dem Weltmeister Jan Antonsson beigebracht hat, was eine Gleichung ist.«

Alle stimmten ein Gelächter an, doch Jan sagte: »Da ist wahrhaftig was dran.«

»Jetzt aber mal langsam«, beschwichtigte Momma. »Ich habe doch nur Stellen aus einem von Koestlers Büchern zitiert.«

Anarson starrte sie an und richtete sich auf:

»›Das spanische Testament‹?«

»Ja«, bestätigte Momma. »Woher weißt du das?«

»Ich habe dieses Buch immer geliebt«, sagte Jon ernst. »Und

es immer wieder gelesen, wenn ich mit meiner Mathematik herumgespielt habe.«

Dann schaute er Jan fast ein bisschen ängstlich an:

»Ich verliere diese Fähigkeit jetzt hoffentlich nicht, wo alle Aufgaben am Karolinska absolut zielgerichtet sind.«

»Das glaube ich nicht«, warf Momma ein. »Was man im tiefsten Inneren besitzt, kann einem niemand nehmen.«

»Da hast du sehr Recht, Momma«, sagte Ulrika. »Aber ich habe trotzdem Hunger.« Sie verschwand mit Jon in der Küche, wo große Platten mit leckeren Dingen fertig bereitstanden.

»Kommt und bedient euch«, rief Ulrika und wandte sich dann an Jon: »Noch Wein?«

Alle griffen zu und lobten das Essen, und Katta verdrehte die Augen, als wolle sie höheren Mächten danken.

»Ist es nicht bemerkenswert, dass ich noch einen zweiten Schwiegersohn bekommen habe, der sich gern ums Essen sorgt.«

Beim Kaffee besprachen sie das morgige Verlobungsfest: offenes Haus, Leute kommen und gehen, Martins kurze Ansprache über das unverdiente Glück, so einmalige Schwiegersöhne bekommen zu haben.

Katta zwinkerte Jon zu:

»Du hast hoffentlich den Verlobungsring nicht vergessen?«

»Nein, darüber brauchte ich nicht viel nachzudenken.«

Er zog Katta hinter sich her in die Küche und schloss die Tür.

»In meiner Familie wird ein Ring aus dem achten Jahrhundert von Geschlecht zu Geschlecht weitervererbt. Du wirst begeistert sein.«

»Du lieber Gott, der gehört doch ins Museum«, japste Katta.

»Verlass dich drauf, dass er dort nicht hinkommt«, sagte Jon. »Er wird seit tausend Jahren immer von der Frau des ältesten Sohnes getragen. Also gehört er an Ulrikas Finger.«

Bevor Jan und Angelika in Mommas Wohnung einschliefen, erzählte Jan von dem großen Mathematiker Maxwell und seinen Ansichten über den freien Gedanken.

Angelika schaute ihn lange an und flüsterte dann:

»Genau so ist es für mich.«

»Das habe ich mir gedacht. Und ich bin sicher, dass Momma das Gespräch mit voller Absicht dorthin gelenkt hat.«

Die alte Wohnung an der Esplanade war schon voller Menschen. Ulrika war fast überfordert, und Angelika hatte volles Verständnis dafür, dass sie kaum die Hälfte der alten Jugendfreunde wieder erkannte. Aber sie wahrte das Gesicht einigermaßen, umarmte, dankte für die Blumen. Und für die vielen Glückwünsche.

Die etwas Älteren konnten im großen Salon Platz nehmen, manchen blieben nur noch die unbequemen Esszimmerstühle.

Man ließ das Brautpaar mit Hurrarufen hochleben, und jemand sagte zu Ulrika:

»Du wirst verstehen, dass wir fassungslos sind.«

»Stimmt«, sagte Louise, eine große, elegante und kühle Frau. »Das hätten wir nie von dir gedacht. Eine Doktorin. Eine selbständige, ungebundene Frau. Und dann fällst du auf einen Mann rein.«

Alles lachte, Ulrika am meisten.

»Zu meiner Verteidigung kann ich nur sagen, er ist nicht irgendein Mann.«

»Wo hast du ihn eigentlich versteckt?«

»In der Küche. Er hilft Katta bei den Sandwiches.«

»Das spricht immerhin für ihn«, sagten viele, manche aber doch eher gezwungen. Ein richtiger Mann hatte keine Brote zu schmieren.

»Er ist Wissenschaftler wie dein Schwager?«

»Ja, er ist Mathematiker. Außerdem ist er Isländer, er spricht

Altnordisch, also kannst du, Agneta, zur Ergänzung deines Studiums bei ihm üben. Im Übrigen spricht er Skandinavisch mit norwegischem Akzent. Und selbstverständlich perfekt Englisch.«

»Sieht er gut aus?«

»Ich finde schon«, erwiderte Ulrika, und im selben Moment stand Jon mit einer leichten Verbeugung in der Flurtür. Er war groß, hager, von der Sonne gebräunt und elegant gekleidet. Grauer Anzug, weißes Hemd.

Und von einer großen Sicherheit, einfach unwahrscheinlich sicher und schmissig, dachte Ulrika.

»Fesch und blasiert«, murmelte Louise.

»Diese Frauenclique hier, das sind also alles meine alten Freundinnen aus der Schulzeit, und hier habt ihr Jon Anarson, einen mutigen Isländer, der sich entschlossen hat, mich zu heiraten.«

Agneta versuchte es mit einer Frage, und Jon runzelte die Stirn, weil er sie gern verstehen wollte. Er antwortete in heutigem Isländisch, das niemand verstand.

Als er sah, dass Agneta rot wurde, sagte er tröstend:

»Du weißt doch, dass alle Sprachen sich im Lauf der Zeit weiterentwickeln und damit auch verändern.«

»Jedenfalls ist er entgegenkommend und wohlerzogen«, stellte Louise fest.

Sie gingen alle in den großen Salon, wo Katta das Wort ergriffen hatte.

»Das ist also der Mathematiker Jon Anarson aus Island und jetzt angestellt am Karolinska Institutet. Meine Töchter haben, wie Sie selbst feststellen können, einen guten Geschmack, was die Wahl ihrer Männer betrifft.«

Alle Anwesenden erhoben sich, und Jon gab jedem die Hand.

Martin räusperte sich, um eine Rede zu halten:

»Nun wollen wir unsere Gläser erheben und auf das Glück des jungen Paares anstoßen. Als Angelika uns Jan ins Haus brachte, dachten wir, das sei seit Jahr und Tag das größte Glück für uns. Und nun kommt auch Ulrika mit einem großartigen Schwiegersohn derselben Kategorie daher: Forscher, verantwortungsbewusst und humorvoll.«

An Jon gewandt, fuhr er fort: »Du bist in unserer Familie herzlich willkommen.« Er umarmte Jon, der vor Freude errötete, und küsste Ulrika.

Alle hoben das Glas und sangen: »Hoch soll'n sie leben …«

»Und jetzt, liebster Jon, ist es Zeit für den Verlobungsring«, sagte Katta und sah dabei aus, als würde sie vor Neugier gleich platzen. Er nahm den schweren, wie ein kleiner Drache geformten Goldring aus der Tasche und steckte ihn Ulrika an den Finger.

»Du lieber Gott«, sagte sie und starrte auf ihre Hand. »Das ist Schmuck, wie er in Stockholm im Goldzimmer des Wikingermuseums zu sehen ist.«

»Ich habe ihm gleich gesagt, der gehört ins Museum«, meldete sich Katta.

»Und ich habe dir gesagt, dass er seit rund tausend Jahren in meiner Familie weitervererbt wird. Und er wurde von Generation zu Generation von der Gemahlin des ältesten Sohnes getragen. Also ist er am richtigen Ort angekommen.«

»Darf ich mal sehen«, bat Angelika, zog den Ring von Ulrikas Finger und umschloss ihn mit der Hand. Als sie ihn zurückgab, flüsterte sie: »Ihr werdet drei Kinder bekommen.«

»Blödsinn«, murmelte Ulrika.

Während die Gäste sich um den Tisch mit den leckeren Sandwiches und dem edlen Wein versammelten, nahm ein graubärtiger Geschichtsprofessor Katta beiseite und fragte:

»Ist er ein Nachfahre des ersten Wikingers, der in Island an Land ging?«

»Wenn du ihn fragst, tut er es mit einem Scherz ab und behauptet, dass es in Island von Leuten nur so wimmelt, die alle Anarson heißen, und dass der erste große Anführer alle Sklavinnen und auch die armen irländischen Nonnen begattet hat, die doch ein Klosterleben in Keuschheit gelobt hatten. Und alle seine Kinder erhielten den Namen Anarson.«

»Das kann wahr sein«, sagte der Professor.

Beim Kaffee im Salon wandte sich die angriffslustige Feministin Louise laut hörbar mit einer Frage an Jan Antonsson:

»Was hält ein anerkannter Genetiker von der Gleichberechtigung?«

»Ich bin der Meinung, dass der Machtkampf der Frauen und das allmähliche Verschwinden der Männerherrschaft ein Teil der Evolution sind.«

Die Gespräche im Raum verstummten.

»Machst du Witze?«

»Nein, wirklich nicht.«

»Warum geht es dann so langsam, wenn doch die Natur auf der Seite der Frauen ist?«

»Die Evolution geht langsam vonstatten, hat sie sich doch Millionen Jahre Zeit für den Schritt vom Schimpansen zum Menschen gelassen.«

»Folglich müssen wir Frauen auch noch Millionen Jahre warten?«

»Nein, sicher nicht. Nehmen wir die Französische Revolution als Ausgangspunkt, während der alle Frauen um ihre Rechte kämpften. Ohne Erfolg. Das ist erst wenige hundert Jahre her.«

»Ich weiß.«

»Dann musst du auch zugeben, dass es inzwischen schneller geht.«

»Doch, ja«, gab sie zu, aber es klang nicht gerade glücklich.

»Vielen Dank also für diesen interessanten neuen Gesichtspunkt. Ich schreibe ein wenig über diese Fragen, darf ich dich zitieren?«

»Freilich.«

In die Gesellschaft kam Bewegung, als wollten die Gäste aufbrechen. Aber unversehens warf Louise Ulrika eine Frage an den Kopf:

»Bist du sicher, dass deine Verliebtheit in Jon Anarson nicht nur eine Projektion ist?«

Ulrika musste laut lachen und sagte:

»Ich bin schon ein bisschen zu alt für die große Leidenschaft. Und ich habe mich wissenschaftlich recht viel mit Projektionen beschäftigt und weiß, wohin sie führen.«

»Wenn du also nicht in deinen schönen Isländer verliebt bist, warum willst du ihn dann heiraten?«

Ulrika dachte nach und sagte dann mit ernster Miene:

»Weil er etwas so Ungewöhnliches wie ein ehrlicher Mensch ist.«

Außerdem verstehen wir uns wunderbar … im Bett, hätte sie gern hinzugefügt, doch Kattas mörderischer Blick hinderte sie daran. Daher dachte sie noch einmal nach und sagte mit großem Ernst:

»Nach jahrelangem Studium weiß ich, dass eine gute Beziehung sich darauf gründet, dass jeder das für sich behalten kann, was ihm gehört.«

Sie ließ den Anwesenden eine Nachdenkpause und fuhr dann fort:

»Erst wenn einem das gelungen ist, kann man den anderen als den Anderen erkennen und ein gutes gemeinsames Zusammenleben aufbauen. Es ist so, wie ich schon gesagt habe, ich habe mich für Jon entschlossen, weil er ein wahrhaftiger Mensch ist. Er weiß, wer er ist, und braucht nicht zu lügen oder irgendeine Rolle zu spielen.«

Nicht alle verstanden Ulrika. Einige Frauen mittleren Alters ließen etwas von Egoismus verlauten, manche Älteren nickten jedoch.

»Bravo, Ulrika«, sagte Martin. »Endlich ein wahres Wort über die Grundlagen der Ehe.«

Als Jan und Angelika endlich zu Hause bei Momma im Bett lagen, hatten sie den Blick lange an die Decke gerichtet. Schließlich sagte Angelika:

»Ich habe keine Ahnung, was ich behalten soll, weil es mir gehört.«

»Ich auch nicht …«, sagte Jan.

52.

Sie mussten schon am Sonntag wieder abreisen. Jan und Jon wollten sich auf die Sitzung in London vorbereiten. Schon Montag früh saßen sie bei Johansson und entwarfen einen Plan.

Doch Jan erklärte, Sam Field lasse Planung nie gelten. Er war viel zu einfallsreich, um sich an irgendeine Strategie zu halten.

Schon auf dem Flug von Umeå nach Stockholm fragte Angelika, ob Ulrika Lust hätte, die Zeit über bei ihr zu wohnen.

»Glaub nur ja nicht, dass ich mich vor dem Alleinsein fürchte. Aber ich möchte so gern mit dir über das reden, was du vom Behalten, was einem gehört, gesagt hast.«

»Ich bin dankbar für jede Minute, die ich nicht in meiner Klause verbringen muss«, erwidere Ulrika.

»Am Dienstagvormittag habe ich frei. Wir könnten zu einem Makler gehen und schauen, was der Wohnungsmarkt zu bieten hat.«

»Ich muss erst um zwei Uhr in Uppsala sein, das passt mir sehr gut.«

Am frühen Dienstagmorgen brachte Angelika Jan und Jon und Johansson nach Arlanda.

»Eure drei Namen klingen ja geradezu verrückt«, kicherte sie. »Ich schlage vor, dass wir Jon ab sofort Jonny nennen, das klingt hübscher als Sigge.«

Die drei Männer lachten und erklärten sich einverstanden.

Eine Stunde später trafen sich die beiden Frauen in dem schlichten Maklerbüro.

»Wir brauchen eine geräumige Zweizimmerwohnung und einen separaten Raum mit eigenem Eingang«, erklärte Ulrika.

»Das wird nicht leicht sein«, sagte der Makler.

»Außerdem ist es aus Steuergründen unklug«, flocht Angelika ein. »Eine große Dreizimmerwohnung ist günstiger.«

Der Makler nickte und notierte Ulrikas Handynummer.

Ulrika saß nachdenklich im Zug nach Uppsala. Wenn irgendjemand es nötig hatte, seine Kindheit aufzuarbeiten, dann war es Angelika. Aber ein ungeschriebenes Gesetz lautete, dass man Angehörige nicht therapieren durfte.

Ich pfeife drauf, beschloss sie; und als sie in der Stadt den großen Platz überquerte und an Bror Hjorts Skulptur vorbeiging, drückte sie die Augen fest zu.

Als Angelika gegen Abend nach Hause kam, stand Ulrika in ihrer Küche, briet Fleischklößchen und zerpflückte Salat.

»Es ist ein gutes Gefühl, dich hier zu haben«, sagte sie.

»Danke für das Lob, aber du siehst müde aus. Möchtest du ein Glas Wein?«

Angelika ließ sich auf einen Küchenstuhl sinken und seufzte:

»Ja, gern. Zwei Operationen, ein Sterbender und dann noch mehrere akute Fälle. Ich müsste es eigentlich gewöhnt sein. Müde werde ich, weil alles so traurig ist. Ich werde nie ein richtiger … Profi.«

»Vielleicht solltest du darauf sogar stolz sein.«

»Warum das?«

»Es gehört doch zu den wichtigen Dingen im Leben, seine Gefühle zuzulassen.«

Sie tranken Wein zum Essen, der ihre Lebensgeister weckte. Angelika fragte, ob der Makler etwas von sich hören lassen habe. Das hatte er nicht.

Jede machte es sich in einem Sessel bequem. Ulrika legte eine Tafel Schokolade auf den Tisch und holte Kaffee.

Tief einatmend, sagte sie:

»Kannst du dich erinnern, dass ich dich als Kind einmal bei euch zu Hause besucht habe? Du warst sechs Jahre alt und ich zwölf, wir hatten also kaum ein Gesprächsthema.«

»Nein, ich habe eigentlich keine Erinnerungen an diese Zeit, und Reden war ja sowieso nicht meine Sache.«

Ulrika wartete auf eine Fortsetzung, und irgendwann sagte Angelika zögernd:

»Ich habe am Wochenende in Umeå lange im Bett wach gelegen und überlegt, ob ich überhaupt etwas habe, was mir gehört und was zu behalten sich lohnt. Wie du es für wichtig hältst.«

Es dauerte lange, bis Ulrika verhalten fragte:

»Möchtest du wissen, was ich damals als Zwölfjährige sah und erlebte?«

»Ja.«

Diese Antwort kam schnell und sicher.

Ulrika schwieg, Angelika wurde hörbar lauter:

»Ich hatte nicht damit gerechnet, dass du, im Gegensatz zu den meisten anderen Leuten, ernsthaft mit mir reden wolltest.«

»Angelika, ist dir klar, dass wir beide jetzt in eine Art Therapie eintreten?«

»Du bist doch dafür ausgebildet.«

»Darum geht es jetzt nicht. Die einzig wichtige Frage ist, ob du es willst. Ob du dazu entschlossen bist. Und ob du zur Zusammenarbeit bereit bist.«

»Ja, ja, ja.«

»Okay, fangen wir bei deiner Mutter an.«

»Sie war schizophren«, erklärte Angelika.

»Nein, das war sie nicht. Meiner Meinung nach war sie eine Psychopathin.«

»Ich weiß, was schizophren bedeutet, eiskalt und unfähig, Zärtlichkeit, Liebe und Mitleid zu empfinden … Du meinst, dass … sie … psychotisch war?«

»Ja.«

»Arme, arme Mama«, flüsterte Angelika.

»Ja, sie wurde von ihrem Vater im Stich gelassen und blieb mit ihrer schizophrenen Mutter allein zurück.«

»Das weißt du also.«

»Ja, das war in der ganzen Familie bekannt. Dein Vater stieß auf starke Ablehnung, als er sich in deine Mutter verliebte und sie heiraten wollte. Man hielt sie für ungebildet, sie konnte kaum lesen und war nicht fähig, einen Haushalt zu führen oder gar ein Kind großzuziehen. Aber sie hatte etwas Bezwingendes an sich. Und sie war sehr schön.«

Plötzlich errötete Ulrika und sagte:

»Lass uns professioneller vorgehen. Du erzählst, und nicht ich.«

»Das Problem ist, dass ich keine Erinnerungen habe.«

Sie schauten einander nicht an, das lange Schweigen wog schwer.

Endlich sagte Angelika:

»Sie belebte die Wirklichkeit mit bösen und guten Wesen, sie lehrte mich, diese zu sehen. Sie kannte viele Märchen.«

»Weißt du noch, ob sie dir das Märchen von Hänsel und Gretel erzählt hat, die im Wald von der Hexe gefangen gehalten wurden, die Kinder anlockte, sie einsperrte und mästete, um sie dann zu schlachten und zu verspeisen?«

»Nein«, sagte Angelika und begann zu weinen.

»Ich glaube, wir machen Schluss für heute. Du bekommst eine Schlaftablette, damit du Ruhe findest. Morgen machen wir dann weiter.«

»Aber ich muss arbeiten gehen.«

»Angelika, du hast selbst beschlossen, dass wir zusammenarbeiten. Dabei geht es um eine Behandlung, verstehst du? Wir haben eine Wunde geöffnet, sie blutet, und das ist gut, aber sie muss versorgt werden.«

»Aber Chavez ...?«

»Ich rufe ihn an und sage ihm, was los ist. Ich glaube, er wird sich freuen.«

Angelika war schon eingeschlafen, als Ulrika sich im Arbeitszimmer das Bett machte. Sie telefonierte lange mit Chavez, der ihr sagte, dass er sich immer wieder wegen Angelika Sorgen machte und sich fragte, wie es für sie und Jan weitergehen würde. Kurz darauf rief Jan an, der erleichtert war, dass Ulrika bei Angelika blieb.

53.

Am nächsten Morgen sagte Angelika in der Küche, dass sie ausnahmsweise wieder einmal klar und vernünftig geträumt habe. Jetzt, gegen Morgen.

»Gut«, sagte Ulrika. »Fast jeder erinnert sich zu Beginn einer Therapie an seine Träume. Lass hören.«

»Ich habe von diesem Wochenende geträumt, an dem ihr uns besucht habt, du warst zwölf und ich sechs Jahre alt. Bemerkenswert war, dass ich mit euch nach Umeå zurückfahren durfte. Ich lag mit einer Decke zugedeckt im Auto auf dem Rücksitz und hatte ein Kissen unter dem Kopf. Aber ich schlief nicht, ich hörte zu, was Katta und Martin miteinander sprachen. Sie machten sich meinetwegen Sorgen und waren verzweifelt, sagten, dass ich regelrechtem Psychoterror ausgesetzt sei ... Dann dürfte ich eingeschlafen sein, denn ich erinnere mich nicht weiter. Was sagt dir das?«

Himmel und Hölle, dachte Ulrika. Jon hatte davon gesprochen, dass Angelika medial veranlagt sei, wie sollte sie nur damit umgehen?

»Du siehst richtig betroffen aus«, stellte Angelika fest. »Wo ich doch so stolz auf meinen Traum bin.«

»Das ist berechtigt, aber ...«

»Ulrika, sag die Wahrheit ...«

»Ich bin auf der Suche nach der Wahrheit ... lass mir ein wenig Zeit.«

Nach längerem Nachdenken stellte sie die Frage:

»Sag mir, kannst du die Gedanken anderer Menschen lesen?«

»Manchmal, wenn der andere besonders erregt ist. Aber ich mag es nicht, Ulrika. Ich habe große Angst davor.«

Ulrika dachte darüber nach und sagte dann:

»Gestern, als wir unser Gespräch begannen, waren in meinem Kopf nur traurige Gedanken. Ich erinnerte mich Wort für Wort an das Gespräch meiner Eltern auf der Heimfahrt und daran, wie erregt und verzweifelt sie waren. Ich war es, die damals auf dem Rücksitz lag und zu schlafen schien. Du musst, als wir gestern miteinander sprachen, meine Gedanken gelesen und meine Erinnerungen entdeckt haben.«

Das war zu viel für Angelika. Sie schrie auf: »Das genau ist meine Hölle! Ich versuche immer, es zu verheimlichen, verstehst du, ich lüge dann und streite alles ab!«

Dann fing sie an, von Patienten zu erzählen, die von den Ärzten als geheilt und gesund betrachtet wurden. Von denen sie aber wusste, dass sie bald sterben würden. Sie sprach von Jon und wie er sich auf der Island-Rundfahrt gefreut hatte und wie sie in Tingvalla vor der Kirche auf der Treppe gesessen und das Bild vor sich gesehen hatte, wie er Jans Gleichung löste. Und wie Jan sie beim Heimkommen überrumpelt hatte.

Mit diesem ewigen: »Wie konntest du das wissen?«

Dann schrie sie:

»Ich habe keine Antworten darauf. Ich habe es bis heute als angeblich Schwachsinnige geschafft. Aber das geht jetzt nicht mehr, Jan und ich stehen uns zu nahe, und wir haben die gleiche Auffassung von dem, was wir lesen und was wir erleben. Und das ist entsetzlich, denn ich kann nun nicht mehr verheimlichen, dass ich gescheit bin und einiges weiß.«

Die Worte flossen nur so aus ihr heraus.

»Er wird mich verlassen.«

Nach einiger Zeit beruhigte sie sich:

»Ich glaube aber, dass ich diejenige sein werde, die ihn verlässt.«

»Wie stellst du dir das vor?«

»Manchmal denke ich, dass ich mich mit einer Zigeunerfamilie zusammentue. Sie könnten Geld mit mir als Wahrsagerin verdienen. Aber am häufigsten denke ich daran, dass ich mich umbringe.«

»Und wenn du an Selbstmord denkst, vergisst du alles um dich herum. Wie würden Katta und Martin das überleben, wie würde ich ohne meine Schwester weitermachen? Und was sollen deine Freunde Chavez und die wunderbare chinesische Dame, die dir so nahe steht, tun? Und Großmutter und Großvater?

Ganz zu schweigen von Jan. Der würde das nie verkraften.«

Sie schwieg eine gute Minute:

»Er würde sich auch das Leben nehmen.«

»Du stellst mich als eine rücksichtslose Egoistin hin.«

»Das bist du auch.«

»Nein«, sagte Angelika bestimmt.

Ulrika verließ das Zimmer mit der Begründung, eine Verschnaufpause zu brauchen. Aber an der Tür drehte sie sich um und schaute Angelika an:

»Du hältst dich für einen armen kleinen Planeten, der alleine im All schwebt. Aber das bist du nicht. Alles am Himmel und auf der Erde steht miteinander in Zusammenhang und ist somit voneinander abhängig.«

Ulrika warf Angelika einen fragenden Blick zu und schloss die Tür hinter sich. Sie hatte Angst. War sie zu hart vorgegangen? Sie streckte sich auf dem harten Bett im Arbeitszimmer aus und holte tief Luft.

Es dauerte lange, bis Angelika an die Tür klopfte und beim Hereinkommen stammelte:

»Ich weiß, dass … dass … du Recht hast, ich bin wahrscheinlich eine genauso rücksichtslose Psychopathin wie meine Mutter.«

»Nein. Und das weißt du. Was dir fehlt, ist ein starkes Ich, das die Wirklichkeit mit offenen Augen begreift«, sagte Ulrika und stand vom Bett auf.

»Und was ist die Wirklichkeit?«

»Ich setze mich jetzt in den roten Sessel. Sag mir, was du siehst.«

»Was denn? Dich natürlich.«

»Nein, das ist nur etwas, was du weißt. Ich möchte, dass du mir ein Bild von dem vermittelst, was du siehst.«

»Ich sehe eine blonde Frau in einem rosaroten Sessel.«

»Stimmt, aber es ist das, was jeder Mensch sehen würde, oder?«

»Hm.«

»Es gibt also eine Wirklichkeit. Erinnerst du dich an meinen ersten Besuch in deiner neuen Wohnung? Weißt du noch, dass ich rief: ›Was für ein wundervoller blauer Teppich, welch leuchtende Farbe.‹«

»Ja, ich erinnere mich, dass ich mich gefreut habe, weil du dasselbe sahst, was ich gesehen hatte, als ich den teuren Teppich kaufte.«

»Folglich, Frau Antonsson, gibt es eine Wirklichkeit, eine Welt, die wir, grob gesprochen, in der gleichen Weise erleben.«

Erst nach einer Pause fuhr sie fort:

»Ich ahne allmählich, was dir fehlt, Angelika. Wir müssen dein Ich trainieren, dein Selbstwertgefühl und dein Verhältnis zur Wirklichkeit. Und gerade das ist oft genug der Punkt, an dem wir Menschen uns einig sein können. Dass nämlich Blau blau ist wie der Himmel und das Meer.«

Angelika nickte:

»Du hast Recht. Ich habe kein richtiges Ich. Vielleicht

kommt das daher, dass ich mich immer hinter Unwissenheit und Dummheit verschanzt habe.«

Ulrika riss die Augen auf und lachte:

»Jetzt eben warst du unwahrscheinlich klug, du hast die Zusammenhänge viel schneller erfasst als ich.«

Und nun konnten sie plötzlich zusammen lachen.

»Jetzt leisten wir uns ein feines Essen«, sagte Angelika. »In der Wirklichkeit der Veranda im Grand Hotel.«

Sie aßen gegrillten Heilbutt mit duftendem Kartoffelpüree.

»Sieh dir die Damen dort drüben am Fenstertisch an, warum haben die sich ihre Schals nur so albern unters Kinn gebunden?«

Die Frage kam von Angelika.

»Was glaubst du?«

»Weil sie fürchten, nicht in diese Umgebung zu passen. Drum haben sie sich nach ihrem Geschmack fein gemacht. Es ist geradezu rührend«, sagte Angelika zögernd.

»Ich bin ganz deiner Meinung. Aber sie sind dennoch amüsanter anzusehen als alle diese Männer in dunklen Anzügen.«

»Ja. Aber wahrscheinlich sind die auch unsicher. Sie glauben, die richtige Uniform anhaben zu müssen, um akzeptiert zu werden.«

»Es ist schade um den Menschen, hat Strindberg gesagt. Man könnte seine Worte auch so auffassen: ›Der Mensch kann einem Leid tun.‹ Und du bist wohl mit ihm einer Meinung?«

»Ja«, bestätigte Angelika.

»Ich finde das nicht, ich halte das Leben für etwas Großartiges.«

»Ein Rätsel.«

»Ein Geschenk«, entgegnete Ulrika.

Etwas später dachten sie sich eine Geschichte über das alte verdrießliche Paar am Nachbartisch aus, eine traurige Geschichte von enttäuschten Hoffnungen, Liebe, die in Hass umgeschlagen und in Gram erstarrt war. Es war so betrüblich, dass sie kichern mussten.

Strindberg hatte wohl doch Recht, als er die Menschen bedauerte, dachte Angelika.

Als sie heimkamen, sagte Ulrika:

»An einem der Tische saßen zwei junge Damen, eine blonde recht selbstsichere Frau und eine kleine von seltener Schönheit. Jetzt ziehen wir mal über die beiden her.«

»Nein, das geht wirklich nicht.«

»Wir können es versuchen. Ich glaube, dass sie gute Freundinnen waren, denn es sah so aus, als würden sie sich besonders gut verstehen.«

»Die Kleine hatte Angst«, sagte Angelika.

»Aber sie hat viel gelacht.«

»Ich denke, sie gehört zu den Menschen, die lachen, wenn sie Angst haben. Und sie befindet sich oft auf brüchigem Eis. Nein, das stimmt nicht. Sie glaubt allen Ernstes, dass sich unter dem Boden, auf dem sie geht, ein tiefes Loch befindet. Und dass dieses Loch sie eines Tages verschlingen wird.«

»Was passiert, wenn sie fällt?«

»Sie hört Stimmen, furchtbare Stimmen, die sie zu Tode erschrecken. Der Arzt hat das als Psychose bezeichnet.«

»Ist es zum ersten Mal passiert, als die Monatsregel bei dir einsetzte?«

»Ja.«

»Wessen Stimme war das damals?«

»Großmutters.«

»Was hat sie geschrien?«

»Dass ich ein unehelicher Bankert sei und sterben müsse. Mama schrie, dass sie sich mit den Trollen eingelassen hätte.«

»Hast du den beiden geglaubt?«

»Katta hat mich an sich gezogen und vor den Spiegel gestellt und gezwungen zu erkennen, wie ähnlich ich Onkel Martin sehe. Und meinem Papa, der meine Mama ermordet hat.«

Ulrika hatte die Augen geschlossen, fragte dann aber:

»Was geschah dann?«

»Ich musste zu einem alten Mann gehen, der alles ernst nahm, was ich sagte. Ich bin jeden Tag zu ihm gegangen. Einen ganzen Sommer lang. Als der Herbst kam, war ich gesund und konnte wieder zur Schule gehen. Er war großartig, und er sagte ganz streng zu Katta, ich dürfe keine Medikamente nehmen.«

Ulrika sah aus, als habe sie einen Entschluss gefasst, holte tief Luft und sagte:

»Ich habe bei einem klugen Professor in den USA auch über Psychosen studiert. Er hat langjährige Erfahrungen im Umgang mit psychisch Kranken. Ich kann mich gut an seine Vorlesungen erinnern und wie er uns lehrte, dass Patienten mit lang anhaltenden Unstimmigkeiten in eine Psychose schlittern können.

Abschließend sagte er etwas sehr Merkwürdiges. Nämlich dass manche Patienten nach Überwindung der Krankheit übersinnliche Fähigkeiten entwickeln. Also ein seltenes intuitives Gefühl für das, was um die Ecke oder im Augenblick anderswo vor sich geht. Vor allem wissen sie, was in einem anderen Menschen abläuft, was er denkt und fühlt.«

Angelika verschlang jedes einzelne Wort.

Ulrika sprach weiter:

»Ich saß damals wie versteinert im Hörsaal und dachte an dich. Nach der Vorlesung fragte ich den Professor, ob es Dokumentationen darüber gebe. Schon am nächsten Tag brachte er Forschungsberichte mit. Ich dürfe sie gerne kopieren, sagte er und klopfte mir auf die Schulter.«

»Hast du sie noch?«

»Ja, aber ich habe noch nicht alles Material aus meinen Jahren in Stanford ausgepackt.«

Es war jetzt so still im Zimmer, dass sie das Klappern von Absätzen auf der Straße hören konnten.

Irgendwann flüsterte Angelika:

»Es gibt also eine Erklärung.«

»Es gibt jedenfalls dokumentierte Zusammenhänge. Was dieser sechste Sinn genau ist, kann niemand erklären. Aber das kümmert mich nicht, es gibt so viel Unerklärliches. Nicht einmal dein gelehrter Jan weiß, was das Bewusstsein ist und wo genau es sitzt.«

Angelika weinte und lachte zugleich. Schließlich sagte sie aber, Jan müsse das erfahren, und Ulrika möge ihm das ganze Material zur Verfügung stellen.

»Er fürchtet sich nämlich vor mir und meinen ganzen ... kuriosen ... Erlebnissen.«

»Er soll Fakten zu sehen bekommen. Das Schwierige mit Jan ist, dass er nur gut dokumentierten Fakten traut.«

»Ja, er kann einem ein bisschen Leid tun«, bestätigte Angelika und wunderte sich, dass sie das auch wirklich so meinte.

»Jetzt gehen wir ins Bett«, sagte Ulrika. »Wir brauchen unsern Schlaf. Ich halte morgen eine Vorlesung in Uppsala, und ich wollte dich bitten, mich hinzufahren.«

»Ist doch klar.«

»Gut, dann gehen wir nach dem Seminar essen, und um sechs Uhr gibt es ein Orgelkonzert im Dom. Ich hoffe, du kommst mit.«

»Gerne.«

Bevor sie einschliefen, rief Jan an und unterhielt sich lange mit einer fröhlichen Angelika. Dann übergab er Jon den Hörer, der mit Ulrika noch viel länger sprach.

54.

Sie machten sich im Auto und in der alten Universitätsstadt einen vergnügten Tag. Sie redeten munter drauflos, ob es nun um die Häuser im Stadtkern oder um den Saal ging, in dem Ulrikas Vorlesung stattfinden sollte.

Angelika verstand von dem Vortrag nicht alles, wagte aber während der anschließenden Diskussion nicht zu fragen.

»Hast du etwas Neues dazugelernt?«, fragte Ulrika, als sie danach in der alten Schänke saßen, die einmal das Gefängnis für aufrührerische Studenten gewesen war.

»Ja, dass es wichtig ist, was man denkt, dass die Gedanken Leben und Gefühle weitgehend lenken. Ich habe das nie verstanden, bei mir fliegen die Gedanken wie Vögel himmelwärts. Und dann sind sie verschwunden.«

»Aber sie verschwinden nie wirklich, Angelika. Sind es ängstliche oder böse Gedanken, laufen sie irgendwohin, bleiben dort liegen und bedrücken uns. Und wenn wir sie in dem, was wir Vergessen nennen, weiter nagen lassen, besteht die Gefahr, dass wir in eine Depression schlittern. Oder in einer Phobie landen. Beides mündet heute meistens in einer körperlichen Krankheit.«

Unvermittelt lächelte Angelika und streckte sich:

»Ulrika, da weiß ich gut Bescheid. Durch meinen Job. Ich irre mich nie, vergesse nie, weiß jederzeit, was ich mit einem bestimmten Patienten zu machen habe und wann ich neue Anweisungen von den Ärzten abwarten muss.«

»Jeder sagt, dass du in deinem Beruf ein Profi bist und enorm tüchtig. Dort hast du also ein starkes Ich.«

»So könnte man das vielleicht ausdrücken.«

»Ich weiß noch ein Gebiet, auf dem du Oberwasser hast. Im Verwalten eurer Finanzen. Das behauptet Jan.«

»Unser Bankberater sieht es tatsächlich auch so.« Angelika musste laut lachen.

Aber Ulrika meinte:

»Wenn du dich für einmalig hältst, bist du im Irrtum. Wir alle leben psychologisch gespalten zwischen dem Ich der Vernunft und dem, was bisweilen das Es genannt wird. Wir pendeln zwischen zwei Polen. Auf der einen Seite hast du Träume, Wachträume, heimliche Phantasien und maßlose Begierden. Den anderen Pol beherrscht unser sachliches und sittsames Ich, das durch die unnachgiebige Schule von Gesellschaft und Erziehung geprägt ist.«

Es war an der Zeit, in den Dom zum Konzert zu gehen. Angelika hatte diese Kirche schon öfter besucht. Der überwältigende Bau ließ Atem und Gedanken stocken.

»Es gibt noch andere Pole als die von dir erwähnten«, sagte Angelika. »Wir befinden uns hier in einer anderen, der heiligen Dimension, wenn wir das Unsagbare schon benennen müssen.«

»Du hast Recht. Und wenn die Orgel zu spielen beginnt, führt sie uns mitten hinein in das Herz Gottes.«

Im Auto schwiegen sie auf der Heimfahrt. In der Wohnung fanden sie auf dem Anrufbeantworter eine Nachricht vor.

Jan und Jon teilten mit, dass die Verhandlungen in London abgeschlossen waren und dass sie sich freuen würden, am Samstag um ein Uhr am Flugplatz abgeholt zu werden.

55.

Angelika war am Freitagmorgen schon in aller Frühe auf den Beinen. Die schlaftrunkene Ulrika rieb sich die Augen und wollte wissen, warum denn solche Eile geboten sei.

»Weil ich das Gefühl habe, dass uns heute etwas besonders Schönes erwartet.«

Um neun Uhr rief Angelika den Makler an, der eine große Zweizimmerwohnung in der Furusundsgata anbieten konnte. Sie war frisch renoviert und schön gelegen.

»Der Preis?«, lautete Ulrikas erste Frage, als Angelika von dem Gespräch berichtete.

»Zwei Millionen fünfhunderttausend.«

»Wann können wir sie ansehen?«

»Wir treffen den Makler um zehn Uhr. Und vorher muss ich auf die Bank. Jetzt aber dalli, ihr habt dann zumindest ein eigenes Dach über dem Kopf. Und wenn ihr später einen Tausch anstrebt, wäre das eine günstige Ausgangssituation.«

Ulrika war morgens nicht sehr gesprächig, machte aber ein glückliches Gesicht. Angelika rief ihren Freund Gunnarsson auf der Bank an, er solle einen Wechsel vorbereiten. Der Bankbeamte musste aber die Frage stellen, ob Jan Antonsson damit einverstanden sei.

»Er war es sogar, der sich das alles ausgedacht hat. Mitkommen kann er leider nicht, er ist noch bis Ende der Woche zu Verhandlungen in London.«

Gunnarsson bekam Ulrikas Personalien und gab den Damen

den Rat, bis zum endgültigen Vertragsabschluss nur eine Anzahlung zu hinterlegen.

»Gut, und vielen Dank, ich melde mich wieder.«

Ulrika hatte sich schon beim Morgenkaffee gewundert. Jetzt aber staunte sie nicht schlecht über ihre tatkräftige kleine Schwester.

Es war ein schönes Viertel im alten Teil von Gärdet. Klassischer Funktionalismus, dachte Ulrika, viel Grün, hohe Birken, große Rasenflächen. Sie hatte Herzklopfen.

Sie wechselten einen Händedruck mit dem Makler und entschuldigten sich für die Verspätung. Sie seien auf der Bank gewesen, erklärte Angelika.

»Das klingt gut.« Der Makler lächelte zufrieden.

»Ich dachte immer, die älteren Wohnungen am Gärdet seien klein und eng«, sagte Angelika.

»Das stimmt, aber der frühere Besitzer hat hier eine Wand einreißen lassen. Es waren ursprünglich drei Zimmer, und jetzt ist es eine große, luftige Zweizimmerwohnung.«

»Wir können also eine Wand einziehen?«, fragte Ulrika.

»Ja, aber ich denke, Sie werden das gar nicht wollen.«

Und sie wollten es wirklich nicht, es war ein so wunderschönes dreißig Quadratmeter großes Wohnzimmer mit Ausblick auf einen Park.

Ulrika war selig, Angelika ganz die Geschäftsfrau, als sie die Anzahlung aushändigte, eine Quittung verlangte und sich wegen des Vertrages erkundigte. Sie verabredeten ein Treffen im Maklerbüro am Montag. Er verabschiedete sich mit einem ›hej‹ und übergab die Schlüssel.

Während Angelika Küche und Bad inspizierte, ließ Ulrika sich im Wohnzimmer auf den Boden sinken, lehnte sich an die Wand und ließ die Tränen fließen.

Als Angelika sie so fand, fing sie an zu lachen.

»Du redest dauernd von Realität, und jetzt sitzt du da und flennst. Ich werde dir mal erklären, was die Realität des heutigen Tages für uns beide bedeutet. Wir müssen ein Bett kaufen, einen großen Küchentisch und ein paar Stühle. Hast du Bettwäsche, Decken, Kissen? Was hast du alles in deiner schrecklichen Einzimmerwohnung? Bücher und Berichte und solches Zeug in Reisetaschen? Wir müssen alles holen fahren.«

Ulrika wurde munter und fing an aufzuzählen: »Porzellan, Gläser, Besteck, Frotteetücher. Das Nötigste muss morgen an Ort und Stelle sein. Also fangen wir an.«

»Gut«, sagte Angelika.

Sie schufteten wie das liebe Vieh, mieteten einen Kombi, fanden ein Möbelgeschäft, das ihnen ein Bett plus Tisch und Stühle gegen Barzahlung sofort verkaufte. In Angelikas Wohnviertel konnten sie Leinenzeug kaufen. Die schlimmste Arbeit machte das Ausräumen der kleinen Wohnung.

»Die Ordnung hast du nicht gerade für dich gepachtet«, schimpfte Angelika, als sie Bücher und zentnerweise Mitschriften in Plastikbeutel schaufelten. »Und ich habe dich immer für einen praktischen Menschen gehalten.«

»Wir müssen uns völlig falsche Bilder voneinander gemacht haben«, stellte Ulrika fest und fügte hinzu:

»Im Moment habe ich jedenfalls ein stimmiges Bild von mir selbst. Ich werde gleich vor Hunger zu einem Häufchen Elend auf dem Fußboden zusammenfallen.«

»Meine Güte, kannst du ein Theater machen, aber es imponiert mir gar nicht.«

Sie aßen an einer Straßenbude Wurst mit Pommes und trugen dann Reisetaschen und Plastikbeutel in die neue Wohnung.

Ulrika hatte, als das Bett geliefert wurde, schon das neue Geschirr gewaschen. Gemeinsam spannten sie das Laken, schüttelten Kissen auf und überzogen die neue Decke. Ununterbrochen lächelten sie einander viel sagend zu. Erst in der

Dämmerung merkten sie, dass sie vergessen hatten, Lampen zu kaufen.

Ulrika fluchte, sie hatten nicht einmal eine Taschenlampe. Es blieb ihnen keine andere Wahl, sie mussten in Angelikas Wohnung fahren und dort duschen und essen.

Da saßen sie also in Bademänteln in der Küche, aßen in der Mikrowelle aufgewärmtes Huhn und Bratkartoffeln. Dazu trank jede ein Glas Wein, und plötzlich brachen sie in Gelächter aus. Vor Müdigkeit, aber auch vor Stolz, verdammt, sind wir fleißig gewesen.

Bevor sie ins Bett fielen, faxten sie nach London, dass Jan und Jon zu Hause herzlich willkommen seien und dass sie sie in Arlanda abholen würden. Dann zogen sie den Telefonstecker aus der Dose und schliefen ein wie müde Kinder.

56.

Vier strahlende junge Menschen trafen in Arlanda zusammen. Am meisten strahlte Ulrika, die eine so wunderbare Überraschung für Jon hatte. Jan und Angelika begegneten einander in einem langen Kuss. Jon war das peinlich, er wurde rot, und Ulrika lachte ihn aus. Es regnete, aber der Weg zu den Aufzügen, der sie ins Parkhaus brachte, war überdacht. Angelika chauffierte wie üblich und fragte Ulrika leise nach der Adresse.

»Furusundsgatan.«

Jan, der die Hand auf den Nacken der Fahrerin gelegt hatte, flüsterte: »Ich ahne …«

Ein Augenzwinkern war die Bestätigung. Jan warf den Kopf zurück und begann schallend zu lachen. In diesem Moment empfand Ulrika große Sympathie für ihren komplizierten Schwager.

Jon tat beleidigt: »Es liegt etwas in der Luft, das mich anscheinend nichts angeht.«

»Richtig geraten«, sagte Ulrika.

Angelika nahm an der Fröhlichkeit nicht teil, sie hatte genug mit dem Verkehr, dem Regenwetter und den Staus zu tun, die sich auf der E4 häuften. Der Regen wurde zu Nebel. Sie kamen zur Furusundsgatan, und Angelika parkte in einer engen Lücke. Sie schaltete den Motor ab, wandte sich zum Rücksitz um und sagte fast feierlich:

»Willkommen zu Hause, Jon Anarson.«

Er sah, dass es ein feines Viertel war, helle Hochhäuser, klassischer Funktionalismus, gut instand gehalten und gepflegt. Was ihn aber in diesem Augenblick besonders beglückte, waren die vielen Birken mit den weißen Stämmen.

»Ihr werdet nie begreifen, was eine Birke für einen Isländer bedeutet«, sagte er etwas verlegen. »Endlich fange ich an zu verstehen, dass ihr eine Wohnung gefunden habt.«

»Nicht wir. Es war allein Angelika«, erklärte Ulrika. »Sie hat sich beim Makler den Mund fusselig geredet, hat mit dem Bankbeamten gerauft, hat meine Bücher und Mitschriften, deine Kleider und Statistiken wie ein Möbelpacker eingepackt, weggeschleppt, abtransportiert. Und eben nochmal ein Bett, einen Küchentisch samt Stühlen, das nötigste Geschirr, Besteck, eine Bratpfanne und eine Kaffeemaschine gekauft. Sie hat mir derartig Beine gemacht, dass ich vor Hunger und Erschöpfung fast umgekommen wäre.«

»Meine große Schwester muss aus allem ein Drama machen«, sagte Angelika zu Jan.

»Aber ich glaube ihr, ich kenne dich doch, wenn du zu etwas entschlossen bist. Ein Wirbelwind, der sich zum Orkan steigert.«

»Es sind nur zwei Zimmer, aber das Wohnzimmer ist der reinste Festsaal«, erklärte Ulrika. »Kommt, gehen wir rauf.«

Überwältigt standen sie lange in dem großen Raum. Jon ging auf den Balkon und malte sich aus, wie er im Frühling hier sitzen würde, umgeben von den Kronen der Birken. Er biss die Zähne zusammen, entschlossen, keine Träne zu weinen.

»Die amerikanische Abhandlung«, erinnerte Angelika.

»Hab ich hier«, sagte Ulrika und übergab ihr eine Mappe.

»Ihr müsst entschuldigen«, sagte Angelika. »Aber jetzt will ich meinen Mann für mich haben. Und vergesst nicht, Lampen zu kaufen, bevor es dunkel wird. Und sieh zu, dass der Kühlschrank für den Wolf gefüllt wird, Ulrika.«

»Aber morgen müssen wir uns sehen und abrechnen. Dieser Palast wird nicht billig sein …«, sagte Jon.

»Das kannst du am Montag mit Angelika erledigen. Sie verwaltet unsre Finanzen und hat alle Vollmachten«, erwiderte Jan gut gelaunt.

Als Jan und Angelika nach Hause kamen, blieben sie lange in ihrer Küche stehen und schauten einander nur an. Schließlich sagte Jan wie so oft: »Jedes Mal, wenn ich dich sehe, bin ich aufs Neue erstaunt, dass es dich gibt.«

»Mir geht es genauso«, sagte Angelika.

Mehr wurde nicht gesprochen, sie zogen sich aus, gingen unter die Dusche und fanden im Bett zueinander und auch zu sich selbst. Sie mussten dann aber doch eingeschlafen sein, denn als sie aufwachten, wurde es Abend über dem Lill-Jans-Wald. Sie waren hungrig, gingen in die Küche, kochten sich etwas und stellten brennende Kerzen auf den Tisch.

Jan erzählte von den Verhandlungen in London und wie Sam Field die Isländer mit seinem Charme bezwungen hatte. Und wie Jon Anarson und sein ehemaliger Chef aus Reykjavik um ein Haar in tätliche Auseinandersetzungen geraten wären. Und wie Sam Field die Hände zum Himmel erhoben und ein altes englisches Gebet gesprochen habe:

»Vor der Raserei der Nordmänner bewahre uns, o Herr.«

Und damit alle zum Lachen brachte.

Field hatte einen klar durchdachten Plan. Aber Geben und Nehmen führten zu vielen Haarspaltereien, es dauerte einige Tage, doch schließlich kamen sie zu einem befriedigenden Abschluss.

»Jetzt mache ich Kaffee«, sagte Jan.

»Du verheimlichst mir etwas«, sagte Angelika, als sie ins Wohnzimmer gingen.

»Nein, ich schiebe es hinaus.«

»Red schon.«

»Field möchte, dass ich das ganze umfangreiche isländische Material analysiere. Das ist an sich eine reizvolle Aufgabe, und an der Columbia hätte ich ein ganzes Team zur Verfügung, Anthropologen, Stammbaumforscher und Genetiker. Das bedeutet, dass wir für etwa ein Jahr nach New York übersiedeln müssten. Ich habe Field gesagt, dass meine Frau das entscheiden wird …«

Angelika strahlte übers ganze Gesicht.

»Das würde ich wirklich spannend und interessant finden, eine Weile in den USA zu leben.

Selbstverständlich komme ich mit, und du übernimmst den Job.«

»Großer Gott.« Jan atmete so erleichtert auf, dass ihm Tränen übers Gesicht liefen.

»Aber Jan, wie kannst du nur annehmen, dass ich nicht dort sein will, wo du bist, das ist doch eine Selbstverständlichkeit. Wir sind verheiratet, begreif das endlich. Außerdem finde ich es spannend, eine andere Kultur zu erleben.«

»Ich übernehme den Abwasch«, erbot sich Jan, und als er in der Küche verschwunden war, klingelte das Telefon.

»Das ist Field, geh du dran«, übertönte Jan das fließende Wasser.

»Angelika Antonsson speaking.«

»My name is Kay Field, married to Sam Field. He just called from the airport and he is very anxious …«

»Please tell him from me that I am very happy to come over and live in New York for a year … Here is Jan.«

Sie sprachen lange, Angelika merkte, dass sie einander gut kannten. Es gab ihr einen kleinen Stich, warum erzählte er nie von seinen amerikanischen Freunden?

Als er das Gespräch beendet hatte und gelöst und heiter ins Wohnzimmer zurückkam, bat Angelika:

»Erzähl mir ein bisschen von der Familie Field.«

Er dachte ein Weilchen nach und sagte dann lächelnd:

»Sie erinnern mich oft an Katta und Martin. Vor allem Kay,

sie ähnelt Katta in ihrer ganzen Ausstrahlung. Konzentriert, klug, verantwortungsbewusst und geradeheraus. Sie haben drei Kinder, ein Sohn ist Musiker, eine Tochter Journalistin, und die Jüngste hat soeben ihr Medizinstudium abgeschlossen.

Sam ist ein Genie, etwas exzentrisch, ungeduldig und humorvoll. Ich muss aber sagen, dass ich den größten Respekt vor Kay habe. Sie ist Ärztin und leitet in Harlem eine Klinik für arme Leute und Schwarze.«

»Vielleicht könnte ich da mitarbeiten«, sagte Angelika nachdenklich.

»Da bin ich ganz sicher.«

Jan überlegte:

»Am Anfang musst du dir Zeit nehmen, um dich in Amerika einzuleben. Die Ansichten und Vorurteile der Amerikaner unterscheiden sich in mancher Hinsicht von unseren. Aber das Schwierigste war für mich am Anfang, dass sie so verdammt liebenswürdig sind. Man muss ein bisschen auf der Hut sein … Vielleicht klingt das jetzt eine Spur einfältig, wahrscheinlich waren das auch nur meine persönlichen Anfangsschwierigkeiten. Du kennst ja meine Ängste und meine Unsicherheit.«

Er schaute Angelika lange an.

»Mein Gott, werde ich stolz auf dich sein.«

Sie lächelte: »Wie viel Zeit bleibt uns?«

Jan überlegte.

»Das kommt auf Island an.«

»Darauf, wann sie das Material schicken?«

»Ja.«

»Erzähl mir doch mal, worüber du letzte Woche mit Ulrika gesprochen hast. Wenn ich dich richtig verstanden habe, war es wichtig.«

»Es war eine Therapie. Wir unterliegen beide der Schweigepflicht.«

»Ich verstehe.«

»Ich möchte aber, dass du eines weißt.«

Angelika schilderte, wie Ulrika von einer Vorlesung in Stanford erzählt hatte. Der Professor dort war Fachmann für Psychosen. Und er hatte gesagt, dass manche Menschen, nachdem sie eine Psychose durchlaufen haben, wieder gesund geworden waren und dann eine, wie er es nannte, übersinnliche Intuition entwickelt hatten.

»Ulrika hat dabei natürlich an mich gedacht. Sie ging also nach der Vorlesung zu dem Professor und fragte ihn, ob es Dokumentationen gibt. Und es gab wirklich welche, er brachte zur nächsten Vorlesung Material mit und erlaubte ihr, seine Unterlagen zu kopieren. Ulrika hat mir ihre Kopien zur Verfügung gestellt, sie liegen auf dem Tisch in deinem Arbeitszimmer.«

Jan sprang sichtlich gespannt auf. Bevor er die Tür hinter sich schloss, rief Angelika ihm noch nach:

»Jan, das erklärt doch überhaupt nichts.«

»Das könnte es aber, die Krankheit kann unbekannte Regionen im Gehirn geöffnet haben. Ich werde mich damit näher beschäftigen, wenn wir in den USA sind.«

Als er zurückkam, war er erregt und bestürzt.

»Das könnte sogar erklären, warum große Künstler manchmal wahnsinnig werden.«

Angelika zuckte zusammen, dachte daran, welch unerhört großen Eindruck Inge Schiölers Gemälde vom Meer auf Jan gemacht hatte. Schiöler war viele Jahre lang psychisch krank gewesen, und nach seiner Entlassung aus dem Krankenhaus hatte er großartiger und wesentlich intensiver gemalt als vorher. Es war, als wäre er eins geworden mit Farbe und Meer.

Sie zögerte. Sollte sie Jans Erlebnis in der Ausstellung erwähnen? Dass sie herausgefunden hatte, dass es wirklich ein Gemälde von Schiöler gab, dass aber darauf kein Haus zu sehen war?

Nein, Letzteres würde sie verschweigen.

»Worüber denkst du so angestrengt nach? Raus mit der Sprache«, sagte Jan.

»Ich dachte an damals, als dich dieses Gemälde in der Ausstellung so beeindruckt hat. Du warst völlig außer dir, als du heimkamst. Erinnerst du dich?«

»Ich werde es nie vergessen.«

»Ich bin dann auch in die Ausstellung gegangen. Es ist ein wunderbares Meerbild von Inge Schiöler, eins aus seinen späteren Jahren, nachdem er endlich aus dem Irrenhaus entlassen worden war.«

»Ich verstehe. Du meinst, dass er etwas aus seiner Welt wusste, das direkt auf mich übergesprungen ist.«

»Genau das«, erwiderte Angelika.

57.

Die folgende Woche war voller Unrast, tausenderlei Wege für Jan, um vom Karo seine Papiere zu bekommen, für Angelika, in Danderyd die Freistellung für ein Jahr zu erwirken, ständige Nachtgespräche mit der Columbia University. Und dann das Schlimmste: Lebewohl zu sagen, Katta und Martin, Ulrika und Jon, der gesamten Familie Chavez und am allerschwersten: Großmutter und Großvater.

Erforderlich war noch ein Visum für Angelika.

Jan rief Sam Field an: »Wenn Angelika auch nur die geringsten Schwierigkeiten gemacht werden, kommen wir nicht.«

»Ich verstehe. Dieses Mal gehe ich direkt ins Außenministerium in Washington.«

Packen, einkaufen, und was sollte mit der Wohnung geschehen? Das war einfacher, als sie geglaubt hatten, der Makler übernahm es, sie unterzuvermieten.

»Für höchstens acht Monate«, sagte Jan.

Dann saßen sie endlich im Flugzeug und hatten gute acht Stunden Zeit, um sich zu entspannen und zu unterhalten. Angelika erfuhr erst jetzt, dass ein geräumiges, komplett eingerichtetes Reihenhaus auf sie wartete.

Dazu hatte es geheißen: »Wenn Angelika aber in Scandinavian Design wohnen möchte, steht es ihr frei, solche Möbel zu kaufen.«

Angelika hatte viele lange Gespräche mit Kay Field geführt, die ihr die Klinik in Harlem genau beschrieb. Zwei Ärzte, besonders der Chirurg, waren sehr geschickt. Sie waren ganz und gar auf private Schenkungen angewiesen.

»Um der Wahrheit die Ehre zu geben, das meiste kommt von meinem Sam.«

Angelika hatte Kay ihre sämtlichen Zeugnisse geschickt, hatte auch den Nachweis über ihre Teilnahme an einem Seminar für Pflegewissenschaften und Sterbebegleitung an der Universität beigelegt.

Kay Field hatte gefragt: »Was sind Pflegewissenschaften? Worum geht es da?«

Sie hatten lange darüber gesprochen.

»Noch eins. Das Wichtigste für uns ist wahrscheinlich, dass du hier die Ausbildung der Krankenschwestern übernimmst. Es sind lauter Mädchen aus den Slums, bei denen es mit der Hygiene nicht weit her ist und denen fürs sterile Arbeiten jedes Verständnis fehlt. Hingegen glaube ich, dass sie für menschliche Zuwendung und Sterbebegleitung viel Verständnis haben werden. Schwerkranke bei der Hand halten und so.«

»Klingt gut. Auf bald.«

»Vergiss nicht, dass du dir einen Monat Zeit nehmen musst, um die Gewohnheiten und Gedankengänge hier im Land kennen zu lernen und Freundinnen unter den Ehefrauen der Wissenschaftler zu finden, die tagsüber hier ihre Spielwiese haben.«

Angelika hatte sie nicht verstanden.

Jan, der mehr daran gewöhnt war als sie, konnte im Flieger schlafen. Aber Angelika genoss den Blick in die Weite des Alls. Nach einer Ewigkeit ließ der Pilot verlauten, dass sie zur Landung ansetzten und dass in Newark gutes Wetter herrschte.

Sie bekamen feuchtheiße Tücher, und Angelika erfrischte sich Gesicht und Hände. Sah im Spiegel, dass ihre Augen unnatürlich groß waren und das Gesicht alle Farbe verloren hatte.

Der Fahrer der Columbia erwartete sie und begrüßte Jan wie einen alten Freund. Angelika schlief im Auto sofort ein, sie wurden direkt zu ihrem Reihenhaus gebracht, und Jan musste Angelika ins Bett tragen. Sie war nicht wach zu kriegen.

Jan hatte gegen den Jetlag anzukämpfen, nahm sich aber zusammen, packte aus und verstaute ihre Kleidung in den Schränken.

Um acht Uhr wurden sie bei Professor Sam Field zum Essen erwartet.

»Ich hole Sie ab«, sagte der Chauffeur, als er das Gepäck hinaufgetragen hatte.

»In sechs Stunden«, murmelte Angelika erleichtert, drehte sich auf die andere Seite und schlief weiter. Jan duschte und kroch zu ihr ins Bett.

Sie schliefen bis zum späten Nachmittag und wurden von der Türklingel aufgeweckt. Jan schlüpfte schnell in Jeans und Hemd und öffnete drei fröhlichen Frauen die Tür, die Blumen brachten, um die Ankömmlinge willkommen zu heißen.

»Angelika, das ist deine Sache«, rief er nach oben.

Zum Glück habe ich einen schönen Morgenrock, dachte Angelika, spülte sich das Gesicht mit kaltem Wasser ab, fuhr sich mit dem Kamm durch die kurzen Haare und ging Kim, June und Grace begrüßen, die sie alle drei umarmten, mit kritischem Blick musterten und Jan dann fragten: »Wo hast du die blauäugige Blondine gelassen, die wir erwartet hatten?«

»Die muss mir unterwegs verloren gegangen sein. Jedenfalls ist das hier meine Frau, sie heißt Angelika, ist zierlich und hat schwarze Augen.«

»Viel interessanter als eine Blondine«, sagte Grace, und alle lachten. Dann beteuerten alle drei gleichzeitig, dass sie ihnen immer gern mit Rat und Tat beistehen würden. Sie brauchten nur in den Nachbarhäusern anzuklopfen. Heute Abend sollte ein Willkommensumtrunk im Garten stattfinden.

»Aber wir sind schon zum Essen bei Sam und Kay Field eingeladen«, warf Angelika ein.

»Schade für euch, aber es muss wohl sein, wenn Sam jetzt endlich sein europäisches Genie zurückbekommen hat«, sagte June.

Angelika merkte die Spitze nicht, sie fragte Jan, als die Nachbarinnen gegangen waren:

»Sind sie fremden Menschen gegenüber immer so entgegenkommend?«

»Ja, das ist ihre Lebensart, sehr freundlich und manchmal sogar echt.«

Angelika duschte, wusch sich die Haare und überlegte unterdessen, was sie anziehen sollte.

»Den türkisfarbenen Hosenanzug, die Jacke sitzt so gut, es genügt also ein T-Shirt drunter«, entschied Jan.

Grace rief über den Zaun, ob sie beim Make-up behilflich sein solle.

»Ich verwende nie Make-up«, war die Antwort.

Grace war wie vor den Kopf gestoßen und rief:

»Das muss man aber bei uns.«

Das ist mir schnuppe, dachte Angelika, sagte aber nichts. Dachte, es gibt hier ein ganzes Meer von Sitten und Gebräuchen, an die ich mich anpassen muss. Sie hatte eine Tube Bräunungscreme, konnte ihre Blässe also etwas verdecken.

Fields Heim erinnerte Angelika an das von Katta und Martin. Altmodisch, etwas wuchtig und abgenutzt.

Kay konnte, als die beiden Frauen sich gegenüberstanden, ihre Überraschung nicht verheimlichen.

»Du hast wohl auch eine große, blonde, blauäugige Schwedin erwartet«, sagte Angelika.

»Nimm es mir nicht übel, aber mir geht es ganz genauso«, sagte Sam und fuhr fort:

»Aber umso interessanter. Ich darf gar nicht erstaunt sein,

es war doch klar, dass Jan eine ungewöhnliche Frau anbringen würde.«

»Ich bin überhaupt nicht überrascht. Ich glaube, ich wusste nach unsern vielen Telefongesprächen schon, wie du aussiehst. Eine Stimme verrät viel«, sagte Angelika errötend.

An Kay gewandt sagte sie: »Du bist genau so, wie Jan dich geschildert hat, hast ungeheuer viel Ähnlichkeit mit meiner Mama. Stark, warmherzig und selbstsicher.«

Sie bekamen ihre Drinks, Weißwein für die Damen und Gin Tonic für die Herren.

»Erzähl uns doch bitte ein bisschen von dir«, bat Kay, und es blieb Angelika nicht verborgen, dass Jan etwas unruhig wurde.

Aber Angelika erzählte von ihren Eltern, Papa Martin, dem Chirurgen, und Mama Katta, die an der Universität von Umeå Professorin für Geschichte war.

»Ich habe einen Bruder und eine Schwester, die hier in den USA Psychologie studiert haben. Ich selbst bin das durch und durch verwöhnte Nesthäkchen.«

»Umeå, was für ein schöner Name für eine Stadt«, sagte Kay und wechselte das Thema: »Jetzt soll Sam etwas über die Columbia University erzählen.«

Angelika wusste, dass Kay ihre Unsicherheit gespürt hatte.

Die Herren waren schon bei den Problemen der Universität angelangt, Intrigen, Neid und die ständige Jagd nach Geld, als eine Frau das Zimmer betrat und zu Tisch bat.

Angelika versuchte jedes Anzeichen von Befremden zu verbergen, ging auf die rundliche schwarze Frau zu, nannte ihr ihren Namen und gab ihr die Hand. Die andere Frau stellte sich als Sara Benton und als Haushälterin bei den Fields vor.

Die beiden schauten einander lange an, bis Sara sich an Kay wandte: »Das ist ja die reinste Kleopatra, die unser Jan wohl aus Ägypten entführt hat.«

Angelika musste laut lachen und meinte, jetzt müsse der Genetiker erklären, wie eine Nachfahrin der Kleopatra in den großen Wäldern Nordskandinaviens geboren werden konnte.

»Ganz einfach«, sagte Sam. »Ein Wikingerschiff geriet ins Mittelmeer, kam nach Ägypten, der Befehlshaber verliebte sich in die berühmte Königin und entführte sie an den Nordpol.«

»Faszinierend, aber ich habe doch Einwände. Kleopatra ist um einige tausend Jahre älter als die Wikinger, und ich glaube nicht, dass Wikingerschiffe das Mittelmeer befahren haben.«

Jan fragte: »Fließt vielleicht Lappenblut in deinen Adern, Angelika?«

»Das klingt schon wahrscheinlicher«, nickte sie.

»Was ist Lappenblut?«, wollte Sara wissen.

»Bei uns gibt es im höchsten Norden ein Urvolk. Es sind die Samen, die vielfach als Lappen bezeichnet werden. Sie leben von der Rentierzucht, wahrscheinlich habt ihr das schon im Film gesehen.«

»Ja«, bestätigte Kay. »Außerdem habe ich auch alles gelesen, was ich über sie finden konnte. Sie haben so wunderschöne Trachten.«

Das Essen schmeckte großartig, und Angelika sagte zu Sara, sie müsse einmal zu ihr kommen und ihr das Kochen beibringen.

»Das mache ich gern.«

Jan und Angelika blieben ein Jahr in Amerika. Beide fühlten sich wohl, Jan konnte die Analyse des Island-Materials abschließen, und Angelika arbeitete hart und erfolgreich in Kay Fields Klinik für Schwarze in Harlem.

58.

Wieder wurde Frühling, und der Sommer begann früh in Värmland, wo Jan und Angelika den zweiten Jahrestag ihrer Hochzeit feiern wollten. Aber sie besuchten den Bauernhof auch, weil sie den Großeltern eine große Neuigkeit mitzuteilen hatten.

Daraus wurde aber nichts. Großmutter hatte Angelika kaum erblickt, als sie erfreut aufschrie: »Danke, lieber Gott!«

Dann verkündete sie allen, die es hören wollten:

»Ihr werdet ein Kind bekommen.«

Und so endete die Willkommenszeremonie wie üblich. Zwei Frauen fielen einander weinend um den Hals. Aber Großvater sagte diesmal nichts von verrückten Frauenzimmern, die immer heulen mussten, wenn sie sich trafen. Er schüttelte Jan die Hand lange und fest, und Jan erschrak ein wenig, als er sah, wie feierlich der alte Mann sich gebärdete.

»Wir gehen jetzt zusammen ins Haus und gießen uns ordentlich einen hinter die Binde«, sagte Jan. Und das taten sie dann.

»Du weißt, wo die Flasche steht. Im Kontor, wo Weiber keinen Zutritt haben.«

»Hast du Gläser dort?«

»Ist doch klar.«

Großvater inhalierte seine Portion regelrecht, Jan nippte nur und fragte bekümmert:

»Gehst du oft hierher?«

»Ich kenne meine Grenzen, Junge.«

Das war die Großvaterstimme, die Jan aus seiner Jugendzeit kannte.

»Entschuldige.«

Es war eine fröhliche und gute Mahlzeit zur Feier des zweiten Hochzeitstages. Der einzige Unterschied zu damals war, dass Angelika am Wein nicht einmal nippte.

»Ich habe in den ersten Monaten oft unter Übelkeit gelitten«, sagte sie entschuldigend. »Aber ich kann nur sagen, dass wir zwei wunderbare Jahre zusammen verbracht haben. Ich hätte nie zu träumen gewagt, dass das Leben so … so voller Freude und Überraschungen sein kann. Und Liebe und Kameradschaft.«

Sie lachte fröhlich und fuhr dann fort:

»Alles war so vergnüglich, dass wir gar nicht zum Streiten gekommen sind. Ich habe euch das ja auch schon in einem Brief aus Amerika geschrieben. Aber dann waren wir ja noch in England, wo Jan und Sam Field ihre Abhandlung verteidigten. Die Engländer waren ekelhaft, aber Jan sagte, das muss so sein.«

Nach dem Essen gingen die Männer ins Kontor, und Großmutter setzte sich mit Angelika ans Kaminfeuer.

Großmutter machte keine Umschweife:

»Im ersten Sommer hast du gesagt, dass ihr sehr ungleich seid und aus ganz unterschiedlichen Welten kommt. Und dass du Jan gern bekrittelst. Und er dich und dass ihr beide eine Sterbensangst habt, einander zu verlieren.«

»So ist es aber nicht gelaufen. Ich habe immer mehr über seine Arbeit erfahren und viel dazugelernt. Und ich meine, dass es Jan ebenso erging, er bekam einen größeren Respekt vor … meiner geistigen Suche.«

Großmutter schloss die Augen, sagte dann aber: »Ich hätte manchmal gern über etwas gesprochen, habe mich aber immer davor gescheut.«

»Was denn?«

»Nun, dass ihr beide eine wichtige Erfahrung gemeinsam habt. Ihr habt beide eine unvorstellbar schreckliche Kindheit durchgemacht. Und dass man dadurch bereit ist, allerlei zu verzeihen.«

Angelikas Blick schweifte durchs Fenster weit in die Ferne.

Sie nickte und flüsterte:

»An dem, was du sagst, ist was dran. In mir hat sich etwas verändert, nachdem ich seine Mutter in Göteborg kennen gelernt hatte. Ich empfand eine fast ... grenzenlose Zärtlichkeit für ihn.«

Sie wandte sich vom Fenster ab, suchte den Blick der alten Frau und sagte:

»Und die Hochzeit, die du uns bereitet hast, öffnete den Weg zur Freude. Weißt du noch, was du gesagt hast, als wir uns mit den Vorbereitungen abmühten, alle Betten überzogen, viel Kleinkram bewältigten und dann all die Blumen versorgten?«

»Liebes Kind, wie sollte ich das alles noch wissen.«

»Du hast gesagt, dass Gott im Alltag zu finden ist, in allen noch so kleinen Tätigkeiten des Lebens. Und in jeder gut ausgeführten Arbeit.«

»Das hatte ich vergessen.«

Jan wollte am ersten Werktag nach dem Wochenende nach Göteborg fahren. Er hatte eine Zusammenkunft mit einem Forscherteam an der dortigen Klinik vereinbart. Die Ärzte dort hatten zwei Gene entdeckt, die Brust- und Eierstockkrebs verursachten. Angelika sollte auf dem Hof in Värmlandsnäs bleiben, er wollte sie dem Rütteln im Auto nicht unnötig aussetzen.

Es waren lange, ruhige Tage, Angelika nahm den Frieden der Landschaft in sich auf, konnte stundenlang am See sitzen, offen für den Gesang der Vögel und den sanften Wellenschlag am

Felsgestein. Sie pflückte Blumen. Kein störender Gedanke kam ihr in den Sinn.

Trotzdem hörte sie hier in der Stille zum ersten Mal seit vielen Jahren wieder Stimmen. Nicht im Schlaf, denn sie wurde wach, stieg aus dem Bett und ging im Zimmer auf und ab.

Es war Mutters Stimme, die da lachte und schrie:

»Du weißt, wie es gehen wird. Ich habe mich mit dem Teufel eingelassen, und du bist die Frucht. Mach das Kind weg, mach das Kind weg.«

Die Stimme ihrer Großmutter, die sie schon von früher kannte, rief dazwischen: »Töten, töten.«

Angelika floh, lief die Treppe hinunter und landete in den Armen von Mari, die sie schüttelte:

»Wat is denn los?«

In diesem Moment verstummten die Stimmen, Lügenworte stellten sich ein, die Mari beruhigten:

»Ich hatte einen schrecklichen Albtraum.«

Sie zitterte am ganzen Leib, obwohl Mari sie eisern festhielt.

»So was kommt vor, wenn man ’n Kind kriegt.«

Dann meinte sie:

»Jan wird sagen, die Hormone schießen Purzelbäume in dir. Aber ich weiß, was hilft. Komm mit.«

Sie zog Angelika hinter sich her in Großvaters Kontor, holte die Schnapsflasche vor, füllte ein Glas.

»Trink.«

Und Angelika trank und spürte den Sog des abgrundtiefen Loches, das jetzt noch tiefer wurde. Doch als sie das Glas geleert hatte, besaß sie einen Deckel, mit dem sie die Untiefe absichern konnte. Trotzdem wusste sie, dass sie am Beginn einer Reise stand: Töten, töten. Das Kind sollte den Branntwein nicht überleben. Im Moment stand sie unter Maris Kontrolle, aber bald … bald.

»Wer kann denn ahnen, dass sie so knille wird. Jetzt kommt sie mal mit rauf und schläft ihren Rausch aus. Bevor die Großmama aufwacht.«

Mühsam bugsierte Mari Angelika die Treppe hinauf, legte sie ins Bett und sagte:

»Ich bleib hier, bis sie schläft.«

Das dauerte nicht lange, Angelika schlief schon, bevor Mari sie richtig zugedeckt hatte. Am nächsten Morgen um elf Uhr bat Großmutter Mari, Angelika wecken zu gehen. Sie war schon wach, saß auf der Bettkante und übergab sich.

»Liebste, bitte, sag Großmutter nichts davon.«

»Versprochen. Marsch, unter die Dusche. Bleib lange drunter und zieh dann anständige Sachen an. Das Zimmer bring ich später in Ordnung.«

Als die beiden unten ankamen, sagte Mari, dass Angelika sich den ganzen Morgen erbrochen hatte.

»Du Ärmste, aber das gehört halt dazu«, sagte Großvater. »Du ahnst ja nicht, wie deine Großmutter gekotzt hat, wenn sie schwanger war.«

Angelika lehnte den Kaffee ab.

»Wir haben eine frohe Nachricht«, sagte Großmutter. »Jan hat angerufen, dass er von Göteborg um zwei Uhr wegfährt und gegen fünf hier ist.«

Angelika wurde rot. Für die beiden alten Leute war das eine Freude. Sie selbst hatte Angst. Was sollte sie sagen …

Sie vergewisserte sich bei Mari, die nickte: nicht ein Wort. Und das hielt sie.

In der Dämmerung stürmte Jan herein, hob Angelika hoch und küsste sie. Kein Wort. Aber sie klebte wie eine Klette an ihm. Hemmungslos, das wurde ihr bewusst, weil sie sogar an der Tür stehen blieb, als er auf die Toilette ging. Ich bin verrückt, bin verrückt … Als sie die Wasserspülung rauschen hörte, lief sie rasch weg und saß ruhig auf dem Bett, als er ins

Zimmer kam. Im selben Augenblick erkannte sie, dass er beunruhigt war.

Auch er hatte gespürt, dass etwas Ungewöhnliches in der Luft lag. Aber sie schlief in dieser Nacht ruhig. Erwachte auf seinem Arm, weinte, sagte: »Ich bin dir so dankbar, Jan.«

»Was macht dir nur so zu schaffen?«

»Ich habe so schreckliche Albträume«, sagte sie. »Ich will nach Hause.«

»Aber Angelika, du warst doch immer so gern hier?«

»O ja, und ich habe wunderbare Tage hier verbracht, bin an den Ufern entlangspaziert … und habe mich viel mit Großmutter unterhalten.«

Und dann sprach er genau die Worte, die Mari vorausgesagt hatte:

»In deinem Körper findet eine gewaltige Umstellung statt, eine Flut von Hormonen, die sich auch auf das Gehirn auswirkt.«

Sie nickte gehorsam, als er sagte, sie solle packen. Das Flugzeug werde um vierzehn Uhr starten, er musste vorher noch die Tickets bezahlen und den Mietwagen zurückgeben.

Es war ein langer, wehmütiger Abschied, und Großmutters Worte klingelten Angelika beharrlich in den Ohren: »Gib auf dich Acht.«

Sie schwiegen im Auto, schwiegen im Flugzeug. Gib auf dich Acht, gib auf dich Acht. Sie trug Verantwortung, trug diese gegenüber Katta und Martin, Großvater und Großmutter, Ulrika und den Freunden Chavez. Und in erster Linie gegenüber Jan, dessen Leben sie zerstören würde, falls sie nachgab.

Sie musste widerstehen.

Sie allein war verantwortlich.

Das Kind. Eine Welle von Hass durchflutete sie.

Dieses verdammte Untier besaß die Kraft, die Stimmen zu wecken.

Angelika wurde in ihrer Wohnung auf Gärdet ruhiger, sicherer. Sie hatte viel Zeit zur Verfügung. Nach einem Jahr des Reisens hatte sie ihre Arbeit in Danderyd aufgegeben.

Sie war also zu Hause, niemand stellte Ansprüche an sie, sie las viel, dachte über Großmutters Worte von Gott nach, der in den einfachen Tätigkeiten des Alltags wohnte. Sie kaufte Blumen, bald war ihr Fenster übervoll von kleinwüchsigen Farnen und hohen, farbenfrohen Geranien.

Sie hatte Balkonkästen gekauft, und die Blumen leuchteten in voller Pracht weithin. Sie saugte täglich Staub.

Der Klumpen in ihrem Bauch wuchs, sie wurde schwerer, bekam Rückenschmerzen und wandte alle Kraft dafür auf, nicht an das Untier zu denken, das sie mit ihrem Blut nährte. Sie hatte beschlossen, es als Geschwulst zu betrachten, die bald durch eine Operation entfernt werden würde. Und alles würde wieder sein wie früher.

Die Amerikaner wollten Jan zurückhaben.

Als Angelika das zum ersten Mal hörte, war sie erschrocken, jetzt machte es sie glücklich. Sobald sie operiert war, würden sie nach Westen reisen. Nur einige Male im Jahr würden sie nach Hause kommen. Zu Mittsommer.

Beschloss sie bei sich. Amerika hatte ihr gefallen. Und ebenso die Amerikaner. Alles war dort einfacher. Die Menschen waren offen und freundlich. Sie verkomplizierten nicht alles. Das Leben war nicht so umständlich wie hier in Europa.

Jan hatte gemeint, ihre Freundinnen seien ungebildet und dumm. Sie fand, dass sie so waren wie sie. Deshalb fühlte sie sich in ihrer Gesellschaft wohl.

Sie hatte eine Gemeinschaft gefunden, hatte einer Frauengruppe angehört, in der sie beliebt war, wo alle sie mochten, ihr halfen, ihr zuhörten, sie schätzten, ja sie geradezu bewunderten. Sie sprachen viel und liebevoll von ihren Häusern, ihren Gärten, ihren Blumen. Und von ihren Kindern.

Irgendwann hatten sie alle zusammen in einer Bar gesessen, als Katta anrief. Angelika hatte sich gefreut und überstürzt und lebhaft erzählt, wie viele Freundinnen sie schon hatte und wie vergnügt es bei ihnen zuging. Nach beendetem Gespräch merkte sie, dass die neuen Freundinnen sie entgeistert anstarrten.

Eher entschuldigend hatte sie erklärt: »Der Anruf kam von meiner Mama.«

Das hatten sie mitgekriegt, aber wie konnte man so fließend in einer so kuriosen Sprache reden!

»Es ist doch meine Muttersprache«, erklärte sie.

»Ganz egal, was es war, jedenfalls klang es schön, es war ein richtiger Singsang«, sagte eine der Frauen.

Eine andere fragte etwas missgünstig:

»Kannst du viele Sprachen?«

»Nein, nur Deutsch, Spanisch und einigermaßen Französisch. Und Englisch natürlich. Wir haben es in der Schule gelernt. Skandinavien ist ein kleines Sprachgebiet, und Europa ist groß und hat viele Sprachen.«

»Die ihr alle lernen müsst?«

»Nun, zumindest die großen Sprachen, die Sprachen der Philosophen und Dichter, die unsere ganze Kultur geprägt haben.«

Alle Frauen hatten die Köpfe geschüttelt, eine hatte gemeint, es könne nicht leicht sein, in einem solchen Land Kind zu sein. Und sie hatten gelacht und waren sich einig, dass es angenehm war, keine komischen Sprachen lernen zu müssen, nur um ein paar alte Männer zu verstehen, die seit Jahrhunderten tot waren.

Als Angelika an diesem Tag nach Hause ging, dachte sie an Jans Worte, dass viele Amerikaner recht ungebildet seien.

Als Jan nach Hause kam, stand das Essen auf dem Tisch. Sie hatte von Sara viel gelernt.

Beim Öffnen einer Weinflasche sagte Jan:

»Ich muss dir etwas erzählen. Ich war zum Lunch mit einigen bedeutenden Biologen zusammen, deren Diskussion mir fast den Atem raubte. Sie behaupteten, Forschungen hätten ergeben, dass alles Leben in der Furche zwischen den Kontinentalsockeln entstanden sei.«

»Ich verstehe nicht ganz, worauf du hinauswillst …«, sagte Angelika.

»Kannst du dich nicht erinnern, wie du mir in Reykjavik nach eurem Ausflug nach Tingvalla und dem Überschreiten der Kontinentalfurche um den Hals gefallen bist und ausgerufen hast: Ich habe gesehen, wie Gott das Leben erschaffen hat.«

Angelika blieb lange bewegungslos sitzen, ihr Blick war ins Weite gerichtet, sie sah Jan, ohne zu sehen.

Einige Tage später rief Kay an und fragte Angelika, ob sie inzwischen nicht schon genug vom Hausfrauendasein habe.

»Doch«, erwiderte Angelika.

Sie erschrak bei dem Gedanken, dass ihre neuen Freundinnen fast besessen waren von der Sorge um ihre Kinder, dass sie sie liebten und dass jede der Frauen von einer ganzen Kinderschar umgeben war.

Aber sehr oft beklagten sie sich über ihre Männer. Es brauchte einige Zeit, bis Angelika verstand, dass diese Frauen in der ständigen Sorge lebten, ihre Männer und damit ihre Versorgung zu verlieren.

Sie sprang aus dem Sessel auf, in dem sie gesessen und in ihren Erinnerungen an Amerika geschwelgt hatte. Hinter den Töpfen im untersten Küchenschrank lag ihre Flasche. Aber bevor sie trank, dachte sie noch, dass nicht das Kind in ihrem Bauch das Untier war, sondern sie selbst.

Als Jan eine Stunde später nach Hause kam, schlief sie.

59.

Am nächsten Tag wollte Jan zu Hause an seinem Amerikaprojekt arbeiten. Er legte Angelika seine Pläne dar. Sie nickte und bemühte sich, ein fröhliches Gesicht zu machen.

Dachte aber mit Schrecken daran, dass sie heute keinen Zugang zur Flasche haben würde. Also widmete sie sich ihren Topfblumen. Goss und düngte die Kapuzinerkresse und die Duftwicken in den Ampeln. Die Sonne brannte auf den Balkon, sengende Sommerhitze lag über der Stadt.

Sie hatte eine große Dose Krabbenfleisch im Kühlschrank und beschloss, ein Omelett zu machen. Sahne war vorrätig, das würde lecker schmecken. Es war gerade erst kurz nach elf Uhr, also eigentlich noch zu früh für einen Lunch, aber sie hatte Hunger. Am meisten plagte sie jedoch das Verlangen nach der Kognakflasche hinter den Kochtöpfen. Sie konnte dem jedoch nicht nachgeben, Jan würde es riechen. Die Stimmen würden trotzdem schweigen, sie hielten sich immer zurück, wenn Jan zu Hause war.

Wie gut.

Die Stimmen hatten Angst vor ihm, genau wie damals vor vielen Jahren vor Katta.

Das Kind in ihrem Bauch strampelte.

Als sie das cremige Omelett vom Herd genommen hatte, klopfte sie bei Jan an die Tür: »Ich habe das Mittagessen schon fertig. Es ist noch ein bisschen früh, aber ich habe Hunger.«

Er nahm sie in den Arm, küsste sie und meinte:

»Es ist doch klar, dass du hungrig bist. Du musst ja auch ein zweites Lebewesen mit ernähren.«

Blass saß sie auf dem Balkon in der Sonne. Jan sah es und sagte:

»Wir sollten vielleicht zur Kontrolle einen weiteren Frauenarzt aufsuchen. Ich denke dabei an Inger, ihr seid befreundet, und sie ist als tüchtig bekannt.«

»Ja, das ist mir sehr recht.«

Jan ging zum Telefon, um einen Termin zu vereinbaren.

Angelika dachte, sie könnte Inger vielleicht dazu überreden, ihr ein Medikament zu verschreiben, das das Monstrum in ihrem Bauch umbrächte. In der nächsten Minute aber sah sie ein, dass Inger kein Verständnis aufbringen und niemals ihre ärztliche Pflicht verletzen würde. Sie musste, mit ihrem Hass und ihren Stimmen allein gelassen, weiterleben.

»Wir haben einen Termin für übermorgen um zehn Uhr in Ingers Praxis in Sollentuna bekommen.«

Angelika nickte. Jan sagte ihr nichts davon, dass Inger sich auch den Nachmittag freihalten und allen anderen Patienten absagen wollte.

»Ich bin so müde, ich glaube, ich werde versuchen, ein bisschen zu schlafen.«

»Tu das.«

Er half ihr ins Bett und deckte sie gut zu.

»Bitte, sei so lieb und lass die Tür offen.«

Sie hörte das Faxgerät im Arbeitszimmer tuckern und Jan am Telefon Englisch sprechen. Die Stimmen in ihrem Kopf würden sie nicht belästigen, solange er sich im Nebenraum befand.

Sie schlief wirklich ein.

Jan rief Katta an, sprach leise und schnell ins Handy. Sagte ihr, er mache sich Sorgen um Angelika. Ob sie sich morgen wohl für einige Stunden in Umeå treffen könnten?

»Ich lande um 11.30 Uhr und fliege nachmittags gegen drei Uhr zurück.«

»Ich werde dort sein. Und ich werde Ulrika bitten, den Tag morgen bei Angelika zu verbringen.«

Gott im Himmel, dachte Jan. Sie hat Angst, Angelika alleine zu lassen.

Angst, entsetzliche Angst.

Plötzlich stand Angelika lächelnd in der Tür:

»Ich bin doch wahrhaftig davon aufgewacht, dass du am Telefon Schwedisch gesprochen hast. Mit wem hast du denn telefoniert?«

»Mit Ulrika. Sie möchte dich morgen gern besuchen.«

»Das ist aber schön«, freute sich Angelika und lächelte Jan an.

Sie saßen in der Cafeteria des Flugplatzes von Umeå. Katta sprach sachlich, klang aber bedrückt und besorgt.

»Wir dachten, sie habe nach der ersten schlimmen Zeit, als sie unter dem Einfluss der Stimme ihrer verstorbenen Mutter stand, jetzt wieder festen Boden unter den Füßen. Diese Stimme lockte oder befahl den Schritt in ihre gemeinsame eigene Welt, die im Tod zu finden war.

Momma half uns, sie hat sich phantastisch darum bemüht, dass Angelika Bücher las, die sie zusammen besprechen konnten. Alles spielerisch, zwanglos. Schritt für Schritt führte sie das kleine Mädchen auf den festen Boden der Wirklichkeit zurück. Alles ging gut, in der Schule und auch einigermaßen mit den Kameradinnen.«

Katta holte zwischendurch tief Luft und sprach dann weiter:

»In der Pubertät schlug die Psychose dann aber wieder zu. Die Stimmen, die entsetzlichen Halluzinationen ... es war unheimlich. Martin bestand darauf, dass wir einen Psychiater hinzuzogen, aber was sich zwischen ihm und dem Kind abspielte, weiß ich nicht. Ihr Zustand besserte sich, nur befürchtete der Arzt einen möglichen Rückfall und setzte Psychopharmaka ein.

Angelika wurde davon müde, beruhigte sich aber auch.

Der Psychiater hielt sie weiter unter Beobachtung, setzte die Medikamente nach und nach ab … und nach einem unmenschlichen halben Jahr war Angelika wieder sie selbst. Von da an ging sie täglich zur Therapie. Momma holte den fehlenden Unterricht sachkundig mit ihr nach, und sie konnte gut vorbereitet wieder zur Schule gehen. Ich weiß, ich hätte dich über die Psychose informieren müssen. Aber ich habe es einfach nicht geschafft.«

Sie mussten aufbrechen.

»Ruf an, wenn du mich brauchst«, sagte Katta zum Abschied.

Ulrika war noch da, als Jan nach Hause zurückkehrte. Angelika schlief.

»Ich muss nach Uppsala. Aber ich sehe die Schwierigkeiten.«

»Kritisch für sie?«

»Ja. Ich melde mich und bin da, wenn du mich brauchst.«

Gegen sechs Uhr weckte er Angelika mit Eis und Kaffee. Sie hatte eine bessere Farbe, aß und trank und lächelte ihn sogar an. Er sagte ihr, der Abend sei sonnig und schön.

»Ein Spaziergang könnte dir gut tun.«

»Ja, ich möchte sehr gern an die frische Luft.«

Sie gingen auf dem gewohnten Weg über das große ehemalige Exerzierfeld. Das Gras war am Morgen gemäht worden und duftete, der unendliche Himmel war blau, Jans Arm lag fest und zuverlässig auf Angelikas Schultern.

Für kurze Zeit empfand sie Freude, konnte sogar lachen.

Irgendwann entdeckte Jan einen großen Heißluftballon, der gerade zum Flug über die Stadt vorbereitet wurde.

»Gehen wir zuschauen«, sagte er. »Wir schneiden den Weg ab, überqueren den Rasen, dann können wir beim Abheben zusehen.«

Angelikas Nein war ein Aufschrei, der die Vögel so erschreckte, dass sie aufflogen.

Jan blieb stehen, nahm Angelika in die Arme, und sie sah in seine angsterfüllten Augen. Ich muss es ihm erklären, ich muss … Ich will nicht, will nicht. Ich lande im Irrenhaus. Ich darf nicht, darf nicht …

Er sagte laut:

»Sprich. Wir setzen uns da drüben auf den Stein.«

»Du musst wissen«, begann sie schließlich. »Auf Gärdet gibt es einen tiefen Brunnen, hundert Meter tief oder tausend. Er zieht Menschen an, und manchmal, drei- oder viermal im Jahr, verschwindet ein Mensch in der Tiefe.«

Flüsternd sprach sie weiter:

»Jetzt stell dir vor, wie du in tiefster Finsternis fällst und fällst und in einem Haufen menschlicher Leichen landest. Verwesten Leichen. Spinnen sind dort, handtellergroß, die werden dich auffressen, Stück um Stück. Sie fressen nämlich nur lebende Körper, musst du wissen.«

Sie erhob sich, ihre flackernden Blicke bettelten um Barmherzigkeit. Jan stellte sich vor sie, er stammelte, als er mit ihr zu sprechen versuchte:

»Aber Angelika … wenn es diesen Brunnen gäbe, hätte man doch … schon längst … ein Gitter drumherum errichtet und einen … Deckel, einen ganz dicken Deckel aus … Beton gegossen und den Brunnen damit abgedeckt.«

Angelika entgegnete betont sicher:

»Du verstehst das nicht, niemand kann ihn finden, die Polizei nicht und niemand von der Kommunalverwaltung. Die Einzigen, die ihn finden, sind die mit dem Sog.«

Er würde sich nie daran erinnern können, wie er sie nach Hause gebracht hatte. Sie schlief noch im Mantel ein, sie fror, und er deckte sie mit einer zweiten Decke zu. Weinend blieb er in der Abenddämmerung sitzen, bis in tiefer Dunkelheit die Nacht die Herrschaft übernahm.

Schließlich rief er in seiner Verzweiflung Katta an. »Du musst kommen, ich schaffe das alleine nicht. Nimm den ersten Flug.«

In der frühen Morgendämmerung rief Katta an:

»Ich habe einen Freund bei der SAS erwischt und einen Flug nach Arlanda mit der Elf-Uhr-Maschine bekommen. Landung um zwölf Uhr. Kannst du dafür sorgen, dass Angelika betreut wird? Ich hätte gern, dass du mich abholst, damit ich eingeweiht …«

»Ja.«

»Du darfst sie auf keinen Fall allein lassen.«

»Sie ist am Vormittag zu einer Untersuchung bei Inger.«

»Gut. Kannst du jetzt schlafen?«

»Ich trau mich nicht. Bis später.«

Jan hatte sich so weit beruhigt, dass er Hose und Pulli auszog und sich neben Angelika ins Bett legte.

Wahrscheinlich hatte er doch einige Stunden geschlafen, denn er wachte davon auf, dass Angelika sagte:

»Warum schläfst du denn im Hemd?«

»Keine Ahnung, wahrscheinlich war ich so müde.«

»Du musst Sam Field sagen, dass er nachts nicht mehr faxen darf.«

»Das werde ich tun.«

Angelikas Stimme klang fröhlich und normal, als sie sagte: »Du duschst jetzt, und ich mache inzwischen Kaffee.«

Jan kam ihrem Wunsch nach, kurzes Abbrausen bei offener Badezimmertür. Sie stand vor der Kaffeemaschine, zählte die erforderliche Kaffeemenge mit dem Lot, maß das Wasser ab und sagte: »Heute bist du mit den Broten dran.«

»Okay.«

Er röstete Brot, holte Butter, Käse und Hefezopf und erinnerte Angelika:

»Du hast hoffentlich nicht vergessen, dass du um zehn Uhr bei Inger Chavez sein sollst.«

»Pfui, wie ich das alles hasse, wenn einem immer und immer wieder auf dem Bauch rumgedrückt wird. Die Hebamme sagt doch, dass alles normal ist.«

»Aber ich will es vom Arzt wissen.«

Angelika seufzte und versuchte daran zu denken, dass Inger ihre Freundin war. Sollte sie … sollte sie den Mut aufbringen und ihr sagen, dass sie kein Kind im Bauch hatte, sondern ein verhasstes Untier?

Doch als sie sich anzog, wusste sie es: kein Wort.

Man würde sie sonst ins Irrenhaus sperren.

Im Lift hielt Jan sie bei der Hand, setzte sie dann ins Auto und legte ihr den Sicherheitsgurt an.

»Sitzt du gut so?«

»Ja, aber ich friere ein bisschen.«

Er hüllte sie in das Plaid, das im Auto lag, und verknotete die Enden über dem Verschluss des Gurtes. Dann fluchte er kurz: »Verdammt nochmal …«

»Was ist denn?«, fragte Angelika ganz normal und leicht amüsiert.

»Ich habe mein Handy vergessen.«

»Lauf es halt holen.«

In der Ecke hinter der Haustür wähle er Chavez' Nummer, er hatte Glück, der Arzt hatte gerade in Danderyd eingeparkt.

Jan sagte:

»Könntest du bitte Inger anrufen und ihr sagen, dass Angelika unter einer Psychose leidet. Sie tarnt es gut, aber in Wahrheit ist sie total verrückt. Ruf mich an, sobald du eine freie Minute hast.«

Als er zum Auto zurückkam, beobachtete Angelika vergnügt die Leute auf der Straße, überlegte, was die Frau mit dem aufregenden Hut erreichen wollte und warum ein älterer Mann sich eine so schreiend violette Jacke gekauft hatte.

»Hier ist es«, meldete Jan und hielt sein Handy triumphierend hoch. Angelika riet ihm lachend, seine Psychologenfreunde gelegentlich zu fragen, warum er von diesem Handy so abhängig sei.

»Keine dumme Idee«, erwiderte Jan und versuchte ebenfalls zu lachen.

»Jetzt wird mir schon zu warm, aber ich kriege das Plaid nicht ab. Es hängt irgendwie fest.«

»Ich helfe dir gleich«, sagte Jan.

Sie waren beizeiten dort. Inger hatte eine Patientin im Behandlungsraum, also setzten sie sich auf das Sofa im Wartezimmer. Als eine Frau mit großem Bauch lächelnd aus dem Sprechzimmer kam, fasste Angelika nach Jans Arm, nur um sich selbst daran zu hindern, auf die Glückliche loszugehen.

Inger kam heraus und gab Jan und Angelika die Hand.

Sie war auffallend blass, und ihr Lächeln war nicht echt.

Sie riss sich zusammen und sagte routiniert mit der Stimme der absolut zuversichtlichen Ärztin:

»Jetzt wollen wir mal sehen, wie es unsrer lieben Angelika geht.«

Affentheater, dachte Angelika.

»Zuerst wollen wir gleich hier im Sitzen mal den Puls fühlen.«

Aber sie schaute dabei Jan an und las in seinen Augen die Frage: Hat Chavez angerufen?

Sie nickte und sagte gleichzeitig zu Angelika: »Dein Puls ist ein bisschen zu hoch.«

Hol's der Teufel, dachte Angelika.

Sie gingen ins Sprechzimmer. Angelika umklammerte Jans Arm so fest, dass es ihm wehtat.

Inger setzte Angelika das Stethoskop auf die Brust und sagte: »Dein Herz will mir nicht recht gefallen, es schlägt zu stark und unregelmäßig.«

»Wer's glaubt, wird selig«, sagte Angelika laut. »Ich habe ganz einfach Angst.«

Sie kniff die Augen zusammen, atmete tief ein und dachte nur, ich darf nicht, darf nicht …

»Hör zu, Angelika«, sagte Jan und befreite seinen Arm. »Ich muss in Arlanda jemand abholen. Aber ich bleibe nicht lange weg.«

»Nein, du darfst nicht gehen.«

Aber er ging.

Sie schrie.

Sie wusste, dass jetzt die Stimmen an der Reihe waren. Sie spürte sie schon von weitem. Und sie kamen immer näher.

»Inger!«, rief sie. »Inger, hörst du sie denn nicht schreien, ich muss das Kind töten.«

»Nein, hier sind keine Stimmen. Du bildest dir das ein.«

»Bitte, hilf mir beim Töten dieses … Untiers.«

Inger benutzte das Haustelefon, und zum Glück war Lin Tang sofort zur Stelle.

»Schnell, komm, es geht um Angelika.«

Lin Tang kam, drückte Angelika die Augen zu und legte ihr beide Hände auf den Kopf. Sie sagte: »Schlaf jetzt, mein Kind. Schlaf.«

Sie wiederholte die Worte wie ein Mantra: »Schlaf, schlaf …«

Und Angelika versank in Meditation und wiederholte: »Schlaf, schlaf.«

Und schlief ein.

Inger flüsterte: »Danke. Jan hat Hu heute Morgen angerufen,

dass Angelika an einer Psychose leidet. Und das stimmt. Ich bin sehr erschrocken.«

»Sie ist labil wie viele von den Sehenden«, gab Lin Tang flüsternd zurück. »Die Schwangerschaft überfordert ihre Kräfte.«

»Lass mich nicht allein.«

»Ruhig, Inger, wir bleiben zusammen hier sitzen, bis sie aufwacht.«

Da saßen sie nun beide auf unbequemen Arbeitsstühlen, bis die Tür aufging und Katta und Jan hereinkamen.

Angelika wachte sofort auf, zitterte vor Angst vor ihrer Mama. »Was machst du denn hier?«, schrie sie wie ein zu Tode erschrockenes Kind. Katta ging auf sie zu, zog sie unbarmherzig vom Bett hoch und begann sie zu schütteln.

»Dass du dich nicht schämst«, schalt sie. »Hast du denn gar keine Vernunft im Leib? Du weißt genau, dass es keine Verstorbenen gibt, die Macht über die Lebenden haben. Du setzt dieses Drama selbst in Szene, wenn du Angst hast. Wir haben in deinen schwierigen Jahren öfter darüber gesprochen. Und ich habe in meiner Einfalt geglaubt, ... dass du inzwischen ein erwachsener, verantwortungsbewusster Mensch geworden bist.«

»Ich hab's versucht, Mama, ich hab's versucht ...«

»Aber du hast deinen Mann fast zur Verzweiflung gebracht, hast ihn gezwungen, in Angst und Schrecken zu leben. Und jetzt wirst du sofort aufstehen und mich, Jan und einen Mann von der Stadtverwaltung zu diesem verdammten Brunnen auf Gärdet führen.«

»Aber Katta, du weißt doch, dass es den nicht gibt. Es ist doch nur ein Bild für das Loch in mir, Katta, das diesen entsetzlichen Sog auf mich ausübt.«

»Ja, das weiß ich«, antwortete Katta. »Aber ich begreife nicht, dass du diesen Sog weiterhin spürst, jetzt, wo du schon so lange von allen Seiten geliebt wirst. Von Jan, von mir und Martin, Ulrika und Jon. Von den Großeltern wollen wir gar nicht reden, die so glücklich über ihr zukünftiges Enkelkind sind. Und Momma. Und deine Freunde Chavez.«

»Ihr versteht mich nicht. Niemand versteht mich.«

Angelika begann zu weinen.

»Katta«, flüsterte sie schluchzend. »Ich habe es versucht, ich habe wirklich … Jan, bist du da … dir muss ich es sagen. Ich trage kein Kind in meinem Bauch. Es ist ein Untier, und das muss sterben.«

»Jetzt hör mir mal gut zu!« Das war Inger, und sie war verärgert. »Ich habe dich gründlich untersucht, bevor du … zusammengebrochen bist. Du trägst ein gesundes Kind, einen ganz entzückenden kleinen Jungen, in deinem Bauch. Er ist völlig ausgereift, und wir werden einen Kaiserschnitt veranlassen, damit dir das Gebären erspart bleibt.«

Sie hatte sich an Chavez gewandt, der gerade zur Tür hereinkam. Er nickte und fragte:

»Kannst du es riskieren, ihr Psychopharmaka zu geben?«

»Nein.«

»Ich werde mit der Gynäkologin reden. Angelika muss auf schnellstem Weg in die Klinik.«

»Ins Irrenhaus«, jammerte Angelika.

»Du sollst operiert weden, das Kind wird mit einem Kaiserschnitt auf die Welt kommen«, berichtigte Chavez.

»Und bis dahin …?« Das war Jan.

»Wir fahren jetzt zu euch nach Hause. Und ich bleibe bis zum Termin bei euch auf Gärdet«, versprach Katta.

In der Wohnung angekommen, brachte Katta Angelika sofort in das breite Bett im Schlafzimmer. Und legte sich neben sie, nahm dieses Kind in die Arme. Zu Jan sagte sie:

»Du musst im Arbeitszimmer schlafen.«

60.

Aber es verlief nicht nach Plan.

Angelika beruhigte sich wie immer, wenn sie in Kattas Armen lag. Sie schliefen einige Stunden, aber es war eine unruhige Nacht, und Katta hatte Angst.

Sie schlummerte immer wieder kurz ein, wachte aber im Morgengrauen auf und fühlte, dass das Bett nass war.

Im nächsten Moment saß Angelika aufrecht auf der Bettkante und schrie: »Wasser! Ich laufe aus!«

»Reg dich nicht auf«, sagte Katta ganz ruhig, und Angelika schwieg gehorsam. Katta musste Jan wachrütteln. Er ist total fertig, dachte sie.

»Was ist?«

»Das Fruchtwasser geht ab, die ersten Wehen melden sich schon. Wir müssen sie zur Entbindung nach Danderyd bringen. Zieh dich schleunigst an, hol das Auto, Jan.«

Sie wurden von freundlichen, kompetenten Menschen in Empfang genommen. Es hieß, der Muttermund habe sich schon geöffnet und die Wehen kämen regelmäßig. Die Entbindung werde rasch vonstatten gehen, versicherte die Hebamme.

Und das stimmte. Wenige Stunden nur, die allerdings mit wahnsinnigen Schmerzen, was normal sei, so sagte die Hebamme zu Jan, der bei Angelika am Kopfende saß und ihr zuredete, tief zu atmen und zu pressen, wie sie es gelernt hatte. Aber Angelika war unerreichbar:

»Schlangen!«, schrie sie. »Spinnen, größer als Kröten!«

Und er wusste, sie befand sich im Brunnen.

»Ich glaube, wir stehen vor einer Kindbettpsychose«, vermutete die Hebamme und beauftragte eine ihrer Assistentinnen, die Psychiatrie anzurufen und einen Psychiater anzufordern. Er kam gleichzeitig mit dem Kind, das plötzlich wie ein Fisch aus der Gebärmutter glitt. Die Hebamme legte der Mutter das Neugeborene aufs Herz. Die aber schrie: »Weg damit, schlagt das Untier tot!«

Der Arzt hielt die Spritze schon bereit, und Angelika versank in barmherzigem Dunkel. Katta wurde hereingerufen, und sie drückte das Neugeborene fest an ihr Herz. Sie besaß Geistesgegenwart genug, um eine Schwester zu bitten, Inger anzurufen, sie möge kommen.

»Ich kann mich nicht um beide kümmern. Um Jan und um das Kind. Jan zittert am ganzen Leib und bringt kein Wort heraus.«

»Ich nehme ein Taxi.«

Chavez hatte das Gespräch mitgehört und war in Windeseile angezogen. »Ich komme mit«, sagte er.

Lin Tang wurde geweckt, um sich der Kinder nach dem Aufwachen anzunehmen.

Als sie auf der Entbindungsstation von Danderyd eintrafen, hatte Katta den kleinen Jungen im Arm und versuchte sich an einem alten Wiegenlied. Das Baby schlief, schön gebadet und abgenabelt.

»Danke, dass ihr gekommen seid«, sagte sie leise und deutete auf die Tür, hinter der Angelika schlief. Jan zitterte am ganzen Leib. Eine Krankenschwester hielt ein wachsames Auge auf alles. Sie schien erleichtert, als sie sagte:

»Wir müssen sie auf die Psychiatrie verlegen. Kann von Ihnen jemand mitkommen? Denken Sie aber bitte nicht, dass ihr Zustand gefährlich ist, Gebärpsychosen gehen in den meisten Fällen bald vorüber.«

Chavez zog Jan vom Stuhl hoch und umarmte den Freund lange. Das Zittern ließ allmählich nach, und er atmete ruhiger.

»Wir beide begleiten sie.«

»Okay. Wir haben Doktor Antonsson Beruhigungsmittel angeboten, aber er hat abgelehnt.«

»Das ist ganz in Ordnung«, nickte Chavez.

Auf dem Gang waren Inger und Katta dabei, das weitere Vorgehen zu planen. Inger wollte mit dem Kinderarzt reden, dass sie bereit sei, sich des kleinen Jungen anzunehmen, sobald es mit der Nahrungsaufnahme klappte.

»Ich bin dafür qualifiziert, ich bin Ärztin und habe selbst zwei Kleinkinder.«

»Ich weiß. Aber du brauchst Jan Antonssons schriftliche Einwilligung dazu«, sagte Katta mit fast brechender Stimme.

»Das ist klar«, sagte Inger.

Angelika erwachte langsam und sah Jan wie durch einen Nebel an ihrem Bett sitzen. Er war erschreckend blass.

Gott im Himmel, daran bin ich schuld.

Aber sie war dann doch erleichtert, als sie sich auf den Bauch fühlte. Das Untier war weg! Dann erinnerte sie sich … der Brunnen. Vor Schreck weiteten sich ihre Augen, der Arzt mit der Spritze fiel ihr ein, sie hatte schon früher Spritzen bekommen … als Kind. Aber die hatten sie nicht geheilt, es war immer nur ein Hinauszögern.

Sie erkannte es wieder, es begann immer damit, dass die Nebel sich auflösten. Nach einigen Stunden meldeten sich dann die Stimmen und sie fiel wieder, fiel und fiel.

Tiefer und tiefer.

Sie schaute Jan lange an und flüsterte dann: »Ich verspreche dir, dass du so etwas nie wieder erleben musst.«

Er versuchte zu lächeln.

»Ist Katta hier?«

»Ja, wir sind beide hier. Sie schläft jetzt.«

»Geh sie wecken. Schlaf brauchst du jetzt, Jan.«

Er gehorchte, er war wirklich zum Umfallen müde.

Bald saß Katta an Angelikas Bett.

Ich muss die beiden irgendwie loswerden, dachte Angelika.

Draußen war es Nacht. Das konnte sie durch die vergitterten Fenster sehen. Jetzt wusste Angelika endgültig, dass sie im Irrenhaus war.

»Liebste Mama, du solltest zusehen, dass du irgendwo eine Tasse Kaffee bekommst. Ich werde jetzt schlafen. Und bald bekomme ich auch wieder eine Spritze.«

Katta nickte, ging leise zu Jan hinein und flüsterte ihm zu:

»Sie schläft und wird bald wieder eine Spritze bekommen. Ich brauche unbedingt einen Kaffee, um durchzuhalten.«

»Ich auch.«

Sie stahlen sich nach draußen, sprachen mit der Nachtschwester, die meinte, das sei eine gute Idee, die beiden brauchten unbedingt etwas Anregendes und müssten sich entspannen.

»Ich werde alle zehn Minuten nach ihr sehen.«

»Danke.«

Angelika hatte heimlich an der Tür gelauscht und wusste, dass Eile geboten war. Sie ging auf die Toilette, trennte das zusammengenähte Futter ihrer Handtasche auf, fand dahinter die Rasierklinge und lächelte.

Sie schrieb gerade noch ein paar Zeilen an Jan.

»Vergib mir. Meine verrückte Mutter hat mit ihrem Geschrei, dass für Leute wie mich kein Platz in dieser Welt sei, gewonnen.«

Geruhsam legte sie sich im Bett auf den Rücken und schnitt sich die Adern am Handgelenk auf.

Zehn Minuten später sah die Nachtschwester nach ihr. Angelika schien unter der bis zum Kinn hochgezogenen Decke ruhig und tief zu schlafen. Als Jan und Katta zurückkamen, war alles zu spät.

Jan zitterte unaufhaltsam, Zuckungen durchliefen seinen Körper, sodass der Arzt ihm eine Spritze gab.

Er blieb vorläufig auf der Psychiatrie. Die ärztliche Diagnose lautete: Schock.

Nach einigen Tagen schien Jan wieder zu sich selbst zu finden. Er brachte Katta nach Arlanda, Worte fand keiner von beiden.

Er rief Sam Field an, der ihm sagte, dass sie an einem neuen großen, interessanten Projekt arbeiteten.

»Du bist uns hier selbstverständlich immer willkommen. Wir vermissen dich täglich in unserem Team.«

61.

Am nächsten Tag ging Jan zu seinem Anwalt und beauftragte ihn, ein juristisch unanfechtbares Dokument aufzusetzen.

Das Papier sollte folgende Punkte enthalten:

Jan Hu Chavez und seine Ehefrau Inger sollten gegen Vergütung von fünfzigtausend Schwedenkronen im Monat die Betreuung seines Sohnes übernehmen. Sollten sie das Kind adoptieren wollen, war er bereit, die Papiere zu unterschreiben.

Angelikas Schwester Ulrika und Jon Anarson sollten über die Wohnung auf Gärdet verfügen und sie auch verkaufen können.

Er wollte seinen Großeltern persönlich schreiben, dass er verspreche, jährlich eine Woche bei ihnen auf dem Hof in Värmland zu verbringen.

Seiner Mutter vermachte er monatlich dreitausend Kronen.

Martin und Katta Granberger wollte er seine grenzenlose Dankbarkeit für all das ausdrücken, was sie für ihn getan hatten.

Seine Bibliothek ging an Momma, in liebevoller Bewunderung für die beste Pädagogin, der er je begegnet war.

Eine Woche später fanden sich alle bei dem Anwalt ein. Nachdem er das Dokument verlesen hatte, erkundigte er sich, ob noch jemand eine Frage hätte.

Katta beugte sich vor und sagte:

»Uns interessiert nur, wo Jan ist.«

»Er sitzt an Bord einer Maschine der SAS nach New York.«

Ich schulde vielen Menschen Dank.

Als Erstem möchte ich Samuel Reyes danken, der mir die ganze Zeit zur Seite stand und mir das Schreiben dieses Buches ermöglichte.

Ein großes Danke auch an Professor Carl Göran Hedén von der schwedischen Königlichen Akademie der Wissenschaften. Er hat mein Manuskript einer fachlichen Überprüfung unterzogen.

Dank auch an die Genetikerin Dr. Teresa Soop, die viel über das unvorstellbare Universum unseres Körpers weiß. Und sie ist tief verbunden mit den schamanischen Kulturen in den Urwäldern des Amazonas. Hier, kann man sagen, treffen die »verschiedenen Wirklichkeiten« aufeinander.

Mein rühriger Agent Bengt Nordin hat in dieser Zeit alles Niedergeschriebene gelesen, hat kundige Kritik geübt und mich immer wieder angespornt.

Mein getreuer Nachbar Johnny Hansson war unablässig mein Retter, wenn es Havarien mit dem Computer gab.

Und schließlich ein Dank an meine Verlegerin Ann-Marie Skarp für ihren nie erlahmenden Enthusiasmus und ihre enorme Gewissenhaftigkeit als Begleiterin auf der langen Reise.

Marianne Fredriksson

Hannas Töchter
Roman
Aus dem Schwedischen
von Senta Kapoun
Band 14486

Simon
Roman
Aus dem Schwedischen
von Senta Kapoun
Band 14865

Maria Magdalena
Roman
Aus dem Schwedischen
von Senta Kapoun
Band 14958

Inge und Mira
Roman
Aus dem Schwedischen
von Senta Kapoun
Band 15236

Marcus und Eneides
Roman
Aus dem Schwedischen
von Walburg Wohlleben
Deutsche Erstausgabe
Band 14045

Eva
Roman
Aus dem Schwedischen
von Walburg Wohlleben
Deutsche Erstausgabe
Band 14041

Abels Bruder
Roman
Aus dem Schwedischen
von Walburg Wohlleben
Deutsche Erstausgabe
Band 14042

Noreas Geschichte
Roman
Aus dem Schwedischen
von Walburg Wohlleben
Deutsche Erstausgabe
Band 14043

Fischer Taschenbuch Verlag

fi 555 001 / 6 / a

Marianne Fredriksson
Geliebte Tochter
Roman
Aus dem Schwedischen von Senta Kapoun
Band 15617

Eine eindringliche Geschichte, die Generationen verbindet.

Sie ist jung, attraktiv und genießt es, verliebt zu sein. Auch ohne feste Beziehung will die Architektin Katarina das Kind ihres Liebhabers Jack bekommen. Die Mutter Elisabeth reagiert, anders als Katarina erwartet, mit Verständnis und Freude. Doch Jack rastet aus. Außer sich vor Wut schlägt er seine Geliebte bewusstlos. Jetzt erkennt Elisabeth, dass sie die Wahrheit nicht mehr verschweigen kann. Sie muss erzählen, wovor sie die geliebte Tochter immer bewahren wollte.

Fischer Taschenbuch Verlag

fi 15617 / 2

Marianne Fredriksson
Lillemors Rätsel
Roman
Aus dem Schwedischen von Senta Kapoun
Band 14044

Wer ist die Tote im Wald? Und warum sieht Lillemor in ihr die eigene Schwester? Ein spannender Roman über verdrängte Schuld und die Last der Erinnerung, in dem die Jagd nach dem Mörder nur einer von vielen dramatischen Höhepunkten ist.